ROSE SNOW

13

Das dritte Buch der Zeit

Impressum

Besuchen Sie uns im Internet:
www.rosesnow.de

ISBN 978-3-947785-02-5

Umschlaggestaltung und Satz: Rose Snow, Hamburg, Fotos: Shutterstock

Im Unglück sieht man die Wahrheit klarer.
Fjodor Michailowitsch Dostojewski

Kapitel 1

Ich konnte nicht glauben, dass er hier war. Es war so surreal, als würde ich mich mitten in einem Traum befinden, und ich ertappte mich dabei, dass ich ihn nur anstarren konnte, ohne ein Wort zu sagen. Der Ausdruck in seinen Augen war anders als früher, gehetzter, und ich wich automatisch einen Schritt zurück, als er näher kam.

„Lizzy, wir müssen miteinander reden."

Ich öffnete den Mund, aber noch immer kam kein Ton heraus. Der Schock war einfach zu groß. Es war, als hätte mich jemand vom Dach eines Hochhauses gestoßen und als wäre mein Herz einzig und allein damit beschäftigt, mich am Leben zu erhalten, obwohl ich doch jeden Moment auf dem harten Asphalt aufprallen würde.

„Ich weiß, das ist jetzt sicher viel für dich." Er zog seine Kapuze noch tiefer ins Gesicht und sah sich kurz auf der Straße um. „Und ich werde versuchen, dir alles zu erklären, aber du musst mit mir kommen." Seine Stimme klang drängend und ich schaffte es endlich, einen halbwegs zusammenhängenden Satz auszusprechen.

„Du bist es wirklich."

Ein Schatten huschte über sein halb verdecktes Gesicht. „Ja, ich bin es wirklich." Dann deutete er mit dem Kopf zu einem unauffälligen schwarzen Wagen, der am Straßenrand parkte. „Ich kann dir alles erklären, aber nicht hier. Die Stadt ist nicht sicher."

Obwohl ich seine Worte hörte, ergaben sie für mich keinen Sinn. Mein tot geglaubter Vater, den ich seit 13 Jahren nicht gesehen hatte, tauchte plötzlich aus dem Nichts vor mir auf und erklärte mir, dass die Stadt nicht sicher sei?

Kopfschüttelnd wich ich noch einen kleinen Schritt zurück.

„Was ist mit Mama?" Ich brachte es kaum über mich, die

Worte laut auszusprechen.

Mein Vater senkte den Kopf. Atemlos wartete ich auf eine Antwort.

„Sie war damals wirklich in dem Wagen. Sie ist vor 13 Jahren gestorben, Lizzy."

Ich schnappte nach Luft und schlang die Arme um meine Brust. Obwohl ich mir einzureden versucht hatte, dass meine Frage mit keinerlei Hoffnungen verknüpft war, merkte ich nun, dass es doch so war. Ein Teil von mir *hatte* gehofft, dass er mir gleich erzählen würde, die Sache mit dem Autounfall sei eine einzige große Lüge gewesen. Doch diese Hoffnung war mit zwei knappen Sätzen sofort wieder zerstört worden.

Mein Vater sah sich erneut auf der menschenleeren Straße um. „Bitte, Lizzy. Wir haben keine Zeit."

„Wir haben keine Zeit?" Ungläubig starrte ich ihn an. „Das sagst du mir jetzt, nachdem ich dich 13 Jahre lang für tot gehalten habe? Nachdem *wir* dich 13 Jahre lang für tot gehalten haben?" Ich konnte nichts dagegen machen, dass meine Stimme kippte und einen leicht hysterischen Unterton bekam.

Er sah mich unglücklich an und der Schmerz auf seinen Zügen war unverkennbar. „Ich kann verstehen, dass du wütend bist. Aber jetzt musst du mir vertrauen." Mit diesen Worten drehte er sich um und ging zu dem schwarzen Auto. Ich sah zu, wie er auf der Fahrerseite einstieg, und hörte, wie die Tür hinter ihm mit einem dumpfen Geräusch ins Schloss fiel. Und obwohl ich noch immer das Gefühl hatte, als würde mir jemand die Luft zum Atmen abschnüren, setzten sich meine Beine in Bewegung und wurden immer schneller, bis ich die Beifahrertür aufriss und das erste Mal seit 13 Jahren wieder zu meinem Vater ins Auto stieg.

Es war seltsam, neben ihm zu sitzen, und ich ertappte mich dabei, dass ich praktisch nichts anderes tat, als ihn anzustarren. Bilder aus meiner Kindheit tauchten vor meinem inneren Auge auf. Bilder aus einer Zeit, in der wir zu viert in den Urlaub gefahren waren und ich von der Rückbank zu meinen Eltern nach vorn gesehen hatte. Papa hatte damals ebenfalls am Steuer gesessen und plötzlich erinnerte ich mich wieder daran, wie er mir über den Rückspiegel zugezwinkert hatte und ich verschwörerisch zurückgegrinst hatte, während sich Alexa neben mir mit Mama unterhielt und nichts davon mitbekam.

Und jetzt bekam sie auch nichts davon mit, dass er wieder hier war. *Dass er noch lebte.* Ich sah ihn weiter an, sah in sein vertrautes und zugleich fremdes Gesicht, das konzentriert auf die Straße blickte, und hatte das Gefühl, als würde ich sie verraten.

„Wieso hast du so getan, als wärst du tot?", fragte ich ihn schließlich mit belegter Stimme.

Seine Finger verkrampften sich um das Lenkrad. „Es ging nicht anders."

„Was meinst du damit?"

Er atmete tief ein. „Es ist nicht mehr weit. Dann erkläre ich dir alles."

„Wieso erklärst du es mir nicht jetzt?" Ich merkte selbst, wie widerspenstig das klang, aber je länger ich hier mit ihm zusammen in dem Auto saß, desto wütender wurde ich. Was sollte das bedeuten, *es ging nicht anders*? Wieso hatte er nie etwas gesagt? Zumindest eine verdammte Karte hätte er uns schreiben können.

„Lizzy ..."

„Nicht", fiel ich ihm ins Wort. „Sprich nicht in diesem Ton mit mir, als wäre ich ein Kind und du ..." Ich spürte, wie mir die Tränen kamen, und schluckte sie mit Gewalt hinunter. „Wohin bringst du mich?", presste ich schließlich hervor.

„Zu einem sicheren Ort."

Ich löste meinen Blick von seinem Gesicht und starrte hinaus in die Dunkelheit. Felder und Büsche zogen an uns vorüber, wobei mir auffiel, dass sich mein Vater exakt an die

Geschwindigkeitsbegrenzung hielt. Es schien zu seiner Taktik zu gehören, nicht aufzufallen, und ich merkte, wie mich der Gedanke noch wütender machte. Offenbar hatte er in all den Jahren, in denen er Alexa und mich im Glauben gelassen hatte, verbrannt zu sein, eine perfekte Strategie entwickelt, um keine Aufmerksamkeit auf sich zu ziehen. Und obwohl der vernünftige Teil von mir wusste, dass es dafür sicherlich einen Grund gab, hätte der emotionale Teil von mir ihn am liebsten einfach nur angeschrien.

„Achtung, jetzt rumpelt es gleich ein wenig“, sagte er leise und bog in einen Waldweg ein. Es war ein anderes Waldstück als das, in dem ich Ingo besucht hatte, und ich hielt mich an den Seitengriffen des schwarzen Opels fest, während wir langsam über die Forststraße fuhren. Nach ein paar hundert Metern gelangten wir zu einer Abzweigung, in die mein Vater einbog. Die Bäume standen hier so dicht, dass die Zweige der Tannen rechts und links an den Fenstern entlangstreiften, wodurch ich mich ein bisschen so fühlte, als ob wir durch eine Autowaschanlage fahren würden. Schließlich verbreiterte sich der Weg zu einer Art Lichtung, auf der sich eine helle Holzhütte befand. Direkt dahinter breitete sich ein glitzernder Teich in der Dunkelheit aus, auf dessen glatter Oberfläche sich das Licht des Mondes spiegelte.

Mein Vater parkte den Wagen auf der kleinen Wiese neben dem Haus und stellte den Motor ab.

„Wo sind wir hier?“, fragte ich und schnallte mich ab.

„An meinem Rückzugsort“, erwiderte er und öffnete die Autotür. „Komm mit, dann zeig ich dir alles.“

Er stieg aus dem Wagen und ging auf das kleine Häuschen zu, dessen Tür mit mehreren Schlössern gesichert war. Ich folgte ihm und sah mich dabei um. Die Geräusche der Nacht beruhigten mich ein wenig, obwohl mein Herz noch immer viel zu schnell schlug. Irgendwo quakte leise ein Frosch und das Zirpen der Grillen durchdrang die kühle Luft, die nach Seewasser roch. Von dem ganzen Ort ging ein Frieden aus, den ich absolut nicht in mir spürte. Noch immer zerrten meine Gefühle an mir und ich versuchte verzweifelt, die Oberhand über meine unterschiedlichen Emotionen zu behalten. Ich wollte stark sein, ich wollte wissen, was passiert war, wollte, dass er mir endlich eine Erklärung gab – während sich das kleine Mädchen in mir danach sehnte, dass er mich einfach in den Arm nahm.

Mit hämmerndem Herzen trat ich nach ihm über die Schwelle und sah mich in dem großen Raum um. Es schien sich bei dem Häuschen um eine Art Fischerhütte zu handeln, denn neben der Tür lehnte eine umfangreiche Angelausrüstung und an der gegenüberliegenden Wand hingen unterschiedlich große Kohlezeichnungen verschiedener Fische. Die Einrichtung war einfach, aber gemütlich. Links gab es eine Kochecke mit einem großen Kachelofen und dahinter den Essbereich mit einem Tisch und drei Stühlen. Der rückwärtige Teil des Raumes beherbergte ein großes Sofa mit einer gefütterten Patchworkdecke und einen bunten Flickenteppich auf dem Boden. Dahinter führte eine weitere Tür auf eine Terrasse und ich sah durch das Fenster daneben, dass man von dort einen wundervollen Blick direkt auf den Teich hatte.

Mein Vater zog seine Kapuzenjacke aus und hängte sie an einen der Haken neben der Tür. Dabei betrachtete er mich mit einer solchen Traurigkeit, als ob er genauso unter der Trennung gelitten hätte wie wir. Wobei ich nicht fand, dass er das Recht dazu hatte. Schließlich hatte er gewusst, dass wir am Leben waren.

Im Gegensatz zu uns.

Mein Vater hätte jederzeit mit uns Kontakt aufnehmen können, *wenn er es gewollt hätte*. Der Gedanke bohrte sich in meine Eingeweide und verursachte dort einen brennenden Schmerz.

„Mach es dir schon mal gemütlich“, sagte er in diesem Moment, bevor er zur Kochecke ging und Wasser aufsetzte.

„Willst du auch einen Tee?"

Verärgert schüttelte ich den Kopf. Ich hatte absolut keine Lust, es mir gemütlich zu machen, und nein, ich wollte keinen Tee, ich wollte endlich Antworten.

„Du hast gesagt, du erklärst mir alles, sobald wir hier sind."

„Ja, Lizzy. Und das tue ich auch." Er nahm zwei Tassen aus einem Hängeschrank und trug sie zum Tisch. Dann drehte er sich zu mir um und blickte mich an. Es war, als ob er sich mein Aussehen ganz genau einprägen wollte, und ich fragte mich unwillkürlich, ob er schon plante, erneut abzuhauen, nachdem wir uns gerade erst wiederbegegnet waren.

Mit einem tiefen Atemzug versuchte ich, die brodelnde Wut in mir unter Kontrolle zu bekommen. Stattdessen musterte ich sein schmales Gesicht.

Seine braunen Augen mit den leicht schräg gestellten Augenbrauen waren noch wie früher, doch von seinen Nasenflügeln abwärts hatte er zwei tiefe Falten bekommen, die seinem Gesicht einen besorgten Ausdruck verliehen. Auch seine Frisur hatte sich verändert. Während ich meinen Vater glatt rasiert und mit vollem Haar in Erinnerung hatte, trug er nun einen sichtbaren Bartschatten und hatte die rostbraunen Haare militärisch kurz geschnitten. Die Schatten unter seinen Augen ließen darauf schließen, dass er schon lange nicht mehr richtig gut geschlafen hatte. Was nur fair war, da ich in den letzten 13 Jahren auch oft nicht gut geschlafen hatte. Wie viele Nächte hatte ich wach gelegen und mich gefragt, wie unser Leben verlaufen wäre, wenn er und Mama noch leben würden. Wie es sein würde, jeden Tag im Zimmer neben ihrem aufzuwachen. Ob sie meine Artikel lesen würden. Ob sie Alexas Zeichnungen aufhängen würden. *Ob sie stolz auf uns wären.* Unwillkürlich stiegen mir erneut Tränen in die Augen und ich blinzelte sie rasch zurück. Ich wollte nicht vor ihm weinen.

„Ich habe lange von diesem Moment geträumt", sagte er nun leise und stützte sich mit den Händen auf der Tischkante ab, während er mich ansah. „Dich wiederzusehen. *Euch* wiederzusehen."

Kopfschüttelnd presste ich die Lippen aufeinander. „Und was hat dich so lange davon abgehalten?" Ich wusste, dass das nicht die Reaktion war, die er sich von mir erhoffte. Aber ich hatte das Gefühl, dass mir in diesem Moment nur zwei Optionen zur Verfügung standen: Ich konnte wütend sein und versuchen, ihn körperlich und seelisch auf Abstand zu halten – oder ich würde mich vor seinen Augen in ein schluchzendes Häuflein Elend verwandeln. Und das wollte ich nicht. Nicht, solange er mir noch keine einzige meiner Fragen beantwortet hatte.

Er atmete tief aus und fuhr sich dabei durch die Haare.

„Wahnsinn", murmelte er. „So oft habe ich versucht, mir dieses Gespräch vorzustellen, und jetzt weiß ich nicht, wo ich anfangen soll."

„Wie wäre es mit dem Tag, an dem euer Auto gegen den Baum gekracht ist?", schlug ich vor und schlang die Arme um meinen Oberkörper. „In dem Polizeibericht stand, dass zwei Leichen darin gefunden wurden." Ich wählte absichtlich eine nüchterne Wortwahl und sah ihm direkt in die Augen, während ich gleichzeitig versuchte, nicht zu zittern, obwohl mein ganzer Körper so unter Spannung stand wie beim ersten Mal, als ich versucht hatte, die Tür zum Zeitenraum zu öffnen.

Mein Vater nickte und zog sich einen Stuhl zurück, um sich zu setzen. „Es waren tatsächlich zwei Personen in dem Auto", sagte er dann leise. „Eine davon war deine Mutter und die andere … war Martin."

„Dein bester Freund?", erwiderte ich fassungslos. „Ich dachte, er wäre erst nach dem Unglück mit dem Zug angekommen und sofort wieder abgereist?"

Mein Vater blickte mich schwermütig an und schüttelte den Kopf. „Er hatte eine frühere Zugverbindung bekommen. An dem Tag, als es … passierte, musste ich noch etwas Wichtiges erledigen. Deshalb bot Martin an, mit deiner Mutter schon zur Beerdigung vorzufahren – ich wollte nachkommen. Außer uns dreien wusste niemand davon und deshalb starb an diesem Tag nicht ich, sondern Martin an meiner Stelle."

Ich atmete zitternd ein und schüttelte den Kopf. „Aber wieso bist du danach weggegangen?", flüsterte ich. „Wieso hast du uns allein gelassen?" Er setzte zu einer Antwort an, aber die Worte purzelten weiter aus meinem Mund, so unaufhaltsam wie ein Strom. „Weißt du eigentlich, wie *allein* wir uns gefühlt haben?", brach es aus mir heraus. „An dem Tag ist unser ganzes Leben auseinandergebrochen! Ihr wart unsere ganze Welt und plötzlich wart ihr beide nicht mehr da!" Gegen meinen Willen kamen mir nun doch die Tränen und liefen mir über die Wangen. „Wir dachten, ihr wärt beide tot", schluchzte ich. „Ich habe euch so vermisst, dass ich geglaubt habe, ich müsste ebenfalls sterben – und dabei warst du die ganze Zeit noch da und hast gelebt, ohne uns je auch nur ein einziges Zeichen zu geben. *Was für ein Vater macht so etwas?*" Die letzten Worte schleuderte ich ihm entgegen und ich konnte sehen, wie sehr sie ihn trafen. Er zuckte regelrecht zusammen und seine Augen begannen zu schimmern.

„Es tut mir so leid, Lizzy", antwortete er mit brechender Stimme. „Ich habe euch ebenso vermisst, das musst du mir glauben."

Kopfschüttelnd wischte ich mir die Tränen von den Wangen und atmete mehrmals tief durch. „Dann erklär es mir", presste ich schließlich hervor. „Wovor hattest du solche Angst, dass du jeglichen Kontakt abgebrochen hast? Und wie hast du es überhaupt geschafft, so komplett unterzutauchen? Das muss doch jemandem bei der Obduktion aufgefallen sein, dass der Mann im Wagen nicht du warst."

Mein Vater nickte nach einem Moment. „Ich habe den Untersuchungsarzt bestochen, damit es nicht ans Licht kommt. Martin hatte keine Familie, deshalb gab es auch niemanden, der nach ihm gesucht hat. Und ich habe fast meine gesamten Ersparnisse dafür verwendet, um mir neue Papiere zu besorgen und unter falschem Namen zu leben."

Ich schnaubte leise. „Einfach so?" Die Worte klangen vorwurfsvoller, als ich wollte, aber ich konnte gerade nicht anders. Die Vorstellung, dass mein Vater sich gefälschte Papiere besorgt hatte, um sein Leben in Zukunft ohne uns weiterzuführen, tat gerade einfach nur weh.

Er atmete langsam aus und sah mich auf eine Weise an, als ob er am liebsten den Arm nach mir ausgestreckt hätte.

„Nein, Lizzy. Nicht einfach so. Es war das Schwerste, was ich je getan habe, das musst du mir glauben." Der Schmerz in seiner Stimme brachte mich dazu, den Blick zu senken. „Aber ich musste euch vor ihm beschützen, auch wenn der Preis dafür sehr hoch war."

„Wer ist *er*?", flüsterte ich. „Sprichst du von dem Gedankenleser?"

Er stockte kurz. „Du weißt also von ihm."

Ich nickte.

Mein Vater zögerte für einen Moment. „Ich hatte panische Angst, dass er euch etwas antun würde. Nach dem, was passiert war ..." Seine Worte wurden von dem plötzlichen Pfeifen des Teekessels begleitet und ich zuckte unwillkürlich zusammen. Er stand auf und ging hinüber in die Kochecke.

Ich merkte, wie mir kälter wurde. „Ist der Gedankenleser denn wirklich so gefährlich?"

„Wie viel weißt du über ihn?"

„Fast gar nichts, nur dass er zu diesen dunklen Erben gehören soll, die anscheinend die Anführer eines mächtigen Syndikats sind. Und dass er Gedanken nicht nur lesen, sondern auch steuern kann", sagte ich und machte einen Schritt auf ihn zu. „Weißt du, wer er ist?"

„Nein", antwortete mein Vater und nahm den Teekessel von der Gasflamme. „Ehrlich gesagt weiß ich nicht einmal, ob es sich um einen Mann oder eine Frau handelt. Aber du hast recht, er oder sie ist in der Lage, Gedanken nicht nur zu lesen, sondern auch zu manipulieren. Und das macht diese Person so gefährlich, denn sie kann Menschen wie Marionetten benutzen."

Mein Vater schenkte uns beiden heißes Wasser ein. „Kamillentee mit Honig, so wie früher?", fragte er mich dann und ich zuckte einfach nur mit den Schultern, während ich mich auf einem der Stühle niederließ. Langsam begann ich zu verstehen, was meinen Vater dazu getrieben hatte, Alexa und mich im Stich zu lassen. Wobei mir noch immer nicht klar war, warum der Gedankenleser es darauf abgesehen hatte, unsere ganze Familie zu töten.

„Wieso musste Mama sterben?", fragte ich bitter. „Und Martin. Was hatten die beiden mit der Sache zu tun?"

„Gar nichts", erwiderte mein Vater nüchtern. „Dem Gedankenleser war damals sicher nicht bewusst, dass nicht ich in dem Wagen saß. Aber ich war definitiv sein Ziel, er wollte mir wehtun, Lizzy. Denn wir sind die Einzigen, die von seiner Existenz wissen und die er nicht beeinflussen kann. Zumindest, sobald wir unsere Fähigkeit besitzen."

Seine Worte erzeugten bei mir eine Gänsehaut und mein Kopf ruckte nach oben.

„Du brauchst mich nicht so anzusehen. Ich weiß, dass du es auch kannst", sagte er ruhig. „Du kannst die verschiedenen Varianten der Zukunft sehen. Genau wie ich."

„Und Mama? Sie konnte es nicht, oder?"

Er schüttelte den Kopf. „Nein. Es wird nur in meiner Familie weitervererbt."

„Und was ist mit Alexa?" Ihren Namen zu nennen, rief mein schlechtes Gewissen auf den Plan. Erneut hatte ich das Gefühl, sie zu verraten, weil ich mich hier mit unserem doch nicht so toten Vater unterhielt. „Wird sich die Gabe bei ihr auch noch entfalten?"

Wieder schüttelte er den Kopf. „Obwohl ihr beide die magische Erbanlage in euren Zellen tragt, wird sie immer nur bei einem Kind aktiv. Ich wusste selbst nicht, wer von euch es sein würde."

„Wow." Ich stand auf und lief ein paar Schritte durch die Hütte. Mein Gesicht fühlte sich heiß an und ich hatte das dringende Bedürfnis, frische Luft zu schnappen. „Können wir ein Fenster aufmachen?"

„Wir können auch raus auf die Terrasse gehen, wenn du das möchtest", sagte er und stand auf. Er war schlanker als früher, beinahe schon sehnig, und ich fragte mich unwillkürlich, ob er all die Jahre auf der Flucht oder auf der Jagd gewesen war.

„Es tut mir leid, Lizzy." Mein Vater legte sanft eine Hand auf meinen Rücken, während er sich nach vorn beugte und die Tür zu Terrasse öffnete. „Ich kann wahrscheinlich nur ansatzweise erahnen, wie viel das alles gerade für dich ist."

Seine sanfte Berührung veränderte etwas, sie brachte mein penibel errichtetes Kartenhaus ins Wanken und ich spürte, dass ich kurz davor war, die Kontrolle über mich und meine Gefühle zu verlieren. Rasch trat ich durch die offene Tür auf die Terrasse hinaus und inhalierte tief die frische Luft. Der spiegelglatte Teich lag still vor mir und ich versuchte, all das Chaos in meinem Inneren für den Moment nicht zu beachten und einfach nur die Anwesenheit meines Vaters neben mir zu genießen.

Er lebte.

Wie oft hatte ich mir genau das aus tiefstem Herzen gewünscht? Und nun war es wahr geworden – aber auf eine Art, dass ich mich nicht einfach nur darüber freuen konnte. Denn gleichzeitig bestätigte es auch meine schlimmsten Befürchtungen: dass Mama ermordet worden war und wir noch immer in Gefahr schwebten.

„Du siehst deiner Mutter so ähnlich", sagte er in diesem Moment mit rauer Stimme. „Dich anzusehen, ist beinahe, als würde ich eine Reise in die Vergangenheit unternehmen."

Gedankenverloren steuerte ich die Terrassenstufen an, die hinunter zum Ufer führten, und ließ mich am Treppenabsatz nieder. „Was genau sind wir? Und wieso können wir das, was wir können?"

„Wir nennen uns *Zeitenöffner*. Ich weiß, der Name klingt etwas eigenartig, aber er kommt daher, dass wir Türen in die Zukunft oder Vergangenheit öffnen können." Er machte eine kurze Pause. „Du hast sicher schon von der Legende von Kirchbruch gehört, von der Geschichte von dem Blitz und den drei Männern."

Ich nickte und mein Vater setzte sich neben mich. Dabei traf mich ein Hauch seines Duftes, der mich direkt zurück in meine Kindheit versetzte. Es war eine Mischung aus holzig und frisch, ein Aftershave, das er schon damals gern benutzt hatte.

„Das, was damals passiert ist, ist wahr. Ich konnte es zuerst selbst nicht glauben, aber die drei Männer wurden in jener Nacht unter der Eiche mit besonderen Fähigkeiten ausgestattet. Es gab schon immer Theorien, dass der Mensch noch lange nicht das Spektrum seiner Möglichkeiten erreicht hat." Er machte eine kurze Pause. „Offenbar trugen die drei Männer, die unter dem Baum Schutz gesucht haben, bereits die Veranlagung in sich, um mehr wahrzunehmen. Und als der magische Blitz in die Eiche einschlug, scheint sich ihr Bewusstsein auf eine Weise erweitert zu haben, dass sie tatsächlich mehr sehen konnten. *Viel mehr*."

Sofort musste ich an meine Zukunftsvisionen und den sich drehenden weißen Raum denken.

„Wir leben in einer sehr rationalen Welt, Lizzy", fuhr mein Vater fort. „In einer Welt, in der nicht mehr an Magie geglaubt wird, in der alles immer mit Vernunft erklärt werden muss. Was ist aber, wenn unsere Vernunft zu beschränkt ist, um noch eine ganz andere Ebene zuzulassen?"

„Du meinst, dass wir in dem Fall privilegiert sind?", fragte ich skeptisch, weil ich mich gerade ganz und gar nicht privilegiert fühlte. „Wie viele gibt es überhaupt von uns? Hast du auch mit Zeitenöffnern Kontakt, die in die Vergangenheit sehen können?“

„Ich kannte jemanden“, bestätigte er und meinte damit offenbar Rouvens Mutter. Er blickte nachdenklich über das Wasser. „Und du kennst auch so jemanden, richtig?“

Als ich nicht sofort antwortete, seufzte er leise. „Du kannst mir vertrauen, Lizzy. Ich bin auf deiner Seite.“

„Vielleicht kann ich das“, sagte ich zweifelnd und fuhr mir mit den Händen durch meine Haare. „Vielleicht aber auch nicht. Ich habe in der letzten halben Stunde mehr erfahren, als ich verkraften kann.“

Er blickte über das stille Wasser und ich hörte ein leises Platschen, als ein Frosch von einem Seerosenblatt in den Teich tauchte. „Ich verstehe dich, Lizzy. Aber es ist wichtig, dass du deine Gefühle für den Moment beiseiteschiebst und mir zuhörst. Du und Rouven, ihr seid in Gefahr.“

„Du kennst also seinen Namen.“

Mein Vater nickte. „Ich weiß viele Dinge über dich und Alexa. Ihr wusstet zwar nicht, dass ich da war, aber ich habe versucht, auf euch achtzugeben. All die Jahre habe ich es versucht.“

Ein sanfter Wind fuhr uns entgegen und kühlte meine Stirn, während ich ihn ansah.

„Und was hat sich nun geändert, dass du aus dem Schatten hervorgetreten bist und nicht mehr still deine schützende Hand über uns hältst?“ Meine Worte klangen vielleicht ein wenig zu bissig, aber da war etwas in mir, das ihm einfach noch nicht verziehen hatte, uns all diesem Schmerz auszusetzen. „Du hättest uns doch wenigstens *eine* Nachricht zukommen lassen können“, fuhr ich fort. „Eine einzige, in der du zumindest hättest sagen können, dass du nicht in dem Auto verbrannt bist wie Mama.“

Er fuhr sich durch seine kurz geschnittenen Haare und schüttelte den Kopf. „Nein, Lizzy – das hätte nicht funktioniert.“

„Warum nicht?“

„Weil ich nicht riskieren konnte, seine Aufmerksamkeit zu erregen“, sagte er nachdrücklich und rieb sich die Nasenwurzel. In diesem Moment wirkten seine Falten noch tiefer und er sah unglaublich müde aus. „Du hast keine Vorstellung von seinen Fähigkeiten“, fuhr er fort. „Ein Gedankenleser benötigt nur kurzen Blickkontakt, um in deinen Kopf einzusteigen. Innerhalb eines Sekundenbruchteils ist er in der Lage, dir seinen Willen aufzudrängen und ihn zu deinem zu machen. Er kann deinen Kopf vernebeln und dir einen Gedanken einpflanzen, den du nicht mehr loswirst, bis du getan hast, was er will.“

„Aber ich dachte, er hat keinen Zugriff auf uns *Zeitenöffner*?“

„Jetzt, wo du deine Gabe hast, kann er nicht mehr in deinen Kopf. Aber davor hätte er es gekonnt – und bei Alexa kann er es noch immer. Hätte der Gedankenleser also damals von einem von euch erfahren, dass ich noch am Leben bin, hätte er gewusst, dass ich ihn jage. Und er hätte gewusst, wie er mich am schlimmsten treffen kann.“ Er zögerte kurz. „Er hätte euch beide einfach umgebracht.“

Irgendwo in der Nähe schrie ein Vogel und ich zuckte zusammen.

„Das war nur ein Kauz“, sagte mein Vater beruhigend und in diesem Moment entdeckte ich in seiner Stimme wieder jenen liebevollen Klang, den ich das letzte Mal vor 13 Jahren gehört hatte. Ohne es zu wollen, traten mir erneut Tränen in die Augen und ich hatte das Gefühl, erst jetzt so richtig zu begreifen, dass er noch hier war. Meine Unterlippe bebte, als ich ihn ansah, und er seufzte tief, als er mir ins Gesicht blickte.

„Oh Lizzy“, flüsterte er dann. „Ich wünschte, ich könnte dir das alles ersparen.“ Und als er mir dann mit dem Daumen kurz übers Kinn strich, so wie er es schon getan hatte, als ich noch ganz klein gewesen war, konnte ich den selbst auferlegten Abstand einfach nicht länger einhalten. Alles in mir wünschte sich, endlich von ihm gehalten zu werden, und ich schluchzte leise, als er den Arm nach mir ausstreckte und mich sanft an sich zog.

„Es wird alles gut“, murmelte er in meine Haare und ich klammerte mich an ihn, während mich der Schmerz der verlorenen Jahre zu überwältigen drohte. „Alles wird gut“, wiederholte mein Vater und ich wollte ihm wirklich nur zu gern glauben, aber ich konnte es einfach nicht.

Kapitel 2

Als ich mich schließlich irgendwann beruhigt hatte, strich mir mein Vater sanft eine tränenfeuchte Haarsträhne aus dem Gesicht. „Wollen wir wieder hineingehen? Die Mücken fressen mich hier auf."

Ich nickte und stand etwas wackelig auf, um hinter ihm in die erleuchtete Hütte zu gehen. Noch immer quälten mich so viele Fragen, dass ich gar nicht wusste, wo ich anfangen sollte.

„Warst du es, der mich in letzter Zeit immer wieder in Kirchbruch beobachtet hat?", fragte ich schließlich. „Ich hatte in den letzten Tagen öfter das Gefühl, als ob jemand da gewesen wäre."

Mein Vater sah mich seltsam an, bevor er nickte. „Ja, das war ich", gab er schließlich zu. „Ich habe mich in deiner und Alexas Nähe aufgehalten, um herauszufinden, wer von euch beiden die Gabe geerbt hat. Dabei konnte ich sehen, dass Rouven unabsichtlich deine Fähigkeit aktiviert hat …"

„Rouven hat unabsichtlich meine Fähigkeit aktiviert?", wiederholte ich und dachte an die violetten Blitzfunken, die schon bei unserem ersten Zusammentreffen zu sehen gewesen waren.

„Ein Zeitenöffner der Zukunft benötigt einen Zeitenöffner der Vergangenheit, um seine Gabe zu entfalten – und umgekehrt. Als ich vor ein paar Wochen erkannt habe, dass Rouven deine Fähigkeit aktiviert hat, habe ich mir natürlich noch mehr Sorgen um dich gemacht, schließlich hattest du niemanden, der dir den Weg weist. Und als dann dieser verdammte Ast beinahe auf dich gefallen wäre …"

„Das warst auch du?", entfuhr es mir überrascht, bevor ich mich auf das bequeme Sofa mit der Patchworkdecke sinken ließ. „Wieso hast du dich denn damals noch nicht zu erkennen gegeben?"

„Es war zu gefährlich“, erwiderte er bestimmt und setzte sich neben mich. „Die Stadt steckt voller unsichtbarer Augen und Ohren. Du musst dir bewusst machen, dass jeder Mensch der Gedankenleser sein könnte – oder von ihm gelenkt werden kann.“ Er atmete hörbar aus. „Glaub mir, Lizzy, wenn ich nicht so eine Angst um euch gehabt hätte, hätte ich schon viel früher Kontakt aufgenommen.“

„Und was hat sich geändert?“, fragte ich. „Warum jetzt? Es ist doch noch immer gefährlich, oder?“

Er nickte. „Ja, das ist es. Aber jetzt ist es das Risiko wert. Denn ich weiß, dass ihr Konstantins USB-Stick gefunden habt.“

Überrascht zog ich die Augenbrauen zusammen. „Hast du das etwa in einer Variante der Zukunft gesehen?“

Er schüttelte den Kopf. „Es ist nicht empfehlenswert, in seine eigene Zukunft zu blicken. Aber ich habe dich und Rouven aus Konstantins Haus kommen gesehen.“ Er sah mich eindringlich an. „Konstantin wollte sich kurz vor dem Überfall mit mir treffen. Er sagte, er hätte Informationen auf einem Stick für mich. Es klang so, als hätte er einen Durchbruch geschafft.“

„Einen Durchbruch in Bezug auf was? Hat Konstantin etwa herausgefunden, wer der Gedankenleser ist? Liegt er deswegen im Koma?“

Mein Vater rieb sich mit den Fingern über die Augen. „Ich vermute es. Konstantin und ich hatten im Darknet schon länger Kontakt miteinander. Obwohl wir uns nie persönlich getroffen haben, haben wir doch beide dasselbe Ziel verfolgt – nämlich endlich herauszufinden, wer der Gedankenleser ist.“ Die Schatten in seinem Gesicht wurden tiefer, als er die Augenbrauen zusammenzog. „Peter, Konstantins Geschäftspartner, hat sich mit einer der Familien aus dem Syndikat angelegt, die unter dem Schutz *der dunklen Erben* stehen. Deshalb wurde er von dem Gedankenleser in den Selbstmord getrieben. Konstantin begann daraufhin, nachzuforschen und Informationen zu sammeln. Auch ich war dem Gedankenleser seit dem Tod deiner Mutter auf den Fersen. Allerdings musste ich dabei sehr vorsichtig vorgehen, denn man weiß nie, wer alles zu seinem Netzwerk gehört und wer nicht. Außerdem hatten mich die Bestechung des Arztes, der den Obduktionsbericht verfasst hat, sowie meine neuen Papiere jede Menge Geld gekostet. Und ich musste ständig arbeiten, um mir meine Nachforschungen überhaupt leisten zu können."

„Was hast du denn gemacht?" Von Tante Margret wusste ich nur, dass mein Vater Informatik studiert hatte.

„Ich habe mich mit kleineren Programmierarbeiten über Wasser gehalten. Habe Websites designt und versucht, möglichst wenig Kontakt zu realen Personen zu haben."

„Weil jeder von ihnen die Marionette des Gedankenlesers sein könnte."

„Exakt." Er nickte. „Der Gedankenleser ist ein Meister der Tarnung. Das Einzige, was ich über ihn weiß, ist, dass seine Familie wegen der Legende eine Verbindung zu Kirchbruch haben muss. Deshalb habe ich damit meine Suche gestartet. Doch jedes Mal, wenn ich das Gefühl hatte, ihm ein Stück näher zu kommen und eventuell einen Hinweis auf seine Identität zu erlangen, hat er seine Spur wieder verwischt. Leichen pflastern seinen Weg und er hat durch seine Gabe unendlich viel Einfluss und Macht." Er machte eine kurze Pause. „Das Letzte, was Konstantin mir geschrieben hat, war, dass er mich persönlich treffen möchte. Doch bevor er sich auf den Weg machen konnte, wurde er überfallen und halb tot geprügelt. Ich bin überzeugt davon, dass er dem Gedankenleser zu nah gekommen ist."

„Konstantin ist aber keiner von uns? Oder hat er auch eine besondere Fähigkeit?"

„Konstantins Fähigkeit ist die, sich in Dinge zu verbeißen und dann nicht mehr loszulassen", erwiderte mein Vater. Er stand auf, um unseren Tee vom Tisch zu holen. Er war inzwischen etwas ausgekühlt und ich nahm die Tasse dankbar entgegen, weil es irgendwie guttat, etwas zu haben, an dem ich mich festhalten konnte.

„Hast du eine Ahnung, was das Ziel des Gedankenlesers ist?“, fragte ich.

Mein Vater schüttelte den Kopf und sein Blick wurde ernst. „Noch nicht, aber ich werde es herausfinden. Und dafür benötige ich diesen verdammten USB-Stick.“

„Den USB-Stick hat im Moment Rouven. Er versucht herauszukriegen, ob Konstantin irgendwelche versteckten Dateien darauf abgelegt hat.“

Mein Vater wollte gerade einen Schluck von seinem Tee nehmen und stockte mitten in der Bewegung. „Das heißt, der Stick ist jetzt gerade im Haus der Wellingers?“

Da mir der angespannte Tonfall in seiner Stimme nicht entging, runzelte ich die Stirn. „Ja. Ist das ein Problem?“

Mein Vater stand auf und begann im Zimmer auf und ab zu tigern. „Ich weiß es nicht. Konstantin hat vermutet, dass die Wellingers irgendetwas verheimlichen.“ Er atmete hörbar aus. „Es wäre mir lieber, wenn du den Stick so schnell wie möglich zu mir bringst.“

„Okay“, sagte ich langsam. „Dann werde ich Rouven bitten, dass er ihn mir gibt.“

„Aber erzähl ihm nichts von mir“, sagte mein Vater sofort. „Es ist von größter Wichtigkeit, dass du die Einzige bleibst, die weiß, dass ich noch am Leben bin.“

„Die Einzige?“, wiederholte ich. „Und was ist mit Alexa? Ich kann das vor ihr doch nicht geheim halten.“

Wieder huschte dieser schmerzerfüllte Ausdruck über das Gesicht meines Vaters. „Das musst du aber, Lizzy. Deine Schwester darf von all dem nichts erfahren. Wenn wir sie auch noch einweihen, würde das die Sache um einiges komplizierter machen. Und gefährlicher – für uns alle.“

Fassungslos starrte ich ihn an. Die Lust auf meinen Tee war mir vergangen und ich stellte die Tasse mit einer heftigen

Bewegung auf dem kleinen Beistelltischchen neben dem Sofa ab. „Ist das dein Ernst? Heißt das, du willst, dass ich unser Treffen komplett für mich behalte?“

Er seufzte. „Ich weiß, es ist schwer. Aber leider ist es auch notwendig. Glaub mir, ich weiß, wovon ich spreche.“

„Nein!“, entfuhr es mir impulsiv. „Das kann ich doch nicht tun! Sie ist meine Schwester, du kannst doch nicht von mir verlangen, vor ihr zu verheimlichen, dass ich mich mit dir getroffen habe.“

„Gerade weil sie deine Schwester ist, müssen wir das tun, was am Besten für sie ist“, gab er nachdrücklich zurück. „Auch wenn es wehtut.“

„Und das Beste für sie ist, von mir angelogen zu werden?“, erwiderte ich ungläubig. „Ich habe verstanden, dass von diesem Gedankenleser eine immens große Gefahr ausgeht, aber es muss doch auch noch einen anderen Weg geben.“

„Es gibt aber keinen anderen Weg, Lizzy“, erwiderte mein Vater heftig.

„Aber …“, setzte ich an, als er plötzlich ruckartig aufstand.

„Kein Aber“, sagte er bestimmt. „Dir kommt es jetzt vielleicht schrecklich vor, Alexa im Unklaren zu lassen, aber es muss nun mal sein. Schließlich könnte der Gedankenleser seine Fähigkeiten jederzeit bei ihr einsetzen. Und wenn er in ihren Gedanken hört, dass ich noch am Leben bin, war das Versteckspiel der ganzen letzten Jahre umsonst.“

„Und wenn sie auf die Uni geht?“, fragte ich. „Darf sie dann immer noch nichts von dir wissen?“

Er machte ein paar Schritte durch den Raum und schüttelte den Kopf. „Es ist einfach zu gefährlich. Der Gedankenleser könnte ihr folgen.“

„Aber du bist unser Vater“, versuchte ich ein letztes Mal, ihn zu überzeugen. „Wenn dieser Gedankenleser wirklich hier in Kirchbruch ist und Alexa woanders hinzieht, wieso sollte er ihr dann …“

„Genug, Lizzy!“, herrschte er mich an. „Denkst du

denn, dass der Flugzeugabsturz wirklich ein Zufall war? Landesgrenzen halten ihn nicht auf und der Tod von Onkel Richard und Tante Gerda ist der Beweis dafür. Er hat euch nach Kirchbruch gelockt. *Er wollte, dass ihr hier seid.*“

Seine Worte jagten mir einen eiskalten Schauer über den Rücken und ich hatte augenblicklich das Gefühl, dass die Temperatur im Raum um zehn Grad fiel.

„Wie meinst du das?“, fragte ich tonlos.

Mein Vater atmete tief ein und sah plötzlich älter aus als je zuvor. „Nach dem Tod von Margret waren Onkel Richard und Tante Gerda eure letzten lebenden Verwandten“, erklärte er mir dann müde. „Und nach der Beerdigung wärt ihr aller Wahrscheinlichkeit nach zu ihnen in die Schweiz gezogen – und genau das wollte er offenbar verhindern.“

Ich starrte meinen Vater an und war froh, schon zu sitzen, da sich der Raum vor meinen Augen zu drehen anfing.

„Das heißt, du bist der Meinung, dass der Gedankenleser für einen Flugzeugabsturz verantwortlich ist, der 87 Personen das Leben gekostet hat, nur um unsere Familie vollständig auszurotten?“ Es klang noch absurder als meine Schweinegrippe-Story und ich hoffte inständig, dass er gleich den Kopf schütteln würde.

Stattdessen nickte er düster. „Wie ich schon sagte, kann der Gedankenleser deinen Geist vernebeln und dort jeden Gedanken einpflanzen, den er möchte. Dem Untersuchungsbericht der Luftfahrtbehörden zufolge hat ein elementarer Fehler des Fluglotsen dazu geführt, dass die Maschine auf dem Weg nach Hamburg fast mit einer anderen kollidiert wäre und deshalb abgestürzt ist. Angeblich hatte der Mann, der für den Unfall verantwortlich war, ein Blackout und konnte sich bei den anschließenden Befragungen an nichts mehr erinnern. Allerdings handelte es sich dabei um einen erfahrenen Fluglotsen, der bisher immer nur die besten Bewertungen von seinen Führungskräften erhalten hatte. Das war kein Zufall, Lizzy.“

„Du glaubst also, der Gedankenleser hat ihn gelenkt?", flüsterte ich.

„Ja, das glaube ich", bestätigte mein Vater. „Wenn der Gedankenleser jemanden lenkt, bekommen die Leute eine Art abwesenden Blick, der nicht weiter auffällt, wenn man nicht weiß, was dahintersteckt. Ist dir dieser Ausdruck vielleicht schon bei jemandem aufgefallen?"

Sofort musste ich an Josephs Unfall denken, bei dem Pascal glasige Augen gehabt hatte, sowie an Tristans Party. Mike war damals mit glasigen Augen plötzlich verschwunden und auch Alexa hatte so einen abwesenden Blick bekommen, als sie Rouven für das Wahrheit-oder-Pflicht-Spiel küssen musste. Allerdings war der Gedanke noch immer absurd, dass der Gedankenleser Alexa beeinflussen würde, um Rouven zu küssen.

„Es ist schon ein paar Mal vorgekommen", gab ich zu und schluckte. „Allerdings kann ich mir irgendwie nicht vorstellen, dass der Gedankenleser wirklich jedes Mal dahintersteckte. Auf welche Entfernung kann er denn jemanden lenken?"

„Der Überlieferung nach wirkt seine Fähigkeit 113 Schritte weit. Das ist genau die Distanz, die der Legende nach die Kraft des magischen Blitzes reichte. Angeblich reicht ein kurzer Blickkontakt innerhalb dieses Radius, um die Verbindung herzustellen, bevor er mit seinen Manipulationen beginnen kann."

„Das heißt, der Gedankenleser muss sich in der unmittelbaren Umgebung desjenigen befinden, den er manipulieren möchte", schlussfolgerte ich.

Mein Vater nickte. „Zumindest für die Kontaktaufnahme. Sobald er Blickkontakt hergestellt hat, ist er in der Lage, dir jeden beliebigen Gedanken einzupflanzen. Diese Überzeugungen wirken anscheinend auch dann noch weiter, wenn du dich aus dem 113-Schritte-Radius entfernt hast. Der Gedankenleser selbst bekommt beim Einsatz seiner Gabe auch diesen glasigen Blick – jedoch nur für einen

Sekundenbruchteil. Deswegen ist es auch so verdammt schwer, ihn ausfindig zu machen."

Ein kalter Schauer rann mir über den Rücken. Die Vorstellung, dass der Gedankenleser auf der Party gewesen war, dass er sich im Wohnzimmer aufgehalten oder hinter irgendeiner Hecke versteckt hatte, fühlte sich unglaublich hässlich an.

„Er befindet sich also wirklich in meiner Nähe", sagte ich leise. „Weißt du, warum? Warum hat er Alexa und mich nach Kirchbruch geholt?"

„Ich weiß es noch nicht." Die Stimme meines Vaters trug eine Mischung aus Wut und Verzweiflung in sich. Fröstelnd nahm ich nun doch einen Schluck von meinem Tee, der inzwischen kalt geworden war, und atmete tief ein. Der Gedanke, dass der Mörder meiner Mutter offenbar etwas von mir wollte, versetzte mich in eine Mischung aus Angst und Zorn.

„Wir haben nicht mehr viel Zeit", sagte mein Vater, der einen Blick auf die tickende Küchenuhr an der Wand geworfen hatte. Es war schon spät und ich würde tatsächlich nicht mehr lange bleiben können, wenn ich keinen Ärger mit Dieter bekommen wollte.

„Du darfst den Gedankenleser und seine Möglichkeiten keinesfalls unterschätzen." Er heftete seine braunen Augen auf mich und ging vor mir in die Hocke. „Und du musst beginnen, deine Gabe zu trainieren. Wie weit bist du?"

„Ich kann meine Fähigkeit mittlerweile einigermaßen hervorrufen und ich habe es schon in den weißen Raum geschafft, aber ich kann die Zeit dort nicht kontrollieren. Ich kann noch nicht steuern, wie weit ich in die Zukunft blicken kann."

„Das braucht etwas Übung, aber es ist gut, dass du das Zeitenfoyer schon betreten hast."

„Das Zeitenfoyer?"

Er lächelte. „Ja, so nennen wir den weißen Raum. Es ist

das Foyer, das dir Zutritt zur Zukunft gewährt." Mein Vater holte tief Luft und wurde wieder ernst. „Irgendwann könnte dir deine Fähigkeit den entscheidenden Vorteil gegenüber dem Gedankenleser verschaffen, wenn du sein Foyer betrittst. Für dich würde es sich ganz normal anfühlen, in seinem Zeitenfoyer zu sein. Das heißt, du würdest wahrscheinlich nicht einmal merken, dass du gerade dem Gedankenleser einen Besuch abstattest." Mein Vater ließ die Schultern sinken. „Ich selbst bin ihm noch nie so nah gekommen, um hier aus eigener Erfahrung zu sprechen, aber unsere Vorfahren glaubten, dass das unser einziger Vorteil ihm gegenüber ist: Wir können in sein Zeitenfoyer, während ihm die Macht fehlt, uns zu lenken."

„Weißt du denn, wie lange er jemanden lenken kann?"

Mein Vater zuckte mit den Schultern. „Das kann ich dir leider nicht sagen, Lizzy. Obwohl ich ihm so lange auf den Fersen war, weiß ich noch immer viel zu wenig über ihn – oder sie."

Ich dachte einen Moment über seine Worte nach, bevor mir etwas anderes einfiel. „Aber wenn du ihm die letzten Jahre durch die ganze Welt gefolgt bist, müsste es sich dann nicht um eine Person handeln, die während dieser Zeit nicht in Kirchbruch war?"

„Ich habe seine Spur verfolgt, Lizzy, nicht unbedingt ihn. In der heutigen Zeit könnte er die ganzen Jahre friedlich in Kirchbruch gelebt und von hier aus seine Befehle erteilt haben. Als Anführer des Syndikats verfügt er über die neuesten Technologien, seinen Möglichkeiten sind hier keine Grenzen gesetzt – schließlich hat er enorme finanzielle Ressourcen und genügend Handlanger, die er für seine Zwecke benutzen kann."

„Aber um seine Gabe einzusetzen und die Gedanken von jemandem zu manipulieren, müsste er dann nicht öfter weggeflogen sein?"

Mein Vater zuckte mit den Schultern. „Vielleicht ist er auch manchmal weg gewesen und hat den Leuten in Kirchbruch erzählt, dass er in den Urlaub fährt oder irgendwelche Freunde besucht, während er in Wirklichkeit die Gedanken eines Staatsoberhauptes oder eines Wirtschaftsbosses manipuliert hat, um seine ganz eigenen Ziele zu verfolgen. Wichtig ist, dass du niemandem vertrauen darfst und mir so schnell wie möglich den USB-Stick bringst. Egal, was da drauf ist, der Gedankenleser wollte nicht, dass jemand die Information erhält, und ist bereit, dafür über Leichen zu gehen."

„Ich werde mich darum kümmern", versprach ich, obwohl es mir noch immer nicht gefiel, Rouven kein Wort sagen zu dürfen. Dann warf ich einen Blick über die Schulter zur Küchenuhr. Es war wirklich schon spät und Dieter würde sich langsam Sorgen machen, weil ich so lange wegblieb.

„Ich weiß, du musst zurück", sagte mein Vater und blickte mich traurig an. „Dieter kümmert sich gut um euch, oder?"

Ich nickte nur.

„Ich wünschte, wir hätten mehr Zeit."

„Ich auch", stimmte ich ihm zu. „Wie erreiche ich dich?"

„Ich gebe dir meine Handynummer. Sei aber vorsichtig, dass Alexa nichts davon merkt. Wir treffen uns morgen um 13 Uhr wegen des Sticks, den genauen Ort schreibe ich dir noch."

„Werden wir dann etwas mehr Zeit haben?", fragte ich. „Ich habe das Gefühl, nicht einmal einen Bruchteil der Fragen gestellt zu haben, die mich beschäftigen."

„Wir werden sehen", erwiderte mein Vater ausweichend und räumte die Tassen in die Spüle, bevor er sich wieder mir zuwandte. „Aber egal, wie durcheinander du jetzt auch bist – du musst mir versprechen, mit niemandem über unser heutiges Treffen zu sprechen." Seine braunen Augen bohrten sich in meine. „*Mit niemandem*, Lizzy – hast du das verstanden?"

Kapitel 3

Auf der Rückfahrt in die Stadt stellte ich keine weiteren Fragen, sondern versank komplett in meinen Gedanken. Es gab so viel, was ich zu verarbeiten hatte. Ich spürte den Nachhall der Begegnung mit meinem Vater in jedem Schritt, als ich auf Dieters Haus zusteuerte. Dabei fiel mir ein grüner Mini auf, der unweit von unserer Auffahrt parkte. Zwei Personen saßen in dem Auto und knutschten miteinander. Und obwohl das heute der wohl verrückteste Tag in meinem ganzen Leben war und ich nicht mehr wusste, was ich denken oder fühlen sollte, musste ich ein wenig schmunzeln, als ich in dem Wagen Alexa erkannte. Ihre roten Haare flogen wild durch die Gegend und ihre Finger krallten sich in den schwarzen Hinterkopf ihres Knutschpartners.

Da es kurz vor zehn war und ich vermeiden wollte, dass Dieter sie gleich in flagranti erwischte, klopfte ich leicht gegen die Fensterscheibe. Dennis und Alexa schnellten auseinander und meine Schwester richtete sich rasch ihre Haare, bevor sie die Beifahrertür öffnete und zu mir hochblickte.

„Hey, Lizzy“, sagte sie überrumpelt und selbst im spärlichen Licht der Straßenlaterne konnte ich erkennen, dass ihre Wangen gerötet waren.

„Hallo, Alexa.“ Ich beugte mich ein Stück nach unten, um in den Innenraum des Fahrzeugs zu schielen.

„Und du bist doch Timo von der Party, ich erinnere mich.“ Ich lächelte und sah, wie Dennis die Augenbrauen zusammenzog und sich durch das wellige Haar fuhr. „Eigentlich heiße ich noch immer Dennis“, meinte er mit kratziger Stimme.

„Und eigentlich ist meine Schwester kein Spaßvogel“, murrte Alexa und betrachtete mich vorwurfsvoll.

„Ja, stimmt, das war nur ein Scherz, Dennis.“

Er nickte. „Kein Ding, Lara.“

Ich grinste und er grinste zurück. Dann betrachtete ich meine Schwester auffordernd. Alexa verdrehte die Augen. „Ich muss wohl nach Hause, Dennis – sonst bekomme ich Ärger von meiner kleinen Schwester. Manchmal schlägt sie mich sogar."

„Das möchte ich natürlich nicht", entgegnete er schmunzelnd. „Schließlich sieht sie ganz schön stark aus." Dann beugte er sich nach hinten zum Rücksitz seines Wagens und zog einen Flyer von dort hervor. „Übermorgen trete ich mit meiner Band in einem Lokal in Heiligbrunn auf." Er drückte Alexa den Zettel in die Hand. „Ihr kommt doch, oder?"

„Klar", erwiderte Alexa sofort, noch bevor ich ein Wort sagen konnte.

„Gut", sagte Dennis. Er lächelte und sie drückte ihm einen verliebten Kuss auf den Mund, bevor sie aus dem Wagen stieg und ihm zum Abschied kurz winkte.

Nachdem Dennis seinen Mini gestartet hatte und das Auto auf die Straße lenkte, presste Alexa den Flyer an ihre Brust.

„Ist er nicht toll?", fragte sie und schaffte es endlich, ihren Blick von den Rücklichtern zu lösen.

„Ja, ganz toll", meinte ich müde und hakte mich bei ihr ein, um sie in Richtung Haus zu ziehen. „Und dank deiner spontanen Zusage fahren wir übermorgen offenbar nach Heiligbrunn."

Sie sah mich zerknirscht an. „Das ist doch okay, oder? Als er gefragt hat, konnte ich einfach nicht Nein sagen. Und er hat mir schon mal ein Lied von seiner Band vorgespielt. Die sind echt gut, Lizzy!"

Ich kniff leicht die Augen zusammen. Auch wenn Alexa schon immer einen Faible für Jungs gehabt hatte, hatte ich sie noch nie so erlebt. Sie musste Dennis echt gut finden.

„Okay", gab ich nach.

Sie quietschte vor Freude und umarmte mich spontan. „Du wirst sehen, es wird dir gefallen. Die Jungs sind inzwischen sogar schon so bekannt, dass sie in zwei Wochen auf Tour gehen. Und Dennis hat versprochen, einen Song für mich zu schreiben. Meinen eigenen Song, wie klasse ist das denn?", schwärmte sie glücklich.

„Total klasse", meinte ich dumpf. Dabei fühlte ich, wie das schlechte Gewissen an mir zog und ich nur an eins denken konnte. An die Wahrheit.

Alexa, ich bin heute unserem Vater begegnet.

Er ist nicht tot, er lebt.

Die Worte lagen mir auf der Zunge und wollten sich aus meinem Mund stehlen, doch ich hielt sie mit aller Kraft zurück. Schließlich hatte er mir den Schwur abgenommen, niemandem etwas von unserem Treffen zu erzählen. Aber wie konnte ich die Tatsache, dass unser Vater noch lebte, vor ihr geheim halten?

Es kam mir falsch vor, so verdammt falsch. Gleichzeitig war es aber auch richtig, Alexa nicht irgendeiner Gefahr auszusetzen. Einem Gedankenleser, der uns aus irgendeinem Grund nach Kirchbruch gelockt hatte und dabei fähig war, über Leichen zu gehen und ganze Flugzeuge abstürzen zu lassen.

Allein die Erinnerung an die Zeitungsberichte von damals ließ mein Herz für einen Moment aussetzen und ich wollte mir nicht das ganze Leid vorstellen, das er mit seiner Gedankenmanipulation verursacht hatte.

87 Personen. Zwei davon hatte er töten wollen. Trotzdem war er bereit gewesen, 85 Menschen als Kollateralschaden einfach hinzunehmen. Was für ein Mensch tat so etwas?

„Hey, Lizzy, alles okay? Ich hab das Gefühl, dass du mir gar nicht zuhörst", sagte Alexa und blickte mich stirnrunzelnd an. Tatsächlich hatte ich ihre letzten Sätze nicht mitbekommen.

„Ja, alles okay. Ich bin nur müde, es war ein langer Tag", erklärte ich und zog den Haustürschlüssel aus meiner Tasche, um uns aufzuschließen. Drinnen erwartete uns tiefe Dunkelheit und ich ging davon aus, dass sich Dieter schon hingelegt hatte. Wahrscheinlich hatte er nach der Versammlung einfach genug gehabt.

„Und was hab ich verpasst?", wollte Alexa wissen, als wir in unserem Zimmer waren. Ich schlüpfte aus meinen Schuhen und ließ mich aufs Bett fallen. Nach dem heutigen Tag fühlte sich selbst die alte Matratze unglaublich weich an und ich genoss es, einfach zu liegen und vor mich hin zu atmen.

„Erde an Lizzy, was ist denn los mit dir?", fragte meine Schwester und setzte sich auf ihr Bett, um mich anzustarren. „Irgendetwas ist anders mit dir. Geht es noch immer um Konstantin? Geht dir das so nahe?"

Ich atmete tief ein, während mein Kopf den heutigen Tag im Schnelldurchlauf Revue passieren ließ. Zuerst war Rouven überraschend bei uns aufgetaucht, um mir von Konstantins Überfall zu erzählen, dann waren wir im Krankenhaus auf den bedrohlichen Nebel gestoßen und hatten wenig später den USB-Stick mit dem Video von unseren Eltern gefunden. Danach folgte die Versammlung im Gemeindesaal und das Treffen mit meinem Vater, der die letzten 13 Jahre über Alexa und mich gewacht hatte, anstatt einfach nur tot zu sein. Mein Vater, der von mir wollte, dass ich ihm morgen Konstantins USB-Stick übergab.

Es war echt kein Wunder, dass ich so fertig war.

Ich rieb mir über die Augen. Wie sollte ich Rouven erklären, dass ich den USB-Stick brauchte – ohne meinen Vater dabei zu erwähnen?

„Hey, Lizzy! Kannst du nicht mehr reden? Hast du deine Sprache verloren und wir müssen sie gemeinsam wiederfinden?"

Ich rollte mich zur Seite und blickte meine Schwester müde an. „Die Versammlung war einfach unglaublich mühsam", sagte ich, weil es das Erste war, was mir einfiel. Außerdem musste ich mich zusammenreißen, um Alexa nicht misstrauisch zu machen. „Sie haben fast drei Stunden darüber diskutiert, ob es sinnvoll ist, eine Bürgerwehr zu formieren. Du kannst dir nicht vorstellen, welche Ideen da alle auf den Tisch gekommen sind."

Ein breites Grinsen schlich sich in Alexas Gesicht. „Eine Hundestaffel? Eine Flutlichtanlage für die Nacht? Pfefferspray für alle?"

„So in etwa", schnaubte ich und erinnerte mich an die hitzigen Diskussionen im Gemeindesaal. „Und das Resümee des ganzen Abends war, dass es eine Abstimmung geben wird, ob Kirchbruch verschärfte Sicherheitsmaßnahmen überhaupt möchte. Und da ja sowieso in Kirchbruch schon bald gewählt wird, haben sie die Abstimmung mit der Bürgermeisterwahl zusammengelegt und beschlossen, dass das eine gute Sache ist."

„Wer hätte gedacht, dass in einem Kaff so viel passieren kann?", fragte Alexa und sprach mir damit direkt aus der Seele. Dann legte sie die Stirn in Falten. „Was hältst du davon, wenn ich Gitti vorschlage, kleine Elektroschocker mit ihrem Namen zu bedrucken und an die Stadtbewohner zu verteilen?"

Ich gähnte und schob meinen Arm unter meinen Kopf. „Tolle Idee. Die Kirchbrucher werden sicher total verantwortungsvoll damit umgehen", sagte ich zynisch und dachte daran, dass so ein Elektroschocker leider nicht viel gegen einen Gedankenleser ausrichten konnte.

„*Sie gingen im Block und starben durch Elektroschock*", verkündete Alexa mit Grabesstimme und streckte die Beine aus. „Oder was hältst du von: *Sie setzten sich zur Wehr, nun gibt es sie nicht mehr.*"

Ich schmunzelte und war froh, dass Alexa mich etwas aufmunterte. „Sehr schön."

„Oder: *Sie mutierten zum Bürgerschreck, jetzt ist ganz Kirchbruch weg.*"

„Das wird ja immer dramatischer."

Sie zuckte mit den Schultern und begann, sich auszuziehen. „Du kennst doch meine dunkle Seite, die von den Kirchbrucher Schwingungen noch verstärkt wird."

Ich nickte und spürte, wie mir langsam die Augen zufielen. Mein erschöpfter Körper holte sich zurück, was er brauchte, und dass Alexa mich liebevoll zudeckte, bekam ich nur noch aus weiter Entfernung mit, bevor ich tief und fest in meinen Traum versank.

Am nächsten Morgen wurde ich von einem leichten Kitzeln in der Nase geweckt. Als ich die Augen aufschlug, blinzelte ich in helles Sonnenlicht und bemerkte, dass ich noch immer die Klamotten von gestern anhatte. „Wie spät ist es?", murmelte ich verschlafen.

Alexa saß in einem grauen Overall auf ihrem Bett und zeichnete auf ihrem Skizzenblock herum. „Es ist schon nach zehn Uhr", erklärte sie mir entspannt.

„Nach zehn?", fragte ich und fuhr in die Höhe. „Verdammt, wieso … wieso hat der Wecker nicht geklingelt?!"

„Keine Ahnung", sagte sie seelenruhig. „Vielleicht, weil ich ihn ausgeschaltet habe?"

„Du hast was?!", entfuhr es mir. Dabei fiel mir ein, dass ich schon seit einer Stunde bei Bruno im Bistro hätte sein müssen. „Warum hast du das getan?"

Sie schob ihren Block zur Seite und beugte sich in meine Richtung. „Weil du gestern wirklich müde warst, Lizzy, und dein Körper nach Schlaf geschrien hat. Und zwar so deutlich, dass sie es wahrscheinlich bis nach Heiligbrunn gehört haben. Bei deinen zwei Jobs ist es ja auch kein Wunder, dass du müde bist. Und dann war gestern noch die lange Versammlung und die Sache mit Konstantin. Also kurzum: Ich habe dich absichtlich ausschlafen lassen. Schlag mich bitte nicht dafür."

Ich fuhr mir durch die Haare und wusste nicht, was ich sagen sollte. „Ich habe dich noch nie geschlagen."

„Dann lass es heute nicht das erste Mal werden", entgegnete sie grinsend.

Ich seufzte. „Das ist zwar total lieb von dir, aber ich kann

Bruno doch nicht einfach hängen lassen."

Meine Schwester nickte. „Stimmt. Das kannst du nicht. Und das hast du auch gar nicht. Ich hab nämlich schon mit ihm gesprochen und er hat dir heute freigegeben. Er meinte, Montag ist sowieso ein schwacher Tag und er hat mit Eva schon genug Unterstützung. Du sollst dich lieber mal ausruhen."

Ich schloss die Augen und atmete erleichtert aus. „Danke."

„Gern geschehen. Und denk daran, wie nett ich zu dir war, wenn du morgen Abend Dennis triffst. Ich zähle darauf, dass du dich gut benimmst." Alexa stand schmunzelnd auf und packte ihre Sachen zusammen. „Ich mach mich jetzt auf den Weg zu Bruno, um Eva wegen der Designs ins Boot zu holen." Sie schloss ihre Tasche. „Versprich mir, dass du dich heute einmal ausruhst und auf die Stimme deines Körpers hörst – außer, sie erzählt dir etwas von irgendwelchen Blitzen."

„Klar", sagte ich und schluckte.

„Mach nicht wieder einen auf Blizzy-Lizzy, versprochen?"

„Ich werde mich ausruhen", log ich, doch Alexa nickte zufrieden, drückte mir einen Kuss auf die Wange und verschwand.

Mit einem tiefen Atemzug ließ ich mich auf die Matratze zurücksinken. Es war jetzt zehn Uhr. Um dreizehn Uhr war ich mit meinem Vater verabredet und sollte ihm den USB-Stick übergeben, den ich aber erst von Rouven holen musste. Doch wo war Rouven überhaupt? Rasch suchte ich nach meinem Handy, um ihn anzurufen, hielt dann jedoch inne. Er hatte mir bereits eine WhatsApp-Nachricht geschrieben.

„Bin zu Hause, habe bis jetzt nichts Wichtiges gefunden."

Ich schluckte. Wenn Rouven von zu Hause aus versuchte, die Dateien zu finden, musste ich zum Anwesen der Wellingers fahren. Und das so schnell wie möglich, wenn ich mich rechtzeitig mit meinem Vater treffen wollte.

Mit fliegenden Fingern rief ich die entsprechende Busverbindung auf meinem Handy ab und sah, dass der nächste Bus in einer knappen halben Stunde vom Stadtplatz wegfahren würde. Deswegen hüpfte ich in Windeseile unter die Dusche, zog mir frische Klamotten an und beeilte mich, zur Bushaltestelle zu kommen.

Im Bus staunte ich nicht schlecht, als ich in der letzten Reihe Dieter und Gitti entdeckte, die nebeneinander saßen und rege miteinander diskutierten.

„Pfeffersprays? Willst du wirklich, dass ich ein Pfefferspray mit mir rumtrage?“, hörte ich Dieter murren. Er trug heute ein weißes Hemd zu einer dunklen Hose und sah damit ungewöhnlich schick aus. „Sei froh, dass ich jetzt keines dabeihabe.“

Gitti schüttelte den Kopf. „Es geht um den Schutz unserer Bürger, es geht um unsere Sicherheit. Oder willst du der Nächste sein, der im Koma liegt?“

Noch bevor Dieter antworten konnte, weiteten sich Gittis Augen. „Hallo, Lizzy, was machst du denn hier?“

Der Bus fuhr gerade an und ich hielt mich an einem Sitz fest, um nicht das Gleichgewicht zu verlieren.

„Musst du nicht arbeiten?“, fragte nun auch Dieter.

„Bruno hat mir freigegeben“, sagte ich. „Montag ist kein besonders starker Tag.“

„Und wo fährst du jetzt hin?“, fragte Gitti neugierig weiter. Dabei spürte ich Dieters eindringlichen Blick auf mir, als ich mich in die Sitzreihe vor den beiden fallen ließ.

„Ich muss zu den Wellingers“, log ich und drehte mich zu ihnen um. „Ich habe dort bei der Party meine Sonnenbrille vergessen. Und ihr?“, fragte ich und hoffte, dass sie mir die Geschichte abkauften.

„Muss nach Heiligbrunn, was besorgen“, erklärte Dieter.

„Ich auch“, meinte Gitti ausweichend.

Ich legte die Stirn in Falten. Ihre Reaktionen kamen mir irgendwie eigenartig vor.

Doch Gitti wechselte schnell das Thema. „Hast du deine

Portraits für die Zeitung schon fertiggestellt, Schätzchen?“

„Nein, ich arbeite noch dran. Ende nächster Woche habe ich noch das Interview mit dem Neumayer.“

„Ich bin ja schon so gespannt, wie ich bei dir wegkomme – falls du noch ein Foto brauchst, ich hab vor Kurzem ein paar hübsche machen lassen“, meinte sie und zog ein Taschentuch aus ihrem violetten Kleid, um sich damit die Stirn abzutupfen. „Diese Hitze ist langsam wirklich unerträglich.“

„Ich hab gelesen, dass es einer der wärmsten Sommer des Jahrhunderts ist“, sagte ich.

Dieter nickte. „Und die Hitzewelle soll erst einmal anhalten.“ Er stockte. „Ist es denn in eurem Zimmer okay? Ich hab sonst noch einen Ventilator im Keller.“

Ich lächelte. „Das wäre super, in den Nächten ist es manchmal doch etwas warm.“

In dem Moment bremste der Bus abrupt und hupte, weil ihm anscheinend ein Lkw die Vorfahrt genommen hatte.

Es schleuderte uns nach vorn und ich hielt mich im Reflex an der Sessellehne fest. Dabei berührte ich Gittis Hand und dachte automatisch daran, dass ich meine Gabe trainieren sollte, um dem Gedankenleser besser gewachsen zu sein. Im selben Moment zuckten kleine hellblaue Blitze durch den Bus und ich fühlte ein elektrisches Kribbeln, während sich die Welt um mich herum veränderte.

Die Stille senkte sich über uns und ließ alles erstarren. Gitti und Dieter saßen wie versteinert vor mir und ich erspähte die dunkelblaue Tür, die sich am Ende des Busses befand. Ohne zu zögern, löste ich meinen schimmernden Körper von meinem Platz und war mit wenigen Schritten bei der Zukunftstür, um sie zu öffnen. Gleißend helles Licht strahlte mir dahinter entgegen. Kaum hatte ich das Zeitenfoyer betreten, begann sich der kreisrunde Raum zu drehen. Die Rotationen waren erst langsam und wurden dann immer schneller, während die ersten hellblauen Blitze über die Wände zuckten und ich den Fluss der Energie zu fühlen begann. Mit einem tiefen Atemzug schloss ich die Augen, um mich besser konzentrieren zu können. Dabei versuchte ich, tief in mich hineinzufühlen, um endlich wahrzunehmen, in welcher Zeit ich mich befand. Rouven hatte es wie eine innere Uhr beschrieben – und tatsächlich hatte ich das starke Gefühl, mich immer noch im aktuellen Jahr zu befinden, wobei ich nicht wusste, in welchem Monat.

In diesem Moment wurden die Drehungen langsamer, bis das Zeitenfoyer schließlich ganz zum Stillstand kam. Neugierig richtete ich meinen Blick auf die beiden hellblauen Türen, die donnernd in die Höhe schossen. Auch wenn ich nur fühlen konnte, dass die beiden Varianten irgendwann in diesem Jahr eintreten könnten, war es doch eine Verbesserung zum letzten Mal. Aus einem Impuls heraus entschied mich diesmal für die rechte mögliche Zukunft und landete in einem geräumigen Büro.

Gitti saß hinter einem Schreibtisch und wirkte müde. Sie hatte dunkle Schatten unter den Augen und studierte einige Unterlagen, bevor sie sich in ihrem schwarzen Lederstuhl seufzend zurücklehnte. Hinter ihr erkannte ich einige Wahlplakate, aber es waren nicht die, die ich bereits gesehen hatte – es waren Plakate, in denen sie ihren Wählern für das phänomenale Wahlergebnis dankte. Kirchbruch hat richtig entschieden. Gitti Gruber für Kirchbruch.

Es klopfte an der Tür und eine kleine Frau mit scheuem Blick trat ein. „Frau Bürgermeisterin, der Herr Meinrad ist schon wieder am Telefon. Ich soll Ihnen ausrichten, dass er sich diesmal nicht abwimmeln lässt. Sie sollen sich noch heute um sein Anliegen und seinen – ich zitiere – idiotischen Nachbarn kümmern."

Gitti hob den Kopf und schnaubte nur. „Aber ich will mit dem alten Deppen nicht reden, Ursula. Kannst du bitte vielleicht einmal deinen Job machen und mir den Kerl vom Hals halten?" Ihre Augen funkelten genervt und es war ein ungewohntes Bild, Gitti so zu erleben.

„Aber er hat gesagt, dass er sonst höchstpersönlich …"

„Na, dann soll er halt höchstpersönlich", fauchte Gitti

gestresst. „Ursula, kannst du mich jetzt bitte für einen Moment allein lassen? Ich möchte die nächste Stunde nicht gestört werden, verstanden?"

Die Sekretärin nickte und zog sich zurück, während Gitti aufstand und zum offenen Fenster ging. Dann atmete sie tief durch und ließ ihren Blick zu Brunos Bistro schweifen. Dabei schlich sich ein sehnsüchtiger Ausdruck in ihre Augen, den ich mir nicht ganz erklären konnte. Im nächsten Moment landete ich mit einem Ruck wieder im Hier und Jetzt.

„Dieser Lkw-Fahrer gehört eingesperrt", stöhnte Gitti. „Heute darf wohl jeder schon seinen Führerschein machen."

„Hast du denn einen?", fragte Dieter.

„Ja, aber ich fahre nicht gern mit meinem kleinen Smart, bei den ganzen Rasern. Außer zu meinem Vater, wenn ich ihm die Medikamente bringe. Aber grundsätzlich ist Busfahren natürlich viel umweltfreundlicher." Sie pustete sich eine braune Locke aus dem Gesicht. „So lange man es überlebt." Als sie lachte, versuchte ich, Gitti nicht allzu sehr anzustarren – aber die Gitti, die ich in ihrer möglichen Zukunft gesehen hatte, war so viel unfreundlicher gewesen. Würde sie so werden, wenn sie die Wahl gewann? Würde sie derart gestresst sein?

Kurz überlegte ich, ob ich versuchen sollte, einen weiteren Blick in Gittis Zukunft zu werfen. Der Ausflug hatte mich zwar angestrengt, andererseits würde die Gelegenheit eventuell nie mehr so günstig sein. Nach kurzem Zögern streckte ich die Hand aus, um Gitti unauffällig erneut zu berühren. Dabei holperte der Bus über eine Bodenwelle und ich streifte stattdessen versehentlich Dieters Hand. Wieder zuckten hellblaue Blitze durch den Bus und im nächsten Augenblick *lag die Welt erstarrt vor mir. Obwohl das so nicht geplant gewesen war, beschloss ich, die Situation zu nutzen – schließlich konnte ich nicht sicher sein, dass mir ein weiterer Sprung in den Zeitenraum innerhalb so kurzer Zeit gelingen würde. Schnell warf ich einen letzten Blick auf Dieter und marschierte dann zu seiner dunkelblauen Tür, die sich an derselben Stelle befand wie vorhin Gittis. Das Zeitenfoyer empfing mich mit derselben Stille, die ich schon gewohnt war, und ich fokussierte mich auf einen Zeitpunkt in der Zukunft, in dem die Bürgermeisterwahl bereits hinter uns lag. Die Wände drehten sich dabei immer schneller und schneller um mich herum und ich versuchte, mich ganz darauf einzulassen, die Rotationen nicht nur optisch wahrzunehmen, sondern sie auch zu fühlen. Bewusst schloss ich die Augen und lauschte in mich hinein. Doch wie beim letzten Mal hatte ich nur das starke Gefühl, mich noch immer im aktuellen Jahr zu befinden – mehr ließ mich meine innere Uhr nicht wissen, als der Raum aufgehört hatte, sich zu drehen.*

Leicht frustriert wählte ich diesmal die linke Tür und trat direkt in Dieters mögliche Zukunft.

Mit eingezogenem Kopf marschierte er hier einen Weg entlang. Seine Bewegungen waren langsamer als sonst und alles an ihm strahlte eine Traurigkeit aus, die ich noch nie an ihm bemerkt hatte. In den Händen hielt Dieter einen hübschen Strauß Sonnenblumen und mir fiel auf, dass er genau dasselbe Outfit trug, das er auch heute anhatte. Ein weißes Hemd und eine dunkle Hose.

Konnte es sein, dass es mir tatsächlich gelungen war, in eine nahe Variante seiner Zukunft zu springen?

Dieter ging gerade an einer kleinen Kapelle vorbei und öffnete ein schmiedeeisernes Tor, um einen gepflegten Friedhof zu betreten. Dann bog er beim Mittelgang rechts ab und steuerte auf einen schwarzen Grabstein zu, der in der Sonne glänzte. Sorgsam legte Dieter die Blumen auf das Grab und blieb davor stehen. Seine Gesichtszüge waren viel weicher als sonst und ich bildete mir ein, Tränen in seinen Augen schimmern zu sehen.

In dem Moment fiel mir wieder ein, was Elli im Bistro erzählt hatte. Dass Dieter einmal unglaublich verliebt gewesen war – und dass ihm dabei das Herz gebrochen worden war. Handelte es sich bei dem Grab etwa um das seiner verlorenen Liebe?

Kapitel 4

Die ganze restliche Busfahrt versuchte ich, mir nichts davon anmerken zu lassen, dass ich sowohl in Gittis als auch in Dieters Zukunft einen Blick geworfen hatte. Beide Szenarien hatten ihre Spuren bei mir hinterlassen und ich fragte mich zum wahrscheinlich zwanzigsten Mal, ob Gittis Zukunftsvariante ihr wahres Gesicht gezeigt hatte oder nur eine ungünstige Momentaufnahme gewesen war.

Der Bus erreichte meine Haltestelle und kam leise quietschend zum Stehen. „Viel Glück", sagte Gitti, als ich mich von ihr und Dieter verabschiedete.

„Wobei denn?", fragte ich irritiert und hatte das Gefühl, dass sie mehr wusste, als sie wissen sollte.

„Na, mit deiner Sonnenbrille", meinte die rundliche Blumenverkäuferin und zwinkerte mir zu. „Deswegen bist du doch hergefahren, oder?"

Einen Moment lang sah sie mich amüsiert an und ich merkte, wie mir die Röte in die Wangen kroch. „Ach so. Ja, natürlich", murmelte ich schnell und machte, dass ich aus dem Bus kam. Dabei konnte ich nur hoffen, dass meine Reaktion nicht zu auffällig gewesen war und Dieter nichts bemerkt hatte. Ich war gedanklich schon so bei der Wiederbeschaffung von Konstantins USB-Stick gewesen, dass mich Gittis Worte total aus dem Konzept gebracht hatten.

Verärgert über mich selbst, marschierte ich den gewundenen Pfad zum Wellinger-Haus nach oben und klingelte an der grauen Haustür. Diesmal öffnete eine freundliche Haushälterin, die ich noch nicht kannte, und führte mich auf meine Bitte hin zu Rouvens Zimmer. Es befand sich ebenfalls im Obergeschoss des Hauses, zwei Türen von Tristans Räumen entfernt, und als ich nun davorstand, spürte ich die Aufregung darüber, ihn gleich wiederzusehen.

Vorsichtig klopfte ich an die hellgraue Holztür und merkte, dass mein Herz etwas schneller schlug, als Rouvens raue Stimme ertönte. Er klang müde, aber gerade deshalb auch irgendwie sexy, und ich drückte vorsichtig die Tür auf und betrat zum ersten Mal sein Zimmer.

Das Erste, was mir auffiel, waren die halb heruntergelassenen Jalousien, die den Raum in ein diffuses Dämmerlicht tauchten und gestreifte Schatten auf den Boden warfen. Gegenüber der Tür befand sich ein aufgeräumter schwarzer Schreibtisch vor einer langen Fensterfront und links daneben ein riesiges Kingsize-Bett mit grauer Bettwäsche. Rouven lümmelte halb liegend darauf und ließ gerade etwas Rechteckiges unter seiner Decke verschwinden, als er mich erkannte und sich seine Haltung deutlich entspannte.

„Hey", sagte er leise und stand mit einem schiefen Lächeln auf. Ich schloss die Tür hinter mir, während er auf mich zukam. Rouven trug dasselbe wie gestern, aber sein Atem schmeckte leicht nach Zahnpasta, als er seinen Kopf zu mir runterbeugte und mich sanft küsste.

„Hey", hauchte ich und vergaß in seiner Nähe beinahe, wieso ich hergekommen war.

Rouven strich mir zärtlich eine Haarsträhne hinters Ohr. „Mit dir hab ich gar nicht gerechnet."

„Ich hab heute von Bruno freibekommen und wollte mal sehen, wie es dir geht", erwiderte ich und sah kurz zur Bettdecke, unter der ich Rouvens Laptop mit dem USB-Stick vermutete.

Rouven folgte meinem Blick und zog eine schwarze Augenbraue hoch. „Und hattest du dabei irgendwelche Hintergedanken?", fragte er leise und grinste dabei so unverschämt, dass ich spürte, wie mir das Blut in die Wangen stieg.

„Ja, und zwar wollte ich wissen, was du herausgefunden hast", erwiderte ich schnell. Dabei spürte ich schon wieder mein schlechtes Gewissen, weil Rouven nach Alexa schon der Zweite war, dem ich einfach nicht die Wahrheit sagen konnte. Dass mein tot geglaubter Vater wieder aufgetaucht war und mein ganzes Leben auf den Kopf gestellt hatte. Wobei ich mir nicht sicher war, ob seine eindringliche Warnung, irgendjemandem von ihm zu erzählen, gerechtfertigt oder etwas paranoid war.

„Und das ist alles?“, fragte Rouven schmunzelnd und lehnte sich mit verschränkten Armen an seinen Schreibtisch. In seinen schwarzen Klamotten und mit den dunklen Haaren passte er perfekt in sein düsteres Zimmer, das ziemlich nüchtern eingerichtet war und bis auf einen großen Flachbildfernseher an der Wand nicht auf Vergnügungen ausgelegt zu sein schien.

Mal abgesehen von dem riesigen Bett, vor dem du stehst, flüsterte eine Stimme in mir, die ich gerade gar nicht gebrauchen konnte.

„Natürlich ist das alles“, erwiderte ich auf Rouvens Frage hin und setzte mich auf sein Bett. Dabei versuchte ich, eine Selbstsicherheit auszustrahlen, die ich nicht empfand. Stattdessen war es genau wie gestern Abend, als ich mit Alexa nach Hause gegangen war und mich so dermaßen hatte beherrschen müssen, um nichts zu sagen. Jede Zelle von mir drängte darauf, ihm von meinem Vater zu erzählen. Aber das Versprechen, das ich meinem Vater gegeben hatte, hielt mich davon ab.

„Also, was hast du rausgefunden?“, fragte ich nun und schlug die Beine übereinander.

Rouvens Blick heftete sich einen Moment lang auf meine nackte Haut, bevor er sich einen Ruck gab und zum Bett ging. „Leider nicht viel“, sagte er dann und zog den Laptop unter der Decke hervor. „So wie es aussieht, hat Konstantin zigtausend versteckte Dateien angelegt, von denen ich schon einige entschlüsselt habe. Darunter waren auch ein paar Gesprächsprotokolle zwischen Konstantin und diesem M, aus denen ich jedoch nicht wirklich schlau werde. Und noch irgendwelche Verschwörungstheorien über das Syndikat, Infos über Börsenspekulationen und Firmentransaktionen. Das ist zwar alles irgendwie interessant, aber noch viel zu vage und hilft uns nicht wirklich weiter." Er rieb sich über die Augen und ließ sich neben mir auf der Bettkante nieder.

„Warst du denn die ganze Nacht wach?", fragte ich besorgt und bekam ein noch schlechteres Gewissen, weil ich so lange geschlafen hatte, während Rouven sich mit der Entschlüsselung der Dateien abgequält hatte.

Er zuckte mit den Schultern. „Ich konnte ohnehin nicht schlafen."

„Und das soll ich dir glauben?"

Er rieb sich über seinen Bartschatten und betrachtete mich unter halb geschlossenen Augen hervor. „Ich soll dir ja auch glauben, dass du nur hergekommen bist, um dich nach meinen Fortschritten wegen des USB-Sticks zu erkundigen." Seine Stimme klang schon wieder so kratzig, dass ich mir unbewusst auf die Lippen biss.

„Alexa kennt da einen Typen, der ein totales Computergenie ist", sagte ich dann, weil es das Erste war, was mir einfiel. „Was hältst du davon, wenn er sich den Stick mal ansieht, um die verdeckten Dateien zu suchen?"

Rouven zog irritiert die dunklen Brauen zusammen. „Ist das dein Ernst? Du willst den Stick, für den Konstantin beinahe zu Tode geprügelt wurde, an irgendeinen Typen weitergeben?"

„Er ist total verschwiegen", versuchte ich mich zu retten, obwohl ich in Rouvens Augen schon sehen konnte, dass mein Plan nicht aufgehen würde. „Ich bin mir sicher, dass wir ihm vertrauen können."

Rouvens Handy begann leise zu vibrieren, aber er ignorierte es. „Und wie kommst du darauf, Lizzy?" Die Skepsis in seiner Stimme war unüberhörbar.

„Hast du noch nie bei jemandem ein gutes Gefühl gehabt?", fragte ich mit zunehmender Verzweiflung und warf einen schnellen Blick auf meine Uhr. Wenn ich noch rechtzeitig zu dem Treffen mit meinem Vater kommen wollte, musste ich in spätestens einer halben Stunde mit dem USB-Stick von hier verschwinden.

„Hey, ich krieg das hin." Er legte mir die Hand auf die Wange und sah mich eindringlich an. „Es gibt keinen Grund, irgendeinen Typen von außerhalb einzuschalten. Ich brauch nur noch ein bisschen Zeit."

„Aber vielleicht ist es genau das, was uns fehlt", gab ich zurück. „Konstantin liegt im Koma und die Ärzte wissen nicht, ob er es schaffen wird. Zeit ist ein Luxus, den wir uns nicht leisten können, Rouven."

Meine Worte trafen ihn, das konnte ich sehen, denn trotz seiner Müdigkeit stand er auf und richtete seinen Blick aus dem Fenster. Sein Gesicht war genauso angespannt wie seine Schultern und ich atmete zitternd ein. Plötzlich war ich mir ganz und gar nicht mehr sicher, ob es richtig war, den Anweisungen meines Vaters zu folgen. Ich wollte Rouven weder das Gefühl geben, dass er zu langsam war, noch, dass er die Aufgabe nicht erfüllen konnte. Am liebsten hätte ich ihm sofort alles erzählt – doch meine Vernunft hielt mich davon ab. Wenn die Wellingers wirklich etwas mit dem Gedankenleser zu tun hatten, wäre es fatal, den Stick in ihrem Haus zu lassen.

„Wer ist dieser Typ?", fragte Rouven nun, ohne mich anzusehen.

„Ähm … ich kenne nur seinen Künstlernamen", log ich und stand auf. „Aber ich kann Alexa nach seinem ganzen Namen fragen."

„Du weißt nicht mal, wie er heißt?", fragte Rouven und drehte sich zu mir um. „Ganz ehrlich, ich hab bei der Sache kein gutes Gefühl, Lizzy."

„Das verstehe ich", sagte ich, da es mir genauso ging. „Aber du kannst nicht die ganze Zeit ohne Unterlass an der Entschlüsselung der Dateien arbeiten. Du brauchst eine

Pause." Ich ging zu ihm und nahm sanft seine Hand. Dabei fühlte ich mich absolut mies, weil das seit meiner Ankunft einer der wenigen Sätze gewesen war, die ich aufrichtig gemeint hatte.

„Vielleicht hast du recht", erwiderte Rouven nach einem Moment und zog mich ein Stück näher an sich, bis sich unsere Körper berührten. „Wahrscheinlich brauche ich wirklich eine Pause." Jegliche Müdigkeit war aus seiner Stimme verschwunden und das plötzliche Verlangen in seinen Augen ließ einen heißen Schauer durch meinen Körper jagen.

„So hab ich das nicht gemeint", murmelte ich und atmete im nächsten Moment tief ein, als ich Rouvens warme Hände unter meinem T-Shirt spürte, die sich sanft über meinen Bauch nach oben bewegten.

Er beugte sich nach vorn. „Wie hast du es denn dann gemeint?", hauchte er mir ins Ohr und ich schloss die Augen, als sein Atem seidenweich über meine Haut glitt.

„Ich meinte, dass du dich hinlegen sollst", erwiderte ich abgelenkt und spürte im nächsten Moment seine Lippen an meinem Hals. Gleichzeitig bewegten sich seine Finger weiter nach oben und ich stöhnte leise, als er federleicht über meine Haut strich.

„Das ist eine gute Idee. Wir sollten uns hinlegen", murmelte Rouven und hob mich mit einem Ruck hoch. Dabei blickte er mir tief in die Augen und ich schlang automatisch meine Beine um seine Hüften. Mein Verstand schrie mir zu, dass wir keine Zeit dafür hatten, doch mein Körper wollte nicht zuhören.

„Rouven", flüsterte ich in einem schwachen Versuch, ihm Einhalt zu gebieten, aber es klang selbst in meinen eigenen Ohren mehr wie ein Anfeuerungsruf als etwas anderes.

Als er mich im nächsten Moment sanft auf der Matratze ablegte, liefen abwechselnd heiße und kalte Schauer über meine Haut, während sich jede Menge violette Blitze knisternd um uns herum entluden.

„Du bist so wunderschön“, murmelte Rouven gedämpft und streichelte sanft von meinem Knöchel aufwärts über mein Bein. Jeder Quadratzentimeter Haut, den er berührte, prickelte vor Lust und ich spürte, dass ich kurz davor war, das Treffen mit meinem Vater zu vergessen, Konstantin USB-Stick zu vergessen – einfach alles zu vergessen.

„Wir dürfen das nicht“, keuchte ich, als er mich in die Kuhle zwischen Hals und Schlüsselbein küsste, während seine Hand immer weiter nach oben glitt. Sein kurzer Ein-Tages-Bart kratzte über meine Haut und ich stöhnte leise, als er mich sanft in die Schulter biss.

„Wieso nicht?“, fragte Rouven heiser und rollte sich mit mir herum, sodass ich rittlings auf ihm saß. Seine dunklen Augen waren vor Leidenschaft verhangen. „Seit der Nacht von Tristans Party wünsche ich mir das schon“, hörte ich ihn murmeln, als plötzlich von draußen schnelle Schritte erklangen und im nächsten Moment die Tür zu seinem Zimmer aufschwang.

„Rouven, hast du Frederick gesehen?“, ertönte die Stimme von Frau Wellinger und Rouven und ich erstarrten mitten in der Bewegung. „Äh … Entschuldigung“, murmelte Tristans Mutter, die beinahe ebenso erschrocken wirkte wie wir. „Ich wusste nicht, dass du Besuch hast.“

„Tut mir leid“, stammelte ich und rutschte rasch von Rouvens Schoß herunter, während ich mir wünschte, es würde sich spontan ein großes Loch im Boden auftun. Gern auch eines mit heißer Lava darin – in diesem Moment erschien mir alles besser, als den Blick der kühlen schönen Frau zu ertragen, die erbarmungslos zusah, wie ich mir mit hochroten Wangen das T-Shirt zurechtzupfte und rasch etwas Abstand zwischen Rouven und mich brachte.

„Lizzy, warte“, sagte Rouven, während er ebenfalls aufstand. „Du musst doch nicht sofort gehen.“

„Genau, bleiben Sie doch ruhig“, erwiderte Tristans Mutter, die noch immer keine Anstalten machte, aus dem

Zimmer zu verschwinden. Ihre Stimme war so neutral, dass ich mir nicht sicher war, ob sie es ernst meinte oder nicht.

„Ich habe Frederick übrigens nicht gesehen“, erklärte Rouven ihr knapp und holte sich eine Flasche Wasser aus einem schwarzen Mini-Kühlschrank, den ich für ein Nachtkästchen gehalten hatte. Dabei drehte er mir den Rücken zu und ich sah meine Chance, als Rouvens Laptop unter der Bettdecke hervorlugte. Blitzschnell zog ich den USB-Stick aus dem Computer und ließ ihn unauffällig in meine Tasche gleiten. Dabei fühlte ich mich wie eine miese Verräterin.

„Ich muss sowieso noch etwas erledigen“, sagte ich zu Rouven und machte rückwärts einen Schritt zur Tür. „Bis später. Ich ruf dich an.“

Rouven nickte und steckte die Hände in die Hosentaschen. „Bis dann, Lizzy.“

„Bis bald“, hauchte ich und marschierte auf Frau Wellinger zu, die in ihrem dunkelgrünen Kleid neben der Tür stehen geblieben war und mir von dort entgegensah.

„Auf Wiedersehen“, sagte die dunkelhaarige Frau höflich und strich sich genau in dem Moment eine Haarsträhne zurück, als ich an ihr vorbeikam. Dabei berührten sich für einen Sekundenbruchteil unsere Hände. Ganz automatisch dachte ich an die Zukunft und merkte, *wie sich eine Glocke der Lautlosigkeit über uns stülpte.*

Nach dem Schock, den mir das Auftauchen von Frau Wellinger bereitet hatte, tat mir die Stille für einen kurzen Moment gut. Mit einem tiefen Seufzen trat ich aus meinem erstarrten Körper und versuchte, wieder etwas zur Ruhe zu kommen. Noch immer konnte ich die Aufregung in jeder Faser meines Seins nachhallen spüren.

Mein Blick rutschte zu Frau Wellinger. Sie stand noch immer in sehr gerader Haltung an der Tür und schien mit Rouven sprechen zu wollen. Neben ihr an der Wand entdeckte ich die dunkelblaue Tür und zögerte einen Moment lang. Konnte es sein, dass sie die Gedankenleserin war? Würde sie es bemerken, wenn ich nun in ihr Zeitenfoyer ging?

Unbewusst schüttelte ich den Kopf, da ich mich nicht von der Angst leiten lassen wollte. Dann legte ich meine Hand auf den silbernen Knauf und drehte ihn nach rechts. Strahlend weißes Licht flammte mir entgegen und ich betrat das weiße Foyer, das sich beinahe augenblicklich zu drehen anfing. Diesmal war ich fest entschlossen, mich noch stärker auf die Schwingungen des Zeitenraumes einzulassen. Deshalb schloss ich sofort die Augen, als die hellblauen Verästelungen der Blitze an den Wänden erschienen. Dabei horchte ich tief in mich hinein und versuchte, jegliche Zweifel zur Seite zu schieben.

Was spürte ich?

Die Zeit rotierte um mich herum, zuerst langsam und dann immer schneller. Es war, als könnte ich in jeder Umdrehung fühlen, wie sie weiter voranschritt, wie sie unaufhaltsam nach vorn lief und nicht zurück. Immer weiter und immer schneller drehte sich der Raum, während ich versuchte, mich von der Geschwindigkeit nicht einschüchtern zu lassen, sondern mich ganz auf meine Empfindungen zu konzentrieren. Anfangs war jede Umdrehung eine Sekunde, dann eine Minute, bis daraus schließlich Stunden wurden. Ich fühlte die Kraft meiner Gabe immer stärker werden, spürte, dass ich knapp davorstand, Tage, Wochen oder gar Monate in die Zukunft blicken zu können. Die Energie floss immer schneller und erinnerte mich an einen wilden Strom, der mich mit sich zu reißen drohte. Plötzlich schreckte ich davor zurück, so weit nach vorn zu blicken. Hastig wünschte ich mir, dass die Zeit sofort anhalten würde, und riss überrascht die Augen auf, als das vertraute Zischen erklang und die Rotationen der weißen Kammer immer langsamer wurden. Schließlich blieben die Wände ganz stehen und ich wusste aus irgendeinem Grund, dass ich mich maximal eine Woche in der Zukunft befand.

Es war, wie Rouven gesagt hatte.

Ich spürte es einfach, ohne benennen zu können, woher ich

diese Gewissheit nahm. Als die hellblauen Türen funkensprühend vor mir in die Höhe schossen, wählte ich aus einem Impuls heraus die linke und trat hindurch.

Frau Wellinger und ihr Mann standen in dieser Zukunftsvision vor dem großen Schreibtisch aus Edelstahl, hinter dem sich die beleuchtete Glasvitrine mit den schwebenden Weinflaschen befand. Während Tristans Vater ziemlich entspannt wirkte, tigerte sie angestrengt im Raum auf und ab.

„Ich sage dir, wir müssen vorsichtiger sein", zischte sie und rieb sich über die schmalen Oberarme, als ob sie sich so vor mir schützen könnte. „Rouven ahnt etwas, das spüre ich."

„Ich bitte dich. Was soll er denn ahnen?", erwiderte Frederick Wellinger und schnippte ein Staubkorn von seinem Edelstahltisch. „Du siehst schon Gespenster, wo keine sind, Helen."

Frau Wellinger fuhr herum und funkelte ihren Mann an. „Ich sehe keine Gespenster, Frederick! Er könnte alles ins Kippen bringen."

Tristans Vater rieb sich kopfschüttelnd die Stirn. „Und was hast du vor?"

Sie blieb vor dem Fenster stehen und legte ihre Finger an ihre Lippen. „Wir haben nur eine Wahl, Frederick. Wir müssen ihn auf andere Gedanken bringen."

Mit einem Keuchen landete ich wieder in der Gegenwart und starrte ungläubig auf Frau Wellinger, die meinen erschrockenen Blick stirnrunzelnd erwiderte. Bevor sie reagieren konnte, drehte ich mich rasch um und stürmte die Treppe hinunter ins Erdgeschoss. Ihre Worte klangen dabei wie in einer Endlosschleife in meinem Geist nach.

Wir müssen ihn auf andere Gedanken *bringen.*

Auf andere Gedanken *bringen.*

Andere Gedanken … Oh Gott. Konnte es tatsächlich sein, dass sie die Gedankenleserin war? Und falls ja, was bedeutete das für mich? Hatte sie soeben bemerkt, dass ich in ihrer Zukunft gewesen war?

Ich war so mit meinen beängstigenden Überlegungen

beschäftigt, dass ich vor Schreck beinahe aufschrie, als ich im Erdgeschoss um eine Ecke bog und in vollem Lauf in Tristan hineinknallte, der offenbar gerade vom Laufen kam. Zumindest trug er Sportklamotten und wirkte ziemlich verschwitzt – genau wie sein Vater, der nur Sekunden nach Tristan das Haus betrat und mich erstaunt anlächelte.

„Frau Bergmann, was für eine nette Überraschung", meinte Herr Wellinger und wischte sich mit einem dunkelgrauen Handtuch, das um seinen Nacken hing, den Schweiß aus dem Gesicht. „Was verschafft uns die Ehre?"

„Ich … wollte nur sehen, ob ich bei der Party vielleicht meine Sonnenbrille hier irgendwo liegen gelassen habe", stotterte ich und machte einen Schritt von Tristan zurück, der mich zuvorkommend am Ellbogen gestützt hatte, als ich gegen ihn geprallt war.

„Ihre Sonnenbrille?", wiederholte Herr Wellinger überrascht und trat neben seinen Sohn. „Hatten Sie die überhaupt mit? Ich dachte, die Party hätte erst abends begonnen."

„Richtig, dann muss ich sie wohl woanders verloren haben", antwortete ich mit einem künstlichen Lächeln und hätte mich dafür ohrfeigen können, mir keine bessere Ausrede als den Blödsinn mit der Sonnenbrille ausgedacht zu haben – doch auf die Schnelle war mir einfach nichts anderes eingefallen.

„Und deshalb bist du so aus dem Haus gerannt?", fragte Tristan grinsend und strich sich seine verschwitzten Haare zurück. „Weil du deine Sonnenbrille nicht gefunden hast und es keine Minute länger hier aushalten konntest?"

An seiner Stimme war deutlich zu hören, dass er mich verarschte – und wenn ich nicht so eine Angst gehabt hätte, dass seine Mutter die Gedankenleserin war, hätte ich es wahrscheinlich sogar lustig gefunden.

In diesem Moment erhielt ich eine SMS und warf einen kurzen Blick auf mein Handy. Die Textnachricht stammte von meinem Vater und beinhaltete nichts weiter als die Adresse unseres Treffpunktes. Rasch drückte ich die Nachricht weg und versuchte dabei, ganz normal zu wirken.

„Und wohin willst du jetzt?“, fragte Tristan und nahm einen tiefen Schluck aus seiner Wasserflasche. „Du siehst aus, als hättest du es eilig.“

„Ich muss tatsächlich ziemlich dringend in die Stadt“, erwiderte ich schnell. „Sorry, dass ich dich gerade fast über den Haufen gerannt hätte. Also dann, wir sehen uns.“ Ich nickte Tristan und seinem Vater nacheinander zu und hatte das Haus schon beinahe verlassen, als Tristan mir nachlief und nach meinem Arm griff.

„Hey, Lizzy, jetzt warte doch mal!“ Beim Klang seiner Stimme erstarrte ich unbewusst, aber er schien es nicht zu bemerken, denn sein Lächeln verrutschte kein bisschen. „Wenn du in die Stadt musst, brauchst du es nur zu sagen. Ich kann dich doch fahren.“

Kapitel 5

„Also, Lizzy – jetzt mal ehrlich. Was hast du bei mir zu Hause gemacht?“, fragte Tristan, nachdem wir etwas Small Talk betrieben hatten. „Du bist doch nicht eine von denen, die in meinen Sachen rumschnüffeln?“

Ich verzog das Gesicht und blickte aus dem Fenster, wo die hügeligen Felder an uns vorüberzogen. „Ist dir das denn schon mal passiert?“, fragte ich und hoffte, dem ganzen Thema damit irgendwie ausweichen zu können.

„Du meinst, ob jemand eins meiner Shirts hat mitgehen lassen, um sich in der Nacht daran zu kuscheln? Passiert mir ständig.“

Die Ernsthaftigkeit, mit der er das behauptete, brachte mich zum Schmunzeln.

Tristan lächelte ebenfalls und warf mir einen kurzen Blick von der Seite zu. „Alles okay bei dir?“, fragte er dann. „Du wirkst irgendwie anders als sonst.“

Seine Worte führten dazu, dass mein Herz wieder schneller schlug, und ich musste mich dazu zwingen, ganz ruhig sitzen zu bleiben und nicht nach dem USB-Stick zu tasten, den ich Rouven gestohlen hatte.

„Klar ist alles okay.“

Tristan hob eine Augenbraue und drosselte die Geschwindigkeit, als wir das Ortsschild passierten. „Du bist schwer zu durchschauen, Lizzy. Irgendwie habe ich sonst bei Mädchen einen besseren Durchblick.“ Mit diesen Worten steuerte er einen Parkplatz vor dem Büro der Stadtzeitung an. Eine unangenehme Spannung senkte sich über das Innere des Wagens, als Tristan seinen BMW parkte und den Schlüssel abzog. „Dabei hätte ich gerade bei dir gern einen besseren Durchblick“, sagte er und fixierte mich auf eine Art, die deutlich machte, dass er mehr wollte.

„Tristan, hör zu …“, setzte ich an, weil ich einfach schon

zu viel Chaos in meinem Leben hatte. „Ich mag dich, aber ich denke nicht, dass es für mehr reicht."

Er betrachtete mich eindringlich und schien einen Moment zu brauchen. „Ist es wegen Rouven?"

„Ja", bestätigte ich, da ich ihm keine falschen Hoffnungen machen wollte.

Tristan atmete geräuschvoll aus. „Ich hätte ihn einfach nicht zu dir ins Kino schicken sollen. Was für eine beschissene Aktion." Er fuhr sich durch seine dunkelblonden Haare. „Und du bist dir sicher, dass du aktuell nicht unter Geschmacksverirrung leidest?"

„Ich bin mir sicher", sagte ich und spürte den Zeitdruck in jeder Zelle. Ich musste langsam aussteigen, damit ich noch rechtzeitig zum Treffen mit meinem Vater kam. „Es tut mir leid, Tristan, aber ich muss jetzt echt los. Wollen wir vielleicht ein anderes Mal reden?"

Er schnaubte leise. „Klar", meinte er dann.

„Danke fürs Bringen", sagte ich schnell und stieg aus dem Wagen.

Tristan nickte, bevor er mit quietschenden Reifen davondüste. Ich blickte ihm einen Moment lang nach und hoffte, dass es richtig gewesen war, ihm in Bezug auf Rouven die Wahrheit zu sagen. Dann machte ich auf der Straße kehrt und beeilte mich, um zu dem vereinbarten Treffpunkt mit meinem Vater zu kommen.

Der schwarze Wagen meines Vaters parkte in einer unscheinbaren Seitengasse. Ich atmete tief ein, bevor ich die Autotür öffnete und mich auf dem Beifahrersitz niederließ. Dabei hielt ich meine Tasche mit dem USB-Stick fest umklammert und versuchte, nicht an Rouven zu denken. Und daran, was er von mir halten würde, wenn er meinen Diebstahl bemerkte.

„Hast du ihn?", fragte mein Vater direkt und ich spürte einen kleinen Stich, weil der Stick für ihn im Moment das

Wichtigste war. Auch wenn ich wusste, dass es ihm um Alexas und meine Sicherheit ging, hätte ich mir doch eine andere Begrüßung gewünscht.

„Ja, ich habe ihn“, bestätigte ich.

Mein Vater nickte, startete den Wagen und fuhr mit mir wieder zu dem Waldweg, der über die rumplige Forststraße zu der versteckten Lichtung führte. Tagsüber sah das alles hier noch idyllischer aus als gestern Nacht. Wobei ich gestern erst einmal hatte verdauen müssen, dass mein Vater noch lebte.

Er lebte.

Der Gedanke war noch immer fremd und ich fühlte mich wie ein Gast in meinem eigenen Leben, als ich aus dem Auto stieg. Mein Blick glitt über die helle Fischerhütte zu dem dahinter liegenden Teich, auf dessen Wasserfläche die Sonne glitzernde Lichtreflexe zauberte. Wären die Dinge anders gelaufen, wäre das hier wahrscheinlich einer der schönsten Orte gewesen, die ich je gesehen hatte.

„Wir gehen lieber hinein“, sagte mein Vater. „Willst du mir den USB-Stick gleich geben?“

Ich überreichte meinem Vater den schwarzen Stick und spürte, wie mich eine eigenartige Nervosität erfasste. Was würde mein Vater darauf finden, das Rouven nicht ausfindig gemacht hatte? Würde er tatsächlich die Identität des Gedankenlesers aufdecken können?

Mein Vater schloss die Tür auf und ich folgte ihm über die Schwelle ins Innere der Hütte. Drinnen war es angenehm kühl und ich ließ meinen Blick kurz über die einfache Einrichtung gleiten. Seit gestern hatte sich nicht viel verändert. In der Kochnische stand benutztes Geschirr und im hinteren Bereich lag neben der Patchworkdecke noch ein Kissen auf dem Sofa – offenbar hatte mein Vater auf der alten Couch übernachtet.

Ich löste den Riemen meiner Tasche von meiner Schulter und legte sie auf dem kleinen Esstisch ab, während mein Vater aus einem kleinen Schrank einen Laptop holte und ihn auf den Tisch legte.

„Als ich den USB-Stick geholt habe, habe ich unabsichtlich Frau Wellinger berührt und ihr Zeitenfoyer betreten. In einer möglichen Zukunft hat sie sich mit ihrem Mann unterhalten und ihn vor Rouven gewarnt, weil er alles ins Kippen bringen könnte. Deswegen hat sie vorgeschlagen, *ihn auf andere Gedanken zu bringen*", erklärte ich unruhig.

„Das hat noch nichts zu bedeuten", erwiderte mein Vater. „Sie könnten über alles Mögliche gesprochen haben, zum Beispiel über irgendwelche Projekte, bei denen sie die Grenzen der Legalität verlassen. Auch wenn Konstantin uns vor den Wellingers gewarnt hat, dürfen wir Zeitenöffner niemals eine Variante der Zukunft zu ernst nehmen. Schließlich ist es nur ein kurzer Ausschnitt und nur *eine Variante* – zu oft schon hat mich eine Möglichkeit der Zukunft in die Irre geführt. Es ist also kein Beweis." Er steckte den USB-Stick an, atmete tief durch und schaltete den Computer ein. „Vielleicht finden wir aber hier endlich einen Beweis, Lizzy", sagte er leise. „Vielleicht hat die Suche nun ein Ende."

Ich bemerkte, dass die Finger meines Vaters vor Aufregung leicht zitterten, und fragte mich, wie lange er auf diesen Moment gewartet hatte.

Seit dem Tod meiner Mutter, durchschoss es mich und ich zuckte zusammen, als es plötzlich an der Tür hämmerte. Sofort sprang mein Vater auf und schob mich hinter sich. Ich fühlte, wie mein Herz gegen meine Brust trommelte.

„Aufmachen! Lizzy, ich weiß, dass du da drin bist!", donnerte eine Stimme von draußen zu uns herein und ich schluckte trocken, als ich sie erkannte. Mit wenigen Schritten war ich bei der Tür. Seltsamerweise versuchte mein Vater nicht einmal, mich aufzuhalten, als ich mit fliegenden Fingern die verschiedenen Sicherheitsschlösser aufschloss. Dabei wurde ich von dem Wunsch getrieben, Rouven alles zu erklären, während ich gleichzeitig seine Reaktion auf meinen Diebstahl fürchtete.

Als die Tür aufschwang, stand Rouven wutentbrannt vor mir. Sein ganzer Körper war angespannt und in seiner schwarzen Kleidung wirkte er noch düsterer als sonst. Seine braunen Augen bohrten sich erbarmungslos in meine.

„Was zum Teufel machst du hier?!“, zischte er. „Wo ist der USB-Stick?!“

„Ich kann es dir erklären“, erwiderte ich so ruhig wie möglich.

„Ich will deine Erklärung nicht, ich will den Stick.“ Rouvens Worte klangen so dermaßen hart, dass mich ihre Wucht nach hinten trieb.

„Ich verstehe, dass du wütend bist, aber ich kann …“

„Was kannst du? Mich hintergehen? Einfach abhauen? Mir etwas vormachen? Danke, Lizzy, ich habe mitbekommen, dass du das kannst.“ Sein Blick huschte zu meinem Vater und augenblicklich versteifte er sich noch mehr. „Ist das etwa dein Computerspezialist? Aus dem Jahr 1900?“

„Sprich nicht so mit ihr.“ Die Stimme meines Vaters schnitt durch den Raum und ich warf einen Blick zurück. Auch wenn er abgekämpft aussah und mit seinem grauen T-Shirt und der Jeans sehr leger gekleidet war, ging von ihm eine unverkennbare Autorität aus. „Und jetzt komm endlich rein, bevor du draußen noch den ganzen Wald zusammenschreist.“ Seine Reaktion war mir etwas zu gelassen, so als hätte er mit Rouvens Auftauchen gerechnet. Erst jetzt leuchtete mir ein, dass das wahrscheinlich der Fall war. Nach all den Jahren, die mein Vater im Verborgenen gelebt hatte, war ihm Rouvens Verfolgung offenbar nicht entgangen. Dabei wollte ich mir nicht ausmalen, was sich Rouven gedacht hatte, nachdem ich zuerst in Tristans Wagen und dann in das Auto eines Fremden gestiegen war.

Rouven zögerte kurz, betrat dann aber die Hütte. Dabei fixierte er zuerst den Laptop mit dem USB-Stick und dann meinen Vater.

„Ich habe Sie schon mal gesehen“, meinte Rouven schnaubend. „Sie sind der Mann von der Beerdigung." Er schüttelte mit zusammengekniffenen Augen den Kopf. „Sie sind Lizzys toter Vater."

Mein Vater ließ die Schultern fallen. „Nun ja, nicht ganz so tot. Ich war eine Zeit lang untergetaucht und bin erst gestern wieder in Lizzys Leben aufgekreuzt."

„Ihr kennt euch?", fragte ich überrascht und erinnerte mich plötzlich daran, dass mein Vater Rouven bekannt vorgekommen war, als er das Handybild von uns gesehen hatte. Damals hatte ich dem jedoch nicht viel Bedeutung beigemessen. „Du hast dich Rouven also gezeigt, mir aber nicht?!", wandte ich mich verärgert an meinen Vater.

Mein Vater strich sich über seinen Nacken. „Es ist nicht so, wie du denkst, Lizzy. Wir sind uns nur einmal kurz auf Glorias Beerdigung begegnet, weil ich mich von Rouvens Mutter verabschieden wollte. Ich hatte keine Ahnung, dass ich durch meinen Händedruck seine Gabe aktivieren könnte. Ich wusste nicht einmal, dass Rouven eine Gabe hat, bis ich die violetten Blitze zwischen uns gesehen habe."

„Was für violette Blitze?", fragte Rouven irritiert.

„Du wurdest gerade von einem anderen Trauergast angesprochen, als es passierte", erwiderte mein Vater. „Ich war ehrlich gesagt froh, dass du sie nicht bemerkt hast."

„Moment. Sie haben meine Fähigkeit aktiviert?", hakte Rouven nach. „Und sind dann einfach abgehauen?"

„Ich hatte meine Gründe", erwiderte mein Vater.

„Und was waren das für Gründe?!", herrschte Rouven ihn an.

Mein Vater schüttelte den Kopf und schielte zum USB-Stick. „Dafür habe ich jetzt keine Zeit."

„Dann nehmen Sie sich die Zeit."

„Nicht jetzt. Später erkläre ich es dir."

Rouvens Gesicht verfinsterte sich und er schien offenbar keine Lust zu haben, auf später zu warten. „Geben Sie mir den Stick", verlangte er entschlossen.

„Das kann ich nicht machen.“

Rouven schritt auf meinen Vater zu. „Mir ist egal, was Sie können und was nicht. Ich möchte den Stick.“ Eine Haarsträhne fiel Rouven in die Stirn und er fixiert meinen Vater mit seinen dunklen Augen so durchdringend, dass man Angst vor ihm bekommen konnte.

Auch die Gesichtszüge meines Vaters wurden schlagartig härter. „Du wirst den Stick nicht bekommen“, stellte er klar.

„Und *Sie* werden mich aufhalten?“, blaffte Rouven.

„Wenn es sein muss. Ich habe nicht all die Jahre meines Lebens geopfert, um so kurz vor dem Ziel aufzugeben.“ Mein Vater stellte sich demonstrativ vor den Laptop. In dem Moment machte Rouven noch einen Schritt auf ihn zu, sodass die beiden nur noch ein halber Meter voneinander trennte. Die Stimmung zwischen ihnen war eisig und ich spürte, dass ich etwas unternehmen musste, damit das hier nicht eskalierte.

„Bitte“, sagte ich und stellte mich schnell zwischen die beiden. „Das bringt doch nichts.“ Ich wandte mich Rouven zu. „Wir müssen meinem Vater vertrauen.“

„Vertrauen?!“, spie er mir entgegen. „Einem Mann, den du 13 Jahre nicht gesehen hast, Lizzy? Der dir jahrelang vorgespielt hat, dass er tot ist, und der dich und deine Schwester einfach so im Stich gelassen hat? Der dich dazu gebracht hat, den Stick von mir zu stehlen, anstatt *mir* zu vertrauen?!“

Ich atmete tief ein und wusste, dass er nicht ganz unrecht hatte. „Aber er ist mein Vater“, war das Einzige, was ich als Antwort herausbrachte.

Rouven blickte mich an. Einen Moment lang sagte keiner etwas, bis sich Rouven wortlos umdrehte und die Hütte verließ. Die Tür knallte hinter ihm ins Schloss und ich fühlte, wie sich mein Herz bei seinem Abgang schmerzhaft zusammenzog.

„Er wird sich schon wieder beruhigen“, sagte mein Vater

und widmete sich seinem Laptop. „Jetzt gibt es Wichtigeres zu tun."

„Für dich vielleicht", erwiderte ich, schnappte mir meine Sachen und rannte nach draußen. „Rouven!", schrie ich.

Er saß bereits auf seinem Motorrad und startete die Maschine.

„Es tut mir leid!", rief ich.

Er blickte zu mir hoch und der enttäuschte Blick aus seinen Augen traf mich unvermittelt. „Was genau tut dir leid, Lizzy?"

Ich schluckte. „Dass ich den Stick einfach gestohlen habe, dass ich dein Vertrauen missbraucht habe, dass ich …" Ich schnappte nach Luft. „Dass ich dir nicht vertraut habe. Mein Vater ist gestern nach der Versammlung einfach aufgetaucht und seitdem steht meine Welt noch mehr auf dem Kopf, als sie es ohnehin schon getan hat."

Rouvens Blick wurde weicher und er nahm seinen Helm ab, den er mir reichte. „Lass uns von hier verschwinden."

„Und wohin?"

„Wir gehen etwas essen. Und dann reden wir."

Ich warf noch einen kurzen Blick über die Schulter. Mein Vater hatte nicht einmal versucht, uns nachzukommen. Wahrscheinlich war er derart in die Untersuchung des Sticks vertieft, dass er mein Verschwinden gar nicht bemerkt hatte.

„Okay", sagte ich zu Rouven, „lass uns fahren."

Die hübsche Pizzeria, in der wir wenig später eintrafen, befand sich in Heiligbrunn und war offenbar ein Familienunternehmen. Italienisch sprechende Kinder wuselten um die Tische neben der Theke herum und ich war froh, als wir einen Eckplatz draußen auf der Terrasse ergatterten. Wir setzten uns im rechten Winkel zueinander unter einen gestreiften Sonnenschirm, wo wir relativ ungestört reden konnten.

„Wie geht es dir jetzt?", wollte Rouven von mir wissen,

nachdem wir bei dem kahlköpfigen Kellner bestellt hatten.

„Es ist verrückt und verwirrend“, sagte ich leise und strich mir erschöpft über die Stirn. „Und eigentlich kann ich noch immer nicht glauben, dass mein Vater am Leben ist. Ich bin in meinen Gefühlen hin- und hergerissen, Rouven. Auf der einen Seite bin ich unfassbar wütend, dass er uns allein gelassen hat – auf der anderen Seite bin ich aber auch dankbar, dass er noch lebt.“

Rouven nickte langsam. „Das kann ich verstehen. Wieso ist dein Vater damals verschwunden?“

„Er hatte offenbar Angst, dass der Gedankenleser auch Alexa und mir etwas antut, wenn er erfährt, dass mein Vater noch am Leben ist.“ Ich atmete tief ein. Der Geruch von frisch gebackenen Pizzen wehte aus dem Küchenfenster zu uns herüber.

„Also hatten wir recht, dass der Gedankenleser an dem Autounfall schuld war?“

Ich nickte. „Ich will überhaupt nicht gutheißen, was mein Vater getan hat, aber ich weiß nicht, wie ich in seiner Situation reagiert hätte.“

Der Kellner erschien mit unseren Getränken und nachdem er wieder außer Sichtweite war, berichtete ich Rouven alles, was ich von meinem Vater erfahren hatte.

„*Zeitenöffner*“, wiederholte Rouven nachdenklich, nachdem ich schließlich zu Ende erzählt hatte. „So werden wir also genannt.“

„Klingt doch ganz hübsch.“

Er zuckte mit den Schultern. „Erinnert mich ein wenig an Flaschenöffner.“

„Sag das nicht.“

„Wieso?“

„Weil ich das Wort irgendwie schön fand. Bevor du es in den Schmutz gezogen hast.“

Rouven schmunzelte und auch ich musste lächeln, bevor er wieder ganz ernst wurde. Der Ausdruck in seinen Augen ließ eine unangenehme Beklemmung in meiner Brust aufsteigen.

„Mach das nie wieder, Lizzy“, verlangte er und strich mir eine Haarsträhne hinters Ohr. Schon allein diese sanfte Berührung reichte, dass meine ganze Haut zu prickeln anfing.

Ich griff nach seiner Hand, wobei ein paar violette Funken von unseren Fingern wegsprangen. „Es war blöd von mir und ich habe mich damit auch echt nicht wohlgefühlt. Ich verspreche, dass ich so etwas nie wieder machen werde.“

Rouven sah mich intensiv an und ich wünschte, dass er mich einfach küssen würde und wir den ganzen Rest hinter uns lassen könnten.

„Du kannst mir vertrauen“, setzte ich hinzu. „Wirklich.“

„Vertrauen ist, wie du weißt, nicht unbedingt meine Stärke“, meinte Rouven und lächelte bitter, während er mit der Daumenkuppe über meinen Handrücken fuhr. „Nach dem Tod meiner Mutter war ich auf mich allein gestellt. Und wenn ich ehrlich bin, auch schon vorher. Sie hat sehr unter dem Tod meines Vaters gelitten.“ Rouvens Blick wurde von einer Traurigkeit überschattet, die mich selbst erreichte. Jemanden zu verlieren, hinterließ eine Wunde, die mit der Zeit vielleicht weniger schmerzte – die jedoch nie ganz verheilte.

„Wenn dir einmal jemand genommen wird, kapierst du, dass irgendwann alle sterben“, sagte ich und drückte seine Hand. „Die Leute sterben, alles ist vergänglich.“

Rouven nahm einen Schluck von seinem Wasser und grinste. „Du verstehst es, die Stimmung noch weiter nach unten zu treiben, Lizzy.“

Ich schüttelte schnell den Kopf. „Es tut mir leid. Die ganzen Todesfälle in meiner Familie scheinen mich irgendwie geprägt zu haben.“

„Zumindest ist einer von ihnen wieder aufgetaucht“, meinte Rouven und runzelte dann nachdenklich die Stirn. „Hat dein Vater irgendeine These, warum der Gedankenleser dich und Alexa nach Kirchbruch holen wollte?“

„Wenn er eine These hat, dann hat er sie mir bisher noch nicht verraten. Wir hatten noch nicht allzu viel Zeit, uns zu unterhalten – es ging ihm vor allem um den USB-Stick."

„Hoffentlich findet er das, was er sucht. Dein alter Herr war ja wie besessen von dem Stick."

Ich nickte. „Er glaubt, damit den Gedankenleser endlich stellen zu können. Und ich hoffe, dass er recht hat. Dann kann er uns endlich mehr erzählen – ich habe noch tausend Fragen, die ich ihm stellen möchte." Ich zögerte kurz. „Und er wird dir sicher auch deine Fragen beantworten, Rouven." Mir war klar, dass er natürlich mehr zum Tod seines Vaters herausfinden wollte.

„Mal sehen", meinte er.

In dem Moment wurde unser Essen gebracht. Meine Spaghetti schmeckten sehr lecker und auch Rouven schien mit seiner Pizza Rusticale zufrieden zu sein.

„Kommst du öfter hierher?", fragte ich, als die Musik lauter gedreht wurde und die tiefe Stimme eines italienischen Sängers über die Terrasse hallte.

„Ab und an, wenn ich ein bisschen Großstadtflair schnuppern möchte."

Ich musste lachen. Heiligbrunn war zwar größer als Kirchbruch, aber mit dem Begriff Großstadt verband ich etwas anderes.

„Man wird genügsamer", meinte Rouven grinsend und ich war froh, dass die Stimmung zwischen uns wieder entspannter war.

„Genügsamer? Nur, was die Einschätzung von Stadtgrößen anbelangt, oder auch …" Ich stockte.

„Oder auch was?"

„Nichts."

„Komm schon. Was wolltest du sagen?"

Ich merkte, wie ich ein wenig rot wurde, was nicht an der Hitze des Tages lag. „Oder auch, was die Wahl eines Mädchens anbelangt?", fragte ich schließlich.

Anstatt zu antworten, beugte sich Rouven ganz nah zu mir, bis nur noch wenige Zentimeter unsere Lippen trennten. „Was diesen Punkt anbelangt, werde ich nie genügsam sein“, versprach er leise und der Blick aus seinen dunklen Augen war so intensiv, dass selbst die tiefe Stimme des italienischen Sängers dagegen in den Hintergrund rückte.

Rouven streckte die Hand nach mir aus und strich mir zärtlich eine Haarsträhne hinter mein Ohr. Ohne den Kontakt mit meiner Haut zu unterbrechen, strich er mir über die Wange und mein Kinn. Ich schloss die Augen, als er mit dem Daumen sanft über meine Lippe fuhr, und atmete hörbar aus. Schließlich glitten seine Finger weiter in meinen Nacken und ich fühlte, wie er mich näher zu sich zog, bis unsere Gesichter nur noch Zentimeter voneinander entfernt waren. Atemlos starrte ich ihn an. Violette Blitzfunken zischten überall um uns herum und spiegelten sich in seinen tiefschwarzen Pupillen. Ich konnte mich nicht erinnern, wann ich mich das letzte Mal so sehr danach gesehnt hatte, geküsst zu werden. Und als er sich schließlich leicht vorbeugte und seine weichen Lippen auf meine trafen, wurde mir langsam klar, dass ich mich schon längst rettungslos in ihn verliebt hatte.

„Oh. Ich bin anscheinend nicht die Einzige, die nach Hause gebracht wird“, meinte ich leise, als ich am frühen Abend vom Motorrad abstieg. Rouven hatte darauf bestanden, mich zur Haustür zu bringen, und ich lächelte, als ich im Schatten des Hauses Alexa und Dennis ausmachen konnte, die wild miteinander knutschten.

„Hey, ihr zwei. Ihr seid nicht allein“, sagte ich mit Grabesstimme und verspürte etwas Genugtuung, als die beiden rechts neben dem Eingang zusammenzuckten.

„Oh, Lizzy. Ich habe dich gar nicht bemerkt.“ Alexa strich sich schnell die Haare glatt und Dennis grinste übers ganze Gesicht, als er von meiner Schwester abließ.

„Dann musst du ja ziemlich versunken gewesen sein. Hast du das Motorrad denn nicht gehört?“, wollte ich wissen.

Alexa schüttelte den Kopf und richtete sich ihre Bluse. „Die Maschine ist offenbar sehr leise.“

„Oder ihr seid offenbar sehr laut“, entgegnete ich.

„Wir waren eben etwas abgelenkt“, meinte Dennis und nickte Rouven zu. „Hallo.“

„Hey“, erwiderte er.

Für einen Moment sagte keiner etwas und ich drehte mich schnell zu Rouven um, um die Situation nicht noch peinlicher werden zu lassen.

„Danke, dass du mich nach Hause gebracht hast“, meinte ich so leise, dass Alexa und Dennis hoffentlich nichts davon mitbekamen.

Rouven lächelte absolut hinreißend. „Du musst dich nicht bedanken, immerhin habe ich darauf bestanden.“

„Ich sollte jetzt lieber reingehen. Bevor ich noch Ärger mit Dieter bekomme.“

„Ja, das solltest du.“

„Also dann …“

„Also dann …“, wiederholte er und machte einen Schritt auf mich zu, sodass wir nur noch eine Handbreit voneinander entfernt standen.

Ich zögerte, denn ich wusste nicht, wie ich mich von ihm verabschieden sollte. Alles in mir wollte Rouven noch einmal küssen, wollte noch einmal seine Lippen auf meinen fühlen, aber ein Teil von mir wollte das nicht unbedingt vor Dennis und Alexa tun. Dem anderen Teil war es egal, dass die beiden uns zusahen.

Rouven schien meine Unsicherheit zu genießen, denn ein leichtes Lächeln umspielte seinen Mund. Doch noch bevor ich irgendwie reagieren konnte, öffnete sich die Haustür.

„Was soll das bitte schön werden?“, fragte Dieter verärgert. Sowohl Dennis und Alexa als auch Rouven und ich stoben automatisch auseinander. „Was versteht ihr denn nicht an der

Regel *Keine Jungs*?", brummte er weiter. Mit seinem karierten Hemd und dem finsteren Ausdruck im Gesicht sah Dieter noch grimmiger aus als sonst.

„Ich habe Lizzy nach Hause gebracht", erklärte Rouven. Obwohl er nach außen hin recht gelassen wirkte, merkte ich doch einen Hauch Nervosität in seiner Stimme.

„Ich wollte auch nur sichergehen, dass Alexa gut nach Hause kommt", schloss sich Dennis gleich an.

Dieter schnaubte und blickte wütend zu Rouven und Dennis. „Habe ich etwa mit euch geredet?", blaffte er unfreundlich.

„Sie haben uns wirklich nur nach Hause gebracht", sagte Alexa schnell, obwohl das bei ihr offensichtlich eine Lüge war.

Dieter verschränkte grunzend die Arme vor der Brust. „Du glaubst wohl noch immer, dass ich von gestern bin, junges Fräulein, oder? Dann erklär mir mal, warum der Kerl Lippenstift trägt?" Mit dem Kinn deutete er abfällig auf Dennis, der sich sofort über den Mund wischte. „Tragen das die Typen von heute etwa?"

„Manche schon", meinte Alexa keck und erntete dafür einen bösen Blick von Dieter, der offenbar nicht zu Scherzen aufgelegt war.

„Solange ihr in meinem Haus wohnt, gibt es Regeln. Regeln, die ich nicht zum Spaß aufstelle", erklärte Dieter weiter und ich betete innerlich, dass er jetzt vor den Jungs nicht mit dem Thema Schwangerschaft ankam. Dieter atmete tief ein und fixierte Dennis. „Du bist also der Kerl, mit dem sich Alexa jetzt die ganze Zeit trifft. Wie sind deine Absichten?"

Dennis wirkte für einen Moment überrascht, hob dann aber beschwichtigend die Hände. „Meine Absichten sind gut, wirklich nur gut. Ich mag Ihre … Also ich mag Alexa wirklich gern." Er blickte zu Boden und ich sah, wie Alexa leicht errötete.

„Wie ist dein Nachname?“

„Wolf“, antwortete Dennis sofort, der offenbar beschlossen hatte, sich Dieters Inquisition tapfer zu stellen.

Dieter nickte nachdenklich. „Ich kenne deinen Großvater.“

„Das ist doch schön“, meinte Dennis vorsichtig.

„Ich konnte den Kerl noch nie leiden. Bist du wie er?“ Dieter musterte Dennis von oben bis unten.

„Wie … Also wie meinen Sie das?“

„Der alte Wolf wollte mich früher beim Kartenspielen immer übers Ohr hauen. Bist du auch so ein Schlitzohr?“

Dennis schüttelte den Kopf. „Nein, natürlich nicht. Ich spiele nicht einmal Karten. Ich spiele nur in einer Band.“

„Aha“, knurrte Dieter und legte seinen Kopf schief. Ich hatte den Eindruck, dass er nur auf so eine Aussage gewartet hatte. „In einer Band, soso. Nimmst du Drogen? Ein bisschen Hasch oder ein bisschen Ecstasy vielleicht, damit es beim Gig so richtig gut läuft? Manchmal auch eine Nase Kokain, um die Vibrations so richtig zu spüren?“

Ich war überrascht, dass Dieter solche Worte kannte, und musste mich beherrschen, ernst zu bleiben. Von der Seite sah ich, wie Rouven leicht schmunzelte.

„Was gibt’s da zu lachen?“, fuhr Dieter ihn an. „Nimmst du etwa das verdammte Zeug?“

„Natürlich nicht“, entgegnete Rouven sofort.

„Deinen Großvater mochte ich auch nicht, also pass auf“, murrte Dieter und für einen Augenblick sagte keiner etwas.

„Ich nehme auch keine Drogen“, bemerkte Dennis dann vorsichtig. „Nur um das klarzustellen. Kein Hasch, kein Ecstasy und auch kein Kokain.“

Dieter kratzte sich an seinem Bart. „Das will ich auch hoffen. Diese beiden Damen hier haben es nämlich verdient, dass man sie gut behandelt. Und damit meine ich *sehr gut*. Habt ihr das verstanden?“

Dennis und Rouven nickten. „Natürlich“, sagten beide gleichzeitig.

„Ich habe unten im Keller eine alte Flinte. Sie ist nicht das neueste Modell, aber sie tut das, was sie tun soll." Dieter betrachtete die Jungs intensiv. „Denkt immer daran, am besten jeden Tag vor und nach dem Einschlafen. Ich bin vielleicht ein alter Mann, aber ich weiß noch immer, wie man schießt. Solltet ihr den Mädels also den geringsten Kummer bereiten, scheue ich mich nicht davor, in den Keller zu gehen und die Flinte zu benutzen. Verstanden?"

Rouven und Dennis nickten nur und ich fand Dieter irgendwie süß, auch wenn ich mir nicht vorstellen konnte, dass er seine Drohung wirklich wahr machen würde.

„Und jetzt macht euch gefälligst nützlich", brummte er. „Ich hab hinten im Garten noch etwas Holz, das gehackt werden muss."

Kapitel 6

Am nächsten Tag musste ich noch immer schmunzeln, wenn ich daran dachte, wie Dieter die Jungs in den Garten geschickt hatte, um sie das gesamte Brennholz für den Winter hacken zu lassen, bevor sie nach Hause gehen durften.

„Du bist heute aber gut aufgelegt", bemerkte Bruno, der gerade in der Küche stand und Pfannkuchen briet. Dabei lächelte er gutmütig. „Gibt es dafür einen besonderen Grund?"

Ich zuckte mit den Schultern. „Es ist ein schöner Tag. Außerdem habe ich in den letzten Wochen schon so viel Trinkgeld bekommen, dass ich mir bald einen neuen Laptop leisten kann."

„Und das ist alles?" Ich stockte, als der bärenhafte Bistro-Besitzer schmunzelte. „Ich hätte eher vermutet, dass deine gute Laune mit Rouven zusammenhängt."

„Mit Rouven?", wiederholte ich und spürte, wie ich ein bisschen rot wurde. „Wie kommst du denn darauf?"

Bruno wendete zwei Pfannkuchen und lachte. „Ich bin schließlich nicht blind, Lizzy." Als ich nicht sofort antwortete, fügte er hinzu: „Außerdem war ich auch mal jung."

„Wirklich?", fragte ich gespielt erschrocken und genoss es, dass ich mit Bruno so nett herumalbern konnte.

Bruno grinste und warf ein Geschirrtuch in meine Richtung. „Vorsichtig, junges Fräulein, ich bin dein Chef. Und du willst doch sicher nicht, dass ich aufgrund meines hohen Alters vergesse, dein Gehalt zu bezahlen?"

Ich musste lachen und band mir meine schwarze Schürze um die Taille. „Nein, das möchte ich natürlich nicht. Selbstverständlich bist du nicht alt, Bruno. Du bist nur ein wenig weiser als ich."

Er kratzte sich an seinem braunen Vollbart und zwinkerte mir zu. „Netter Versuch, Lizzy, aber da kommst du jetzt nicht mehr raus."

In dem Moment klingelte das Türglöckchen im Bistro. Grinsend ging ich in den Gästebereich und sah, wie Betty zur Tür hereinkam. Es war das erste Mal, dass ich sie hier sah, und ich begann automatisch, breit zu lächeln.

„Hey, was für eine unerwartete Überraschung."

Betty fing meinen Blick auf und zwängte ein trauriges Lächeln auf ihre Lippen. „Hallo, Lizzy."

„Alles in Ordnung?" Ich senkte automatisch die Stimme, obwohl das Bistro abgesehen von Joseph und zwei alten Damen komplett leer war.

Sie strich sich ihr helles Sommerkleid glatt und nickte. „Bringst du mir einen Marillenkuchen? Mit einem Eiskaffee? Ich setze mich dort drüben hin." Damit deutete sie auf einen hübschen Tisch am Fenster.

„Aber klar", antwortete ich und ging zur Theke, um den Kaffee zuzubereiten.

Als ich ihr den Kuchen und das Getränk brachte, blickte sie versonnen aus dem Fenster.

„Wirklich alles okay?", fragte ich noch einmal, da ich Betty so nicht kannte. Normalerweise war sie nicht so in sich gekehrt.

Betty nickte rasch. „Heute ist der Geburtstag meiner Mutter. Da werde ich immer ein wenig melancholisch, auch nach all den Jahren noch."

„Ich verstehe, was du meinst."

Betty betrachtete mich wehmütig. „Das tust du tatsächlich, nicht wahr?"

„Es haben sich so einige Geburtstage und Todestage in meiner Familie angesammelt", sagte ich, woraufhin Betty seufzte.

„Manchmal ist das Leben einfach ungerecht. Und zu dir war es anscheinend sehr ungerecht, Lizzy. Willst du dich vielleicht kurz setzen und mir ein wenig Gesellschaft leisten? Der Laden ist ja heute nicht gerade proppenvoll."

Sie lächelte mich an und ich warf einen kurzen Blick über die Schulter. Joseph und die beiden alten Damen wirkten zufrieden und hatten anscheinend alles, was sie brauchten.

„Klar", erwiderte ich und zog mir einen Stuhl zurück. „Was ist das?", fragte ich dann, als Betty einen kleinen Stoß verschlossener Briefumschläge aus ihrer Tasche zog und liebevoll neben dem Teller mit dem Marillenkuchen drapierte, bevor sie einen Schluck von ihrem Eiskaffee nahm.

„Liebesbriefe." Betty teilte mit der Gabel ein Stück vom Kuchen ab.

Ich hob die Augenbrauen. „Und an wen?"

Betty schmunzelte. „Die sind nicht von mir. Meine Mutter hat ihr Leben lang alle Formen von Liebesbriefen gesammelt. Ob sie sie nun selbst bekommen hat oder auf dem Flohmarkt welche auftreiben konnte, sie hat die Dinger gehortet, wo immer sie sie auch herbekam. Sie hat sogar ein eigenes Buch mit den verrücktesten Liebesbriefen, die ihr untergekommen sind, herausgegeben."

„Das Buch habe ich in der Bibliothek gesehen", sagte ich überrascht und dachte an den Liebesbrief von dieser Beatrice, die sich wegen des Verlustes ihres Liebsten das Leben nehmen wollte. „Es war eines von den interessanteren Kirchbrucher Werken."

„Das kannst du laut sagen. Hast du das Buch über die Stille des Waldes gesehen? Ich schlafe schon ein, wenn ich nur den Titel lese."

Automatisch musste ich lächeln.

Betty strich mit dem Finger sanft über die Liebesbriefe. „Jedenfalls bringe ich meiner Mutter zu ihrem Geburtstag alle Liebesbriefe ans Grab, die mir im Laufe des Jahres untergekommen sind. Ob es nun Liebeserklärungen aus der Zeitung oder romantische Botschaften aus dem Internet sind. Ich weiß, es klingt verrückt, aber ich hab dabei irgendwie das Gefühl, ihr ein wenig näher zu sein." Sie atmete tief ein und strich sich eine Haarlocke hinters Ohr. „Wenn ich das so laut ausspreche, hört es sich aber tatsächlich ziemlich verrückt an. Aber zu deiner Beruhigung: Ich lege die Briefe nur hin, glaube aber am Friedhof nicht, dass ich mit den Toten sprechen kann."

„Du musst mich nicht beruhigen. Ich finde die Idee mit den Briefen gar nicht verrückt, sondern wunderschön", sagte ich.

„Das ist lieb von dir, Lizzy. Dann kann ich meiner Mutter ja ausrichten, dass dir ihr Buch gefallen hat." Betty grinste mich an und ich musste unwillkürlich über ihren Scherz lachen. „Aber nun genug von den Toten. Was gibt es bei dir Neues?", fragte sie dann.

Ich öffnete den Mund und wusste im ersten Moment nicht, was ich sagen sollte. Dass mein Vater wieder lebte, durfte ich niemandem erzählen, genauso wenig wie die Tatsache, dass ich eine Zeitenöffnerin war und von einem mordenden Gedankenleser wusste.

„Nicht viel", log ich daher und fegte ein paar Kuchenkrümel vom Tisch.

„Kommst du heute Nachmittag ins Büro?"

Ich nickte, da ich mich noch auf das Interview mit dem Bürgermeister vorbereiten wollte. „Ja, aber ich werde nicht allzu lange bleiben, da ich heute noch nach Heiligbrunn fahre."

„Was ist denn in Heiligbrunn? Geht es vielleicht um einen Mann?" Betty zwinkerte mir zu, doch ich wiegelte schnell ab.

„Der Freund von meiner Schwester tritt da mit seiner Band auf", antwortete ich und stand auf, als Joseph nach mir rief. „Ich muss jetzt leider wieder arbeiten."

„Dann bekommst du aber kein Trinkgeld", sagte sie amüsiert und es war schön, dass sie schon wieder besser drauf war.

Ich beugte mich zu ihr. „Das ist kein Problem", flüsterte ich, „denn das bin ich hier schon gewohnt."

Betty verengte die Augen. „Wer? Wer von den Knausern

gibt dir denn kein Trinkgeld?“ Sie lächelte breit. „Nenn mir seinen Namen und ich schreibe ihm sofort ein verheerendes Horoskop.“

***

„Alexa? Bist du da?“, rief ich, als ich einige Stunden später nach Hause kam. Dieters Haus war ungewohnt still und ich streifte in der Diele meine offenen Schuhe ab, bevor ich in die Küche ging. Dabei zog ich mein Handy aus der Tasche, da ich es während meiner Arbeit im Bistro stumm gestellt hatte. Tatsächlich hatte Alexa mir geschrieben, dass sie mit Dennis unterwegs war und sie schon in dem Pub in Heiligbrunn angekommen waren, da seine Band noch einen Soundcheck machen würde. Und ob es mich störte, einfach mit Rouven direkt zu dem Lokal zu kommen.

Kein Problem, schrieb ich zurück und steckte mein Handy wieder ein. Dabei entdeckte ich eine Nachricht von Dieter auf dem Küchentisch.

Bin unterwegs. Komme erst später nach Hause. Hab schon gehört, dass ihr heute dieser Band in Heiligbrunn zuseht. Keine Drogen, verstanden? Und seid bis Mitternacht zu Hause. – Dieter

Ich lächelte in mich hinein. Offenbar hatte Alexa einen Großteil ihres Tages darauf verwendet, Dieter weichzuklopfen, dass er uns heute Abend einen längeren Ausgang gewährte – und das, obwohl er weder Rouvens noch Dennis’ Großvater mochte.

Noch immer schmunzelnd, ging ich zum Kühlschrank und machte mir eine Kleinigkeit zu essen, bevor ich mich damit hinaus in den Garten setzte. Er war zwar nicht besonders groß, aber sehr hübsch angelegt. Am hinteren Ende der kleinen Wiese stand ein etwas krummer Kirschbaum und seitlich gab es zwei Hochbeete aus Holz, in denen Dieter Gemüse anpflanzte. Außerdem hatte er eine alte Hollywoodschaukel, die bei jeder Bewegung leise quietschte.

Während ich mein Käsebrot aß, wanderten meine Gedanken zu meinem Vater, der sich seit dem Moment, in dem er den USB-Stick von mir bekommen hatte, nicht mehr gemeldet hatte. Hatte er vielleicht die Info bereits gefunden, die für Konstantin so wichtig gewesen war? Oder suchte er noch immer danach?

Ich biss gerade von meinem Brot ab, als mir ein neuer schrecklicher Gedanke kam. Hatte der Gedankenleser in der Zwischenzeit irgendwie erfahren, dass mein Vater noch lebte, und ihm womöglich etwas angetan?

Von einer plötzlichen Panik getrieben, rief ich meinen Vater an. Als er nicht ranging, schrieb ich ihm eine kurze Nachricht und fragte, ob es ihm gut ging. Dann atmete ich mehrmals tief durch und versuchte, mich zu beruhigen. Ich wurde schon langsam paranoid. Wahrscheinlich suchte mein Vater noch immer nach dem entscheidenden Hinweis, der die Identität des Gedankenlesers offenlegen würde. Das war die plausibelste Erklärung und ich entschied, auch keine andere gelten zu lassen.

Um mich abzulenken, beschloss ich, etwas Sinnvolles zu tun und meine Fähigkeit zu trainieren. Mein Vater hatte mich zwar davor gewarnt, mir meine eigene Zukunft anzusehen – da ich die Tür aber sowieso nie aufbekommen hatte, konnte ich zumindest mein Zeitgefühl in der weißen Kammer verbessern. Deshalb legte ich das Käsebrot beiseite und schloss die Augen. Dann legte ich meine Hand auf meine Brust und dachte an die Zukunft.

Sofort verstummte das leise Vogelgezwitscher, als hätte man bei einem Fernseher die Stumm-Taste gedrückt. Erwartungsvoll schlug ich die Augen auf und sah, dass meine Umgebung völlig eingefroren war. Die Tomatenstauden, die sich vorher noch sanft im Wind bewegt hatten, waren nun in einer völligen Zeitlosigkeit erstarrt und selbst eine Biene, die durch den Garten gesummt war, verharrte still in der Luft. Rasch stand ich auf. Meine Zukunftstür war an der grob verputzten Hauswand neben dem Hochbeet erschienen und ich steuerte entschlossen darauf zu, um mein eigenes Zeitenfoyer zu betreten.

Kaum hatte ich einen Fuß über die Schwelle des gleißend hellen Raumes gemacht, begann sich die Kammer auch schon zu drehen. Schneller und immer schneller zischten die Wände an mir vorbei, während sich mit einem elektrischen Summen die ersten blauen Blitze bildeten. Ich schloss die Augen und versuchte, mich ganz auf das Vergehen der Zeit zu konzentrieren, als ich plötzlich merkte, dass es immer kälter und kälter wurde. So etwas war bisher noch nie passiert und ich rieb mir fröstelnd über die Oberarme, als ich im nächsten Moment wieder auf der Hollywoodschaukel saß. Sofort setzte das Vogelgezwitscher wieder ein und ich schlug irritiert die Augen auf. Die warmen Sonnenstrahlen auf meiner Haut vertrieben rasch das Gefühl der Kälte, das irgendwie seltsam gewesen war. Noch während ich nach einer Erklärung dafür suchte, klingelte es an der Haustür.

Nachdenklich stand ich auf und ging zurück ins Haus. Die Hollywoodschaukel quietschte noch leise im Garten, als ich die Tür öffnete und fühlte, wie mein Herz einen Satz machte, als ich Rouven davor stehen sah.

„Hey“, sagte er mit einem rauen Unterton und lächelte mich an. „Deine Schwester hat mir geschrieben, dass du eine Mitfahrgelegenheit nach Heiligbrunn brauchst.“ Seine dunklen Augen funkelten amüsiert und ich konnte nur wie hypnotisiert auf seine weißen Zähne starren, die bei seinem Lächeln kurz aufblitzten.

„Das ist wahr“, sagte ich schließlich ein wenig verspätet und lächelte ihn an.

„Bist du allein?“, fragte Rouven und warf einen vorsichtigen Blick über meine Schulter ins Innere des Hauses.

Ich hätte beinahe genickt, bevor ich es mir anders überlegte.

„Dieter! Rouven ist da!“, rief ich laut in Richtung Küche und musste schmunzeln, als Rouven sich kurz verkrampfte. „Dieter ist im Garten und möchte, dass du noch ungefähr dreißig Kilo Holz zu Sägespänen zerhackst.“

Rouven grinste und schien, als würde er sich für meinen Scherz gleich revanchieren. „Na warte.“ Mit einem einzigen Schritt war Rouven über der Schwelle und gab der Eingangstür einen Stoß, sodass sie hinter ihm ins Schloss fiel. Dann drängte er mich unvermittelt mit seinem Körper gegen die Wand und ich schnappte nach Luft, als seine Lippen ungestüm auf meine trafen. Mit einem leisen Keuchen verschloss er meinen Mund und drängte seine Hüften gegen meine. Ein Feuerwerk an Emotionen explodierte in meinem Körper, das von einem Schauer lilafarbener Blitzlichter begleitet wurde. Verliebt schlang ich die Arme um seinen Nacken, während Rouven mit beiden Händen meine Taille umfasste und mich noch näher an sich zog. Seine Zunge glitt so sanft über meine Lippen, dass ich die Augen schloss, während mich kurz der Gedanke durchzuckte, dass Dieter jeden Moment von seinen Besorgungen zurückkehren könnte.

„Wir können nicht hierbleiben“, hauchte ich und schaffte es kaum, meinen Mund lange genug von seinem zu lösen, um den Satz auszusprechen.

Rouven ließ seine Stirn gegen meine sinken. „Ich weiß. Wir müssen zu dem verdammten Gig“, murrte er.

„Nein, ich meine, hier. Im Vorzimmer von Dieters Haus.“ Mit schier übermenschlicher Überwindung legte ich meine Hände auf seine Brust und schob ihn einen Schritt zurück. „Ich weiß nicht, wann Dieter nach Hause kommt.“

Rouven starrte mich an. In seinen Augen loderte ein derart dunkles Verlangen, dass ich mich dazu zwingen musste, ihn nicht sofort wieder an mich zu ziehen. Mein ganzer Körper vibrierte noch von dem intensiven Kuss und mein Herz schlug viel zu schnell.

Er streckte einen Arm aus, um mir eine glänzende

Haarsträhne zurückzustreichen, und kam wieder einen Schritt näher. „Ich weiß auch nicht, wann Dieter nach Hause kommt."

„Ich muss mich auch noch für den Gig umziehen", fuhr ich abgelenkt fort, als seine Hände erneut auf meiner Taille landeten und von dort liebkosend über meinen Rücken nach oben strichen.

„Dabei kann ich dir doch helfen", versicherte er mir dunkel. Der tiefe Klang seiner Stimme löste ein sanftes Zupfen in meinem Bauch aus und ich atmete zitternd ein. Gleichzeitig wurde mir bewusst, dass das hier das erste Mal seit längerer Zeit war, dass Rouven und ich allein waren.

Und zwar ganz allein.

Ohne eine Menschenseele im ganzen Haus.

„Ich könnte dir mein Zimmer zeigen", murmelte ich und versank beinahe in der perfekten Symmetrie von Rouvens Gesicht. Im nächsten Moment biss ich mir auf die Lippen, da ich selbst merkte, wie sich dieser Vorschlag angehört hatte.

„Ich würde dein Zimmer liebend gern sehen." Er griff nach meiner Hand und ich spürte, wie sich unsere Finger automatisch miteinander verflochten.

„Es ist nicht so cool wie dein Zimmer", sagte ich, bevor ich mich zur Treppe wandte und die knarrenden Stufen hinaufstieg, ohne seine Hand loszulassen.

Rouven lachte leise hinter mir und ich warf einen kurzen Blick über die Schulter.

„Was ist?"

„Nichts", erwiderte er amüsiert. „Es ist nur so, dass es mir völlig egal ist, wie dein Zimmer aussieht, Lizzy."

Seine Worte brachten die Schmetterlinge in meinem Bauch dazu, heftig durcheinander zu flattern, und ich spürte mein Herz bis in meine Fingerspitzen pochen, als wir das Obergeschoss erreichten. Ein wenig befangen trat ich schließlich über die Schwelle in Alexas und mein Zimmer.

„Das hier ist mein Bett", erklärte ich mit einer

Kopfbewegung zum linken Bett hin und errötete ein wenig. Das klang so, als würde ich direkt an der Stelle weitermachen wollen, an der wir unten aufgehört hatten.

Rouven nickte, ohne seine Finger von meinen zu lösen. Seine Augen glitten über die nüchterne Einrichtung und blieben schließlich an dem rostbraunen Notizbuch aus Kunstleder hängen, in dem ich meine Erkenntnisse über meine Fähigkeit festhielt.

„Es gefällt mir hier."

„Ehrlich?", fragte ich, da ich mir das nicht so recht vorstellen konnte. Schließlich lebte er im Haus der Wellingers in einer so durchdesignten Umgebung, dass sich sogar der Minikühlschrank als Nachttisch tarnte. Wobei ich zugeben musste, dass ich mich in Dieters Haus auch ohne Minikühlschrank inzwischen sehr wohlfühlte.

„Es ist dein Zimmer, natürlich gefällt es mir", sagte Rouven und wandte sein Gesicht in meine Richtung. Bei dem Ausdruck in seinen Augen glaubte ich ihm, dass er es absolut ehrlich meinte.

„Dieter bringt dich um, wenn er dich hier oben erwischt", flüsterte ich, obwohl Dieter und seine Regeln im Moment ziemlich weit weg zu sein schienen.

Rouven atmete tief ein. „Es gibt Dinge, für die lohnt es sich, umgebracht zu werden."

Die Art, wie er das sagte, ließ meinen Atem stocken und ich spürte, wie mein Körper sanft erschauerte, als er mich erneut an sich zog. Seine Hände glitten von meinen Hüften weiter nach oben und ich merkte, wie ich unter seinen Berührungen eine wohlige Gänsehaut bekam.

„Ist dir kalt?", murmelte Rouven. Rasch schüttelte ich den Kopf. „Gut", flüsterte er und senkte seinen Blick auf meinen Mund, bevor er sich sanft nach vorn beugte, um mich zu küssen.

Mit einem leisen Seufzen kam ich ihm entgegen und schloss die Augen, als sich unsere Lippen berührten. Seine

Zunge erkundete sanft meinen Mund und ich verlor mich komplett in dem Gefühl, während er mir langsam mein T-Shirt über den Kopf zog. Wie in Trance bekam ich mit, dass ich ebenfalls an seinem schwarzen T-Shirt herumnestelte, bis es schließlich irgendwann auf dem Boden lag und ich seine glatte Brust an meiner Haut spüren konnte.

Ich trug noch immer meine Jeans und den BH, als ich meinen Blick zu ihm hob. Rouven sah mich auf eine Art an, als wäre ich das wunderschönste Wesen auf der Welt, und alles in mir drängte danach, ihm noch näher zu kommen.

Atemlos griff ich hinter mich, um den Verschluss meines Büstenhalters zu öffnen, als von unten das Geräusch eines aufschließenden Schlüssels zu hören war. Im nächsten Moment öffnete sich die Eingangstür, bevor sie gleich wieder ins Schloss fiel, und ich spürte, wie mein Herz für einen Schlag aussetzte, als schwere Schritte zu hören waren.

„Oh mein Gott“, flüsterte ich und sah, wie auch Rouven kurz erstarrte, als wir Dieter unten husten hörten.

„Zieh dich an“, zischte ich hektisch und bückte mich zu meinem T-Shirt. In der Eile erwischte ich erst das von Rouven und warf es ihm zu, bevor ich endlich meines zu fassen bekam.

„Ich könnte aus dem Fenster klettern“, bemerkte Rouven leise, während er sich sein schwarzes Shirt über den Kopf zog. „So hoch ist das nicht.“

„Blödsinn. Ich hab dir nur mein Zimmer gezeigt“, flüsterte ich zurück.

Er zog bezeichnend eine Augenbraue hoch. „Und dabei musstest du dich ausziehen?“

Grinsend griff ich nach meinem Kopfkissen und schleuderte es auf ihn. Unbeeindruckt fing Rouven es mit einer Hand auf und legte es zurück aufs Bett. Dann strich er sich das T-Shirt glatt, während ich mir noch schnell durch die Haare fuhr.

„Und hier ist mein Zimmer“, sagte ich dann laut und

deutlich.

„Schöner Ausblick“, erwiderte er in derselben Lautstärke, ohne den Blick von mir zu nehmen.

Ich musste lächeln.

In diesem Moment vibrierte mein Handy in der Jeans und ich zog es hervor.

Oh mein Gott, Lizzy, die Location ist der Wahnsinn! Ihr müsst sofort herkommen!

Kapitel 7

„Du hast also mit Rouven in unserem Zimmer rumgemacht, als Dieter nach Hause gekommen ist?“, fragte Alexa lachend und reckte den Hals, um Ausschau nach Rouven zu halten, der an der Bar Getränke holte.

„So witzig war das in dem Moment gar nicht“, erwiderte ich schmunzelnd. Dabei senkte ich unwillkürlich die Stimme, obwohl die Vorband auf der kleinen schwarzen Bühne ohnehin jedes Gespräch übertönte. Der Leadsänger war ein bärtiger Typ, dessen Schreigesang von einem Dutzend schwarzer Lautsprecher an der Decke noch verstärkt wurde. Rouven und ich waren erst vor zehn Minuten in dem gesteckt vollen Lokal angekommen, aber es fühlte sich schon jetzt so an, als ob ich jeden Moment einen Hörsturz bekommen könnte.

„Wenn Dieter euch erwischt hätte, würde auf Rouvens Grabstein stehen: *Sie zeigte ihm mehr als ihr Zimmer, jetzt ist er tot, für immer*.“

Alexa grinste mich an und ich schmunzelte ebenfalls, als ich plötzlich Tristan in der Menschenmenge entdeckte. Er hatte eine Bierflasche in der Hand und drängte sich ebenfalls zu der kleinen schwarzen Bühne durch, auf der Dennis in etwa zwanzig Minuten auftreten würde.

„Hey“, sagte ich und winkte kurz, als Tristan zu uns stieß. „Ich wusste gar nicht, dass du auch kommst.“ Dabei versuchte ich, die leichte Befangenheit zur Seite zu schieben, die ich ihm gegenüber empfand, da unser letztes Gespräch nicht sonderlich positiv geendet hatte. Allerdings schien Tristan die Sache inzwischen weggesteckt zu haben, denn er lächelte entspannt.

„Dennis hat mich gezwungen“, erklärte er belustigt. „Er hatte anscheinend Sorge, dass das Lokal nicht voll genug wäre, um Alexa zu beeindrucken.“ Tristan nahm einen

Schluck Bier und wandte sich dann meiner Schwester zu. „Seit er dich kennt, ist er echt anstrengend. Ich muss sogar seinen Auftritt filmen."

Alexa lachte. „Das hast du gerade erfunden."

Tristan schüttelte den Kopf und zog sein Handy aus der Tasche. „Er hat mich sogar daran erinnert, den Akku aufzuladen." Er zeigte ihr seinen vollen Akku und sie schüttelte ungläubig den Kopf.

„Offenbar wünscht sich Dennis eine bleibende Erinnerung an den Abend mit dir", rief ich über den Krach der Vorband hinweg.

„Eine bleibende Erinnerung woran?", erklang Rouvens vertraute Stimme in diesem Moment neben meinem Ohr. Er händigte Alexa ihren gewünschten Cocktail aus und legte dann den Arm um mich.

Augenblicklich sah ich, wie Tristans gute Stimmung verflog.

„Hallo, Tristan", begrüßte Rouven ihn neutral.

„Rouven", erwiderte dieser spürbar reservierter.

Daraufhin entstand eine unangenehme Pause.

Ich sah, wie Alexa unbehaglich an ihrem schwarzen Fransen-Top herumzupfte und dann einen Blick auf die Uhr warf.

„Wie lange noch?", fragte Rouven, dem das Geschrei der Vorband auch auf die Nerven zu gehen schien.

„Noch etwa zwanzig Minuten", gab Alexa zurück.

Er seufzte und ich wünschte mir ebenfalls, wir wären erst zu Dennis' Auftritt gekommen. Auch wenn das bedeutet hätte, dass Rouven sich wesentlich länger Dieters Inquisition hätte unterziehen müssen, der den Männerbesuch in meinem Zimmer nicht allzu gut gefunden hatte.

„Gefällt's dir etwa nicht?", fragte Tristan in dem Moment provokant.

„Gefällt's dir denn?", fragte Rouven zurück.

Tristan leerte demonstrativ den Rest seiner Bierflasche. „Ich unterhalte mich blendend", antwortete er mit Nachdruck und fixierte Rouven abschätzig. „Aber wenn es dir hier zu laut ist, dann geh doch. Ich bin sicher, die Mädels und ich haben trotzdem unseren Spaß."

„Das bezweifle ich", entgegnete Rouven kalt.

Alexa und ich wechselten einen kurzen Blick.

„Ich geh mal aufs Klo", sagte ich und machte mich sanft von Rouven los.

„Ich komme mit", entschied Alexa spontan und drückte Tristan ihren halb vollen Cocktail in die Hand. „Passt auf unsere Plätze auf." Mit diesen Worten nahm sie meine Hand und drängte sich mit mir durch die Masse an schwitzenden Menschen.

„Denkst du, das war eine gute Idee?", fragte ich mit einem Blick über die Schulter, während bunte Scheinwerferspots über unseren Köpfen tanzten.

Alexa hob fragend die Augenbrauen. „Was? Die beiden allein zu lassen?"

Ich nickte.

„Natürlich war das eine gute Idee. Bei den Blicken, die sich die beiden zugeworfen haben, traut sich zumindest keiner in ihre Nähe, um unsere Plätze zu klauen."

„Ich mein's ernst", murmelte ich, als wir zu der kurzen Schlange kamen, die sich vor der Damentoilette gebildet hatte.

Alexa seufzte. „Die beiden werden sich schon nicht umbringen", meinte sie dann leichthin. „Und wenn doch, schreiben wir auf ihre Grabsteine: *Rouven und Tristan stritten sich um eine Frau, jetzt sind sie beide tot, genau.* – Okay, das war nicht mein bester Spruch", bemerkte sie grinsend.

Ich musste ebenfalls schmunzeln und wich einem knutschenden Pärchen aus, das an der schwarzen Wand neben uns lehnte. Die Wand war mit grellbunten Schriftzügen versehen, deren Buchstaben im Schwarzlicht fluoreszierend leuchteten.

„Hey, hier steht sogar Dennis' Bandname!", schrie Alexa plötzlich und deutete auf den neongrünen Schriftzug „Bruch", der von den Köpfen des verliebten Pärchens zur Hälfte verdeckt wurde.

„Ach ja, wirklich", sagte ich und sah, wie das knutschende Mädchen irritiert den Kopf hob, um uns anzusehen. Der große blonde Typ, der sie geküsst hatte, drehte sich ebenfalls zu uns um.

Alexa biss sich auf die Lippen. „Sorry, ich wollte euch nicht stören. Es ist nur … das hier ist der Bandname von meinem Freund!", setzte sie dann etwas aufgeregter hinzu und deutete euphorisch auf den Schriftzug.

Der sportliche Typ zog eine Augenbraue hoch, während seine Freundin zu grinsen anfing. Sie trug ein schwarzes T-Shirt mit einer riesigen neonorangefarbenen Karotte darauf. „Wollt ihr vielleicht ein Selfie davor machen? Sieht sicher cool aus."

„Nicht jeder Mensch ist so fotobesessen wie du, Conny", murmelte der Typ, als sie ihn ein paar Schritte zur Seite zog, um Alexa Platz zu machen.

„Danke!", rief meine Schwester und stellte sich an die Wand, um ein Foto von sich und dem Schriftzug „Bruch" zu machen. „Perfekt", meinte sie dann. „Jetzt habe ich immer eine Erinnerung an diesen Abend."

„An dem du ein knutschendes Pärchen gestört hast", erwiderte ich amüsiert und rückte mit Alexa ein Stück weiter in der Schlange.

Sie verdrehte die Augen. „Genau. Und was hast du heute schon Schönes gemacht?"

Für einen Moment dachte ich wieder zurück an den Moment heute Nachmittag, als ich versucht hatte, in meine Zukunft zu gehen, und es in meinem Zeitenfoyer so kalt geworden war. „Ähm … nichts Vergleichbares."

„Stimmt. DU hast dich ja nur beinahe von Dieter beim Sex mit Rouven erwischen lassen." Sie hob amüsiert beide

Augenbrauen.

„Hör auf", flüsterte ich und sah mich unwillkürlich um. „Das ist überhaupt nicht wahr."

„Aber es würde einen verdammt lässigen Grabsteinspruch abgeben", antwortete Alexa grinsend. „*Er traf sie beim Verkehr, der Tod kam durchs Gewehr.*"

Ich runzelte die Stirn. „Mein Tod oder sein Tod?"

„Natürlich der von Rouven", sagte Alexa überzeugt, als wir endlich dran waren.

Danach kämpften wir uns durch die verschwitzten Leiber der Menschenmenge wieder zurück zur schwarzen Bühne. Ich hoffte innerlich, dass die Stimmung zwischen Rouven und Tristan in der Zwischenzeit besser geworden war, entdeckte jedoch beim Näherkommen, dass genau das Gegenteil eingetreten war. Denn während Rouven sich mit einem brünetten Mädchen mit hüftlangen Haaren unterhielt, stand Tristan mit versteinerter Miene daneben und kippte gerade den Rest von Alexas Cocktail hinunter.

„Hey, das war meiner!", beschwerte sich meine Schwester scherzhaft, als wir zu der Gruppe stießen.

„Sorry", sagte Tristan knapp und machte eine Kopfbewegung in Richtung Bar. „Ich hol dir gleich noch einen."

Das dunkelhaarige Mädchen warf Tristan einen scheuen Blick zu und wandte sich dann mit einem aufrichtigen Lächeln uns zu.

„Hi, ich bin Teresa." Sie streckte uns die Hand hin. „Ihr müsst Lizzy und Alexa sein."

„Hallo", sagte ich und schüttelte Teresa die Hand. Dabei fiel mir ein, dass Herr Wellinger bei Tristans Geburtstagsparty eine Ex-Freundin namens Teresa erwähnt hatte, über die Tristan anscheinend nur schwer hinweggekommen war. Und wenn ich Tristans seltsames Verhalten richtig deutete, handelte es sich hier offenbar um genau dieses Mädchen.

„Schön, dich kennenzulernen", sagte Alexa und schüttelte

Teresa ebenfalls die Hand.

„Kommst du auch aus der Gegend?“, fragte ich dann.

Teresa lächelte einnehmend. „Zur Hälfte schon. Meine Mutter stammt aus Heiligbrunn und mein Vater aus England. Allerdings haben sich meine Eltern getrennt, als ich noch ganz klein war. Deshalb bin ich bei meiner Mutter in Heiligbrunn groß geworden.“

„Bis es Teresa vor zwei Monaten zu ihrem unbekannten Vater nach England gezogen hat“, warf Tristan kühl ein.

Teresa wandte ihm ihr fein geschnittenes Gesicht zu und ich sah einen Ausdruck von Kummer über ihre Züge huschen. „Du weißt doch, dass die Entscheidung nichts mit dir zu tun hatte, Tristan.“

Er schnaubte leise. „Richtig. Sie hatte überhaupt nichts mit mir zu tun.“

Teresa blickte unbehaglich zu Boden.

„Wie geht es eigentlich deinem neuen Freund? Duncan, nicht wahr?“, fuhr Tristan beißend fort.

Teresa holte tief Luft. „Wir sind nur ein paar Mal miteinander ausgegangen.“

„Schon gut. Es geht mich ohnehin nichts an“, schnaubte Tristan. „Ich hol uns noch was zu trinken“, erklärte er dann und kämpfte sich durch das Gewühl zur Bar.

„Sorry. Ich wollte die Stimmung nicht kaputt machen“, sagte Teresa schuldbewusst, nachdem er außer Hörweite war.

„Das hast du doch nicht“, meinte Alexa. „Ich wollte übrigens nächstes Jahr mal einen Abstecher nach England machen. Hast du irgendwelche Tipps für mich? Meine Englischlehrerin hat immer von Cornwall geschwärmt, aber das ist wahrscheinlich total langweilig, oder?“

Teresa zuckte mit den Schultern. „Es kommt darauf an, was du magst. Cornwall hat eine hübsche Landschaft und ist voller alter Legenden.“

Bei dem Wort *Legenden* versteifte ich mich automatisch.

„Wenn du auf prächtige Herrenhäuser, Steinkreise und

Mystik stehst, bist du dort richtig", setzte Teresa hinzu, woraufhin Alexa den Kopf schüttelte. „Nein, Mystik ist nicht so meins", meinte sie und warf mir einen kurzen Seitenblick zu.

Teresa schielte zur Bar und presste bei Tristans Anblick die Lippen aufeinander. „Ich geh dann mal lieber. Es war aber total nett, euch kennenzulernen." Sie streckte Alexa und mir zum Abschied die Hand entgegen. Ich fragte mich, ob man das in England so machte, und dachte für einen Moment an Teresas Leben und ihre Zukunft, *als plötzlich hellblaue Blitzlichter in die Höhe stoben und die Geräuschkulisse im Lokal mit einem Schlag verstummte. Der Stromschlag hallte noch in meinen Zellen wider, während ich mich umsah. Die Menschen ringsum waren alle gleichzeitig in ihren Bewegungen erstarrt, viele davon mitten im Tanz. Neugierig reckte ich den Kopf, auf der Suche nach Teresas dunkelblauer Zukunftstür, die sich an der Wand hinter der schwarzen Bühne befand.*

Schnell löste ich meine hellblaue Geistgestalt aus meinem Körper und drängte mich an den eingefrorenen Menschen vorbei zur Tür. Schon beim ersten Körperkontakt lief die Zeit für Teresa hinter mir weiter. Ohne mich davon ablenken zu lassen, erreichte ich rasch die blaue Tür und gelangte in Teresas Zeitenfoyer.

Als sich wenig später das Zeitenrad in Gang setzte, schloss ich die Augen und versuchte, mich ganz auf den vibrierenden Strom der Zeit einzulassen. Nach einigen Atemzügen hatte ich das Gefühl, etwa einen Monat in der Zukunft zu sein, und entschied, das Rad hier zu stoppen. Der weiße Raum drehte sich noch kurz weiter, bis er schließlich mit einem Zischen stehen blieb und die beiden hellblauen Türen vor mir donnernd in die Höhe glitten. Ohne lange nachzudenken, griff ich nach dem rechten Türknauf und trat in eine mögliche Zukunft.

Teresa lehnte hier in lässiger Kleidung an einem roten Backsteingebäude und tippte etwas in ihr Smartphone ein. Sie trug ihre langen Haare offen und hatte eine graue Umhängetasche mit dem Button „I love London" über der Schulter hängen.

Fasziniert sah ich mich um. Anscheinend fand diese Zukunft tatsächlich in England statt, denn die jungen Leute, die lachend vorbeigingen, sprachen alle Englisch – und auch die Straßenschilder trugen englische Namen.

In dem Moment kam ein breitschultriger Typ auf einem Fahrrad um die Ecke gebogen und klingelte zwei Mal, bevor er vor Teresa hielt und abstieg. Seine Bewegungen strahlten Selbstbewusstsein aus, als er ihr zur Begrüßung einen Kuss auf den Mund drückte, den sie halbherzig erwiderte.

„Sorry für die Verspätung", sagte er dann auf Englisch und machte sein Fahrrad an einer Straßenlaterne fest. Sein britischer Akzent war nicht zu überhören. „Unser Trainer hat mal wieder überzogen."

„Ist ja nichts Neues, Duncan", erwiderte Teresa, deren Aufmerksamkeit noch immer auf dem Smartphone lag.

Duncan fuhr sich durch seine kurzen braunen Haare und zog die Augenbrauen zusammen. „Alles okay?", fragte er dann. „Seit du aus Deutschland zurück bist, wirkst du irgendwie verändert."

Teresa riss sich von ihrem Smartphone los und blickte ihn fragend an. „Wie meinst du das?"

Duncan wartete, bis eine Mutter mit Kinderwagen vorbeigegangen war, und strich Teresa dann zärtlich eine Haarsträhne aus dem Gesicht. „Du scheinst in Gedanken ständig woanders zu sein. Ist es wegen diesem Tristan? Muss ich dich ihm etwa schon wieder ausspannen?" Seine Stimme hatte einen halb scherzhaften Unterton, aber ich konnte auch die Sorge hören, die darin mitschwang.

Teresa schüttelte entschieden den Kopf. „Nein, Duncan. Das mit Tristan ist vorbei. Glaub mir."

Er zog eine Augenbraue hoch. „Sicher?"

„Ganz sicher. Du bist alles, was ich will", flüsterte sie, bevor sie sich auf die Zehenspitzen stellte, um ihn zu küssen.

Ich wandte mich der offenen Tür hinter mir zu, um mir noch die andere Wahrscheinlichkeit anzusehen, was mir bisher leider noch nie gelungen war. Kaum hatte ich das Zeitenfoyer betreten, spürte ich plötzlich eine enorme geistige Erschöpfung und befand mich im nächsten Moment wieder in dem lärmenden Lokal.

Teresa zog ihre Hand zurück und verabschiedete sich von Alexa, bevor sie sich Rouven zuwandte. „Es war schön, dich wiederzusehen, Rouven."

„Ebenso", sagte er, bevor Teresa mit gesenktem Kopf in der Menge verschwand.

Nachdenklich blickte ich ihr nach. Offenbar lag Tristan mit seinem Gefühl nicht so falsch und das zwischen Teresa und Duncan war doch etwas Ernstes.

„Woher kennst du Teresa?", fragte ich Rouven und stellte mich neben ihn.

„Ich hab sie letztes Jahr in den Sommerferien kennengelernt, als ich meinen Onkel für eine Woche besucht habe. Damals waren sie und Tristan noch ein Paar."

„Und weil sie in England studieren möchte, ist es auseinandergegangen?", fragte Alexa. „Oder doch wegen diesem neuen Typen?"

Rouven zuckte mit den Schultern. „Anfangs wollte sie Tristan überreden, mitzukommen, aber er wollte seinen Vater mit dem Weinbaubetrieb nicht im Stich lassen. Und dann war plötzlich von einem neuen Typen die Rede und es ging ganz schnell mit ihr und Tristan auseinander."

In diesem Moment hörte die Vorband zu spielen auf und das Publikum begann johlend zu klatschen.

„Oh mein Gott, es geht los!", jubelte Alexa und blickte mit glänzenden Augen zur Bühne, wo sich die Musiker lässig verbeugten und dann in den Backstage-Bereich zurückzogen. Kurz darauf betraten Dennis und seine drei Jungs die Bühne.

„Und hier kommt die Alternative-Rockband BRUCH aus Kirchbruch!", erklang eine sympathische Stimme über die Lautsprecher, woraufhin lauter Jubel ausbrach.

„Sieht er nicht gut aus?", wisperte Alexa, als Dennis sich nach vorn ans Mikro stellte. Er trug eine zerschlissene Jeans mit einem schwarzen T-Shirt und sein Bizeps spannte sich deutlich, als er nach dem Mikro griff. Alexa strahlte ihn dermaßen verliebt an, dass ich unwillkürlich lächeln musste.

„Der erste Song …“, Dennis machte eine Pause und ließ seine Augen über die Menge gleiten, „… ist für eine ganz besondere Frau.“ Er blickte meine Schwester direkt an. „Alexa, das ist für dich.“

Vereinzeltes Johlen erklang, als die Lichter über der Bühne abgedunkelt wurden und der Gitarrist ein gefühlvolles Intro spielte. Dann hob Dennis das Mikro an seine Lippen und begann zu singen. Seine kratzige Stimme passte perfekt zu dem Song und ich spürte Rouvens Arme um mich, die mich von hinten umschlangen. Lächelnd lehnte ich mich mit dem Rücken an seine Brust und genoss seine Nähe, als Dennis zum Bühnenrand ging und Alexa zu sich nach oben zog. Spontaner Applaus brach aus, als Dennis meiner Schwester tief in die Augen blickte und von ihrem ersten gemeinsamen Kuss sang.

In diesem Moment fühlte ich die Vibration meines Handys in meiner Tasche und zog das Telefon hervor. Es war eine Nachricht von meinem Vater – und ich hielt sie so, dass Rouven sie auch lesen konnte, während mich eine seltsame Mischung aus Erleichterung und Beunruhigung durchströmte.

Lizzy. Tut mir leid, dass ich mich erst jetzt melde. Kommt bitte morgen zu mir, ich muss mit euch reden. P.

Kapitel 8

„Danke, dass ihr gekommen seid“, begrüßte uns mein Vater, nachdem wir die Hütte betreten hatten.

„Was wollen Sie? Warum sollten wir gemeinsam kommen?“, fragte Rouven direkt. Er hatte mich nach meiner Arbeit vom Bistro abgeholt und mir war klar, dass sich seine Freude, meinem Vater wiederzubegegnen, in Grenzen hielt. Wobei ich insgeheim erleichtert war, dass sich mein Vater wieder gemeldet hatte.

„Ich wollte mich euch reden. Das letzte Mal ist etwas unglücklich verlaufen und mir ist klar, dass ihr Fragen habt.“ Er deutete einladend auf die Stühle, die um den kleinen Tisch herumstanden. Mein Vater sah müde aus und ich fragte mich, ob er in den letzten beiden Tagen überhaupt geschlafen hatte. „Ich werde versuchen, euch die Antworten auf eure Fragen zu geben. Zumindest so gut ich es kann.“

„Was ist mit dem USB-Stick? Hast du etwas gefunden?“, fragte ich, nachdem wir uns alle gesetzt hatten.

Mein Vater schüttelte den Kopf. „Es sind unzählige Dateien, die Konstantin hier gehortet hat. Die meisten davon sind unnütz, aber einige davon beschäftigen sich mit dem Syndikat und seinen Machenschaften sowie unseren Gesprächsprotokollen. Noch habe ich nicht gefunden, wonach ich suche, und es wird etwas Zeit brauchen, bis ich die Dateien alle entschlüsselt habe. Konstantin hat es verstanden, eine Nadel im Heuhaufen zu verstecken.“

Rouven lehnte sich auf seinem Stuhl zurück und es war offensichtlich, dass er meinem Vater noch immer misstraute. „Was genau ist mit Konstantin passiert? Warum hat der Gedankenleser ihn nicht gleich von Mike töten lassen?“

Mein Vater schob den Laptop, der auf dem Tisch stand, zur Seite. „Offenbar hat er von Konstantin nicht bekommen, was er wollte. Konstantin versteht es, seine Geheimnisse zu verstecken – auch in seinem Kopf. Er hat sich die letzte Zeit viel mit autogenem Training beschäftigt", erklärte mein Vater und mir fiel wieder das Meditationskissen ein, das ich in seinem Wohnzimmer gesehen hatte. „Der Gedankenleser kann Gedanken lesen und steuern, aber wenn Gedanken nicht gedacht werden, kann er nicht darauf zugreifen."

„Wusste der Gedankenleser denn von dem Stick?", fragte ich. „Wusste er, wonach er zu suchen hatte?"

„Ich habe keine Ahnung, wie genau ihm Konstantin zu nahe gekommen ist."

Rouven runzelte argwöhnisch die Stirn. „Wenn der Gedankenleser wusste, dass Konstantin irgendetwas gegen ihn in der Hand hat, warum hat er Mike dann nicht einfach das Haus abfackeln lassen, nachdem er nichts gefunden hatte?" Die Skepsis in Rouvens Stimme war unüberhörbar und er betrachtete meinen Vater kalt.

„Ich gehe davon aus, dass er sich nicht sicher war, ob sich der Beweis überhaupt im Haus befand. Außerdem hätte ein Brand noch mehr Aufmerksamkeit auf sich gezogen und das Ganze nicht mehr nach einem Einbruch aussehen lassen." Mein Vater atmete tief ein und wandte sich Rouven zu. „Ich kann verstehen, dass du mir nicht vertraust."

„Ach ja?"

„Ja – und ich weiß, dass ich dir einige Erklärungen schulde."

„Das tun Sie", sagte Rouven hart.

Mein Vater nickte. „Damals auf der Beerdigung habe ich deine Gabe durch eine einfache Berührung aktiviert. Es geschah unabsichtlich und ich war selbst überrascht, als es passierte." Er machte eine kurze Pause und ich hatte das Gefühl, dass er noch etwas hinzufügen wollte, es sich dann aber doch anders überlegte. „Wir Zeitenöffner brauchen jemanden von der *anderen Zeit*, um unsere Gabe zu erwecken. So war es bei deiner Mutter und mir und so hast du auch unabsichtlich Lizzys Fähigkeit aktiviert. Die violetten Blitzfunken sind so etwas wie ein Startimpuls. Du musst es dir so vorstellen, dass unsere Gaben Gegenpole sind, die einander benötigen – die zwei Enden der Zeit. *Die Vergangenheit und die mögliche Zukunft*. Seit Jahrhunderten finden sich die Zeitenöffner der beiden Seiten zusammen, um die Gedankenleser zu jagen. Es ist das Erbe unserer Vergangenheit. Deine Mutter war eine von uns und wir haben uns damals gegenseitig aktiviert, als sie nach Kirchbruch gekommen ist. Von da an haben wir unser Wissen miteinander geteilt und versucht, dem Spuk des Gedankenlesers endlich ein Ende zu setzen. Aber als dein Vater starb, hat sie sich zurückgezogen und wollte nichts mehr von diesem Teil ihres Lebens wissen. Sie hat sich isoliert und verweigerte die Zusammenarbeit. Mit dem Tod deines Vaters ist auch etwas in ihr gestorben – sie sah keinen Sinn mehr in allem."

Rouven verengte die Augen. „Weil dieser Gedankenleser meinen Vater auf dem Gewissen hatte?"

„Das kann ich dir leider nicht mit Sicherheit sagen, Rouven. Wir hatten damals fast nichts gegen ihn in der Hand, weshalb ich immer den Eindruck hatte, dass es …", er stockte kurz, „dass er nichts mit dem Tod deines Vaters zu tun hatte. Außerdem – warum sollte er ausgerechnet deinen Vater töten, wenn er es doch auf deine Mutter abgesehen hatte?"

Rouven straffte die Schultern. „Und wer war es dann?"

„Ich weiß es nicht", meinte mein Vater. „Und ich verstehe, dass dich diese Frage beschäftigt und du dich nicht mit der Erklärung eines Selbstmordes zufriedengibst. Aber momentan hat die Suche nach dem Gedankenleser Priorität."

Rouven schnaubte. „Und warum? Warum jagen die Zeitenöffner überhaupt die Gedankenleser?"

Diese Frage war auch mir in den letzten Tagen immer wieder im Kopf herumgegeistert und ich betrachtete meinen Vater gespannt, der sich seufzend durch die kurzen Haare fuhr. „Alles begann vor rund sechshundert Jahren, als ein

Blitz in Kirchbruch einschlug. Genauer gesagt schlug er in die alte Eiche ein, die Lizzy bei dem Unwetter fast erschlagen hätte."

„Ich kenne die Legende", erwiderte Rouven knapp.

Mein Vater nickte. „Es klingt wie ein Märchen, doch in diesem Fall ist die Geschichte wahr. Diese drei Männer aus der Legende gab es wirklich und die Magie verstärkte ihre Veranlagungen, sodass sie durch den Blitzeinschlag in jener Nacht ungeahnte Kräfte erlangten, die sie fortan ihren Nachkommen weitervererbten." Er räusperte sich und stand auf. „In der Legende heißt es, dass sich zwei der Männer – jene, die einen Blick für das Vergangene und das Zukünftige hatten – an den Händen fassten, weil sie spürten, dass etwas Besonderes passierte. Offenbar scheint dadurch diese spezielle Verbindung entstanden zu sein, die heute dafür verantwortlich ist, dass sich die Zeitenöffner gegenseitig benötigen, um ihre Kraft zu aktivieren. Der dritte Mann, der für sein manipulatives Wesen bekannt war, berührte hingegen den Stamm der Eiche und erhielt während des Blitzeinschlags die einzigartige Gabe, auf die Gedanken seiner Mitmenschen zuzugreifen. Die alten Aufzeichnungen besagen, dass er schon vor dieser Nacht kein guter Mensch gewesen war, doch danach wurde er regelrecht größenwahnsinnig. Er sah sich als gottgleiche Kreatur, die es verdient hatte, dass jedermann ihr diente, und begann, die Menschen ringsum nach Belieben zu manipulieren und zu lenken. Jene, die ihm im Weg standen, trieb er in den Tod und bald schon schlossen sich die beiden Zeitenöffner zusammen, um dem Gedankenleser seine Macht zu entziehen."

„Aber die Zeitenöffner haben es offenbar nicht geschafft, ihn zu finden", sagte ich, da wir uns andernfalls heute nicht mehr mit ihm herumschlagen müssten.

„Nein, sie haben es nicht geschafft", bestätigte mein Vater. „Obwohl sie sich zusammengetan haben, war ihre Macht begrenzt, da sie nur sehen konnten, was bereits passiert war und was passieren *könnte*. Die Macht des Gedankenlesers scheint hingegen grenzenlos zu sein. Denkt nur etwas darüber nach – eine geschickt platzierte Idee kann jemanden dazu bringen, sein gesamtes Hab und Gut aufs Spiel zu setzen, um sie zu verwirklichen. Ein absichtlich gestreuter Zweifel kann so viel Misstrauen hervorrufen, um jahrzehntelange Freundschaften auseinandergehen zu lassen. Der Wunsch nach Macht oder Vergeltung kann Kriege entfachen, denen ganze Völker zum Opfer fallen."

Rouven beugte sich nach vorn und stützte seine Ellbogen auf seinen Beinen ab. „Und was genau sind seine Absichten?"

Mein Vater ging ein paar Schritte durch den Raum und lehnte sich dann an den kleinen Küchenblock. „Bislang waren seine Taten immer von Gier und Machthunger geprägt. Als Anführer des Syndikats war es ihm immer schon ein Anliegen, über großen politischen und wirtschaftlichen Einfluss zu verfügen. Aber der jetzige Gedankenleser will mehr. Offenbar ist er genauso größenwahnsinnig wie sein erster Vorfahre und meint, gottesgleich zu sein. Er sieht es als sein Schicksal, sich über die anderen zu stellen und die Welt zu beherrschen."

„Also ist er verrückt?"

Mein Vater nickte. „Zum Teil schon. Unter anderen Umständen würde man ihn in die Psychiatrie einweisen, aber durch seine Gabe ist der Dreckskerl anderen Menschen tastsächlich weit überlegen. Und er ist so fanatisch, dass er seinen eigenen Vater umgebracht haben soll."

Ich stockte. „Und warum?"

„Weil es nur *einen* Gott geben kann."

„Aber das ist irre", hauchte ich und bekam am ganzen Körper eine Gänsehaut.

„Ja, das ist es."

„Aber es erklärt noch immer nicht, warum der Gedankenleser Lizzy und Alexa nach Kirchbruch gelockt hat", meinte Rouven und verengte die Augen. „Und warum waren Sie eigentlich überrascht, als Sie mich aktiviert haben?"

Mein Vater zögerte, bevor er antwortete. Die nächsten Worte schienen ihm schwer über die Lippen zu gehen. „Bei den dunklen Erben wird pro Generation immer nur ein Gedankenleser geboren. Im Gegensatz dazu können wir Zeitenöffner unsere Fähigkeit jedoch nur an jede zweite Generation weitergeben. Das ist unser Nachteil."

Ich stockte und auch Rouvens Augen weiteten sich. „Aber wie kann es dann sein, dass ich die Gabe besitze? Das macht doch keinen Sinn", sagte ich. „Genauso wenig wie bei Rouven."

Mein Vater presste die Lippen aufeinander. „Deswegen bin ich damals von der Beerdigung einfach verschwunden, ohne mit Rouven zu sprechen. Als ich die violetten Blitze zwischen uns gesehen habe, wusste ich im ersten Moment nicht, was das zu bedeuten hat. Doch dann fiel mir eine Geschichte ein, die mir Gloria erzählt hatte. Darin hieß es, dass sich eines Tages die 13. Generation erheben würde."

Er betrachtete mich eindringlich und ich dachte unwillkürlich an den zusammenhanglosen Satz, den Konstantin bei meinem Besuch in seinem Haus hatte fallen lassen. *Denn die Dreizehnten werden etwas Besonderes sein.*

„Lizzy, ich konnte es dir nicht gleich sagen, das wäre zu viel gewesen."

Mein Herzschlag beschleunigte sich. „Was genau wäre zu viel gewesen?"

Mein Vater atmete tief ein und seufzend wieder aus. „Dass ihr die 13. Generation seid, von der in den *13 schwarzen Liebesbriefen* die Rede ist. Ich habe die 13. Generation nie ernst genommen. Doch als ich bei der Beerdigung erkannte, dass Rouven auch eine Fähigkeit besitzt, verstand ich, dass es die 13. Generation tatsächlich gab. Natürlich habe ich sofort begonnen, zu recherchieren. Ich habe alle Hebel in Bewegung gesetzt, um in den Besitz der 13 schwarzen Liebesbriefe zu gelangen."

„Was für Liebesbriefe sind das?“, fragte Rouven stirnrunzelnd, während ich fühlte, wie mein Herz noch immer kräftig gegen meinen Brustkorb schlug. Hatte ich einen dieser Briefe tatsächlich schon in Händen gehalten? Handelte es sich um den Liebesbrief aus der Bibliothek, den Bettys Mutter entdeckt hatte?

Mein Vater fuhr sich über den Kopf. „Es sind die verschollenen 13 schwarzen Liebesbriefe einer Gedankenleserin aus dem 17. Jahrhundert, die sich in einen Zeitenöffner verliebt hatte. Sie werden deshalb die *schwarzen Liebesbriefe* genannt, weil sie sie schrieb, bevor sie sich selbst das Leben nahm. Durch meine Recherche bin ich im Darknet Konstantin begegnet, der nach dem Tod seines Geschäftspartners alle Informationen zu Gedankenlesern aufgekauft hat, die er in die Finger bekommen konnte. Irgendwie war es ihm gelungen, einen der Liebesbriefe dieser Beatrice du Plessis in die Hände zu bekommen und einen weiteren in der hiesigen Stadtbibliothek zu finden. In den Briefen schreibt diese Beatrice über die 13. Generation, welche angeblich ein Teil der Weissagung ist, die ihr Vater unbedingt vor uns Zeitenöffnern verheimlichen wollte. Ich gehe davon aus, dass sich die restlichen elf Liebesbriefe im Besitz des Gedankenlesers befinden und der Grund dafür sind, wieso er euch nach Kirchbruch gelockt hat. Anscheinend plant er etwas, das mit den Informationen in den anderen Briefen zusammenhängt.“

„Ich habe den Brief in der Bibliothek zufällig gelesen“, erklärte ich.

Mein Vater sah mich an. „Der Brief war eigentlich zuerst im Besitz von Rouvens Mutter, irgendwie war er jedoch mit der Altkleidung unabsichtlich zum Flohmarkt gegeben worden. Im Grunde enthält der Brief aber keine entscheidenden Informationen.“

Ich dachte an das, was ich gelesen hatte, und musste meinem Vater recht geben. „Es wird die Weissagung erwähnt, aber diese Beatrice schreibt nicht, worum es dabei genau geht."

Mein Vater nickte düster. „Auch in dem Brief, den Konstantin gekauft hat, macht sie nur vage Andeutungen. Die 13. Generation ist jedoch offensichtlich Teil der Weissagung, genauso wie der Ort Kirchbruch."

Mir schwirrte der Kopf und ich versuchte, die ganzen Fragen in meinem Kopf zu ordnen. „In dem Brief schreibt Beatrice auch etwas über drei Besondere. Was meinte sie damit? Meinte sie damit etwa die 13. Generation?"

„Das glaube ich nicht", sagte mein Vater und begann, eine Karaffe mit Wasser zu füllen. „Die drei Besonderen verfügen über stärkere Kräfte, als wir es tun. Den Überlieferungen zufolge soll es unter den Nachfahren der Männer, mit denen alles begann, drei Besondere geben. Drei besonders Fähige, die durch ihr Tun das Schicksal der Welt verändern werden. Einer von ihnen war Beatrice' Geliebter Maurice, der andere war Nostradamus."

Rouven blinzelte. „Nostradamus war einer von uns?"

Mein Vater nickte erneut. „Er war der stärkste Zeitenöffner der Zukunft, den die Welt je gesehen hat, denn er konnte über Generationen hinweg in die Zeit sehen. Beatrice' Geliebter Maurice hingegen hatte die Gabe, weiter in die Vergangenheit zu blicken, als es normalen Zeitenöffnern jemals möglich war. Nostradamus' Weissagungen sind deswegen bekannt, weil er der Versuchung nicht widerstehen konnte, die Menschen an seiner Gabe teilhaben zu lassen. Am Sterbebett soll Nostradamus seinen letzten Vierzeiler geflüstert haben, seine letzte Weissagung – es ist die Prophezeiung über die 13. Generation, die angeblich alles verändern wird." Er machte eine kurze Pause, bevor er weitersprach. „Nostradamus' Sohn war Zeuge der letzten Worte seines Vaters – allerdings war er so in seiner Trauer gefangen, dass er sie nicht wiedergeben konnte. Ich weiß nicht, wie, aber irgendwie schien der Vater dieser Beatrice von der Weissagung erfahren zu haben.

Daraufhin nutzte er Maurice' besondere Fähigkeit, indem er ihn unter Folter zwang, mehr als hundert Jahre in die Vergangenheit zurückzureisen, um die Prophezeiung mit eigenen Ohren zu hören. Und wenn ich mich nicht irre, halten seine Nachkommen sie seitdem verdammt gut unter Verschluss."

„Das heißt, es gibt diese Weissagung, in der Lizzy und ich eine Rolle spielen, aber wir haben keine Ahnung, worum es dabei geht?"

„Das stimmt nicht ganz", erwiderte mein Vater und stellte die Karaffe mit Wasser und ein paar Gläser auf den Tisch. „Maurice hatte einen Sohn namens Louis. Louis wusste von seinem Vater über die letzte Prophezeiung Bescheid. Maurice hatte sich schon vorher mit der Weissagung auseinandergesetzt, denn er glaubte, dass er durch den Kontakt mit dem ersten Besonderen einen Weg finden würde, um die Welt vor dem dritten zu beschützen, dessen Macht angeblich noch größer sein würde. Seine Fähigkeit soll aus tiefer Dunkelheit und Schmerz genährt sein und angeblich den Tod über uns bringen."

Bei seinen Worten wurde mir ganz anders zumute.

„Handelt es sich bei dem dritten Besonderen um den Gedankenleser?", fragte Rouven.

„Ich gehe davon aus", sagte mein Vater und ging zu der Couch, um darunter ein schmales samtgebundenes Buch hervorzuziehen, das sehr alt wirkte. „Aber ich befürchte, dass seine besondere grausame Fähigkeit mit euch in Verbindung steht. Dass er etwas von euch benötigt, um seine Kraft zu entfalten."

Bei seinen Worten lief es mir eiskalt den Rücken hinunter und ich fühlte, wie Rouven sanft nach meiner Hand griff.

„Was ist das?", fragte ich und deutete auf das dunkelrote Buch in seiner Hand.

„Das Einzige, was uns geblieben ist", antwortete mein Vater und straffte den Rücken. „Die Aufgabe der stillen

Generation, also jenen, die ohne Gabe waren, war es, das uralte Wissen an die nächste Generation von Zeitenöffnern weiterzugeben. Wie ihr euch vorstellen könnt, haben das die einen mit mehr Sorgfalt getan als die anderen. Mein Vater zum Beispiel hatte seinen eigenen Vater gar nicht wirklich gekannt und glaubte somit nicht an die Geschichte der Zeitenöffner. Glorias Vater hingegen, also dein Großvater", sein Blick wanderte zu Rouven, „hat sich intensiver mit unserer Geschichte auseinandergesetzt – auch wenn er selbst keine Fähigkeit hatte. Er behielt die Familie der anderen Zeit immer im Blick. Seine Urgroßeltern stammten ebenfalls aus Kirchbruch und er gab deiner Mutter meine Adresse, damit wir uns gegenseitig aktivieren konnten – das war der Grund, warum sie damals überhaupt nach Kirchbruch gekommen war. Wegen mir ist sie gekommen, aber wegen deinem Vater ist sie geblieben. Sie ist Andreas Wellinger über den Weg gelaufen und sie haben sich ineinander verliebt. Für mich war es natürlich angenehm, eine gut informierte Zeitenöffnerin wie deine Mutter in meiner Nähe zu haben, die mir half, meine Gabe zu entwickeln. Auch wenn ich selbst irgendwann aus Kirchbruch weggegangen bin – schließlich musste ich ja noch einem normalen Job nachgehen." Er hielt kurz inne. „Als mein Vater gestorben ist, habe ich seinen Nachlass durchgesehen und dabei eine alte Truhe gefunden, die mir vorher nie aufgefallen war. In der Truhe befand sich ein Geheimversteck und darin war das hier. *Louis' Tagebuch.*" Mein Vater legte das Buch vor mir auf den Tisch. „Ich habe keine Ahnung, wie mein Vater oder mein Großvater in den Besitz des Tagebuches eines Zeitenöffners der anderen Zeit gelangt ist, aber ich bin froh, dass wir wenigstens das hier haben."

Neugierig trat ich näher und fuhr über den dunkelroten Einband, der sich unter meinen Fingerspitzen weich anfühlte. In der unteren rechten Ecke des Stoffes konnte ich eine Stickerei erkennen, die zackenförmig verlief und mich an einen Blitz erinnerte.

„Dreh es um“, sagte mein Vater und ich befolgte seine Anweisung. Auf der Rückseite war ebenfalls etwas mit schwarzen Faden in den Samt eingestickt worden, aber es war kein Zeichen. Es war ein Satz.

Das heilige Tor erhebt sich vor dem großen König, lässt alle erzittern vor seiner dunklen Macht.

Ich runzelte dir Stirn. „Das heilige Tor erhebt sich vor dem großen König? Was ist damit gemeint?“

„Ich weiß es leider nicht“, gab mein Vater zu. „Aber ich bin mir sicher, dass es ein Teil der Prophezeiung ist.“

Rouven blickte von dem Buch zu meinem Vater. „Denken Sie, die zweite Zeile bedeutet, dass wir vor der Macht des heiligen Tors erzittern werden oder vor der Macht des Königs?“

„Vielleicht vor beidem. Wobei ich nicht weiß, was das heilige Tor sein soll. Aber ein Gefühl sagt mir, dass es nichts Gutes bedeutet.“

Rouven zog seine dunklen Brauen zusammen. „Gibt es noch mehr Zeilen der Weissagung, die wir uns ansehen können?“

Bedauernd schüttelte mein Vater den Kopf. „Keiner weiß, wo die anderen drei Zeilen zu finden sind. Das Buch gibt zwar einen Hinweis darauf, dass Louis sie in Kirchbruch versteckt haben soll, aber weder Konstantin noch ich konnten bisher auch nur eine davon entdecken. Konstantin hat sich genau in Kirchbruch umgesehen und an Orten gesucht, die die Zeit überdauern. Er hat auch die alte Eiche genau unter die Lupe genommen – nur hat er nichts gefunden.“

Kapitel 9

„Aber eine Sache verstehe ich nicht“, sagte ich und nahm einen Schluck aus meinem Wasserglas. „Wenn der Gedankenleser so viel Aufwand betrieben hat, um mich nach Kirchbruch zu locken, wieso hat er dann nicht dasselbe auch bei Rouven getan?“

Rouven presste einen Moment lang die Lippen aufeinander und fuhr sich durch seine schwarzen Haare. „Ehrlich gesagt hat er das“, meinte er dann.

„Aber du sagtest doch letztens zu mir, du bist nur hergekommen, um mehr über deine Gabe herauszufinden“, gab ich irritiert zurück.

„Nun, das war nicht ganz richtig. In Wahrheit wurde mir ein Brief geschickt.“

Rouvens Worte versetzten mir einen Stich, der mich unwillkürlich zurückzucken ließ. „Also hast du mich belogen.“

Er wandte sich mir zu und sah mir direkt in die Augen. „Ich war noch nicht bereit, darüber zu sprechen“, erklärte er gepresst. „Es tut mir leid, Lizzy. Das alles hier ist nicht nur für dich verwirrend.“

Ohne etwas zu erwidern, stand ich auf und öffnete die Tür zur Terrasse, um nach draußen zu gehen. Ich brauchte etwas frische Luft. Mir dröhnte der Kopf von den ganzen Informationen, die ich bekommen hatte. Rouven hatte mich belogen, obwohl er selbst darauf bestand, dass ich ihm vertraute. Vertrauen, das wir beide bitter benötigten, wenn so ein verrückter Gedankenleser hinter uns her war, von dem wir nicht einmal wussten, was er wollte.

Mein Blick glitt über den spiegelglatten Teich, dessen ruhiges Wasser in der Nachmittagssonne wunderschön glitzerte. Doch der Frieden, der von diesem Anblick ausging, wollte mich nicht erreichen.

„Lizzy. Es war ein Fehler, es dir nicht zu erzählen", hörte ich Rouvens Stimme hinter mir.

Ich drehte mich zu ihm um und sah ihm direkt in die Augen. „Wie soll ich dir vertrauen, wenn du es nicht tust? Das war jetzt schon das zweite Mal, dass du mich belogen hast, Rouven." Ich schnaubte enttäuscht. „Zuerst machst du mir weis, dass du die violetten Blitzfunken nicht sehen kannst, und dann lügst du auch noch wegen diesem Brief."

Rouven zog tief die Luft ein. „Du weißt, warum ich dir das mit den Blitzfunken nicht erzählt habe. Und der Brief …" Er stockte kurz. „Das mit dem Brief hat nichts damit zu tun, dass ich dir nicht vertraue."

Ich sah ihm tief in die Augen. „Womit denn dann?"

„Es hat mit meiner eigenen Geschichte zu tun, Lizzy", meinte er und machte einen Schritt auf mich zu. „Ich war mein ganzes Leben lang auf mich allein gestellt und bin es offenbar noch immer gewohnt, alles für mich zu regeln. Du hattest Alexa an deiner Seite … Das Glück hatte ich nicht."

„Und deine Mutter war überhaupt nicht für dich da? Gar nicht?"

Rouven fuhr sich durch die dunklen Haare und atmete tief ein. „Sie war anwesend, ja, aber sie war nicht wirklich da. Der Tod meines Vaters hat meine Mutter dermaßen aus der Bahn geworfen, dass sie nicht mehr glücklich wurde. Sie hat sich bemüht, aber es war immer so, als läge eine Art Schatten über ihr. Sie hat meinen Vater wirklich geliebt." Er wartete kurz, bevor er weitersprach, und ich konnte mir nicht vorstellen, wie es wäre, Rouven zu verlieren. Noch einen weiteren Tod würde ich wahrscheinlich nicht verkraften.

„In dem Brief, den ich erhalten habe, wurde der Selbstmord meines Vaters infrage gestellt", erklärte er. „Es waren nur ein paar handgeschriebene Zeilen, aber jemand behauptete, dass er sich nicht selbst das Leben genommen hat. Das war auch der Grund, warum ich die Zettel im Bistro eingesteckt habe. Ich habe durch einen Handschriftenabgleich versucht, herauszufinden, von wem die Nachricht gekommen war."

„Und hast du es herausgefunden?"

„Nein, bislang noch nicht. Und auch wenn ich es herausgefunden hätte, hätte es jetzt nichts mehr zu bedeuten. Der Gedankenleser hätte jeden den Brief schreiben lassen können."

Rouven griff nach meiner Hand. Kurz überlegte ich, ob ich es zulassen sollte, ließ es dann aber geschehen. Denn ich konnte Rouven verstehen. Es war nicht immer leicht, anderen zu vertrauen.

„Ab jetzt bist du immer ehrlich zu mir", verlangte ich.

„Versprochen."

„Keine Lügen."

„Keine Lügen", wiederholte er und zog mich an sich. „Wir müssen aufeinander aufpassen."

Ich lehnte meinen Kopf an seine Brust und atmete mehrmals tief durch. „Was kann er nur von uns wollen?", flüsterte ich.

Rouven strich mir sanft über das Haar. „Wir werden es herausfinden."

Ich blickte zu ihm hoch und die Zuversicht in seinen Augen gab mir Sicherheit. Ich fühlte, wie mein Herzschlag sich beruhigte. Auch wenn unser Leben verrückt war, auch wenn Rouven und ich zu dieser 13. Generation gehörten und eine undefinierbare Gefahr über uns schwebte, waren wir doch nicht allein.

In dem Moment öffnete sich die Terrassentür und mein Vater blieb an der Schwelle stehen. „Ich wollte euch nicht stören", meinte er zurückhaltend. Dabei war ihm anzusehen, dass ihm die Situation unangenehm war.

Langsam löste ich mich von Rouven und lächelte meinen Vater an. „Schon gut."

„Ich habe die Pizza von gestern warm gemacht", erklärte mein Vater und deutete auf den Teller in seiner Hand. „Ich dachte, ihr habt vielleicht Hunger."

„Gern“, sagte ich. „Können wir gleich hier draußen essen?“

„Natürlich. Ich hole nur noch die Getränke“, erwiderte er und gab Rouven den Teller.

Wenig später saßen wir gemeinsam auf den Terrassenstufen, die hinunter zum Ufer führten. Rouven und mein Vater aßen ein Stück Pizza, aber ich brachte nichts hinunter. Zu sehr drängte sich eine Frage an die Oberfläche meines Bewusstseins.

„Dieses Buch. War es der Grund, warum Mama sterben musste? Warst du dem Gedankenleser mit dem Buch zu nahe gekommen?“, fragte ich, denn er hatte es schließlich erst im Nachlass meines Großvaters gefunden.

Mein Vater schloss für einen Moment die Augen, bevor er mich ansah. „Es war nicht das Buch, Lizzy. Ich war der Grund.“

Seine Worte ließen mich schlucken. „Du? Aber wieso? Was hast du gemacht?“

Er atmete tief ein. „In dem Buch sind Namen notiert. Mein Großvater und meine Urgroßmutter haben es offenbar benutzt, um ihre Annahmen festzuhalten. Es sind Vermutungen, aus welcher Familie der Gedankenleser stammen könnte. Als ich diese Aufzeichnungen gefunden habe, wollte ich das Geburtenregister der Kirche einsehen, doch der alte Pfarrer verweigerte es mir. Er faselte irgendetwas von wertvollen Dokumenten, die schützenswert wären und nicht durch den menschlichen Schweiß verseucht werden dürften. Auch wenn es mich nicht edel aussehen lässt, wollte ich die Beerdigung meines Vaters nutzen, um mir das Verzeichnis anzusehen.“

Rouven musterte meinen Vater mit neuem Interesse. „Sie wollten während der Beerdigung in die Kirche einbrechen?“

Mein Vater nickte. „Ich wusste, dass der Pfarrer auf dem Weg zu unserem Familiengrab außerhalb der Stadt war, also habe ich mir Zutritt zur Kirche verschafft. Doch ich kam zu spät. Irgendjemand hatte damals ein Feuer gelegt

– der Gedankenleser musste von meinem Vorhaben Wind bekommen haben und zerstörte deshalb das Verzeichnis. Als ich danach selbst zur Beerdigung fuhr, kam ich an dem Unfallort vorbei." Bei der Erinnerung daran fiel ein Schatten über sein Gesicht. Ich wollte mir nicht vorstellen, welche Vorwürfe er sich die letzten Jahre über gemacht hatte. „Mir war schnell klar, wer dahintersteckte. Und ich wusste, dass ich ihn nicht damit davonkommen lassen konnte." Er atmete tief ein und stand auf. „Ich sollte mich jetzt lieber wieder dem USB-Stick widmen. Es liegt noch viel Arbeit vor mir."

„Ich kann Ihnen helfen", sagte Rouven. „Außerdem bin schon einige der unzähligen Dateien durchgegangen."

Mein Vater zögerte einen Moment, bevor er nickte. „Gern."

Während die beiden ins Innere der Hütte zurückkehrten und sich auf die Suche nach Konstantins versteckten Dateien konzentrierten, holte ich mir das Tagebuch von Maurice' Sohn und ging wieder nach draußen, um einen Blick darauf zu werfen. Die Einträge auf dem vergilbten Papier waren ursprünglich in Französisch verfasst worden, aber glücklicherweise befand sich auf jeder Seite eine Übersetzung der deutschsprachigen Zeitenöffner.

Ich habe meinem Vater immer geglaubt, wenn er von seinen Reisen in die Vergangenheit berichtete. Wie gern hätte ich selbst eine Gabe besessen! Ich lauschte jedem seiner Worte voller Sehnsucht. Die Reisen meines Vaters führten ihn weiter zurück, als es je einem Zeitenöffner vor ihm gelungen war. Selbst mein Großvater hatte Respekt vor ihm, doch er fürchtete auch seine unermessliche Kraft. Er nannte ihn den Besonderen – und hatte die Hoffnung, dass er unsere Aufgabe endlich erfüllen könnte. Doch mein Vater kehrte nicht von seiner Mission zurück, die Gedankenleser ein für alle Mal zu vernichten.

Inzwischen gilt er seit drei Monaten als vermisst und mir bleibt nichts anderes übrig, als das Schlimmste zu befürchten und hier in diesem Buch meine Gedanken festzuhalten. Mein Vater hat Dinge gesehen, die er niemand anderem als mir anvertraute, und ich habe mir geschworen, dieses Wissen mit meinem Leben zu schützen und an dem Ort unserer Vorväter so zu bewahren, dass es keinem Gedankenleser jemals zu Augen kommt.

Louis, Mai 1698

Sie haben ihn gefunden. Seine Leiche war entstellt und ich habe ihn nur anhand unseres Familienmedaillons erkannt. Ich habe keine Ahnung, was man mit ihm gemacht hat, aber sein Körper war von zahlreichen Verbrennungen und Schnittwunden übersät, bevor sie ihn wie ein Stück Dreck in den Wald warfen. Es schmerzt mich, wenn ich an die Qualen denke, die er durchlitten haben muss. Immer mehr festigt sich der Gedanke, dass sie von seiner Macht erfahren haben und diese für ihre Zwecke missbrauchten.

Wehe uns, wenn er sein Wissen unter der Folter mit ihnen teilte!

Auch wenn ich nicht über die Gabe meines Vaters verfüge, werde ich nicht eher ruhen, bis sein Tod gesühnt ist – oder ich ihm selbst in den Tod folge.

Louis, Juli 1698

Danach folgten rund vierzig Einträge von Louis, die zunehmend verzweifelter wurden, bis ich schließlich auf die letzte Notiz von ihm stieß.

So viele Jahre sind an mir vorübergezogen und noch immer habe ich keine Spur zu jenen, die meinem Vater den Tod brachten. Ihre Macht scheint noch immer zu wachsen, während meine Kräfte von Stunde zu Stunde weiter schwinden. Mir bleibt nur zu hoffen, dass unsere Nachfahren die Verse finden, die mein Vater mir anvertraute, bevor er auf seine Mission aufbrach, von der er nie zurückkehrte. Einer dieser Verse ist näher, als ihr denkt.

Der dritte Besondere darf seine Kraft niemals entfachen! Die Zeitenöffner müssen ihn aufhalten, sonst stürzt der Tod über uns. Tiefe Dunkelheit und Schmerz speisen die Kraft des Besonderen, der das Ende bringen wird.

Auf den nächsten Seiten war nicht nur die Legende der drei Männer festgehalten worden, sondern auch die Liste mit verschiedenen Familiennamen, die mein Vater erwähnt hatte. Die Namen sagten mir jedoch alle nichts und ich blätterte weiter, um zu erfahren, was meine Urgroßmutter und mein Großvater über den Gedankenleser herausgefunden hatten. Es war nicht viel und hauptsächlich handelte es sich um Thesen, die nicht bestätigt werden konnten. Sie waren sich nicht sicher, ob der Gedankenleser nur eine Person lenken konnte oder in der Lage war, bis zu drei Personen gleichzeitig zu manipulieren. Sie waren sich nur einig, dass Gedankenleser die Steuerung anderer Menschen in ihrem eigenen Gedankenraum vornahmen und es ihnen möglich war, Gedanken einzupflanzen, die derjenige auch verfolgen würde, wenn die Gedankenleser ihren Raum schon längst wieder verlassen hatten.

Danach gab es noch ein paar Notizen, die von der erfolglosen Suche nach dem Gedankenleser berichteten und vor der Todestür warnten. Wie mein Vater schon erzählt hatte, konnten die Gedankenleser ihre Gabe in jeder Generation immer nur an eine Person weitervererben.

Ich blätterte noch kurz weiter, bevor ich das Buch schloss und langsam ausatmete. Es fühlte sich an, als ob die Informationen noch nicht ganz in mein Gehirn gesickert wären.

„Okay. Wir haben weder die restlichen Verse noch irgendetwas Nützliches auf dem USB-Stick gefunden", bemerkte Rouven nach ein paar Stunden resigniert. Er saß mit meinem Vater vor dem Laptop und beide sahen echt frustriert aus.

Mein Vater rieb sich über seine Nasenwurzel und wirkte, als wäre er während ihrer Suche noch weiter gealtert. „Ich bin mir sicher, dass er hier irgendwo den Hinweis abgespeichert hat. Konstantin war so aufgeregt – er muss etwas gefunden haben." Er stand auf und begann, im Raum hin und her zu tigern.

„Vielleicht solltet ihr eine Pause machen", schlug ich vor. „Wann hast du das letzte Mal richtig geschlafen?"

Mein Vater rieb sich den Nacken. „Keine Ahnung."

„Vielleicht solltest du dich etwas hinlegen", meinte ich.

Er schüttelte den Kopf. „Nein, ich kann jetzt nicht schlafen." Er sagte es schärfer, als es wahrscheinlich beabsichtigt war, und blickte mich reumütig an. „Tut mir leid, ich hatte nur gehofft, dass wir einen Schritt weiter wären. Aber es sind so viele Dateien." Er atmete tief aus. „Vielleicht wäre eine Pause wirklich das Beste", meinte er dann.

Ich nickte. „Kannst du mir etwas über diese Todestüren erzählen?", fragte ich ihn, da der Begriff in dem Tagebuch gefallen war und ich mich erinnern konnte, dass Rouvens Mutter sie in dem Video ebenfalls scherzhaft erwähnt hatte. Außerdem war offenbar auch in Beatrice' Liebesbrief davon die Rede gewesen.

„Todestüren sind so etwas wie ein halber Mythos", erwiderte mein Vater seufzend und trank einen Schluck Wasser. „Keiner weiß so recht, ob sie wirklich existieren. Angeblich materialisieren sie sich in deinem Zeitenfoyer, wenn dir dein Tod bevorsteht."

Rouven runzelte die Stirn.

„Beatrice hat sich so aber nicht umgebracht, oder?", fragte ich zögernd.

Mein Vater schüttelte den Kopf. „Angeblich hat sie irgendein schwarzes Gift getrunken – deshalb nennt man ihre Briefe auch die schwarzen Liebesbriefe. Scheinbar hat sich mit jedem Brief, den sie verfasst hat, ihre Absicht gestärkt, sich selbst das Leben zu nehmen." Er machte eine kurze Pause. „Als Gedankenleserin hätte sie ihre eigene Todestür jedoch nicht sehen können. Das ist eine Fähigkeit, die nur den Zeitenöffnern der Zukunft vorbehalten ist."

„Also kann man den Gedankenleser auch nicht durch seine Tür stoßen", schnaubte Rouven und rieb sich müde über die Augen. Die Suche nach den Dateien hatte auch ihn sichtlich angestrengt.

„Nein. Das wäre schön, wenn es so leicht wäre."

„Aber wir können in seinen Gedankenraum", murmelte Rouven.

Mein Vater rieb sich über sein Kinn und nickte. „Maurice war damals in Beatrice' Gedankenraum. Sie hatte ihn mitgenommen, weil sie ihm vertraut hat. In dem Brief, den Konstantin gekauft hat, schrieb sie, dass Maurice sie im Gegenzug aber nicht in das Zeitenfoyer mitnehmen konnte. Und laut ihrem Vater konnten sie auch nicht in das Foyer eines Zeitenöffners der Zukunft. Dieses Privileg bleibt ihnen zum Glück verwehrt." Er atmete tief ein. „Beatrice verfluchte ihre eigene Kraft und hätte viel lieber ihre Möglichkeiten der Zukunft gesehen – denn dann hätte sie ihr Schicksal vielleicht verändern können. Aber es ist nicht ratsam, sich seine eigene Zukunft anzusehen, denn wir sehen nur *Varianten,* die nicht eintreffen müssen. Es gab schon Zeitenläufer, die beinahe süchtig danach wurden, durch ihre beiden Türen zu gehen, deswegen rate ich dir, es sein zu lassen – auch wenn es manchmal verführerisch sein mag."

Ich spürte, wie ich ein wenig nervös wurde. „Ich habe schon mehrmals versucht, in meine Zukunft zu gehen, doch ich kann nur *eine* Tür sehen. Und die kann ich nicht öffnen. Das letzte Mal war es auch seltsam kalt in meinem Zeitenfoyer."

Mein Vater runzelte verwirrt die Stirn. „Du siehst wirklich nur eine Tür?"

„So ist es. Sie sieht anders aus als die anderen, irgendwie … hübscher. Mit goldenen Verzierungen", erklärte ich und kam mir dabei selbst etwas seltsam vor, während der Blick meines Vaters mich unruhig werden ließ.

„Meine beiden Türen sind sehr einfach, so wie die Tür, die ins Zeitenfoyer führt", murmelte er.

„Liegt es vielleicht daran, dass Lizzy zur 13. Generation gehört und sie ihre Zukunft nicht sehen soll? Dass sie die Tür deswegen nicht öffnen kann?", wollte Rouven wissen.

„Das kann gut sein. Vielleicht sieht sie auch nur eine Tür, weil ihre Zukunft schon irgendwie vorgegeben ist", meinte mein Vater nachdenklich. „Lizzy, bist du denn mit Rouven schon einmal in seiner Zukunft gewesen?"

Ich schüttelte den Kopf.

„Okay, dann seht sicherheitshalber nach, ob Rouven auch nur eine Tür hat – und ob diese verschlossen ist."

Kapitel 10

„Und?“, fragte mein Vater, als wir aus Rouvens Zukunftsfoyer zurückkehrten. Obwohl für meinen Vater in der Zwischenzeit keine Sekunde vergangen war, konnte ich die Ungeduld auf seinem Gesicht ablesen.

„Es ist wie bei Lizzy nur eine Tür. Sie sieht auch anders aus“, erklärte Rouven und erwähnte hierbei nicht, dass seine Tür wunderschön war. Ihre mattgoldenen Ornamente waren etwas dunkler als bei mir gewesen und hatten jene Stärke ausgestrahlt, die ich schon so oft in Rouvens Gesicht gesehen hatte.

„Hat sie sich denn öffnen lassen?“, fragte mein Vater drängend.

Rouven und ich schüttelten den Kopf. „Leider nicht.“

„Verdammt“, murmelte mein Vater und rieb sich nachdenklich die Stirn. „Es muss also tatsächlich mit euch und der Prophezeiung zusammenhängen.“

Ein kurzer Moment des Schweigens trat ein, bevor mir ein anderer Gedanke kam. „Was ist mit deiner Zukunft?“, fragte ich aufgeregt. „Wieso sehen wir uns nicht einfach die an? Vielleicht erfahren wir so mehr über …“ Ich wurde leiser. „Über das, was noch auf uns zukommt.“

Mein Vater seufzte. „Das können wir gern versuchen, Lizzy. Das Ding ist nur, dass es uns wahrscheinlich nicht viel bringen wird.“

„Wie meinen Sie das?“, fragte Rouven.

Mein Vater machte ein paar Schritte zu dem Tisch und stützte sich auf der Rückenlehne des Stuhles ab. „Das Wesen der Zukunft ist es, Wendungen zu nehmen, mit denen wir nicht rechnen“, erwiderte er. „Wie schon gesagt – alles, was wir sehen können, sind zwei *Möglichkeiten*. Es ist nicht die Wahrheit und wir wissen auch nicht, wie wahrscheinlich sie sind.“

„Aber ich dachte, wir sehen immer die beiden wahrscheinlichsten Varianten der Zukunft“, widersprach ich.

„Das stimmt auch. Aber in dem Moment, in dem du dir die Möglichkeiten ansiehst, verändert sich etwas, Lizzy. Das, was am wahrscheinlichsten gewesen wäre, wird eventuell unwahrscheinlich, weil du nun über ein Wissen verfügst, das du vorher nicht hattest. Dadurch tun sich neue Entscheidungswege auf.“ Er fuhr sich über die Augen. „Doch selbst wenn du dir eine bestimmte Zukunft nicht angesehen hättest, heißt das nicht, dass sie nicht dennoch andere Wege nimmt. Wenn ich etwas in all den Jahren gelernt habe, dann das: Keiner von uns hat nur zwei Türen. Wir haben einen freien Willen und so viel mehr Möglichkeiten, uns zu entscheiden. Das macht es uns auch so schwer, unsere Fähigkeit sinnvoll einzusetzen.“

„Und was soll das heißen?“, fragte Rouven angespannt. „Sollen wir einfach nichts tun? Sollen wir einfach abwarten, bis der Gedankenleser uns für sein heiliges Tor benutzt?“

Mein Vater schüttelte den Kopf. „Das Beste, was ihr aktuell tun könnt, ist, eure Fähigkeit zu trainieren. Wie weit seid ihr?“

„Ich habe noch immer das Problem, eine konkrete Zeit anzusteuern, wobei es schon etwas besser klappt.“

„Und ich schaffe es bis jetzt etwa 10 Jahre in die Vergangenheit“, gab Rouven zu.

Mein Vater legte eine Hand auf sein Herz und streckte uns die andere entgegen. „Okay. Dann lasst es uns einmal gemeinsam versuchen.“

Zögernd blickte Rouven auf die ausgestreckten Finger, bevor er sich gemeinsam mit mir nach vorn beugte und die Einladung annahm.

Einen Augenblick später fanden wir uns in der Stille wieder und ich machte ganz automatisch einen Schritt zur Seite. Gleichzeitig lösten auch Rouven sowie mein Vater ihre schimmernden Energiegestalten aus ihren normalen Körpern. Sie beide so zu sehen, war so ungewohnt, dass ich sie einen Moment lang einfach nur anstarren konnte.

„Das ist unglaublich“, murmelte ich. „Wir sind alle drei hier.“

„Das sind wir“, erwiderte mein Vater, hinter dem an der Wand sowohl eine Zukunftstür als auch eine Vergangenheitstür zu sehen waren. „Jeder von euch hat schon genug Kontrolle über seine Fähigkeit, um die Stille nach Belieben aufsuchen zu können. Das ist gut.“ Er nickte uns zu. „Aber jetzt ist es wichtig, dass ihr euch rasch weiterentwickelt. Rouven, kannst du bereits verschiedene Zeitpunkte in der Vergangenheit ganz exakt ansteuern? Also sagen wir, einen bestimmten Tag zu einer bestimmten Stunde?“

Rouven nickte. „Ja, das klappt schon ganz gut, wenn ich mich auf diesen Zeitpunkt konzentriere. Wie weit kann man denn zurückgehen?“

„Soweit ich weiß, um die 30 Jahre. Es gibt verschiedene Regeln, wie man das Zeitenrad noch schneller drehen kann. Zuerst musst du dir klarmachen, dass du nicht wirklich in einen weißen Raum eintrittst, dessen Wände sich zu drehen beginnen. Stattdessen begibst du dich in den Strom der Zeit.“

„Und wie soll mir das nun helfen?“, fragte Rouven und rieb sich über die schimmernde Wange.

„Du musst darauf vertrauen, dich von der Energie mitreißen zu lassen“, erwiderte mein Vater. „Versuch nicht, sie zu aktiv zu steuern – in diesem Fall erzeugst du Widerstand und der bremst die Umdrehungen des Zeitenrades.“

„Aber ich muss doch die Kontrolle darüber behalten, in welcher Zeit ich mich befinde“, widersprach Rouven.

Bei diesen Worten flackerte es unter den beiden Türschlitzen plötzlich hell auf und drei bunte Blitze zuckten quer durch die kleine Hütte. Während sich die beiden hellblauen Blitze in Richtung Terrassentür sowie in die kleine Kochecke verästelten, bewegte sich der rote zurück zum Tisch, auf dem der Laptop stand.

„Ich verstehe deinen Wunsch, die Kontrolle zu behalten,

Rouven. Ich verstehe ihn wirklich gut", erwiderte mein Vater. „Aber es bremst dich. Und es kostet dich Kraft, die du dafür verwenden könntest, noch weiter in die Vergangenheit zu gelangen."

Rouven zog eine Augenbraue hoch. „Ich soll also einfach … loslassen?"

Mein Vater nickte. „Mach dir klar, dass alles, was wir auf dieser Ebene sehen können, reine Energie ist. Unsere schimmernden Körper, das Zeitenfoyer – nichts davon existiert wirklich. Es ist nur eine Übersetzung unseres Geistes." Er deutete mit dem Zeigefinger auf seine eigene Stirn. „Deshalb ist es auch so wichtig, dass euer Geist sich selbst keine Schranken auferlegt."

„Ich glaube, ich weiß, was du meinst", sagte ich leise. „Als ich die Türen zum ersten Mal gesehen habe, war ich ziemlich neugierig, was sich dahinter befindet. Gleichzeitig war ich mir nicht ganz sicher, ob es eine gute Idee war, sie zu öffnen." Ich schaute zu Rouven, der von einem roten Schimmer umgeben war. „Doch als ich bei dir gesehen habe, dass man hindurchgehen kann, hat es bei mir auch geklappt."

„Richtig", pflichtete mein Vater mir bei und begann, vor uns auf und ab zu marschieren. „Der Wille ist alles, was zählt. Jeder Zweifel und jedes Zaudern wird euch schwächen. Allein, ob ihr glaubt, es zu können, entscheidet darüber, ob ihr es könnt." Je schneller er sprach, desto heller leuchtete seine Geistgestalt und ich fühlte seine Energie regelrecht auf mich überspringen.

Rouven bewegte leicht seine Schultern. „Okay. Ich kann es versuchen."

„Sehr gut. Dann geh durch deine Tür."

Rouven ging zu der dunkelroten Tür hinüber und legte seine Finger auf den silbernen Knauf. Dann warf er mir einen letzten Blick über die Schulter zu und öffnete die Tür. Seine schimmernde Geistgestalt strahlte hell vor meinen Augen auf und war im nächsten Moment verschwunden.

„Und nun zu dir, Lizzy", sagte mein Vater und drehte sich zu mir um. „Du kannst das Zeitenrad noch nicht steuern, aber

kannst du die Zeit denn schon fühlen?"

„Ich denke schon. Ich habe das Gefühl, langsam eine Art innere Uhr zu entwickeln", erwiderte ich. „Außerdem bleibt das Zeitenrad inzwischen von allein stehen, ohne dass ich versuchen muss, es physikalisch zu stoppen."

„Gut. Du wirst sehen, sowohl die Wahrnehmung der Zeit als auch die Kontrolle darüber werden von Mal zu Mal besser vonstatten gehen. Hast du es schon mal geschafft, dir mehr als nur eine Variante der Zukunft anzusehen?"

Ich schüttelte den Kopf.

„Gut, dann ist das heute deine Aufgabe. Der Aufenthalt auf dieser Energieebene ist ziemlich anstrengend. Du merkst es vielleicht gar nicht richtig, aber es erfordert jede Menge Konzentration, länger hier zu sein und sich verschiedene Varianten der Zukunft anzusehen."

„Bin ich deshalb oft zurück in die Gegenwart geschleudert worden?", fragte ich. „Weil es zu anstrengend für mich wurde, weiter in der Stille zu sein?"

„Genau so ist es. Ich habe selbst eine Weile gebraucht, um es herauszufinden, da es keine körperliche Anstrengung ist, die uns schlappmachen lässt." Er deutete mit dem Kopf auf die dunkelblaue Tür hinter sich, die langsam blasser wurde. „Geh nun in das Foyer und sieh dir eine Zukunft an. Sobald du damit fertig bist, versuch, dir eine andere Zukunft anzusehen. Ich warte auf dich in der Hütte."

„Du kommst gar nicht mit?"

Er schüttelte den Kopf. „Ich finde es nicht gut, einen Blick in die eigene Zukunft zu werfen. Es ist besser, wenn du allein gehst."

Ich nickte und wandte mich dann rasch zu der blauen Tür um, deren Konturen immer blasser wurden, und öffnete sie dann.

Kaum hatte ich den weißen Raum betreten, begann sich das Zeitenrad zu drehen. Wild entschlossen, meinen Vater stolz zu machen, schloss ich die Augen und versuchte, mich auf die

Energieströme der Zeit einzulassen. Diesmal wollte ich in eine relativ nahe Zukunft gelangen und versuchte, das Rad rasch wieder anzuhalten. Als es nach einigen schnellen Umdrehungen stoppte, konnte ich fühlen, dass ich mich maximal eine Woche in der Zukunft befand. Mit einem zufriedenen Lächeln marschierte ich auf die rechte Tür zu, die an der Wand erschienen war, und warf einen Blick in die dahinter liegende Szene.

Wie erwartet handelte es sich um eine nahe Zukunft, die meinen Vater in der Fischerhütte vor dem zugeklappten Laptop zeigte. Sein Gesicht war voller Wut. Ich hatte keine Ahnung, was er soeben gesehen hatte, aber es schien nichts Gutes zu sein. Er stand mit einer heftigen Bewegung von seinem Stuhl auf, nahm den Laptop in die Hand und schmetterte ihn auf den Boden. Erschrocken wich ich zurück und stolperte über die Schwelle der offenen Tür hinter mir zurück in den Zeitenraum. Kaum hatte sich das Tor geschlossen, begannen sich die Wände wieder zu drehen.

„Verdammt", schimpfte ich und schloss für einen Moment die Augen. Ich hatte vorgehabt, mir die zweite Variante anzusehen, stattdessen wirbelte das Foyer erneut um mich herum. Das knisternde Summen der Energie wurde von Umdrehung zu Umdrehung immer lauter und ein Teil von mir wünschte, ich hätte einfach in die Gegenwart zurückkehren können. Stattdessen richtete ich meinen ganzen Willen darauf, eine weitere Zukunftsvariante meines Vaters zu sehen.

Als das Zeitenfoyer dieses Mal stoppte, war ich so müde, dass es sich anfühlte, als würde ich durch einen Sumpf zu der Tür waten. Ich hatte keine Ahnung, in welcher Zeit ich mich befand, da ich meine ganze Kraft dafür brauchte, nicht zurück in die Gegenwart gezogen zu werden. Unendlich langsam legte ich meine Hand auf den Knauf der linken Tür und trat in eine düstere Zukunft. Mein Vater lag hier bewusstlos auf einer dunklen Treppe und ich konnte sehen, dass ihm Blut aus einer Wunde über der Schläfe sickerte. Von einem Angreifer war weit und breit nichts zu sehen und ich konnte die Umgebung auch nicht gut erkennen. Ich sah nur das mühsame Heben und Senken seines Brustkorbes, während irgendwo in der Ferne das Knallen einer Tür zu hören war. Erschrocken starrte ich auf die Szene. Was war hier mit ihm passiert?

Noch bevor ich mich länger umsehen konnte, wurde ich aus der Zukunft zurück in die Gegenwart katapultiert. Mein Körper hatte mich wieder und ich fühlte das schnelle Trommeln meines Herzens, als ich an die Zukunft dachte, die ich gesehen hatte.

„Lizzy? Alles in Ordnung?", fragte Rouven in dem Moment und drückte sanft meine Hände. Offenbar war auch er wieder zurückgekehrt und ich wusste im ersten Moment nicht, was ich sagen sollte.

Mein Vater kniff seine braunen Augen zusammen und sah mich forschend an. „Hat es geklappt?"

Ich atmete tief ein und zwang mich zu einem Nicken. „Ja, irgendwie schon. Ich konnte zwei Szenen sehen, wobei sie offenbar zu unterschiedlichen Zeiten stattgefunden haben."

Mein Vater lächelte stolz. „Das ist gut. Mach dir keine Gedanken, dass du in unterschiedlichen Zeitzonen warst. Es ist nicht ungewöhnlich, dass sich das Rad anfangs noch ein wenig weiterdreht, wenn man versucht, länger im Zeitenfoyer zu bleiben."

„Möchtest du vielleicht doch wissen, was ich … was ich gesehen habe?", fragte ich schließlich stockend und entzog Rouven meine Hände, die vor Aufregung zu schwitzen begonnen hatten.

Mein Vater schüttelte entschlossen den Kopf. „Nein, das möchte ich nicht. Über die Jahre habe ich gelernt, dass wir uns nicht von dem abhängig machen sollten, was irgendwann *vielleicht* passieren könnte. Denn dann übernimmt die Angst die Kontrolle über unsere Handlungen – und das ist niemals gut."

„Aber denkst du nicht, dass wir diese … Variante verhindern könnten, wenn du etwas darüber weißt?", widersprach ich automatisch, während Rouven von Sekunde zu Sekunde besorgter wirkte.

„Wie schon gesagt, glaube ich das nicht. Es mag paradox klingen, doch je mehr wir versuchen, ein Ereignis nicht eintreten zu lassen, desto eher beschwören wir es manchmal herauf. Beschäftige dich also bitte nicht weiter damit und konzentriere dich lieber auf die Weiterentwicklung deiner Fähigkeit."

Seine Worte klangen so endgültig, dass ich nichts darauf zu erwidern wusste. Verunsichert wandte ich mich Rouven zu, der nachdenklich die Stirn gerunzelt hatte.

„Wie war es denn bei dir?", fragte ich ihn.

„Zwölf Jahre", erwiderte er und mein Vater klopfte anerkennend mit den Fingerknöcheln auf den Tisch.

„Sehr gut. Ihr werdet rasch Fortschritte machen, zusammen entwickeln sich eure Gaben auch schneller", erklärte er dann. „Wichtig ist, dass ihr eure Fähigkeiten so oft wie möglich trainiert. Schließlich wissen wir nicht, wie viel Zeit uns noch bleibt – und was der Gedankenleser vorhat."

Kapitel 11

„Ich habe gehört, ihr wart bei Konstantin im Krankenhaus?“, fragte Franzi, als ich ihr im Bistro ein paar Tage später ein Stück Kuchen servierte.

Ich nickte. „Sein Zustand ist stabil, aber er befindet sich noch immer im Koma. Sie haben gesagt, dass sie nicht vorhersagen können, wie lange das noch anhält.“ Dabei dachte ich automatisch an sein blasses Gesicht und hoffte, dass er irgendwann wieder aufwachen würde.

Franzi atmete tief ein. „Der arme Kerl. Hoffentlich ist er bald wieder auf den Beinen.“

Ich nickte und kümmerte mich dann um ein Pärchen, das bezahlen wollte.

Im Gegensatz zum Vormittag verlief der Nachmittag im Bistro heute etwas ruhiger. Immer wieder kamen Gäste, aber alle schienen heute sehr entspannt zu sein und ich beneidete sie für die Ruhe, die sie ausstrahlten. Seit mir mein Vater von der 13. Generation erzählt hatte, konnte ich nicht mehr gut schlafen. Meine Versuche, im Internet mehr über sie zu erfahren, waren bislang leider alle gescheitert. Ich hatte keinen einzigen Eintrag zur 13. Generation gefunden, dafür aber ganz viele Informationen zu Nostradamus erhalten. Seine kryptischen Vierzeiler waren vielseitig zu deuten und irgendwann gab ich die Hoffnung auf, einen Hinweis zur Prophezeiung zu finden.

„Lizzy, wenn du möchtest, kannst du heute früher Schluss machen“, meinte Eva, als ich ein paar Tische abgeräumt und das schmutzige Geschirr in die Küche gebracht hatte.

„Schon gut. Rouven holt mich später vom Bistro ab.“

Eva lächelte. „Das scheint ja etwas Ernstes mit euch zu sein. Macht ihr noch was Schönes?“

„Wir haben überlegt, nach Heiligbrunn zu fahren und ins

Kino zu gehen", sagte ich, obwohl es eine Lüge war. Rouven und ich wollten am Abend zu meinem Vater in die Hütte fahren und sehen, wie weit er mit seinen Nachforschungen gekommen war.

„Das ist nett. Ach, jung müsste man noch einmal sein", seufzte Eva. „Genieß die Zeit. Sie vergeht viel zu schnell." Sie sagte es mit einem Hauch Wehmut in der Stimme und ich nickte nur, bevor ich die Küche verließ.

Wie viel Zeit blieb uns noch, bevor der Gedankenleser das bekam, was er wollte? Und was wollte er überhaupt?

Ich marschierte in die kleine Gästetoilette und spritzte mir vor dem Spiegel etwas Wasser ins Gesicht. Dabei fühlte ich einen Anflug von Panik, weil wir bislang einfach zu wenig über die Absichten des Gedankenlesers wussten. Die letzten Tage hatte ich immer wieder trainiert und mich dazwischen so normal wie möglich benommen. Ich hatte tagsüber mit Alexa herumgescherzt, bei Bruno im Bistro gearbeitet und mich auf das Interview mit dem Neumayer vorbereitet, während ich in der Nacht meine anderen Recherchen durchgeführt hatte. Dabei war ich das Gefühl nicht losgeworden, nicht wirklich weiterzukommen, und auch mein Training verlief schleppender, als ich es mir erhoffte.

Aus einem Impuls heraus legte ich meine Hand auf mein Herz und dachte an die Zukunft. *Einen Augenblick später befand ich mich in meiner eigenen Stille. Der Spiegel auf der Gästetoilette zeigte sowohl meinen erstarrten Körper als auch meine schimmernde blaue Gestalt – und gleich an der gefliesten Wand neben mir befand sich die dunkelblaue Tür zu meinem Zeitenraum. Zögernd senkte ich den Blick auf den silbernen Knauf. Noch immer war mir das letzte Erlebnis gegenwärtig, als sich mein Zeitenfoyer immer schneller gedreht und ich diesen unerklärlichen Anflug von Kälte wahrgenommen hatte.*

Was war das damals gewesen? Vielleicht würde mir ein neuerlicher Versuch darüber Aufschluss geben.

Entschlossen legte ich meine Hand auf den Türknauf und

drehte ihn nach rechts. Kaum hatte ich die Schwelle zu meiner weißen Kammer betreten, setzte sie sich mit einem lauten Knirschen in Gang. Mit klopfendem Herzen blieb ich in der Mitte des Raumes stehen und blickte auf die weißen Wände. Sie rotierten immer schneller und schneller um mich herum. Die ersten blauen Blitze begannen darüber zu zucken und verästelten sich bis hoch zur Decke. Ich schloss die Augen und konzentrierte mich darauf, den Fluss der Zeit zu erspüren, als mich plötzlich wieder ein Hauch jener Kälte traf, den ich schon beim letzten Mal wahrgenommen hatte. Erschrocken riss ich die Augen auf und sah, wie sich einige Blitze an den Wänden schwarz zu verfärben begannen. Ein eisiger Hauch ging von ihnen aus und ich erschrak so sehr, dass das Zeitenrad plötzlich anhielt. Im nächsten Moment schoss eine gewaltige hellblaue Tür leise knisternd in die Höhe. Goldene Funken sprühten von ihrem blauen Türblatt und ich spürte, wie mein Herz für einen Schlag aussetzte, als die Funken von einem Moment auf den anderen schwarz wurden. Auch die Kälte im Raum wurde immer unerträglicher, während sich das blaue Türblatt mit den goldenen Verzierungen vor meinen Augen schwarz färbte, als würde man einen Eimer Finsternis darüber ausgießen. Ungläubig starrte ich auf die sich ausbreitende Dunkelheit, als ich plötzlich den Drang verspürte, meine Hand auf den pechschwarzen Knauf zu legen und zu sehen, was dahinter lag …

Atemlos stolperte ich einen Schritt zurück. Was war soeben geschehen? Hatte ich etwa meine eigene Todestür gesehen?

Der Gedanke erfüllte mich mit so einer Angst, dass ich im Spiegel das Entsetzen auf meinem Gesicht sehen konnte.

In dem Moment öffnete eine ältere Dame die Tür und ich ging schnell zurück in den Gästebereich. Dabei versuchte ich, mir von meinem Erlebnis nichts anmerken zu lassen, auch wenn es mir schwerfiel. Stattdessen bemühte ich mich nach Kräften, mich ganz auf meine Arbeit zu konzentrieren. Zum Glück kamen doch noch mehr Leute ins Lokal, die mich mit ihren Bestellungen ablenkten, und als ich am Abend von Rouven abgeholt wurde, hatte sich meine Beklemmung schon etwas gelegt. Doch sie flackerte wieder auf, als ich wenig später meinem Vater begegnete, der noch schlechter aussah als die Tage zuvor. Tiefe Schatten zeichneten sich unter seinen Augen ab und er schüttelte nur leicht den Kopf, nachdem ich mit Rouven die Hütte betreten hatte.

„Nichts, ich habe noch immer nichts gefunden“, erklärte er resigniert.

Ich zog meine Jacke aus und hängte sie über einen der Stühle. „Was ist, wenn Konstantins Hinweis nicht auf dem USB-Stick zu finden ist? Hat er vielleicht noch einen anderen versteckt?“, fragte ich vorsichtig.

„Das glaube ich nicht, dafür befinden sich zu viele vertrauliche Informationen auf dem Stick“, sagte mein Vater und ließ sich auf den Sessel vor dem Laptop fallen. „Wie geht es bei euch voran? Wie läuft das Training?“

„Ganz gut“, meinte Rouven, während ich mich bei der Frage augenblicklich verkrampfte.

Mein Vater betrachtete mich stirnrunzelnd. „Lizzy, was ist los?“

Ich zögerte kurz, bevor ich antwortete. „Ich war heute noch einmal in meinem Zeitenfoyer. Da war wieder diese Kälte und dann … dann gab es diese dunklen Blitze und meine Tür hat sich pechschwarz gefärbt.“

Mein Vater wurde kreidebleich und starrte mich an. „Sie hat was?“

„Sie wurde dunkler und ich verspürte plötzlich so einen seltsamen Drang, sie zu öffnen.“ Ich schluckte. „Glaubst du, dass ich meine eigene Todestür gesehen habe?“

„Lizzy, warum hast du denn nichts gesagt?!“, wollte Rouven wissen.

„Ich weiß nicht. Ich habe versucht, nicht daran zu denken.“ Nach dem Trubel im Bistro war die Sache in den Hintergrund gerückt und ich bereute es jetzt, es nicht gleich angesprochen zu haben.

„Das hört sich gar nicht gut an", sagte mein Vater, ohne den Blick von mir zu nehmen. „Du hast ihre Anziehung also gespürt?"

Ich nickte.

Mein Vater stand auf und kam mit ernstem Gesichtsausdruck auf mich zu. „Du darfst nie wieder in deine Zukunft gehen, Lizzy, hörst du? Es ist gefährlich. Die Anziehung der Todestür ist enorm und du wirst ihr nur für kurze Zeit widerstehen können." Seine Augen bohrten sich in meine.

„Aber was ist, wenn ich irgendwie doch einen Blick in meine Zukunft werfen könnte? Wenn ich uns dadurch einen Vorteil gegenüber dem Gedankenleser verschaffen könnte?" Ich atmete tief ein. „Immerhin haben wir bislang noch nichts gegen ihn in der Hand."

„Nein", sagte mein Vater und seine Stimme donnerte durch die kleine Fischerhütte. „Du darfst dein eigenes Zeitenfoyer nicht mehr betreten. Es ist zu gefährlich." Die Art, wie er es sagte, jagte mir einen eiskalten Schauer über den Rücken. „Versprich es mir."

„Ja, ich verspreche es dir", sagte ich nach einem Moment und fühlte dieses beklemmende Gefühl schon wieder in meiner Brust aufpochen. „Aber macht es denn einen Unterschied? Selbst wenn ich die Tür nicht benutze, scheint mein Schicksal schon besiegelt zu sein. Du hast doch selbst gesagt, dass sie nur auftauchen, wenn einem der Tod bevorsteht."

„Ich habe dir aber auch gesagt, dass sie ein Mythos sind. Das, was ich über sie weiß, ist nicht unbedingt zuverlässig. Trotzdem, halte dich von ihr fern", verlangte er. Der angespannte Blick meines Vaters ruhte noch immer auf mir und er schien sich erst zu entspannen, als ich erneut nickte.

„Was ist, wenn wir uns meine Zukunft noch ansehen?", meinte Rouven dann. „Wenn hier auch die Todestür aufscheint, könnten wir uns wenigstens sicher sein, dass es etwas mit der 13. Generation zu tun hat."

Mein Vater schüttelte bei dem Vorschlag sofort vehement den Kopf. „Das kommt gar nicht infrage. Ihr werdet nicht in Rouvens Zukunft gehen, verstanden?"

Er betrachtete Rouven auffordernd, bis auch dieser endlich nickte. Dann setzte sich mein Vater wieder an den Tisch und klappte seinen Laptop auf, auf dem unzählige Dateien aufblitzten.

„Verdammt, wir müssen hier endlich etwas finden und Fortschritte machen. Ich fühle, dass hier etwas ist. Irgendwo muss es doch sein." Er schloss den Internetbrowser, der im Hintergrund lief, und vergrößerte das Fenster mit Konstantins Dateien.

Ich versuchte, das hässliche Gefühl der Bedrohung abzustreifen, und ließ meinen Blick über die Dokumente und Bilder schweifen, die alle wild durcheinandergewürfelt aussahen. Dabei beugte ich mich über meinen Vater und scrollte hinunter. Im Grunde war es nur der Versuch, meinem Vater etwas moralischen Beistand zu leisten.

„Moment", sagte ich nach einer Minute und deutete auf ein Bild. „Kannst du das mal aufmachen?"

Auf dem Foto war ein rot-weiß gestreiftes Zebra abgebildet und die Aufnahme hieß „Roter Zebra."

Rouven beugte sich über die andere Schulter meines Vaters. „Hat er sich da verschrieben?"

„Ich glaube nicht. Der rote Zebra ist doch ein Fisch", murmelte ich und erinnerte mich daran, dass Alexa einmal unbedingt ein Aquarium haben wollte und deswegen ein großes Fischbuch angeschafft hatte. Der Name *Roter Zebra* war bei mir hängen geblieben, weil ich es lustig fand, das jemand einen Fisch so taufte. Außerdem wusste ich, dass Konstantin keine Fische mochte, also musste es einen anderen Grund für das Foto geben.

Konzentriert gab mein Vater einige Tastenkombinationen ein. Es erinnerte mich an das, was Rouven gemacht hatte, wobei es bei meinem Vater so aussah, als ob er nach einem gewissen System vorging. Dennoch dauerte es gute zehn Minuten, bis er plötzlich scharf die Luft einzog.

„Was ist passiert?“, fragte ich und fuhr von der Couch in die Höhe, auf die ich mich zwischenzeitlich gesetzt hatte. „Hast du etwas gefunden?“

„Ja, hinter dem Bild war eine Datei gespeichert. Sie war ziemlich gut versteckt, aber ich kann sie nun öffnen.“ Die Stimme meines Vaters klang seltsam heiser und ich sah, wie er sich mit den Fingern über die Augen fuhr. „Das muss es sein.“

Sofort waren Rouven und ich wieder an seiner Seite und ich sah, wie er auf eine Datei klickte, die das Foto einer handgeschriebenen Namensliste in einem ledergebundenen Buch zeigte. Das Papier war mit schwarzer Tinte eng beschrieben und ich fühlte mein Herz vor Aufregung bis in meine Fingerspitzen pochen, als mein Vater auf das Vergrößerungssymbol klickte und das Bild langsam heranzoomte. Nun konnte man neben den Namen auch verschiedene Datumsangaben aus den Sechzigerjahren erkennen und ich verstand, dass es sich bei dem Bild um einen Auszug aus dem Geburtenregister Kirchbruchs handeln musste.

„Ich dachte, es wäre in dem Feuer verbrannt“, murmelte mein Vater aufgeregt. „Irgendeiner von diesen Namen muss es sein. Irgendjemand davon ist der Gedankenleser.“

Kaum hatte er das gesagt, schaltete sich plötzlich die rote Kamera in der oberen Leiste des Laptops ein. Gleichzeitig verpixelte die Fotodatei vor unseren Augen, bis man darauf nichts mehr erkennen konnte.

„Oh Gott“, flüsterte mein Vater und stieß mich und Rouven zur Seite, sodass wir nicht gefilmt werden konnten. Im nächsten Moment wurde der ganze Bildschirm schwarz und ein blinkender Cursor erschien darauf, von dem ein unheimliches Grauen auszugehen schien.

Hallo Christoph, tippte der Unbekannte auf der anderen

Seite des Bildschirms dann in die Maske. *Ich wusste gar nicht, dass du noch lebst.*

Einen Moment lang herrschte absolute Stille in der kleinen Fischerhütte. Mein Vater war kalkweiß im Gesicht und ich fühlte eine Gänsehaut über meinen ganzen Rücken laufen, während Rouven sich halb vor mich schob, als ob er mich dadurch vor dem Gedankenleser beschützen könnte.

Im selben Moment verhärteten sich die Züge meines Vaters und er legte entschlossen die Finger auf die Tastatur des Laptops.

„Ganz recht, ich lebe noch", stieß er hervor und tippte die Worte gleichzeitig ein. *Und ich werde dich finden, du verdammter Dreckskerl, das kannst du mir glauben.*

Einen Moment lang geschah gar nichts.

Das glaube ich nicht, erwiderte der Gedankenleser seelenruhig. *Willst du dich wirklich noch einmal mit mir anlegen? Lizzy ist doch ein hübsches Mädchen geworden.*

Mein Vater holte tief Luft und die versteckte Drohung schien ihm durch Mark und Bein zu gehen. *Du Feigling*, hämmerten seine Finger wütend auf die Tastatur ein. *Zeig dich endlich.*

Es dauerte ein paar Augenblicke, bevor die nächsten Wörter auf dem Bildschirm auftauchten.

Wir werden uns früher begegnen, als dir lieb ist. Bis bald, Christoph.

Der Cursor blinkte noch einige Sekunden lang auf dem schwarzen Bildschirm, bevor sich die Kamera wieder ausschaltete. Hastig klickte mein Vater den USB-Stick mit Konstantins Dateien an, aber dort, wo die vielen tausend Files sein sollten, erwartete uns nur gähnende Leere.

„Nein", keuchte mein Vater und starrte mit weit aufgerissenen Augen auf den leeren Bildschirm. „Nein, verdammt noch mal!" Der Zorn war meinem Vater ins Gesicht geschrieben und er griff nach dem Laptop, um ihn auf den Boden zu donnern. Erschrocken registrierte ich, dass es genau die Szene war, die ich in seiner Zukunft gesehen hatte. Dann stand er so ruckartig auf, dass sein Stuhl nach hinten umkippte.

„Wie hat er das bloß geschafft?", fragte Rouven scharf, aber mein Vater fuhr sich nur mit beiden Händen durch die kurzen Haare und schüttelte unentwegt den Kopf.

„Verdammt, er ist mir immer einen Schritt voraus!", brach es aus ihm heraus und er gab dem umgeworfenen Stuhl einen Tritt, dass dieser quer durch die Hütte schlitterte und gegen die gegenüberliegende Wand mit der Angelausrüstung krachte.

„Okay. Wir sollten jetzt alle einmal tief durchatmen", sagte ich nach einem angespannten Moment und ging zu dem Stuhl, um ihn aufzuheben und wieder zurück an den Tisch zu stellen. „Versuchen wir, das Ganze logisch zu betrachten. Irgendwie hat der Gedankenleser die Kontrolle über den Laptop erlangt, weil er wusste, dass wir Konstantins USB-Stick haben. Einen Laptop zu übernehmen, scheint bei seinen technischen Möglichkeiten und finanziellen Ressourcen kein Ding der Unmöglichkeit zu sein. Und offenbar wusste er nicht, dass du noch lebst, sonst hätte er wohl kaum die Kamera gebraucht."

Mein Vater nickte. „Aber jetzt weiß er, dass ich es tue. Und er wird dich als Druckmittel verwenden."

„Da bin ich mir nicht so sicher", hielt ich dagegen. „Immerhin braucht er uns doch offenbar für etwas."

Mein Vater blickte auf den zerschmetterten Laptop und seine Augen verengten sich. „Warum wusste er, dass wir hier sind?", fragte er und sah uns aufgebracht an. „Ist euch jemand gefolgt?"

„Sicher nicht. Ich habe achtgegeben", erklärte Rouven.

„Gebt mir eure Handys."

„Wieso?"

Mein Vater bedeutete uns, leise zu sein, und mir wurde

schlagartig bewusst, was er vermutete. Hatte uns der Gedankenleser etwa abgehört?

Auch Rouven schien zu verstehen, worauf mein Vater hinauswollte, und zog sein Handy aus der Hosentasche, als der Blick meines Vaters auf meiner Jacke hängen blieb. Er griff in die Jackentasche und fummelte eine kleine Wanze hervor, die er sofort mit dem Fuß zertrat. Dann untersuchte er den Rest unserer Kleidung, bevor er unsere Handys nach draußen brachte.

„So, jetzt sollten wir abhörsicher sein", meinte er und sah mich an. „Wer könnte die Wanze in deine Jacke geschmuggelt haben?"

„Jeder. Meine Jacke hing im Bistro, an einem Haken gleich neben dem Hinterausgang. Es hätte wirklich jeder sein können", gab ich zu und versuchte, das hässliche Gefühl der Bedrohung zur Seite zu schieben, das dazu führte, dass sich mein Magen verkrampfte.

„Ich habe die Jacke erst heute mitgenommen, es muss also heute passiert sein", sagte ich und war zumindest froh, dass ich die Wanze nicht schon seit Tagen mit mir rumschleppte.

Rouven atmete tief ein. „Aber wieso hört uns der Gedankenleser jetzt ab?"

„Offenbar hat er bemerkt, dass irgendetwas im Gange ist."

„Aber wir haben mit niemandem darüber gesprochen – und unsere Gedanken kann er doch nicht lesen", hielt ich dagegen.

Mein Vater kniff die Augen zusammen. „Aber vielleicht hat er bemerkt, dass ihr angespannt seid. Er scheint euch zu beobachten." Seine Worte ließen eine Welle der Übelkeit in mir aufsteigen.

„Haben Sie denn schon jemals zuvor mit ihm gesprochen?" wollte Rouven wissen.

„Nein", erklärte mein Vater. „Das war das erste Mal."

„Was darauf schließen lässt, dass Sie ihm noch nie so nah gekommen sind."

Ich atmete tief ein. „Du hattest recht. Konstantin hat in dem Kirchenverzeichnis anscheinend wirklich etwas gefunden, das von Bedeutung ist. Andernfalls hätte der Gedankenleser doch niemals Kontakt aufgenommen, oder?“

„Dieses Verzeichnis kann nur aus dem versteckten Raum stammen, den sie bei der Renovierung der Kirche gefunden haben“, schlussfolgerte Rouven und mir fiel der Artikel wieder ein, den ich für Harri Korrektur gelesen hatte. Darin war tatsächlich ein Kirchenverzeichnis erwähnt worden. „Was ist, wenn es noch immer da ist?“

Mein Vater schüttelte den Kopf. „Das glaube ich kaum. Er wird auch das vernichtet haben.“

„Und selbst wenn, dann ist es wenigstens die heißeste Spur, die wir haben. Vielleicht wurde der Gedankenleser gesehen, als er es entwendet hat, oder jemand anderer, der uns zu ihm führen kann.“ Ich spürte, wie mich eine enorme Aufregung erfasste. „Egal wie – wir sollten es uns ansehen.“

Mein Vater betrachtete mich einen Moment lang nachdenklich, bevor er schließlich nickte. „In Ordnung. Aber lasst mich noch eure Handys auf Spionagesoftware checken, bevor ihr geht.“

Gehorsam händigten Rouven und ich ihm unsere Handys aus.

„Wirst du jetzt eigentlich hierbleiben?“, fragte ich, während er die Telefone konzentriert auseinandernahm. „Schließlich weiß der Gedankenleser ja nun wahrscheinlich deinen Standort.“

Mein Vater nickte düster. „Ich habe für so einen Fall Vorkehrungen getroffen“, ließ er uns wissen. „Sobald ich sicher bin, dass der Mistkerl nicht mithört, sage ich euch, wie und wo ihr mich erreichen könnt. Aber keine Sorge: Ich bleibe in der Nähe.“

Kapitel 12

„Okay, lass uns reingehen“, sagte ich zu Rouven, als wir wenig später vor der weißen Kirche mit dem hohen Glockenturm standen. Nachdem mein Vater unsere Telefone auf alle möglichen Arten durchgecheckt hatte, waren Rouven und ich rasch hergefahren, um zu überprüfen, ob das Kirchenregister tatsächlich noch existierte. Die Sonne stand mittlerweile schon etwas tiefer und tauchte das Gebäude mit den hohen bogenförmigen Buntglasfenstern in ein goldenes Licht.

„Alles okay?“, fragte Rouven und strich mit den Daumen sanft über meinen Handrücken.

„Ja, hoffen wir nur, dass wir Erfolg haben.“

Rouven nickte. „Lass uns lieber reingehen und keine Zeit verlieren.“ Er drückte das große, schwere Eingangstor auf.

Die Kirche empfing uns mit einer diesigen Stille und wir betraten das Mittelschiff. Der Duft nach Weihrauch schlug uns entgegen und mein Blick glitt über die bogenförmigen Buntglasfenster zu dem prächtigen Altar, über dem ein schlichtes Jesuskreuz hing. Der Altar selbst war aus Marmor gefertigt und wurde von einem weißen Tuch bedeckt. Ein paar weiße Kerzen und eine dicke Bibel befanden sich darauf. Weiter hinten thronte ein großes, düsteres Gemälde, das offenbar die Taufe Jesu zeigte. Flankiert wurde das Bild von zwei hübschen Marmorsäulen und goldenen Ornamenten, die sich überall in der Kirche wiederfanden.

Gleich in der ersten Reihe saß Franzi und betete. Ihr Blick war auf das Bild hinter dem Altar geheftet und Rouven und ich schritten den Mittelgang entlang. In dem Moment kam ein älterer Priester aus einer der Seitentüren, ging zum Altar, bekreuzigte sich drei Mal und begann dann, abwesend in der Bibel zu blättern. Rouven und ich tauschten einen kurzen Blick, bevor wir uns dem Priester näherten.

„Entschuldigen Sie bitte“, sagte ich leise. „Können wir Sie kurz sprechen?“

Der weißhaarige Mann mit der eckigen Brille und dem schwarzen Priestergewand lächelte uns freundlich an. „Aber sicher doch.“ Er wies mit der Hand auf die Seitentür, aus der er gekommen war. „Lasst uns jedoch einen anderen Raum dafür aufsuchen, um die Gebete nicht zu stören.“

Ich nickte und bemerkte Franzis neugierigen Blick. Dann folgten Rouven und ich dem Priester durch die Seitentür in einen Raum, in dem verschiedenfarbige Priestergewänder an einer holzgetäfelten Wand hingen. In der Mitte stand ein kleiner Tisch mit ein paar Stühlen.

„Also. Was kann ich für euch tun?“, fragte der Priester und sah uns gütig an.

Rouven räusperte sich. „Wir haben von einem neu entdeckten Kirchenregister gehört. Ist es bei den Renovierungsarbeiten gefunden worden?“

„Das stimmt. Es befand sich in dem versteckten Raum und befindet sich jetzt noch immer dort.“

„Können Sie uns den Raum zeigen?“, fragte ich.

Der Priester richtete sich seine Brille. „Es freut mich, dass dieser Raum so das Interesse auf sich zieht. Anscheinend will ihn ganz Kirchbruch besichtigen.“

„Ganz Kirchbruch?“, wiederholte ich skeptisch.

Er nickte und zupfte sich einen Fussel von seiner Kleidung. „Selbst der Bürgermeister und seine Gegenkandidatin waren schon da. Selbstverständlich zeige ich euch den Raum und das Kirchenregister ebenfalls gern. Wir sind sehr froh, dass wir zufällig darauf gestoßen sind. Wobei – vielleicht war es auch kein Zufall, sondern eher *Gottes Geschick*.“

Anstatt etwas zu erwidern, nickten Rouven und ich, weil wir das Gespräch über die Wege Gottes nicht weiter vertiefen wollten. Der Priester führte uns eine schmale Treppe hinauf in einen hellen Saal, der offenbar für Taufen genutzt wurde. In der Mitte stand ein kleines Taufbecken und an den Wänden hingen alte Gemälde mit christlichen Motiven.

„Hier ist es“, sagte der ältere Mann und deutete auf einen unscheinbaren Durchgang, der sich neben einem der prunkvollen Bilder befand und durch einen roten Vorhang verdeckt wurde. „Ihr müsstet nur bitte die Schuhe ausziehen. Der Raum wurde frisch gesäubert.“

Rouven und ich folgten seiner Aufforderung. Der Priester schob den Vorhang zur Seite und wir betraten einen kreisförmigen Raum, der mit einem Perserteppich ausgelegt war und mich an eine kleine Bibliothek erinnerte. Die Wände waren mit dunklen Bücherregalen verkleidet und es gab zwei altmodische Stehlampen mit elektrischen Kerzen, die ein düsteres Licht verbreiteten. In der Mitte des Zimmers stand ein kleines Lesepult, auf dem sich ein aufgeschlagenes Buch mit roter Schrift befand.

„Das ist unsere kostbare Entdeckung“, erklärte der Diener Gottes und deutete auf die Regale. „Einige der Bücher sind sehr, sehr alt.“

„Und das Kirchenregister ist auch hier gefunden worden?“, fragte ich und spürte, wie mich eine gewisse Nervosität ergriff. Hoffentlich war das Register noch da, hoffentlich waren wir dem Gedankenleser diesmal einen Schritt voraus.

„Ja, ist es. Lange Zeit glaubte man, dass es in dem Feuer vor dreizehn Jahren verbrannt ist, aber das war offenbar nur eine Kopie. Das Original haben wir.“ Der Pfarrer ließ seinen Blick über die Buchrücken wandern, bevor er stockte. „Moment, hier sollte es doch stehen. Es ist ein sehr dickes Buch.“ Er machte ein paar Schritte zu einem der Regale und zog die Augenbrauen zusammen. „Ich bin mir sicher, dass ich es wieder zurückgestellt habe“, erklärte er beunruhigt. „Aber es ist nicht mehr da.“

Ich schluckte und mein Puls schoss in die Höhe. Wir waren zu spät.

„Wissen Sie noch, wer sich das Register zuletzt angesehen hat?“

Der Priester strich sich mit wachsender Sorge seine Kleidung glatt. „Das ist schwer zu sagen. Es wollten ganz viele Leute den Raum sehen und ich kann auch nicht immer dabei sein."

„Aber offenbar waren die beiden Bürgermeisterkandidaten hier?"

„Ja, sie haben den Raum mit großem Interesse besichtigt", erwiderte der Priester und atmete tief durch. Offenbar versuchte er, sich selbst zu beruhigen, dass das Kirchenregister schon wieder auftauchen würde. „Und dann war da noch dieser Konstantin, der vor Kurzem überfallen worden ist und den wir in unsere Gebete einschließen. Er hat sogar eine der Seiten abfotografiert." Er stockte kurz. „Ich muss ja zugeben, dass ich es selbst noch nicht geschafft habe, einen Blick in das Register zu werfen. Bei den ganzen Schätzen, die wir hier geborgen haben, fällt es schwer, sich zu entscheiden." Er ließ seinen Blick erneut über die dunklen Regale schweifen. „Wartet kurz, ich gehe nach unten und rufe die Dame an, die hier sauber macht. Vielleicht hat sie es mitgenommen."

Der Priester machte sich hoffnungsvoll auf den Weg, doch ich war mir sicher, dass das nicht der Fall war.

Als der Priester hinter dem roten Vorhang verschwunden war, lehnte sich Rouven zu mir. „Verdammte Scheiße, Lizzy. Er hat es sich vor uns geholt."

„Natürlich hat er das", erwiderte ich resigniert. „Was hatten wir auch anderes erwartet?"

„Dass wir einmal Glück haben?"

„Glück steht leider nicht auf meiner Liste. Und immerhin sind wir die *Dreizehnten* – es hat sicher einen Grund, warum die Dreizehn die Unglückszahl schlechthin ist", murmelte ich. „Glaubst du, dass der Neumayer oder Gitti etwas damit zu tun hat?"

Rouven zuckte mit den Schultern. „Ausschließen können wir es nicht. Natürlich könnte ich versuchen, in die jüngste Vergangenheit von ihnen zu gehen und zu sehen, ob ich irgendwie etwas finde.“

Ich machte ein paar Schritte durch den kreisrunden Raum. „Dabei müsstest du dir aber eigentlich auch die Vergangenheit deiner Tante ansehen. Vielleicht hat sie sich das Register auch angesehen.“

„Du hast sie noch immer im Verdacht?“, fragte er.

In der Pizzeria hatte ich Rouven kurz von der möglichen Zukunft berichtet, die ich bei ihr gesehen hatte – und auch von dem Kommentar meines Vaters, dass dies nicht unbedingt etwas zu bedeuten hatte.

„Nun ja, irgendetwas war seltsam.“ Ich ließ meine Fingerspitzen sachte über die alten Buchrücken gleiten. „Aber selbst wenn du dir die Vergangenheit ansiehst und bemerkst, wie jemand das Buch an sich nimmt – was ist, wenn der Gedankenleser die Person manipuliert hat? Würden wir das auch sehen? Würde ein abwesender Blick reichen, um uns die Gewissheit zu geben?“

Rouven seufzte. „Ich habe keine Ahnung, Lizzy. Vielleicht werfe ich sicherheitshalber einen Blick in die Vergangenheit des Priesters, schaden kann es ja nicht.“

„Du glaubst, dass er uns anlügt?“

„Ich würde gern auf Nummer sicher gehen.“ Er lächelte schief. „Oder glaubst du, dass ich dann Ärger mit Gott bekomme?“ Dabei zog er eine Augenbraue hoch und wirkte damit so sexy, dass ich ihn am liebsten geküsst hätte.

Schmunzelnd schlang ich die Arme um seinen Nacken. „Ich glaube, wir haben schon genug Ärger. Darauf kommt es wahrscheinlich auch nicht mehr an.“

„Na dann …“, murmelte Rouven und zog mich noch einen Schritt näher zu sich. Dabei strichen seine Hände so sanft von meinem Rücken hinunter zu meinem Po, dass ich kurz die Augen schloss. Am liebsten hätte ich jetzt seine weichen Lippen auf meinen gespürt, doch da wir uns in einer Kirche befanden, wollte ich es lieber nicht darauf anlegen, beim Knutschen erwischt zu werden. Unter Aufbietung meiner ganzen Selbstbeherrschung löste ich mich deshalb wieder von ihm und wandte mich den Bücherregalen zu.

„Solange der Priester fort ist, könnten wir uns aber auch einfach diese alten Bücher ansehen. Vielleicht steht ja irgendetwas Hilfreiches hier drin. Möglicherweise ist sogar eine weitere Zeile der Prophezeiung in einem der Bücher versteckt? Oder es gibt insgesamt gar vier Bücher?“ Es war nur eine Mutmaßung, aber aktuell war mir jeder Strohhalm recht.

Daraufhin begannen Rouven und ich, uns die Bücher genauer anzusehen. Bei einigen handelte es sich um alte Liederbücher, andere enthielten Predigten und wieder andere berichteten über die selbstlosen Taten von besonders gottesfürchtigen Priestern.

„Keine Ahnung, wo dieses Buch steckt“, bemerkte der Priester gedankenverloren, als er wieder zu uns stieß. „Eigentlich ist es nicht zu übersehen. Unsere Reinigungsfrau hat es aber auch nicht weggelegt.“ Er seufzte und fuhr sich durch seine weißen Haare.

„Sie haben hier wirklich einige besondere Bücher“, meinte Rouven und hielt dem Priester ein aufgeschlagenes Manuskript hin. Der Mann griff danach und als sich ihre Fingerspitzen streiften, begann es, rote Blitzfunken zu sprühen. Die Berührung dauerte nur einen Sekundenbruchteil, doch mir war klar, dass sich Rouven in der Vergangenheit des Priesters umgesehen hatte.

„Fürwahr, es ist ein sehr schönes Buch über die christliche Religion. Ich wünschte, ich hätte die Zeit, alle Schriften hier zu studieren. Aber jetzt muss ich erst einmal den Gottesdienst vorbereiten. Wollt ihr noch bleiben?“

Ich nickte, doch Rouven schüttelte den Kopf. „Nein danke. Ich denke, wir sollten jetzt gehen“, sagte er und verabschiedete sich von dem Priester, bevor wir wieder in unsere Schuhe schlüpften und er mich wortlos nach draußen zog.

„Was hast du gesehen?", fragte ich aufgeregt, nachdem wir die Kirche verlassen hatten und unter dem Schatten einer Birke standen.

Rouven vergrub seine Hände in den Hosentaschen. „Ich habe gesehen, wie der Priester den Perserteppich reinigt."

Ich hob beide Augenbrauen. „Und deswegen mussten wir den Raum verlassen? Warum? Hat er den Perserteppich vorher etwa angepinkelt?"

Rouvens Mundwinkel zuckten amüsiert nach oben. „Nein, aber er hat den Teppich angehoben. Und darunter war im Steinboden eine Inschrift zu lesen."

„Was für eine Inschrift? Etwa eine weitere Zeile?"

„Ja, wahrscheinlich eine weitere Zeile. Sie lautet: *Die Drei werden sich gegenübertreten, um ihr Schicksal zu vollenden, wo alles begann, wo der König seine Kraft bezieht.*"

„Wo alles begann … wo der König seine Kraft bezieht", wiederholte ich nachdenklich. „Denkst du, damit ist die alte Eiche gemeint? Bezieht der Gedankenleser seine Macht von ihr?"

„Ich kann es mir gut vorstellen", erwiderte Rouven. „Dein Vater hat doch erzählt, dass der dritte Mann in der Legende den Baum berührt hat, als der Blitz eingeschlagen ist. Die beiden zukünftigen Zeitenöffner hielten sich an den Händen, deswegen benötigen wir uns gegenseitig für die Aktivierung. Vielleicht benötigt der Gedankenleser die Eiche auch für irgendetwas? Vielleicht für die Vollendung der Weissagung?"

Meine Augen begannen zu funkeln. „Ich texte die Zeile mal meinem Vater. Mal sehen, was er dazu sagt."

Kapitel 13

Am nächsten Morgen hatte ich meinen Interviewtermin beim Bürgermeister und ich stand extra zeitig auf, um nicht zu spät zu kommen.

„Guten Morgen, Frau Bergmann. Es ist immer wieder schön, neue Gesichter kennenzulernen“, begrüßte der Bürgermeister mich in seinem Büro und ich versuchte, das mulmige Gefühl abzustreifen, weil ich schon einmal in seinem Zimmer gewesen war. Zwar nicht in der realen Welt, aber zumindest in einer von Gittis Zukunftsvarianten, in der sie das Bürgermeisteramt übernommen hatte.

Paul Neumayer ließ sich hinter dem wuchtigen Schreibtisch nieder und deutete mir, ihm gegenüber Platz zu nehmen. Er trug ein helles Hemd zu einer grauen Jeans und die ebenfalls grauen Schatten unter seinen Augen verrieten, dass er in den letzten Tagen wahrscheinlich nicht viel geschlafen hatte. Mein Blick glitt über die Wahlkampfplakate, die hinter ihm hingen und den Bürgermeister in optimistischer Pose und komplett ausgeschlafen zeigten.

„Danke“, sagte ich und setzte mich auf den gepolsterten Stuhl.

Herr Neumayer lächelte mich an. „Schießen Sie ruhig los, Frau Bergmann. Ich habe schon gehört, dass Sie eine kompetente Journalistin sind.“

„Und von wem?“, fragte ich und zog mein Handy aus der Tasche, um es auf die Tischplatte zu legen. „Stört es Sie, wenn ich das Gespräch aufzeichne?“

„Natürlich nicht. Und zu Ihrer ersten Frage – Herr Wellinger hat mir erzählt, dass Sie ein gutes Interview geführt haben.“

Ich schaltete die Diktierfunktion meines Handys ein und versuchte, mich auf das Gespräch zu konzentrieren, auch wenn meine Gedanken immer wieder zu gestern wanderten.

Und zu der Frage, ob der Neumayer vielleicht etwas mit dem Diebstahl des Kirchenverzeichnisses zu tun hatte. Konnte es sich bei ihm um den Gedankenleser handeln?

„Sie arbeiten mit Herrn Wellinger eng für das Hotel-Projekt zusammen, das unweit von Kirchbruch realisiert werden soll?"

Der Bürgermeister nickte. „Es trägt den Projektnamen *Ikarus* und wird zu einer Aufwertung von Kirchbruch beitragen. Die Hotelanlage schafft neue Arbeitsplätze und öffnet unsere schöne Gegend dem Tourismus."

„Nicht alle Bewohner Kirchbruchs sind der Meinung, dass das notwendig ist", erklärte ich und war froh, dass ich mich bereits vor ein paar Tagen über das Projekt im Archiv des Stadtbüros und bei Kurt informiert hatte. „Könnte es sein, dass Sie sich mit dem Projekt vielleicht nicht die Flügel, aber die Finger verbrennen? Immerhin steht die Bürgermeisterwahl in wenigen Wochen an."

Herr Neumayer betrachtete mich intensiv und für einen kurzen Moment war ich mir nicht sicher, ob ich mit meiner Frage vielleicht zu weit gegangen war. „Sie sind in der griechischen Mythologie bewandert. Sehr schön, Frau Bergmann", erklärte der Bürgermeister anerkennend. „Wir haben den Namen *Ikarus* gewählt, weil der Wellnessbereich der Anlage über altgriechische Elemente verfügen soll. Aber ich fand den Namen schon immer passend. In der Geschichte hängt Ikarus mit den selbstgebauten Flügeln seine Verfolger ab, wird jedoch übermütig und steigt so hoch in den Himmel hinauf, dass die Sonne das Wachs seiner Flügel schmilzt. Für mich ist dieser Mythos aber nicht als Strafe für den Übermütigen zu sehen, sondern auch anders zu deuten. Ikarus hat sich etwas getraut, ist über seine Grenzen gegangen – und ist gefallen, ja, aber er hat es gewagt. Es gibt Zeiten, da müssen Dinge gewagt werden."

„Und diese Zeit ist jetzt?", fragte ich und versuchte, meine Stimme neutral klingen zu lassen, während ich gleichzeitig das, was ich über den Gedankenleser erfahren hatte, mit dem Profil des Bürgermeisters abglich. Fakt war jedoch, dass ich einfach zu wenig über den Gedankenleser wusste und wahrscheinlich in jedem Gegenüber etwas Verdächtiges bemerken könnte.

Paul Neumayer stand auf und machte ein paar Schritte zu einem länglichen Tisch, der in der anderen Ecke seines Büros stand. „Sehen Sie sich das einmal an, Frau Bergmann", forderte er mich auf und deutete auf ein Miniaturmodell einer Hotelanlage, das sich hinter einer Plexiglasscheibe befand.

Ich stand auf und stellte mich neben ihn, um mir *Ikarus* genauer anzusehen. Die Gebäude waren zwar modern, behielten durch ihre Bauweise jedoch einen traditionellen Touch, da offenbar viel Holz und Stein verwendet werden sollte. Ein herrschaftlicher Park umgab den Komplex und eine Golfanlage schloss direkt an das Gelände an.

„Ich bin in Kirchbruch aufgewachsen und fühle mich dem Land und den Einwohnern sehr verbunden. Deswegen liegt es mir am Herzen, mehr aus diesem fantastischen Ort zu machen. Dieses Projekt ist ein Schritt in Richtung Zukunft, Frau Bergmann." Er machte eine kurze Pause. „Natürlich müssen Dinge verändert werden, wenn man *etwas verändern will.* Ich verstehe, dass einige Leute starke Vorbehalte gegen das Projekt haben, und ich habe in den letzten Jahren viel Energie aufgewendet, um mit ihnen zu diskutieren und ihre Befürchtungen aufzulösen." Er strich mit seinen langen Fingern über die Plexiglasscheibe. „Sie wollen, dass ihr Kirchbruch so bleibt, wie sie es kennen, aber das ist unmöglich. Wenn wir nichts unternehmen, wird der Ort irgendwann sterben, weil er für junge Leute nicht mehr attraktiv ist und wir nicht imstande sind, attraktive Arbeitsplätze zu schaffen."

Herr Neumayer blickte auf das Modell der Hotelanalage und ich betrachtete sein Seitenprofil, das mich mit der hohen Stirn und der geraden Nase automatisch an Pascal erinnerte.

Und obwohl der Bürgermeister natürlich ein versierter Politiker war und wusste, wie er sich zu präsentieren hatte, schien sein Engagement tatsächlich echt zu sein.

„Das versuche ich, den Leuten klarzumachen, doch manche sind einfach taub – auf beiden Ohren. Sie sprechen von einer Verschandelung von Kirchbruch, von dem Raubbau an dem Ort, und wollen kein hässliches Hotel in der Nähe haben. Von den hässlichen Touristen erst zu schweigen." Er schnaubte kopfschüttelnd und steuerte wieder auf seinen Schreibtisch zu.

„Und wie finanzieren Sie das Projekt?", hakte ich nach und nahm erneut gegenüber von ihm Platz.

„Ich arbeite mit Investoren zusammen", erklärte Herr Neumayer. „Zusammenarbeit ist schon immer ein wichtiger Grundstein gewesen."

Ich nickte. „Ich habe gelesen, dass Sie bei der Polizei gearbeitet haben, bevor Sie Bürgermeister wurden."

„Das stimmt, ich war bei der Polizei in Heiligbrunn und auch mein Onkel war schon Polizist. Ich war ein ganz ordentlicher Polizist, aber mit der Administration hatte ich es nicht so. Ich war schon immer mehr der Typ, der Dinge gern anpackt, anstatt an dem Status Quo festzuhalten." Er hielt kurz inne. „Irgendwann hat sich unser alter Bürgermeister verabschiedet. Unter der Hand war sein Nachfolger jedoch schon bestimmt worden. Das hat mir nicht gefallen."

„Und deswegen haben Sie sich selbst aufgestellt."

Er lächelte. „Ja. Ich dachte zwar, dass ich nur geringe Chancen hätte, aber ich wollte es zumindest versuchen. Ich habe einen kleinen Wahlkampf betrieben und mich bemüht, die Leute mit Argumenten von meiner Politik zu überzeugen, nicht mit meinen Beziehungen. Ich war der absolute Außenseiter, dennoch hat es funktioniert. Vielleicht auch deshalb, weil mein Gegner kurze Zeit vorher einen Herzinfarkt hatte."

Ich schluckte trocken. Davon hatte ich nichts gelesen.

„Und dadurch waren Sie der einzige Kandidat?"

Der Bürgermeister seufzte. „Ja. Es ist keine besonders schöne Geschichte, nicht wahr? Aber wenn Sie schon ein Portrait über mich anfertigen, sollten Sie das auch wissen."

Ich schätzte die Ehrlichkeit, die mir der Bürgermeister entgegenbrachte. „Was sagen Sie zu Ihrer Gegenkandidatin?", machte ich gleich weiter.

„Ich freue mich, dass Gitti Gruber antritt."

Ich hob eine Augenbraue. „Freuen Sie sich wirklich darüber?"

„Natürlich", erklärte er und lehnte sich in seinem Schreibtischstuhl zurück.

„Weil Sie damit beweisen können, dass Sie das Amt verdient haben?", fragte ich nachdenklich.

Ein anerkennender Ausdruck huschte über das schmale Gesicht des Bürgermeisters. „Das haben Sie gut kombiniert, Frau Bergmann. *Was bedeutet schon eine Wahl, wenn man keine andere Wahl hat?* Wenn es nur einen Kandidaten gibt, den man wählen kann? Ich möchte, dass sich die Bürger bewusst für mich entscheiden, denn ich möchte, dass sie hinter meinem Programm stehen. Gitti und ich vertreten in vielerlei Hinsicht unterschiedliche Meinungen, aber ich weiß, dass ihr Kirchbruch ebenso am Herzen liegt wie mir. Nun müssen die Einwohner entscheiden, welchen Weg sie gehen wollen." Er beugte sich ein Stück nach vorn und legte seine Unterarme auf dem Schreibtisch ab. „Sie waren doch selbst bei unserer Versammlung, Frau Bergmann. Ich habe Sie eifrig mitschreiben sehen. Während Gitti sehr für verschärfte Sicherheitsmaßnahmen eintritt, bin ich kein Fan davon, zu schnell Panik zu schieben. Und ja, durch den schrecklichen Unfall, den mein Sohn verursacht hat, bin ich hier natürlich in einer angreifbaren Position – und dennoch hätte ich mich vorher nicht anders zu dem Thema ausgesprochen."

Den Rest des Interviews sprachen wir über die ganzen Ideen, die Herr Neumayer noch für Kirchbruch hatte. Von seinen Visionen für den Ort und die größten Baustellen, die er sah. Ich gewann den Eindruck, dass ich einen vernünftigen und reflektierten Mann vor mir hatte, der sich mit seiner ruhigen Art überaus engagiert für Kirchbruch einsetzte.

„Eine Frage habe ich noch“, sagte ich zum Abschluss unseres Gesprächs und sprach damit an, was mir schon die ganze Zeit auf dem Herzen lag. „Die alte Eiche am Stadtplatz hat mich letztens fast mit einem herunterbrechenden Ast erschlagen. Wäre es für die Sicherheit der Einwohner Kirchbruchs nicht besser, sie einfach zu fällen?“

Mein Vater hatte der Idee, dass die Eiche für den Gedankenleser wichtig war, etwas abgewinnen können. Gemeinsam hatten wir entschieden, dass es deshalb das Beste wäre, uns des Baumes zu entledigen. Es war zwar nicht mehr als ein Schuss ins Blaue, doch wenn wir nur irgendwie eine Chance hatten, den Gedankenleser zu schwächen, mussten wir es zumindest versuchen.

„Das ist unmöglich“, entgegnete der Bürgermeister sofort und der Ausdruck in seinem Gesicht wurde schlagartig einen Hauch härter. „Die Eiche ist ein Kulturerbe, sie ist Teil einer alten Legende. Sie ist Kirchbruchs Wahrzeichen, das wir auf alle Fälle erhalten müssen. Dennoch steht die Sicherheit der Bürger natürlich an oberster Stelle, weshalb wir schon ein Spezialunternehmen beauftragt haben, den Baum noch weiter zu sichern. Sie kommen in einer Woche.“ Er machte eine kurze Pause. „Wenn Sie noch etwas wissen wollen, rufen Sie gern an“, erklärte Herr Neumayer dann und reichte mir zum Abschied die Hand.

In dem Moment konnte ich nicht widerstehen und konzentrierte mich auf die Zukunft, die passieren würde, als ich die Hand des Bürgermeisters schüttelte. Augenblicklich durchfloss mich die eklektische Energie und hellblaue Blitze zischten durch das Büro. *Alles um mich herum erstarrte und ich löste mich rasch aus meinem bewegungslosen Körper, um meine Aufmerksamkeit auf die dunkelblaue Tür zu richten, die* hinter dem Bürgermeister erschienen war. Entschlossen legte ich meine Hand auf den silbernen Knauf und betrat das Zeitenfoyer, das sich sofort zu drehen anfing. Dabei dachte ich unwillkürlich an das eindringliche Gefühl der Kälte, das ich das letzte Mal in meinem Zeitenraum gefühlt hatte. Die Todestür … Würde sie Rouven und mich tatsächlich erwarten? War es das, was der Gedankenleser von uns wollte? Unseren Tod? Und wenn ja, würden wir diesem Schicksal überhaupt entrinnen können?

Ich versuchte, meine unsäglichen Gedanken zu stoppen und mich stattdessen auf den Bürgermeister zu konzentrieren. Dabei hatte ich keinen blassen Schimmer, wonach genau ich bei ihm suchen sollte, aber ich versuchte, mich einfach auf mein Gefühl zu verlassen. Die hellblauen Blitze zuckten an den Wänden in die Höhe und ich versuchte, mich ganz auf den Strom der Zeit einzulassen, bis ich das Gefühl hatte, mich etwa zwei Wochen in der Zukunft zu befinden. Diesmal fiel es mir schon leichter, die rotierenden Wände zum Stillstand zu bringen, bis zwei blaue Türen vor mir erschienen. Ich entschied mich für die rechte und trat hindurch, als ich mich plötzlich in einer Art Hinterzimmer eines Gasthauses befand. An der Wand hing das Geweih von einem Hirsch und ein toter Fuchs stand in einer Ecke, direkt neben einem der beiden Wirtshaustische, an dem der Bürgermeister mit Herrn Wellinger saß.

„Paul, das Projekt darf sich nicht weiter verzögern. Wir haben sehr viel investiert – zu viel“, sagte er mit leiser Stimme und nippte an seinem Bier. Dabei betrachtete Herr Wellinger den Bürgermeister intensiv und mir wurde bewusst, dass ich ihn noch nie so ernst erlebt hatte.

Herr Neumayer fuhr sich über seinen kahlen Kopf. „Bist das wirklich du, der aus dir spricht? Oder deine Gattin?“

„Jetzt hör auf damit. Ich kann schon für mich allein sprechen.“

„Ich habe nicht vor, die Gesetze zu übertreten, Freddy.“

„Du bist der Bürgermeister. Und du machst es schließlich für eine gute Sache“, entgegnete Herr Wellinger, als hätte er den Einwand nicht gehört.

„Für eine gute Sache? Oder für deine Sache, Freddy?", knurrte der Bürgermeister und drehte den Bierdeckel in seiner Hand, auf dessen Rückseite das viergeteilte Wappen Kirchbruchs abgebildet war. „Wir sind keine Götter, die einfach über die anderen hinwegentscheiden können. Nur weil du es so haben willst, ist es nicht automatisch in Ordnung."

„Sind wir keine Götter, Paul? Überleg doch mal, was das für ein Ort wäre, wenn es uns nicht gäbe. Wenn wir es den anderen überlassen hätten, die Entscheidungen zu treffen. Wo wären wir dann?" Herr Wellinger nahm noch einen tiefen Schluck von seinem Bier und fuhr sich mit dem Handrücken über den Mund. Seine tief liegenden Augen machten deutlich, dass er schon einiges getrunken haben musste, und auch der Bürgermeister wirkte, als wäre das nicht sein erstes Bier.

„Ich hätte das nicht für dich tun sollen."

„Fang jetzt nicht wieder damit an."

„Es war nicht richtig."

„Es war notwendig, und das reicht."

„Glaubst du an den Himmel?", fragte Herr Neumayer in dem Moment.

„Was ist denn das für eine Frage?", erwiderte Frederick Wellinger und zog die Stirn kraus. Er zögerte, bevor er antwortete. „An manchen Tagen glaube ich an den Himmel, an manchen nur an die Hölle", gab er zu und der Bürgermeister nickte langsam.

„Das, was wir mit der Gabi gemacht haben, das bringt uns in die Hölle", sagte der Neumayer und der Wellinger schluckte.

„Das glaube ich nicht", sagte er. „Und selbst wenn, werden wir es erst wissen, wenn wir dort sind. Das ist ja das Schwierige am Himmel und der Hölle: Es ist noch keiner zurückgekommen, um uns davon zu erzählen. Also bleiben wir vorerst einfach hier. Und betrinken uns, wie es sich von Zeit zu Zeit gehört."

„Das heißt, wir machen einfach so weiter? Und tun das, was wir für Ikarus *machen müssen? Wir tun, was gemacht werden muss", erklärte der Bürgermeister und lehnte sich auf seinem*

Stuhl zurück. Sein Blick blieb an dem Hirschgeweih an der Wand hängen und er schloss für einen Augenblick die Lider. Dabei wusste ich nicht, ob er sich konzentrierte oder einfach nur müde war. Dann rieb er sich über die Augen. „Gut. Wir ziehen die Sache durch. Aber du garantierst mir deine volle Unterstützung. Komme, was wolle.“

Herr Wellinger prostete dem Bürgermeister zu und ein verzerrtes Lächeln zog sich über sein Gesicht. „Komme, was wolle, ich bin dabei.“

Ich konzentrierte mich darauf, nicht sofort wieder in die Gegenwart zurückgeworfen zu werden, und ging behutsam zurück ins Zeitenfoyer. Diesmal begann sich die weiße Kammer nicht sofort wieder zu drehen und ich wandte mich erleichtert der linken Tür zu. Ich hatte es tatsächlich geschafft! Ich konnte das erste Mal auch durch die andere Tür gehen!

Auch in dieser Zukunft befanden sich Herr Wellinger und der Bürgermeister in dem Gasthaus, aber die Stimmung wirkte viel distanzierter als in der Szene zuvor.

„Ich werde das nicht für dich tun“, erklärte der Bürgermeister, der vor dem Wirtshaustisch stand.

„Komm, setz dich, Paul. Trink ein Bierchen mit mir und lass uns über alles reden.“

Herr Neumayer schüttelte den Kopf. „Wir können auch ohne Bierchen über alles reden, Freddy. Die Sache mit der Gabi bereitet mir schon genug schlaflose Nächte, ich werde so etwas nicht noch einmal tun.“

„Aber du bist der Bürgermeister! Du musst so etwas tun“, herrschte Herr Wellinger ihn an. „Du musst es für Kirchbruch tun!“

„Ich werde nicht gegen das Gesetz verstoßen und jemanden bestechen, nur damit du dein Hotel bauen kannst.“

„Aber die Investoren“, sagte Herr Wellinger und fuhr sich verzweifelt über die Stirn. „Sie werden ihr Geld zurückfordern. Das kannst du nicht tun. Du weißt, wie wichtig dieses Projekt für Kirchbruch ist.“

„Das weiß ich, aber wir werden einen anderen Weg finden müssen, Freddy. Denn den, den du willst, werde ich nicht mit dir gehen."

Kapitel 14

„Alles okay?“, wollte Rouven wissen, als ich wenig später in Brunos Bistro eintraf. Es waren nur eine Mutter mit ihrem Kleinkind sowie ein älteres Pärchen anwesend, die ein spätes Frühstück einnahmen – ansonsten war das Lokal leer.

„Ich weiß es nicht“, sagte ich und stellte mich zu Rouven hinter die Theke, um ihm leise von dem Gespräch mit dem Bürgermeister zu erzählen. Und von den Zukunftsvisionen, in der sich der Neumayer mit Rouvens Onkel in einem Wirtshaus treffen würde und den Anschein erweckte, als würden sie über unlautere Geschäftsmethoden diskutieren.

„Offenbar erklärt sich damit die Angst, die du bei meiner Tante gesehen hast. Es ging wahrscheinlich immer um die Hotelanlage und ihre Machenschaften diesbezüglich. Tante Helen scheint Sorge zu haben, dass ich etwas davon mitbekomme.“

„Ich hätte nicht gedacht, dass dein Onkel der Typ für so etwas ist“, sagte ich nachdenklich. „Was glaubst du denn, was sie mit dieser Gabi gemacht haben?“

„Keine Ahnung. Vielleicht ist sie über irgendwas gestolpert und sie haben sie erpresst, damit sie den Mund hält und verschwindet? Vielleicht haben sie ihr auch einfach nur Geld geboten“, meinte Rouven und ließ die Schultern fallen. „Ich kann es dir nicht sagen. Im Grunde kenne ich meinen Onkel und meine Tante kaum. Sie sind anständig zu mir, doch sie sind auch Geschäftsleute. Immerhin leiten sie ein kleines Weinimperium und würden dafür wahrscheinlich alles tun. Natürlich auch jemanden bestechen, wenn es notwendig ist – und auf dem Land ist Bestechung nicht unüblich. Was die Sache natürlich nicht besser macht. Nur hängt es nicht unbedingt mit *unserer Sache* zusammen.“ Rouvens Blick senkte sich.

„Was ist?“, fragte ich.

„Für einen kurzen Augenblick hatte ich überlegt, ob mein Onkel und meine Tante vielleicht etwas mit dem Tod meines Vaters zu tun haben könnten. Ob es das war, was du letztens bei ihr wahrgenommen hast."

„Ein hässlicher Gedanke, oder?"

„Natürlich. Aber ich hätte gern Gewissheit", sagte Rouven und zog mich an sich. Seufzend legte ich meinen Kopf auf seine Brust und genoss den Moment zwischen uns.

„Vom Fällen der Eiche war er überhaupt nicht begeistert", sagte ich dann. „Er hat etwas von Kulturerbe gesagt und gemeint, dass in einer Woche ein Spezialunternehmen kommt, das den Baum noch weiter sichern wird."

„Glaubst du, dass der Neumayer der Gedankenleser ist und die Eiche deswegen nicht fällen möchte?"

„Ich weiß es nicht. Ich weiß nur, dass wir von ihm definitiv keine Genehmigung bekommen werden."

„Dann tun wir es selbst", meinte Rouven.

„Wie?"

„Wir fällen die Eiche. Es ist zumindest besser, als nichts zu tun."

Ich sah Rouven schockiert an. „Du kannst doch nicht einfach die Eiche fällen."

„Warum nicht? Zumindest sitzen wir dann nicht einfach nur rum und warten darauf, dass der Gedankenleser uns für die Erfüllung seiner Ziele benutzt."

Auch wenn Rouven es nicht ansprach, wusste ich, dass er an die Todestüren und die Gefahr dachte, die von ihnen ausging. Dabei machte mir die Entschlossenheit in seinem Blick klar, dass er bereit war, alles zu unternehmen, um unser Schicksal zu verändern – selbst wenn es schon vorherbestimmt sein sollte.

Rouven strich mir eine Haarsträhne aus dem Gesicht. „Du kannst den Gedanken ja noch setzen lassen. Aber was hältst du in der Zwischenzeit davon, wenn wir die heutige Mittagspause nutzen, um gemeinsam zu trainieren? Immerhin sind wir die 13. Generation und wenn wir uns gemeinsam der Weissagung stellen sollten, macht es auch Sinn, dass wir gemeinsam trainieren, nicht wahr?“, fragte Rouven in diesem Moment und ich spürte die Vibrationen seiner Stimme in meinem ganzen Körper.

„Aber doch nicht jetzt, oder?“, fragte ich, weil Rouven mich so drängend ansah, obwohl ihm die Gäste schon ungeduldige Blicke zuwarfen.

„Es würde auch nicht lange dauern“, meinte er.

„Das ist ja verheißungsvoll“, sagte ich und brachte Rouven damit zum Grinsen. „Okay, in der Mittagspause.“

Die nächsten paar Stunden hielten Rouven und ich den Laden am Laufen. Als Bruno gegen eins schließlich gut gelaunt hereinschneite, machten Rouven und ich gleichzeitig Mittagspause und aßen eine Kleinigkeit, bevor wir Hand in Hand durch Kirchbruch schlenderten. Dabei erzählte ich ihm davon, wie schwierig es noch immer für mich war, Alexa kein Sterbenswort zu sagen, obwohl ich nun wusste, dass unser Vater noch lebte.

„Das verstehe ich“, meinte Rouven, als ich ihm mein Herz ausgeschüttet hatte. „Es ist gleich doppelt schwer, weil du sie bei einer Sache ausschließen musst, die euch beide betrifft. Wobei es richtig ist, das zu tun, weil du sie auf diese Weise auch beschützt.“

„Ich war noch nie gut darin, das Richtige zu tun“, murmelte ich leise und blieb stehen.

Rouven sah mich von der Seite an. „Wie meinst du das?“

Mit einem tiefen Seufzer fuhr ich mir durch meine langen Haare. „Seit ich klein war, sind die Menschen rings um mich gestorben“, erklärte ich und blickte zu Boden. „Es ist diese eine Sache, die meine Schwester und mich schon unser ganzes Leben lang begleitet. Und Alexa … Ich weiß auch nicht. Bei ihr hatte ich immer das Gefühl, dass es ihr leichter fiel, die veränderte Situation zu akzeptieren. Ich konnte das nie. Annehmen, was ist. Die Gegenwart akzeptieren. Das, was man tun sollte – ich war nie gut darin."

„Ich glaube, wenn jemand stirbt, den du geliebt hast …" Rouven brach ab und schüttelte den Kopf. „Ich kann mir nicht vorstellen, dass es irgendjemandem in so einer Situation leichtfällt, die veränderte Gegenwart zu akzeptieren."

„Wahrscheinlich hast du recht", sagte ich und setzte mich wieder in Bewegung.

„Hier?", fragte Rouven nach ein paar Minuten und blieb in einer schattigen Gasse stehen, die vollkommen ausgestorben wirkte. Natürlich hätten wir überall trainieren können, aber es gefiel mir, wenn wir ein bisschen Intimität genossen.

„Okay", erwiderte ich, woraufhin Rouven mir seine Hand gab. Dann legte er seine zweite auf sein Herz und ich schloss die Augen, während ich mich auf die Zukunft konzentrierte.

Im nächsten Moment spürte ich den vertrauten elektrischen Schlag, *bevor es ganz still um mich wurde. Als ich die Augen wieder aufschlug, standen wir noch immer knapp voreinander, doch diesmal befanden sich zwei Türen in der Hausmauer, die vorhin noch nicht da gewesen waren. Rouven streckte mir die Hand entgegen und ich sah einen violetten Funkenschauer in die Höhe stieben, als ich sie ergriff.*

„Gut, dann lass uns mal sehen, wozu wir gemeinsam imstande sind."

Ein wenig nervös folgte ich Rouven durch die dunkelrote Tür in seinen Zeitenraum. Kaum hatten wir ihn betreten, setzte sich die Kammer auch schon mit dem charakteristischen Knirschen in Bewegung und wurde innerhalb kürzester Zeit immer schneller.

„Lass dich ganz darauf ein!", rief Rouven mir zu, als rote Blitze an den weißen Wänden aufblitzten und sich bis zur Decke hin verästelten.

„Ich versuch's!", antwortete ich atemlos, während das elektrische Summen des Zeitenraumes immer lauter und wilder wurde. Die weißen Wände drehten sich inzwischen in einer solchen Geschwindigkeit um uns herum, dass die Konturen der

Blitze schon lange nicht mehr zu erkennen waren. Stattdessen schien rings um uns ein rotes Leuchten von den Wänden auszugehen und ich spürte Rouvens festen Händedruck, als er die Augen schloss und sich ganz dem Strom der Zeit hingab. Ich versuchte, dasselbe zu tun, aber ich hatte keine Ahnung, wo wir uns befanden. Dies war die Vergangenheit und obwohl Rouven mich mit sich nehmen konnte, hatte ich absolut keine Kontrolle über den Tag, den Monat oder das Jahr, in dem wir uns befanden.

„Oh mein Gott", stieß Rouven hervor, dessen rote Lichtgestalt von der summenden Energie ringsum hell strahlte. „Zu zweit kommen wir weiter zurück!"

In diesem Moment zischte der Zeitenraum und die Umdrehungen der Wände wurden langsamer, bis sie schließlich ganz anhielten. Vor uns zuckte eine einzelne rote Tür in die Höhe und blieb knisternd an der Wand vor uns stehen.

„Wow, das ist großartig", freute ich mich.

Das Gefühl einer ungeahnten Stärke kam in mir auf. Rouven und ich waren zusammen einfach besser.

„Wie weit sind wir gekommen?", fragte ich etwas leiser, als Rouven keine Anstalten machte, durch die Tür zu gehen.

„Sechzehn Jahre", flüsterte er und mir wurde kalt, als ich daran dachte, was vor sechzehn Jahren geschehen war. „Bist du bereit?"

Seine Frage traf mich unvorbereitet und ich musste mich erst mal sammeln, bevor ich nickte.

„Gut. Dann lass uns gehen", sagte Rouven und öffnete die rote Vergangenheitstür.

Kaum hatten wir die Schwelle übertreten, befanden wir uns auf einem Friedhof. Ich hatte ihn schon einmal in der Zukunftsvision von Dieter gesehen, als er einen Strauß Sonnenblumen zu einem schwarzen Grabstein getragen hatte.

Es war ein grauer Tag und der Regen prasselte auf uns nieder. Unweit von uns erkannte ich die Trauergemeinde, die sich mit ihren schwarzen Regenschirmen um ein offenes Grab versammelt hatte. Ein kleiner Junge klammerte sich um das Bein seiner Mutter. Er musste um die drei Jahre alt sein und ich schluckte, als ich sein trauriges Gesicht sah.

„Ist das …?“

Rouven, der neben mir stand, nickte. „Das ist die Beerdigung meines Vaters.“

Es versetzte mir einen Stich, den dreijährigen Rouven zu sehen, wie er den Kopf an seine Mutter schmiegte. Seine Lippen bebten, doch Gloria schien ihn gar nicht zu bemerken. Sie blickte starr auf das Grab und die Lebendigkeit war aus ihrem Gesicht gewichen, während sich ihre Tränen mit dem Regen vermischten. Neben Rouvens Mutter stand Frederick Wellinger mit seiner Ehefrau und einem kleinen Tristan, der mit seinen Fingern spielte und sich offensichtlich langweilte.

„Herr, du erforschst mich und kennst mich“, rezitierte der alte, dickliche Pfarrer aus der Bibel, die er offen in seinen Händen hielt. „Ich sitze oder stehe auf, so weißt du es; du verstehst meine Gedanken von ferne. Ich gehe oder liege, so bist du um mich und siehst alle meine Wege. Von allen Seiten umgibst du mich und hältst deine Hand über mir …“

„Diese Stelle habe ich schon damals nicht verstanden“, bemerkte Rouven schnaubend. „Wie kann jemand die Hand über jemanden halten und ihn dann einfach verschwinden lassen? Ich habe es nicht in meinen Kopf bekommen, wie der liebe Gott mir meinen Vater nehmen konnte, denn natürlich haben sie mir zuerst nichts über seinen Selbstmord erzählt. Sie haben gesagt, dass er einfach weg ist.“ Er schüttelte den Kopf. „Wie kann jemand einfach weg *sein?“*

„Es tut mir so leid“, sagte ich und nahm Rouvens Hand, während ich gleichzeitig ein schlechtes Gewissen bekam. Mein Vater war auch weg gewesen, doch jetzt war er wieder da.

„Bist du noch immer wütend auf deinen Vater, dass er euch so lange allein gelassen hat?“, fragte Rouven in dem Moment, während sein Blick auf seiner Mutter ruhte.

„Ja, irgendwie schon. Immerhin habe ich ihn all die Jahre

vermisst. Ich habe ihn betrauert, obwohl er gar nicht gestorben ist. Mein Kopf versteht, dass er es tun musste, aber mein Herz hinkt noch etwas hinterher.“

Der restliche Tag im Bistro verlief ohne besondere Vorkommnisse und als ich am späten Nachmittag im Büro der Stadtzeitung saß und das Portrait zu Herrn Neumayer schrieb, wanderten meine Gedanken wieder zu der Prophezeiung, der Eiche und dem Gedankenleser.

„Erde an Lizzy. Alles okay bei dir?“, wollte Betty wissen und schoss einen Bleistift in meine Richtung, der an meiner Schulter abprallte und auf den Boden fiel.

Ich hob den Bleistift auf und sah sie irritiert an. „Hast du den tatsächlich gerade auf mich geschossen?“

„100 Punkte“, erwiderte sie mit einem breiten Lächeln und strich sich eine blonde Strähne hinters Ohr.

„Wofür bekommst du 100 Punkte? Dafür, dass du mich getroffen hast?“

„Zum einen“, erklärte sie grinsend und lehnte sich auf ihrem Schreibtischstuhl zurück. „Zum anderen kannst du in deinem Widder-Horoskop nachlesen, dass du diese Woche ein gutes Angriffsziel bietest. Und was soll ich sagen? Ich hatte recht. Das stand übrigens auch in meinem Jungfrauen-Horoskop. Also, dass ich recht hatte.“ Sie schmunzelte. „Ich schreibe mir überhaupt gern schöne Dinge ins Horoskop.“

Ich lächelte gezwungen. „Und was hast du mir noch vorausgesagt?“

„Nun, Mars trifft sich mit Saturn in Konjunktion, Merkur wiederum mit Mars und Saturn im Quadrat, Lizzy. Du erlebst diese Woche viele Überraschungen und die Vergangenheit scheint dich einzuholen.“

Ich versuchte, Betty nicht zu zeigen, dass sie mit ihrem Horoskop ins Schwarze getroffen hatte.

„Du benötigst jetzt starke Nerven und viel Geduld. Doch ein Gefühl sagt mir, dass Geduld nicht unbedingt zu deinen

Stärken zählt, nicht wahr?“ Sie grinste breit und ich pfefferte den Bleistift zu ihr zurück. „Und Treffsicherheit anscheinend auch nicht“, lachte sie, als der Stift neben ihr zu Boden ging.

„Sag mal, Betty, darf ich dich was fragen?“

Sie lächelte. „War das schon die Frage?“

Ich schüttelte den Kopf.

„Na dann schieß los.“

„Du hast mir erzählt, dass meine Vorgängerin Gabi von heute auf morgen die Stadt verlassen hat“, sagte ich, weil mir die mögliche Zukunft vom Neumayer nicht ganz aus dem Kopf ging.

Betty nickte. „Und? Hast du das jetzt auch vor?“

„Nein, eigentlich nicht“, sagte ich, obwohl der Gedanke schon etwas für sich hatte. „Aber kam dir das damals nicht irgendwie seltsam vor?“

„Natürlich“, bestätigte Betty. „Es war mehr als seltsam und ich habe es auch nicht in den Sternen gesehen. Gabi hat sich Hals über Kopf in jemanden verliebt und ist einfach abgehauen – von heute auf morgen.“

Ein ungutes Gefühl befiel mich. „Hat sie sich danach je wieder gemeldet?“

Betty lehnte sich auf ihrem Stuhl zurück. „Ich habe eine Karte von den Malediven erhalten und ich habe mich ehrlich für sie gefreut. Du musst wissen, dass Gabi ein Lebemensch ist. Sie hat immer für den Moment gelebt. Sie hatte keine Kinder, keine Verpflichtungen und konnte einfach spontan sein.“ Sie machte eine Pause. „Obwohl ich ihr die Sache mit dem Typen nicht so richtig abgekauft habe.“

„Wieso nicht?“

„Ich hatte den Eindruck, dass sie irgendwie an Geld gekommen war, das aber nicht zugeben wollte. Auf einmal hatte sie schickere Sachen und trug teure Parfüms. Und dann hat sie von heute auf morgen gekündigt.“

„Weißt du noch, woran sie vorher gearbeitet hat?“, wollte ich wissen.

„Natürlich weiß ich das. Sie hat sich mit der neuen Hotelanlage beschäftigt. Sie wollte den Bau unbedingt verhindern und hat Harri überredet, darüber zu schreiben. Eigentlich komisch, ihr Artikel ist nie erschienen“, sagte Betty gedankenverloren, bevor sie aufstand und ihre Sachen zusammenpackte. „Aber genug der alten Geschichten. Ich denke, ich mache für heute Feierabend und werde meinen Abend mit einem hübschen Buch verbringen. Oder einer romantischen Liebesschnulze. Ich wünsch dir was.“

Sie winkte mir fröhlich zu und kurze Zeit später verabschiedete sich auch Kurt, bis nur noch Harri und ich im Büro blieben. Um am nächsten Tag weniger Stress zu haben, schrieb ich einen ersten Entwurf für das Neumayer-Portrait und erwähnte dabei auch kurz das Ikarus-Projekt. Danach recherchierte ich im Internet darüber, wie man am besten eine Eiche fällte. Rouvens Idee kam mir immer noch sehr absurd vor, aber ich wusste auch nicht, was wir sonst unternehmen konnten.

„Hallo, Lizzy“, riss Alexa mich irgendwann aus meinen Gedanken, als ich gerade nach den verschiedenen Möglichkeiten suchte, um so geräuschlos wie möglich einen Baum zu fällen.

„Hey, Alexa – was machst du denn hier?“

Meine Schwester lächelte mich an. „Ich wollte dich abholen.“

„Wieso – ist es schon so spät?“, fragte ich und sah auf die Uhr. Es war gerade mal halb sieben.

„Ich habe heute Abendessen gekocht und Dieter sitzt schon in den Startlöchern.“

Ich runzelte die Stirn. „Du hast gekocht?“

„Natürlich, ich kann schließlich kochen“, behauptete sie.

Lächeln zog ich eine Augenbraue hoch. „Ehrlich gesagt habe ich dich bisher sehr selten kochen gesehen. Tiefkühlpizza auftauchen ausgeschlossen.“

Alexa schnaubte leise. „Auch das ist eine Form des

Kochens, die man nicht unterschätzen sollte – aber ich habe mich heute wirklich bemüht. Ich habe aus dem Internet ein Rezept herausgesucht und einen Gemüseauflauf gemacht, der schon superlecker gerochen hat, als ich gegangen bin."

„Hoffentlich riecht er nicht verbrannt, wenn du zurückkommst."

Alexa verdrehte die Augen. „Wird es sicher nicht. Aber deine Zweifel an meinen Kochkünsten werden jetzt langsam echt beleidigend. Als Entschuldigung akzeptiere ich nur, dass du jetzt mitkommst und meinen Auflauf probierst." Sie schnappte sich meine Tasche und blickte mich auffordernd an.

Ich zögerte kurz, aber meine Schwester strahlte mich so dermaßen an, dass ich nicht Nein sagen konnte. Schnell druckte ich meine beiden Portrait-Entwürfe der Kandidaten aus und brachte sie Harri in sein Büro, bevor ich mich mit Alexa auf den Weg nach Hause machte.

„*Das Essen war keine Qual, doch es war ihr letztes Mahl*", sagte ich mit Grabesstimme, als wir das Büro der Stadtzeitung verließen.

Alexa schüttelte den Kopf. „Du wirst sicher nicht an meinen Kochkünsten sterben."

Ich lächelte sie von der Seite an. „*Sie gab den Kochkünsten ihren Segen, doch bezahlte sie letztendlich mit ihrem Leben.*"

„Sehr witzig", meinte Alexa grinsend, als wir die Straße entlangliefen. „Aber jetzt weiß ich endlich, was später auf deinem Stein stehen wird."

„Und was?", fragte ich vergnügt und genoss es, etwas Zeit mit meiner Schwester zu verbringen. Dabei schob ich alles andere einfach für einen Augenblick zur Seite.

„*Sie machte sich über ihre Schwester lustig und wurde dann selbst im Feuer knusprig.*"

„Das ist widerlich!", entfuhr es mir.

„Nein, DAS ist lustig", meinte Alexa und strich sich eine

rote Haarsträhne zurück, bevor sie mir von ihrem Tag erzählte und dabei wieder einmal von Dennis zu schwärmen begann. „Er ist einfach umwerfend“, erklärte sie seufzend, als wir unsere Hausauffahrt erreichten. „Habe ich schon erwähnt, dass er in zwei Wochen mit seiner Band auf Tour geht?“

„Das eine oder andere Mal“, sagte ich und kniff die Augen zusammen. „Sag mal, ist *er* der Grund, warum du kochen lernst? Mutierst du wegen ihm etwa zu einer Hausfrau? Muss ich mir Sorgen machen, dass du dich schon bald dafür entscheidest, in Kirchbruch zu bleiben und dein Dasein als Mutter von zwei Kindern zu fristen?“

„Genau. Du hast den Hund und die Servietten-Dekorationen vergessen, die zu meiner Hauptbeschäftigung werden. Ich meine, jetzt, wo Dieter uns quasi seinen Segen gegeben hat, könnte das durchaus passieren.“

„Dieter *duldet* Dennis. Das würde ich nicht als Segen bezeichnen“, bemerkte ich, als Alexa die Haustür aufschloss.

In der Diele roch es schon nach frisch gekochtem Essen und ich merkte, wie mein Magen zu knurren anfing. Rasch schlüpfte ich aus meinen Schuhen und ging gemeinsam mit Alexa direkt in die Küche, wo gerade Dieter stand und ein paar Tomaten schnitt.

„Machst du etwa einen Salat?“, fragte ich überrascht, als er die Tomaten in einer Schüssel mit Paprika, Gurken und Schafskäse vermischte.

Er hob den Kopf und sah mich mit seinen grauen Augen forschend an. „Warum nicht? Sehe ich nicht wie jemand aus, der einen Salat machen könnte?“

„Natürlich nicht. Also natürlich siehst du so aus, als ob du Salat machen könntest“, stammelte ich und bemerkte, wie Dieters Mundwinkel nach oben zuckten.

„Wie sieht denn jemand aus, der keinen Salat machen kann?“

„Eben nicht so wie du. Sondern alt und mürrisch“, mischte sich Alexa grinsend ein und bückte sich, um einen

Blick in den Ofen zu werfen. „Wolltest du den Auflauf nicht rausnehmen?“

„Es hat noch nicht geklingelt.“

„Aber es sieht schon ziemlich fertig aus“, meinte Alexa.

Dieter mischte Essig und Öl an und schnaubte. „Ich sehe auch schon ziemlich fertig aus, trotzdem hat mich noch keiner hier rausgenommen.“

„Würdest du denn gern aus Kirchbruch verschwinden?“, fragte Alexa lächelnd und ich glaubte sogar, dass er kurz zurücklächelte.

„Manchmal.“

Sie beugte sich zu ihm. „Alles andere wäre auch erschreckend.“

Wir lachten und ich mochte die Stimmung, die mittlerweile zwischen uns herrschte. Um mich nützlich zu machen, begann ich, den Tisch zu decken. Dabei fragte ich mich, wie Dieter und Alexa reagieren würden, wenn sie wüssten, dass unser Vater noch lebte. Was würden sie sagen? Und würden sie es überhaupt jemals erfahren?

Eins war mir klar: Ich würde meine Schwester diesbezüglich nicht ewig anlügen können. Ich wollte mein altes Leben zurück, in dem es zwar auch nicht super lief, aber in dem zumindest wesentlich mehr Normalität herrschte.

„So. Ich denke, wir können essen“, erklärte Alexa und stellte die dampfende Glasschale mit dem Auflauf auf zwei Tischuntersetzern ab. Dieter platzierte die silberne Schüssel mit dem Salat daneben und wir setzten uns, um gemeinsam zu Abend zu essen.

„Der Auflauf ist wirklich lecker“, lobte ich und spießte ein Stück überbackenen Brokkoli mit Karotte auf.

„Wirklich?“, fragte Alexa und wandte sich Dieter zu. Dabei kniff sie die Augen leicht zusammen und betrachtete ihn auffordernd.

„Was?“, fragte er und nahm einen kräftigen Schluck aus seiner Bierflasche.

„Na, wie schmeckt er dir?“
„Du hast doch Lizzy gehört.“
„Ja, aber Lizzy ist immer nett zu mir.“
Dieter verschluckte sich beinahe. „Und ich …?“
„Du bist ehrlich. Und dir ist die Meinung anderer egal. Also, wie schmeckt der Auflauf?“, fragte Alexa und es war ihrem Gesicht abzulesen, dass ihr Dieters Urteil wirklich etwas bedeutete. Gleichzeitig wirkte Dieter nachdenklich, als hätte Alexa einen wunden Punkt bei ihm angesprochen.
„Er ist zu versalzen“, murrte er nach einem Moment.
„Er ist was?“, entfuhr es Alexa. „Zu versalzen?“
„Und zu trocken.“
Alexa ließ ihre Gabel sinken und wirkte wirklich getroffen. Offenbar hatte sie sich mit dem Gericht sehr viel Mühe gegeben und ich konnte Dieters geschmackliche Bewertung nicht nachvollziehen. Was vielleicht daran lag, dass er im nächsten Moment grinste.
„Na sieh einer an. Ich kann also doch auch lügen.“ Der alte Mann grinste und freute sich sichtlich, Alexa reingelegt zu haben. Die Erleichterung in ihrem Gesicht war köstlich.
„Sehr witzig“, murrte sie, doch dann funkelten ihre Augen amüsiert. „Ich wusste gar nicht, dass du so ein Witzbold bist, Dieter.“
Er kratzte sich am Bart. „Nun – du weißt noch einiges nicht über mich.“
Unweigerlich musste ich an die Szene auf dem Friedhof denken, die ich in seiner möglichen Zukunft gesehen hatte.
Es stimmte, wir wussten so einiges nicht über ihn.

Kapitel 15

„Und er hat den Brokkoli wirklich versteckt?“, fragte Alexa Dieter, der nach dem Abendessen nickend in seinem alten Ohrensessel saß.

„Eure Großeltern haben die Dinger überall gefunden. Euer Vater hat damals behauptet, dass er keine kleinen Bäume essen würde.“

Alexa lachte neben mir auf der abgewetzten Couch und es war schön, sie entspannt zu sehen, während gleichzeitig das schlechte Gewissen an mir nagte.

Meine Schwester zog die Beine zu sich auf die Sitzfläche heran. „Ich mochte Brokkoli als Kind auch nie, aber Papa hat immer versucht, ihn mir schmackhaft zu machen. Dass er ihn selbst als Kind verabscheut hat, hat er nie erwähnt.“

Dieter nickte. „Doch, doch. Deine Großeltern haben sich später sogar einen Spaß daraus gemacht und zu Ostern Brokkoli versteckt.“

„Sie haben was?“

„Sie haben Brokkoli anstatt Ostereier versteckt. Gut, Marianne und Gerd hatten manchmal einen besonderen Sinn für Humor.“ Er hielt kurz inne. „Ich glaube, ich habe sogar ein Foto von diesem Osterfest.“ Dieter stand auf und schlurfte in sein Arbeitszimmer, um wenig später mit einem dicken grünen Fotobuch zurückzukommen.

Er blätterte darin und reichte es Alexa. Auf einem vergilbten Foto erkannten wir tatsächlich einen kleinen Jungen, der heroisch einen Brokkoli und einen Schokoladenosterhasen in die Höhe hielt.

„Das ist Papa“, meinte Alexa und strich mit ihrem Zeigefinger sanft über die Aufnahme. Der Anblick zerriss mir beinahe das Herz. Meine Schwester holte tief Luft und lächelte. „Er sieht sehr glücklich aus.“

„Er war auch sehr glücklich“, meinte Dieter und ließ sich

wieder auf seinen abgewetzten Ohrensessel sinken. „Er hat immer viel gelacht und ganz viel Quatsch gemacht. Ein aufgeweckter Junge."

Ich versuchte, diese Beschreibung mit dem Mann aus der Fischerhütte überein zu bekommen, aber zwischen diesen unbeschwerten Aufnahmen und dem untergetauchten Zeitenöffner lagen nicht nur Jahre, sondern gefühlt ganze Welten.

Alexa begann, in dem Fotobuch herumzublättern, und ich erkannte meine Großeltern und einen jungen Dieter, der Hand in Hand mit einem hübschen dunkelhaarigen Mädchen zu sehen war, das mir irgendwie bekannt vorkam. In dem Augenblick erinnerte ich mich wieder an meine erste Zukunftsvision mit Dieter und ich erkannte in ihr die Frau auf der Fotografie, die er aus seinem Portemonnaie gezogen hatte.

„Wer ist sie?", fragte ich interessiert und Alexa drehte das Fotobuch um, damit Dieter das Bild sehen konnte.

„Vroni", erklärte Dieter nach einem Moment und ich glaubte, ein leichtes Zittern in seiner Stimme zu hören, als er ihren Namen aussprach.

Alexa legte das Fotobuch wieder auf ihren Schoß und betrachtete das Foto intensiv. „Sie ist eine sehr schöne Frau."

„Ich habe das Gefühl, ihre Augen von irgendwoher zu kennen", sagte ich gedankenverloren, während ich die Fotografie betrachtete.

Dieter rieb sich über den Mund. „Du kennst ihren Enkel ziemlich gut. Er hat die Augen von seiner Großmutter geerbt."

„Rouven", hauchte ich und musste zugeben, dass Dieter recht hatte. Auch die hohen Wangenknochen und das dichte dunkle Haar schien er von seiner Großmutter zu haben.

„Und wo ist Vroni jetzt? Habt ihr noch Kontakt?", fragte Alexa grinsend, die keine Ahnung davon hatte, dass Veronika Selbstmord begangen hatte. Handelte es sich etwa um ihr

Grab, das Dieter in seiner Zukunftsvariante aufgesucht hatte?

„Sie ist unter der Erde. Hat sich selbst ertränkt."

Alexa wurde kreidebleich. „Oh mein Gott. Das tut mir leid."

Dieter stand auf und nahm das Fotobuch wieder an sich. „Muss dir nicht leidtun, es ist schon Jahre her."

„Was die Sache auch nicht besser macht", sagte Alexa und es war klar, dass sie auf den Tod unserer Eltern anspielte. Sie zog ihre Beine heran und umschlang sie mit den Armen. „Auch wenn etwas schon lange her ist, kann es noch immer sehr wehtun. Mama und Papa fehlen mir jeden Tag."

Dieter blickte Alexa an und nickte langsam. Seine Augen begannen zu glänzen und ich hatte den Eindruck, dass Alexa schon wieder einen Nerv bei ihm getroffen hatte. Trotz der anfänglichen Reibereien hatten es die beiden geschafft, eine Art Beziehung zueinander aufzubauen.

„Es ist nicht leicht, jemanden zu verlieren, den man liebt. Vroni war ein wunderbarer Mensch. Sie hatte einen scharfen Verstand und eine ebenso scharfe Zunge, aber sie wurde von Depressionen geplagt. Und diese Krankheit ist die Hölle auf Erden. Vroni hatte gute Tage, aber eben auch sehr schlechte." Er machte eine kurze Pause. „An einem guten Tag haben wir unsere Initialen in die Rückenlehne unserer Bank geschnitzt", flüsterte er und ich erinnerte mich plötzlich wieder an die Einkerbungen auf der Holzbank, auf der Rouven und ich uns geküsst hatten. Die Buchstaben G + A hatten für Gloria und Andreas gestanden – und V + D bedeutete offenbar … Vroni und Dieter.

„Was ist passiert?", fragte ich Dieter, da ich das Gefühl hatte, dass er darüber reden wollte.

Er schluckte schwer. „Die Krankheit hat gewonnen. An einem ihrer schlechten Tage …" Er zog tief die Luft ein. „Wenn ich es gewusst hätte, hätte ich es vielleicht verhindern können. Ich hätte da sein müssen …"

Dieter verstummte und wir ließen ihm die Zeit, die er

brauchte.

Nach einem langen Augenblick straffte er die Schultern. „Aber das ist jetzt auch egal, die Vergangenheit kann man nicht ändern“, murrte er und hielt das Fotobuch fest umklammert, als könnte er doch damit ein Stück von ihr zurückholen.

„Aber du bist nicht …?“, setzte Alexa an und biss sich sofort auf die Lippen. „Ich meine …“

Dieter zog die buschigen Augenbrauen zusammen. „Was meinst du?“

Meine Schwester rutschte unruhig auf ihrem Platz herum. Es war offensichtlich, dass sie ihre Frage gern wieder zurückgenommen hätte, doch jetzt war es zu spät. „Also du bist nicht Rouvens und Tristans … Großvater?“, fragte sie kleinlaut.

Dieter gab einen ächzenden Laut von sich und schüttelte den Kopf. „Vroni hat sich für den jungen Wellinger entschieden, der es nur auf ihr Vermögen abgesehen hatte. Von ihren Eltern hat Vroni die ganzen Weinberge geerbt, ohne die es kein Wellinger-Imperium gäbe. Aber der junge Wellinger war nicht blöd und hat Vroni mit seinem ganzen Charme umgarnt, bis sie ihn endlich geheiratet hat. Dagegen hatte ich junger Depp keine Chance und so musste ich mich mit ihrer Freundschaft begnügen.“

Die Geschichte war total traurig und ich verstand, dass Dieter auf diese Weise seine große Liebe verloren hatte.

„Aber warum hast du nicht um sie gekämpft?“, fragte Alexa, die schon immer ein Faible für Happy Ends gehabt hatte.

„Gekämpft? Ich? Ich war damals noch grün hinter den Ohren und hab mich nicht getraut, ihr meine Liebe zu gestehen.“

Dieters Ehrlichkeit überraschte mich und ich fragte mich, warum er sich uns gegenüber so offen verhielt. Lag es an Alexa? Lag es daran, dass er sonst niemanden zum Reden hatte? Oder dass er wusste, dass uns beiden der Verlust von geliebten Menschen durchaus bekannt war?

„Aber genug der alten Geschichten."

Alexa nickte. „Dürfen wir uns das Fotobuch trotzdem noch ansehen? Ich würde das Brokkoli-Bild gern noch einmal sehen."

„Natürlich", meinte Dieter und reichte Alexa das Buch, bevor er uns eine gute Nacht wünschte und in sein Schlafzimmer schlurfte.

„Bin ich zu weit gegangen?", flüsterte Alexa mir unsicher zu, sobald Dieter außer Hörweite war. „Habe ich ihm zu viele Fragen gestellt?"

„Er hätte deine Fragen nicht beantwortet, wenn er es nicht gewollt hätte", beruhigte ich sie. „Vielleicht wollte er auch endlich einmal darüber sprechen."

Sie nickte und dann blätterten wir gemeinsam durch das Fotobuch. Es waren einige Aufnahmen von unserem Vater zu sehen und jedes Mal, wenn Alexa einen sehnsüchtigen Blick auf eines der Bilder warf, fühlte ich mich noch ein wenig schlechter – weil ich es war, die sich regelmäßig mit unserem Vater traf.

Kapitel 16

Die nächsten Tage verbrachte ich damit, gemeinsam mit Rouven einen Plan für die Fällung der Eiche auszuarbeiten. Wir lernten alles über Fällschnitte und die Wahl des richtigen Werkzeuges, was das Internet hergab. Dabei durften wir natürlich – abgesehen von meinem Vater – niemanden einweihen, da jeder Mitwisser zu einer Gefahr werden konnte, indem er dem Gedankenleser unabsichtlich unseren Plan verriet. Zusätzlich arbeiteten wir weiterhin an der Entwicklung unserer Gaben. Dafür trafen sich Rouven und ich regelmäßig zum Trainieren, wobei wir nun erstaunlich rasch Fortschritte machten. Mein Vater ging davon aus, dass dies daran lag, dass wir die 13. Generation und dadurch besonders verbunden waren. Jeden Tag schien es leichter zu werden und Rouven war mittlerweile in der Lage, bereits 18 Jahre in die Vergangenheit zurückzureisen. Ich konnte inzwischen schon ziemlich gut zwischen verschiedenen Zukunftsszenarien wechseln, ohne aus dem Zeitenraum geworfen zu werden. Außerdem spürte ich immer exakter, in welcher Zeit ich mich befand, und konnte einen bestimmten Zeitpunkt teilweise sogar schon auf die Stunde genau ansteuern.

Damit niemand etwas von meinen zusätzlichen Beschäftigungen bemerkte, ging ich nach wie vor meinen beiden Jobs nach und fiel am Ende jeden Tages müde ins Bett. Alexa war glücklicherweise so mit ihrem Dennis und ihren Designarbeiten für das Bistro eingespannt, dass ihr meine permanente Abwesenheit nicht verdächtig vorkam – und auch Dieter werkelte seelenruhig in seinem Keller an meinem Arbeitstisch oder schnitzte an dem Ast der Eiche herum, sodass unsere Aktivitäten im Verborgenen blieben.

„Bist du auch nervös?", fragte ich Rouven leise, als schließlich die Nacht der geplanten Fällung gekommen war.

Es war bereits weit nach Mitternacht und der Stadtplatz lag völlig ausgestorben vor uns. Ich war an diesem Tag extra pünktlich zu Hause gewesen und hatte mich erst wieder aus dem Haus geschlichen, als Alexa und Dieter bereits schliefen.

„Ich versuche, nicht zu viel über alles nachzudenken", erwiderte Rouven ernst und fixierte dabei die mächtige Eiche vor uns. Sie streckte ihre Zweige majestätisch in den dunklen Nachthimmel und strahlte dabei so eine Würde aus, dass es mir fast wie ein Verbrechen vorkam, sie heimlich zu fällen. Allerdings musste ich nur an die Möglichkeit denken, dass der Gedankenleser seine Kraft irgendwie aus dem Baum bezog, um jegliche Zweifel im Keim zu ersticken.

„Okay. Dann lass uns loslegen", sagte Rouven und packte seine Axt fester. Er hatte sie gemeinsam mit unserer Zweimannsäge in Heiligbrunn besorgt. In den letzten Tagen waren wir immer wieder in ein einsames Waldstück gefahren, um unsere Fälltechnik zu perfektionieren. Nur mit reiner Muskelkraft einen Baum zu fällen, war eine schweißtreibende und langwierige Arbeit – doch da die Stadt in der Nacht so ruhig war, dass man sogar das Zirpen der Grillen hören konnte, war die Verwendung einer Motorsäge ausgeschlossen. Also hatten wir uns auf eine Methode besonnen, die schon vor Hunderten von Jahren funktioniert hatte – wobei ich mir Sorgen machte, dass die Eiche einfach zu groß war, um sie tatsächlich auf diese Weise zu fällen.

„Sag mir Bescheid, wenn du müde wirst", sagte Rouven zum wahrscheinlich fünfzigsten Mal, da er sich offenbar Sorgen machte, dass ich mich beim Sägen verletzen könnte.

„Ich werde aufpassen", versprach ich ihm und stellte mich auf die Zehenspitzen, um Rouven einen Kuss auf den Mund zu drücken. Ich wusste, dass es bei unserem Vorhaben vor allem darum ging, wie leise und präzise wir arbeiteten – wobei wir auch gleichzeitig unsere Umgebung im Auge behalten mussten, um sicherzustellen, dass sich kein Kirchbrucher unabsichtlich unter den fallenden Baum verirrte. Allerdings war der Stadtplatz in der Nacht für gewöhnlich so ausgestorben, dass es schon an ein Wunder gegrenzt hätte, wenn jemand nach Mitternacht hier spazieren gegangen wäre.

„Dann los“, sagte Rouven und nickte mir zu.

Gemeinsam huschten wir los und näherten uns leise dem mächtigen Stamm. Wir hatten die Position der Eiche intensiv studiert und einen exakten Plan entwickelt, in welche Richtung sie fallen musste. Tatsächlich hatten wir dabei nicht viel Auswahl, da rings um das Wahrzeichen Kirchbruchs noch weitere Bäume standen, auf die der dicke Stamm besser nicht stürzen sollte.

„Halte die Umgebung im Auge“, bat Rouven mich, als wir den dicken Stamm erreicht hatten.

Wir legten die lange Zweimannsäge auf dem Boden ab und Rouven umrundete die Eiche, um mit der Axt einen Keil in das Holz zu schlagen. Das war notwendig, um die Fallrichtung zu bestimmen. Erst danach konnten wir mit dem richtigen Fällen beginnen.

Schon beim ersten Schlag, den Rouven ausführte, zuckte ich zusammen. In der Stille der Nacht hallte der Axthieb in meinen Ohren unnatürlich laut über den Stadtplatz. Nervös machte ich ein paar Schritte von der Eiche weg und betrachtete die dunklen Häuserfassaden ringsum. Dabei betete ich, dass nirgendwo ein Licht angehen würde. Einige Bewohner Kirchbruchs hatten in der Nacht ihre Fenster geöffnet, wodurch die Axthiebe wahrscheinlich bis in ihre Schlafzimmer zu hören waren. Unruhig umrundete ich die Eiche. Ich wusste, dass noch viele weitere Axtschläge folgen würden, bis der Keil tief genug war, um den riesigen Baum in die richtige Richtung fallen zu lassen.

Rouven arbeitete präzise und schnell, dennoch kam es mir wie eine Ewigkeit vor, in der er sein Beil immer und immer wieder in die Kerbe schlug. Angespannt betrachtete ich die Tiefe der Spalte. Nicht mehr lange, dann hatte er es geschafft.

Kaum hatte ich das gedacht, ging in einem der Häuser neben dem Stadtplatz das Licht an. Nur wenige Augenblicke später wurde ein Fenster aufgerissen und Joseph streckte seinen Kopf heraus. „Was ist hier los?“, hörte ich den alten Mann keifen und duckte mich automatisch unter den ausladenden Zweigen der Eiche, als er mit einer Taschenlampe in unsere Richtung leuchtete. „Was macht ihr hier? Ich rufe die Polizei!“

Kaum hatte er das geschrien, gingen weitere Lichter in den Häusern ringsum an und ich spürte mein Herz bis in meinen Hals klopfen. Rouven ließ die Axt sinken und warf einen gehetzten Blick über die Schulter. Dann gab er mir das Zeichen für den Rückzug und ich rannte um die Eiche herum, um ihm zu helfen, die Zweimannsäge fortzuschleppen.

„Schnell“, raunte Rouven und wischte sich mit dem Unterarm den Schweiß von der Stirn. Hinter uns hörten wir Joseph noch immer lautstark mit der Polizei drohen und liefen so leise wie möglich mit der schweren Säge zurück zu dem Firmen-Pick-up, den Rouven sich heimlich von seinem Onkel geliehen hatte. Auf dem Weg dorthin begegneten wir zum Glück niemandem und ich fühlte, wie das Adrenalin durch meinen ganzen Körper rauschte, als ich auf den Beifahrersitz rutschte. Rouven stieg ebenfalls ein und gab Gas.

Die nächste Minute sagte keiner von uns ein Wort, doch sobald wir einen gewissen Sicherheitsabstand zwischen uns und den Stadtplatz gebracht hatten, spürte ich die Enttäuschung in jeder Zelle meines Körpers nachhallen.

Wir hatten versagt.

Wir waren schon beim ersten Versuch gescheitert – und das in einer Geschwindigkeit, dass ich mir nicht vorstellen konnte, dass wir die verdammte Eiche jemals würden fällen können.

„Wir müssen es noch mal versuchen“, sagte Rouven, der ein paar Querstraßen weiter in eine Seitengasse einbog. An ihrem Ende erhob sich eine dunkle Lagerhalle, vor der

Rouven den Wagen parkte. Ich ließ den Kopf gegen die Rückenlehne des Sitzes sinken und sah ihn von der Seite an.

„Ich weiß nicht, ob wir das nächste Mal erfolgreicher sein werden", erwiderte ich müde. „Joseph ist jetzt sicher in Alarmbereitschaft."

„Trotzdem ist aufgeben keine Option."

„Ich weiß", sagte ich.

„Denkst du, dass Joseph vielleicht der Gedankenleser ist? Dass er uns deswegen bemerkt hat?", fragte Rouven.

„Keine Ahnung", murmelte ich erschöpft. Es war kräftezehrend, in jedem Einwohner den potenziellen Feind zu vermuten, und ich hatte längst keine Lust mehr, in meinem Kopf durchzuspielen, welche Indizien dafür und welche dagegen sprachen.

„Du siehst müde aus", meinte Rouven schließlich. „Ich bring dich nach Hause. Vielleicht ergibt sich ja morgen Nacht noch eine Gelegenheit."

Ich nickte, als Rouven den Motor startete.

Ein paar Minuten später hielt er wieder in der Nähe des Stadtplatzes und ich verabschiedete mich mit einem Kuss von ihm. Dann machte ich mich auf den Weg nach Hause, wobei ich noch nie so dankbar gewesen war, Dieters Fenster allesamt dunkel vorzufinden.

In der nächsten Woche versuchten Rouven und ich noch drei Mal, die Eiche zu fällen. Doch egal, wann wir uns in der Nacht trafen, immer wieder wurde Joseph auf uns aufmerksam. Der alte Mann schien ein Gespür dafür zu besitzen, wann wir dem Baum zu nahe kamen. Ich wusste nicht, ob es daran lag, dass er etwas mit dem Gedankenleser zu tun hatte, oder ob er sich einfach nur gegen den Vandalismus in Kirchbruch einsetzte – jedenfalls kamen Rouven und ich zu dem Schluss, dass unser Unterfangen, die Eiche zu fällen, aussichtslos war.

Glücklicherweise interessierte sich außer Joseph sonst

niemand für unsere nächtlichen Aktivitäten, denn es gab ein Großereignis, das die Aufmerksamkeit auf sich zog und ganz Kirchbruch in Ausnamezustand versetzte. Die Bürgermeisterwahl stand unmittelbar bevor und schon morgen musste sich die Stadt entscheiden: Paul Neumayer oder Gitti Gruber. Ich hatte das Gefühl, dass der Ort noch verrückter wurde, als er ohnehin schon war. An jeder Häuserfassade hingen nun Wahlplakate, überall lagen Werbeflyer aus und die Kandidaten verteilten höchstpersönlich kleine Geschenke, um Stimmung für sich zu machen.

„Also – Paul oder Gitti?", fragte Alexa, als wir mit Dennis in der einzigen kleinen Eisdiele des Ortes saßen. Meine Schwester hatte darauf bestanden, dass wir uns zur Feier der Veröffentlichung meiner Portraits ein Eis gönnen sollten.

„Ich dachte, ich hätte mir schon meine Meinung gebildet, aber jetzt, wo ich dieses journalistische Meisterwerk lese und mehr über die Hintergründe der Kandidaten erfahre, muss ich meine Ansichten wohl überdenken." Dennis kratzte sich an seiner schiefen Nase und blätterte in den *Kirchbrucher Nachrichten*, bevor er mich angrinste. „Deine Schwester schwärmt mir schon den ganzen Tag davon vor."

Ich tauchte meinen Löffel in meinen Schokoeisbecher und zuckte mit den Schultern. „Dann sind wir wenigstens quitt."

„Wie meinst du das?"

„Na, sie schwärmt mir sonst immer von dir vor. Aua." Ich rieb mir über mein Schienbein. Alexa hatte mir unter dem Tisch einen Tritt verpasst.

„Schön, dass du ihm das gleich auf die Nase bindest."

„Ach ja?" Dennis hob auffordernd die Augenbraue und wandte sich meiner Schwester zu. „Alexa schwärmt also die ganze Zeit von mir? Was genau erzählt sie denn so? Ich bitte um ein paar Details", sagte er mit seiner kratzigen Stimme.

Alexa warf mir einen warnenden Blick zu, woraufhin ich schnell den Kopf schüttelte. „Sorry, Dennis – ein blauer Fleck auf meinem Bein reicht."

Dennis lehnte sich schmunzelnd auf seinem Stuhl zurück. „Aber mit einem zweiten auf dem anderen Bein sieht es vielleicht harmonischer aus."

„Guter Punkt. Aber Harmonie ist nicht so mein Ding", sagte ich und steckte mir noch einen Löffel Schokoeis in den Mund.

Alexa schlürfte an ihrem Eiskaffee und blickte mich über den Rand ihres Glases hinweg an. „Und woran arbeitest du jetzt, Lizzy? Nachdem deine großartigen Portraits veröffentlicht wurden?"

„Ich habe ein Infoblatt für die Sicherheitsmaßnahmen-Abstimmung vorbereitet. Harri wollte, dass sich die Bürger Kirchbruchs ganz neutral die Vor- und Nachteile ansehen können", erklärte ich und dachte kurz an Konstantin, der noch immer im Koma lag. Sein Zustand war nach wie vor unverändert und ich glaubte immer weniger daran, dass er einfach so wieder aufwachen würde.

„Klingt nicht besonders spannend. Wie wär's, wenn du stattdessen deine Schwester überzeugst, mich auf meine Tour zu begleiten?"

Alexa seufzte tief. „Das geht nicht, Dennis. Du weißt doch, dass ich nicht einfach alles stehen und liegen lassen kann, um mit euch zwei Wochen lang durchs Land zu ziehen."

Dennis lächelte verschmitzt. „Sicher? Dir ist aber schon klar, dass wir jede Menge Groupies haben, die nur davon träumen, mir nah genug zu kommen, um ein paar Worte mit mir zu wechseln? Oder auch etwas mehr als nur ein paar Worte?"

Meine Schwester gab Dennis einen leichten Klaps auf die Schulter und er zog sie grinsend an sich.

„Du bist doch mein bester Groupie", murmelte er dann in ihre roten Haare. Im nächsten Moment begannen die beiden, wild miteinander herumzuknutschen. Schnell hob ich die Hand.

„Hallo, ihr seid nicht allein. Ich kann das alles hier sehen – und habe dabei viel weniger Spaß als ihr."

Alexa löste sich seufzend von Dennis und ich musste grinsen. Auch wenn ich mich über ihre Zärtlichkeiten in der Öffentlichkeit beschwerte, war es schön, ein wenig unbeschwerte Zeit mit meiner Schwester und ihrem Freund zu verbringen.

„Gut, dass ich jemanden eingeladen habe, der dich ein wenig von uns ablenkt", meinte Dennis in dem Moment. „Und da kommt er auch schon wie aufs Stichwort." Er winkte durch die Fensterscheibe nach draußen.

Ich drehte mich um und erkannte Tristan, der in einem weißen Shirt und einer hellblauen Jeans über die Straße auf uns zu geschlendert kam. Als sich unsere Blicke trafen, lächelte er mich selbstbewusst an. Ich lächelte zaghaft zurück. Offenbar hatte er sich von der unerwarteten Teresa-Begegnung bei Dennis' Gig wieder erholt.

„Hey, wieso fragst du mich nicht, bevor du einen auf Kuppler machst?", wisperte Alexa und blicke Dennis vorwurfsvoll an.

„Hätte ich Tristan nicht erzählen soll, dass wir hier sind?", fragte Dennis und nahm einen Schluck von Alexas Eiskaffee. Dabei blickte er mich unschuldig an.

„Eigentlich wollte Rouven nachher noch vorbeischauen", murmelte ich, als auch schon Tristan neben mir auftauchte. Seine Sonnenbrille steckte ihm lässig in den dunkelblonden Haaren.

„Hallo zusammen." Tristans blaue Augen begegneten kurz meinen, bevor er Alexa begrüßte und mit Dennis einschlug. „Hey, Mann, alles okay?"

„Alles bestens", erwiderte Dennis und Tristan ließ sich neben mir auf einem der gepolsterten Hocker nieder. „Bis auf die Tatsache, dass meine Freundin mich nicht auf die Tour begleiten will."

Alexa atmete geräuschvoll aus. „Vielleicht komme ich nach.

Aber momentan muss ich noch einige Sachen fertig machen. Die neuen Menükarten für Brunos Bistro sind gerade bei der Druckerei und ich habe sonst auch noch ein paar kleinere Aufträge angenommen. Ich möchte die Leute nicht hängen lassen.“ Alexa streifte mich mit einem kurzen Blick und ich war mir sicher, dass das nicht alles war. Sie wollte auch mich nicht allein lassen.

„Ist sie nicht umwerfend? So pflichtbewusst“, bemerkte Dennis und drückte Alexa einen Kuss auf die Stirn. „Aber du setzt die falschen Prioritäten, Süße. *Ich* sollte deine Priorität sein.“

Alexa hob eine Augenbraue. „Damit du noch eingebildeter wirst?“

Tristan hob die Hand und bestellte einen großen Erdbeereisbecher. „Das geht doch gar nicht mehr.“

„Hey, pass auf, was du sagst“, drohte Dennis spielerisch. „Ich könnte dir wehtun.“

„Das glaube ich nicht“, grinste Tristan. „Aber apropos wehtun: Ich hab vorhin Mikes Vater getroffen. Mike behauptet nach wie vor, dass er ein totales Blackout hatte und Konstantin nie was antun würde. Auf alle Fälle sitzt er jetzt in Untersuchungshaft.“

„Pascal hat ja auch bald sein Verfahren“, warf Dennis ein. „Das wird dem Neumayer bei der Bürgermeisterwahl nicht gerade helfen, dass sein Sohn irgendwelche Leute über den Haufen fährt.“

Tristan schüttelte den Kopf. „Ich weiß, das war scheiße von Pascal, trotzdem sollte man das nicht dem Neumayer anlasten. Versteh mich nicht falsch, ich mag Gitti, aber wir brauchen jemanden, der überlegter handelt. Manche Entscheidungen sollte man nicht einfach aus dem Bauch heraus treffen.“ Er sah mich kurz an und ich hatte das Gefühl, dass wir nicht mehr über die Wahl des Bürgermeisters sprachen, sondern bei einem anderen Thema gelandet waren.

„Manchmal ist es aber auch gut, auf seinen Bauch zu

hören“, hielt ich dagegen.

Tristan hob eine Augenbraue. „Doch manchmal ist der Bauch auch verwirrt“, erklärte er.

„Manchmal hat er vielleicht einfach nur Hunger.“

„Mann, wie philosophisch“, lachte Dennis.

„Wie geht’s dir mit Rouven?“, fragte Tristan in dem Moment übergangslos und ich fühlte seinen intensiven Blick auf mir ruhen.

Ich schluckte. „Gut.“

Dennis lachte. „Das klingt ja nicht besonders überzeugend. Vielleicht hat sich Lizzy für die richtige Familie, aber den falschen Cousin entschieden“, feixte er und trommelte mit den Fingern auf den *Kirchbrucher Nachrichten* herum, die noch immer auf dem weißen Tisch vor ihm lagen.

In diesem Moment brachte die Kellnerin Tristan seinen Erdbeereisbecher, der wirklich lecker aussah und mit frischen Früchten garniert war. Tristan kostete sofort und ein genüsslicher Ausdruck legte sich auf sein Gesicht. „Aktuell glaubt Lizzy noch, dass sie Schokoeis gut findet“, wandte er sich an Dennis und spielte mit dem Löffel in seiner Hand. „Aber in Wirklichkeit ist dieses Erdbeereis viel köstlicher.“

„Hört, hört“, sagte Alexa. „Vielleicht möchte Lizzy aber nicht von dem Erdbeereis probieren? Vielleicht ist sie mit ihrem Schokoeis ganz zufrieden.“

„Nun, solange man nur Schokoeis probiert hat, glaubt man vielleicht, dass es das Beste ist, was man bekommen kann. Aber ich war schon immer ein Fan davon, seinen Horizont zu erweitern.“

„Wer soll seinen Horizont erweitern?“, ertönte in diesem Moment Rouvens tiefe Stimme hinter uns und ich schloss für einen Moment die Augen. Nach der letzten Begegnung bei Dennis’ Gig hatte ich wohl vergebens gehofft, dass sich die Stimmung zwischen den beiden wieder entspannte.

Tristan drehte sich augenblicklich zu Rouven um. „Lizzy sollte ihren Horizont erweitern. Aktuell scheint sie ziemlich … festgefahren zu sein."

Rouven zog eine dunkle Augenbraue hoch. „Ich bin mir sicher, Lizzys Horizont ist weit genug."

„Hört auf", sagte ich, da es mir nicht gefiel, in welche Richtung sich das Gespräch entwickelte.

„Wenn du von Horizont erweitern sprichst, hast du deinen Horizont in den letzten Jahren aber ziemlich *gut erweitert,* Tristan", bemerkte Dennis schmunzelnd.

Alexa stützte sich mit den Ellbogen auf der Tischplatte auf. „Hoffentlich willst du deinen Horizont auf deiner Tour nicht auch noch erweitern", sagte sie zu Dennis, der sofort den Kopf schüttelte.

„Mein Horizont ist schon erweitert", erklärte er. „Obwohl natürlich nicht so, wie der von Tristan."

Tristan warf eine Papierserviette auf Dennis und wandte sich dann wieder mir zu. „Ich finde, du könntest durchaus noch etwas Horizonterweiterung vertragen. Zum Beispiel, indem du einmal von dem Erdbeereis probierst. Es ist nicht ganz so düster und geheimnisvoll wie das Schokoeis, aber es wird dich mit seiner lebensbejahenden Art einfach glücklich machen."

„Das reicht jetzt", sagte Rouven und stellte sich neben mich. Sein verärgerter Gesichtsausdruck ließ ihn tatsächlich noch düsterer aussehen als sonst.

„Danke, Tristan. Aber ich bleibe gern bei meinem Schokoeis", erwiderte ich mit fester Stimme und hoffte, dass wir die Sache damit geklärt hatten.

Tristans Blick wurde kühler. „Klar. Vielleicht hätte Rouven besser ein Date mit dir ausmachen sollen, bei dem dann einfach ich auftauche? Vielleicht würdest du dann für Erdbeereis schwärmen."

Innerhalb eines Sekundenbruchteils hatte sich Rouven zwischen Tristan und mich geschoben. „Ich sagte, es reicht", wiederholte er kalt. „Lizzy hat sich entschieden. Nimm es wie ein Mann."

„Wie ein Mann?", wiederholte Tristan mit einem humorlosen Lachen und stand so ruckartig auf, dass sein Stuhl geräuschvoll über den Boden kratzte. „Das kommt gerade von dir?" Mit diesen Worten versetzte Tristan Rouven mit beiden Händen einen Stoß vor die Brust, der ihn ein wenig zurücktaumeln ließ. Sofort sprang ich in die Höhe, während Rouven eine aggressive Bewegung in Richtung seines Cousins machte.

„Aufhören!", rief ich und drängte mich zwischen die beiden. Dabei fixierte ich Tristan, dessen blaue Augen unversöhnlich auf Rouven gerichtet waren. „Ich habe mich nun mal für ihn entschieden, wann akzeptierst du das endlich?" Meine Worte fielen etwas schärfer aus als geplant, aber ich hatte es satt, dass Rouven und Tristan immer wieder aufeinander losgingen. Ohne seine Antwort abzuwarten, warf ich einen kurzen Blick auf meine Schwester. „Danke für das Eis, Alexa." Mit diesen Worten zog ich Rouven aus der Eisdiele.

Draußen schlug uns die gewohnte Hitze entgegen und der Geruch von frisch gebackenem Kuchen drang in meine Nase. Mein Blick schwenkte in Richtung Stadtplatz, wo Franzi gerade dabei war, gratis Kuchenstücke unter dem Motto „Gitti Gruber hat Biss" zu verteilen.

„Wow. Das war ganz schön hart", sagte Rouven und zog mich an sich, bis ich seine Muskeln durch das T-Shirt hindurch fühlen konnte.

„War es zu hart?", fragte ich und merkte, wie mich das schlechte Gewissen einholte, weil ich Tristan gegenüber nicht gerade feinfühlig aufgetreten war. Dabei hatte sein hartnäckiges Buhlen um mich möglicherweise mehr mit seiner Erfahrung mit Teresa zu tun als mit mir. Vielleicht ertrug Tristan es nicht, schon wieder gegen einen anderen Typen zu verlieren? Schließlich hatte er Teresa in England offenbar an diesen Duncan verloren, was ihm anscheinend noch immer zu schaffen machte.

„Es war ehrlich. Tristan muss endlich lernen, dass er nicht

alles haben kann“, meinte Rouven abfällig.

„Aber er ist dein Cousin“, murmelte ich. „Ihr solltet euch besser verstehen.“

„Ich würde mich besser mit ihm verstehen, wenn er endlich seine Finger von meiner Freundin lassen würde“, erwiderte Rouven und stockte im nächsten Moment.

Seine Worte ließen meine Gefühle ein Feuerwerk veranstalten.

„Bin ich das denn? Deine Freundin?“, fragte ich leise, woraufhin Rouven schief lächelte.

„Willst du es denn sein?“

Obwohl mein Herz ein riesengroßes Ja formte, wusste ich nicht sofort, was ich darauf sagen sollte.

„Das war eine Frage. Eine Antwort wäre schön“, meinte Rouven drängend und wirkte beinahe unsicher.

„Natürlich will ich deine Freundin sein“, flüsterte ich.

Rouven lächelte mich glücklich an und wollte mich gerade küssen, als uns in dem Moment Eva auf der Straße entgegenkam. Sie hatte einen Korb in der Hand und ihre blonden Haare wurden von einer frischen Brise aufgewirbelt. Ihr Blick wirkte seltsam abwesend und ich spürte, wie sich mein Herzschlag beschleunigte, als sie ihre Augen plötzlich direkt auf mich richtete und freundlich zu lächeln begann. Das alles geschah innerhalb eines Sekundenbruchteils, als hätte jemand ein Licht bei ihr angeschaltet.

„Hallo, ihr zwei. Uns sind die Erdbeeren schlecht geworden, ich fahre noch einmal schnell weg und hole neue. Seid ihr auf dem Weg ins Bistro?“

Rouven nickte und ich griff unwillkürlich nach seiner Hand, während ich in Evas Gesicht nach etwas Ungewöhnlichem suchte. Sie lächelte herzlich, doch ich hatte noch immer den Eindruck, dass sie vorhin nicht sie selbst gewesen war.

„Prima“, erwiderte Eva. „Ich habe heute Nachmittag noch ein paar Termine mit der Zaunbaufirma für unseren Bio-Garten und bin froh, wenn ihr Bruno unter die Arme greift.

Lasst euch aber bitte nicht von seiner schlechten Laune anstecken. Die Kaffeemaschine spinnt schon wieder und seit er sich beim Gemüseschneiden geschnitten hat, scheint er generell eine miese Stimmung zu haben."

Rouven hob eine Augenbraue. „Sind die Erdbeeren wirklich schlecht geworden oder willst du einfach nur früher weg, Eva?"

Sie zögerte einen winzigen Moment und ich merkte, wie mein Körper sofort mit einer Gänsehaut reagierte. Im nächsten Augenblick nahm ihr Gesicht einen schelmischen Ausdruck an. „Sagen wir so: Manchmal ergibt es sich, dass ich eine wichtige Besorgung zu erledigen habe." Sie zwinkerte uns beiden zu. „Und gerade ist das glücklicherweise der Fall."

Kapitel 17

„Ist dir Evas Verhalten gerade eben auch seltsam vorgekommen?“, fragte ich Rouven, nachdem Brunos Frau sich von uns verabschiedet hatte.

„Eigentlich nicht“, erwiderte er. „Dir etwa?“

„Ich weiß nicht“, murmelte ich und warf einen Blick über die Schulter. „Für einen Moment hatte ich das Gefühl, dass sie eventuell *gelenkt worden sein könnte.*“ Meine letzten Worte flüsterte ich und Rouven runzelte die Stirn, bevor er ebenfalls einen Blick zurückwarf.

„Oder sie hat selbst jemanden gelenkt“, sagte Rouven. „Aber manchmal starren Leute auch einfach so ins Nichts. Es fällt schwer, nicht in jedem den Gedankenleser zu vermuten, oder?“

Ich nickte. „Heute früh hatte ich das Gefühl, dass Dieter auch diesen glasigen Blick bekommen hat. Es war nur ein Moment und er hat schnell wieder weggesehen, aber es ist einfach furchtbar, wenn man schon überall das Böse vermutet.“

Rouven griff nach meiner Hand. „Ich weiß. Daher müssen wir uns, wie du gesagt hast, auf das Wesentliche konzentrieren. Was hältst du davon, wenn wir heute noch einmal versuchen, gemeinsam in die Vergangenheit zu gehen?“, flüsterte er mir dann zu.

„Okay“, flüsterte ich zurück und atmete tief durch, bevor wir zusammen das Bistro betraten, das heute proppenvoll war. Offenbar hatte der Mittagstisch ganz Kirchbruch angezogen und wir kamen kaum hinterher, die Teller mit der Lasagne zu servieren.

Erst am Nachmittag wurde es etwas ruhiger und Gitti tauchte mit ihren Mädels im Lokal auf. Franzi und Elli setzten sich schon auf ihren Lieblingsplatz in der Ecke, während Gitti mit einem Stapel Flyer auf Bruno zukam, der gerade mit Rouven an der Theke stand und etwas in seinem Notizbuch notierte.

Gitti legte ihm einen Stapel Flyer auf den Tresen und lächelte die beiden Herren charmant an. „Ihr legt die doch hier für mich aus, oder, Schätzchen?"

Bruno setzte kurz seine Kappe ab und wischte sich über die Stirn. „Gitti, du weißt, dass ich das nicht machen kann. Das habe ich dir gestern schon gesagt, und auch schon vorgestern."

„Aber wieso nicht? Wir wissen doch beide, dass du mich wählen wirst."

Ich stellte mein Tablett mit den leeren Gläsern ab und griff nach einem Flyer, auf dem mir Gitti entgegenlächelte. „*Gitti Gruber für ein sicheres Kirchbruch*", stand darauf geschrieben.

Bruno setzte sich seine Kappe wieder auf. „Du weißt, dass ich gegen deinen Sicherheitsfanatismus bin."

„Sicherheitsfanatismus? Wie sich das schon anhört", stöhnte Gitti. „Ich glaube nur, dass wir ein paar gute Maßnahmen benötigen. Mehr nicht. Ich will schließlich keine Festung aus Kirchbruch machen."

„Ach nein?"

Gitti runzelte die Stirn. „Natürlich nicht. Ich tue nur das, was notwendig ist – weil ich offenbar die Einzige bin, die den Mumm hat, dem Neumayer gegenüberzutreten."

Bruno grunzte. „Und das tust du nicht, weil du Bürgermeisterin werden willst? Weil du auch mal am Steuer der Macht sitzen möchtest?"

Gitti schnaubte. „Glaub mir, Bruno, ich hätte zehn Mal lieber so ein schnuckeliges Bistro wie du, um den Leuten den ganzen Tag Kaffee und Kuchen zu servieren. Aber ich bin hier aufgewachsen und hab nun mal das Gefühl, dass ich eine gewisse Verantwortung für die Stadt trage."

„Verantwortung hin oder her, die Flyer können hier trotzdem nicht ausliegen", brummte Bruno über die Schulter, bevor er sich wieder auf den Weg in die Küche machte.

Gitti blickte ihm kopfschüttelnd hinterher. „Du könntest ruhig ein bisschen entgegenkommender sein!", rief sie ihm hinterher. Dann wandte sie sich an Rouven und mich. „Egal, ich werde schon ein anderes Plätzchen für meine Schätzchen finden", meinte sie entschlossen.

„Mit Sicherheit", erwiderte Rouven und warf mir einen nicht minder entschlossenen Blick zu. Dabei hob er leicht die Augenbrauen und mir wurde klar, dass er die Gelegenheit nutzen und *jetzt gleich* probieren wollte, einen Blick in Gittis Vergangenheit zu werfen. Schließlich wartete er darauf schon seit dem Tag, an dem er erfahren hatte, dass Gitti den Leichnam seines Vaters am See gefunden hatte.

„Zeig mal her", sagte Rouven und die rundliche Dame streckte ihm den Flyer entgegen. Auch ich griff danach und die kurze gemeinsame Berührung reichte, dass uns ein Ruck aus der Gegenwart zog *und wir uns einen Wimpernschlag später in der Stille wiederfanden.*

„Und du bist sicher, dass du es bei Gitti versuchen willst?", fragte ich unsicher und hatte das Gefühl, dass mir die Begegnung mit Eva noch immer nachhing. Das Gefühl, nicht zu wissen, wer unser Feind war, setzte mir zu und ich musste plötzlich wieder daran denken, dass auch Gitti in der Kirche gewesen war und sich den versteckten Raum angesehen hatte. Warum hatte sie das getan? War es nur reines Interesse gewesen oder hatte sie das Kirchenregister entfernt?

Rouven nickte. „Ja, ich bin sicher. Immerhin sind wir schon beim Fällen der Eiche gescheitert. Das ist vielleicht unsere Chance, trotzdem einen Schritt weiterzukommen."

Ich richtete meinen Blick auf die dunkelrote Tür hinter Gitti und nickte. „Okay, lass es uns tun."

Rouven nahm meine Hand und gemeinsam traten wir in Gittis Zeitenraum. Ich spürte die entschiedene Konzentration, die von seinem Energiekörper ausging, als sich die Wände zu drehen begannen und er sich ganz und gar auf den Strom der Zeit einließ. Irgendwann hob er die Hand und die weiße Kammer kam zischend zum Stehen. Ich bewunderte Rouven dafür, so präzise zu einem bestimmten Zeitpunkt in der Vergangenheit springen zu können.

„Endlich“, sagte er und drückte meine Hand, bevor er mit mir durch die Tür ging. Sofort veränderten sich die Lichtverhältnisse und wir traten in hellen Sonnenschein. Leises Vogelgezwitscher war zu hören und ich spürte einen sanften Wind auf meinem Gesicht, der durch die Baumkronen fuhr. Wir befanden uns an einem See und ich erkannte jenen Ort wieder, an dem wir Rouven, Tristan und seine Freunde zum Grillen getroffen hatten. Doch natürlich waren wir nicht allein hier und ich bemerkte eine jüngere Gitti, die ein viel zu enges Sportdress trug und mit ihren Nordic-Walking-Stöcken am Rand des Ufers stehen geblieben war. Sie hatte eine Hand vor den Mund gehoben und starrte fassungslos auf eine leblose Gestalt, die am Boden lag. Rouven und ich näherten uns dem dunkelblonden Mann und obwohl ich froh war, dass wir es geschafft hatten, hierherzukommen, war ich mir nun nicht mehr sicher, ob es klug gewesen war. Rouven wollte sich schon so lange diesen Teil der Vergangenheit ansehen, doch was würde es mit ihm machen?

Angespannt drückte ich die Finger von Rouvens Energiekörper und ging mit ihm ein paar Schritte um Gitti herum, bis wir die leblose Gestalt besser erkennen konnten. Obwohl ich bisher nur ein Foto von Rouvens Vater gesehen hatte, war es eindeutig Andreas Wellinger. Ein dunkelroter Fleck eingetrockneten Blutes prangte auf seiner Schläfe und in seiner rechten Hand hielt er eine Pistole. Es war das erste Mal, dass ich eine Leiche sah, und ich blickte zu Rouven hoch, der völlig schockiert wirkte. Er starrte auf den Brief, der am Boden lag und den sich auch Gitti näher ansah.

Der Abschiedsbrief trug das Wappen von Kirchbruch und eine einzige Zeile war auf dem Papier festgehalten worden:

Ich konnte nicht mehr. Verzeiht mir.

Ich schluckte, als ich diese Zeile las, und wollte Rouven am liebsten in den Arm nehmen, als es uns im nächsten Moment wieder zurück in die Gegenwart zog.

„Na, na, ihr Lieben, ich habe genug Flyer für alle", sagte Gitti und lächelte uns an. Dann drückte sie mir einen der bunten Zettel in die Hand. „Falls ihr noch mehr wollt oder Bruno seine Meinung ändern sollte, gebt mir Bescheid." Sie strich sich eine dunkle Haarlocke aus der Stirn und gesellte sich dann zu Franzi und Elli an ihren Lieblingsplatz am Fenster.

Rouven starrte noch immer ins Nichts und der Ausdruck in seinen Augen brach mir beinahe das Herz.

„Komm", sagte ich und zog ihn in eine kleine Nische neben der Vorratskammer, in der uns keiner hören konnte. „Alles okay?"

Rouven fuhr sich mit beiden Händen durch seine Haare. „Ja, alles okay."

„Wirklich?"

Er machte einen komplett verlorenen Eindruck und für einen kurzen Moment wünschte ich, dass wir diese Vergangenheit nicht gesehen hätten. Würde er den Anblick seines toten Vaters jemals wieder aus seinem Kopf bekommen?

„Ja, wirklich. Es ist nur …" Er schluckte. „Gib mir einen Moment."

„Klar. Soll ich gehen?", fragte ich leise.

Er schüttelte den Kopf. „Nein, bleib bei mir."

Ich nickte und Rouven zog mich an sich. Für ein paar Minuten standen wir einfach nur so da und ich drückte meinen Kopf an seine Brust. Dabei hörte ich den kräftigen Schlag seines Herzens.

„Es tut weh, ihn so zu sehen", erklärte Rouven irgendwann und wiederholte abwesend die Abschiedszeilen seines Vaters. „*Ich konnte nicht mehr. Verzeiht mir.*"

Ich wusste nicht, was ich sagen sollte.

Rouven rieb sich über die Augen. „Ich hatte mir mehr erhofft."

„Ich weiß", sagte ich und drückte seine Hand. „Du hast

gehofft, dass dir der Abschiedsbrief weiterhelfen wird."

„Ja, aber das tut er nicht. Ich kenne die Handschrift meines Vaters und auf den ersten Blick sieht sie wie seine aus. Und jetzt? Ich kann noch immer nicht glauben, dass er sich umgebracht hat. Ich weiß, was Dieter dir erzählt hat, aber ich habe meinen Vater erlebt. Er war nicht depressiv wie meine Großmutter."

„Dann lass uns überlegen, was wir sonst noch gesehen haben. Was ist mit dem Briefpapier?"

„Was soll damit sein?"

„Nun, woher hatte er es? Es trug das Wappen Kirchbruchs, es sah teuer aus", sagte ich und rief mir das Bild des Wappens in Erinnerung.

Ein Blitz. Eine Kirche. Eine Weinrebe. Ein Baum.

Plötzlich fiel es mir wie Schuppen von den Augen. „Das Wappen", hauchte ich.

Rouven runzelte die Stirn. „Ja, was ist mit dem Wappen?"

„Seine vier Bestandteile. Blitz, Kirche, Weinrebe und Baum. Warum fällt mir das erst jetzt auf? Die Prophezeiung, Rouven, die Prophezeiung!" Ich fühlte, wie mich eine ungeheure Aufregung erfasste, und ich musste aufpassen, nicht zu laut zu werden. Gleichzeitig sah ich, wie auch bei Rouven der Groschen fiel.

„Den ersten Hinweis haben wir auf dem Tagebuch mit dem Blitz gefunden, den anderen in der Kirche", sagte er.

„Und die nächsten beiden haben mit der Weinrebe und dem Baum zu tun. Louis hat das Wappen Kirchbruchs benutzt, um an diesen Orten die Verse des Vierzeilers zu verstecken", sagte ich und fühlte, wie mein Herz wild gegen meinen Brustkorb trommelte.

Rouven nickte. „Okay, aber wo sollen wir suchen? Ich meine, Konstantin hat doch bereits die Eiche unter die Lupe genommen und mir ist bisher auch nichts Verdächtiges an ihr aufgefallen."

„Vielleicht gibt es noch einen anderen Baum?", mutmaßte

ich.

„Und die Weinrebe? Glaubst du, dass wir auf dem Weingut meines Onkels etwas finden?“

„Vielleicht. Einen Versuch ist es zumindest wert“, sagte ich, als plötzlich die Erinnerung an ein altes Weinfass in meinem Kopf auftauchte. „Das Fass vom Weinfest … dieses Fass mit der Plakette.“

„Du meinst das älteste Fass von Kirchbruch?“

Ich nickte und spürte, wie mein ganzer Körper vor Nervosität zu kribbeln anfing. „Ich kann mich erinnern, dass etwas darin eingeritzt ist. Und ich wette, dass es ein Teil der Prophezeiung ist.“

Kapitel 18

Da der Andrang im Bistro auch am Nachmittag nur langsam schwächer wurde, dauerte es noch ein paar Stunden, bis Rouven und ich endlich zum Gutshof von Gittis Vater aufbrechen konnten. Der alte Gruber, wie er in Kirchbruch gemeinhin genannt wurde, lebte ein Stück außerhalb des Dorfes auf einem riesigen Vierkanthof und hatte sich am Telefon bereiterklärt, uns das alte Weinfass – ein Familienerbstück, wie er stolz erklärte – heute Abend noch zu zeigen.

„Bereit?“, fragte Rouven, als ich hinter ihm auf sein schwarzes Motorrad kletterte und die Arme um seinen Bauch legte.

„Ehrlich gesagt bin ich echt ein wenig nervös“, gab ich zu und senkte automatisch meine Stimme, als ich den Blick eines schlanken dunkelhaarigen Mannes mit ausgeprägten Geheimratsecken auffing. Obwohl er sich auf der anderen Straßenseite des Bistros befand und somit weit genug weg war, um unser Gespräch nicht mit anhören zu können, hatte ich plötzlich ein ungutes Gefühl. Hatte ich ihn schon einmal gesehen? Konnte er womöglich der Gedankenleser sein? Oder war es naiv, im Gedankenleser automatisch einen Mann zu vermuten? Vielleicht war es ja auch jemand wie Gitti, Elli oder Franzi?

„Hey. Nur weil du dich die nächsten zehn Minuten an mich schmiegen darfst, musst du doch nicht nervös sein“, bemerkte Rouven mit einem schiefen Grinsen über die Schulter.

Trotz meines kurzen Anfalls von Paranoia musste ich schmunzeln. „Idiot.“

„Klingt so, als wärst du schon deutlich weniger nervös.“

Ich verdrehte die Augen und rutschte noch ein Stück näher zu ihm. „Lass uns einfach fahren.“

Er klappte amüsiert das Visier seines Motorradhelms hinunter und startete seine Maschine. Der Mann auf der anderen Straßenseite war stehen geblieben und beugte sich gerade hinunter, um sich sein Schuhband zuzubinden. Nach wie vor rief sein Anblick ein Gefühl der Unruhe in mir hervor und ich war froh, als Rouven Gas gab und uns von dem Typen und meinen verrücktspielenden Gedanken fortbrachte.

Während der nächsten paar Minuten versuchte ich, mich zu beruhigen. Die letzten Monate und Wochen waren unglaublich aufwühlend gewesen: Tante Margrets Tod, der Umzug nach Kirchbruch sowie die Tatsache, dass unser Vater noch lebte, und die Entdeckung meiner Gabe hatten ihre Spuren bei mir hinterlassen. Immerhin kämpften wir gegen einen Feind, der im Kopf jeder einzelnen Person stecken konnte – und obwohl ich versuchte, mich davon nicht verrückt machen zu lassen, gelang mir das manchmal besser und manchmal schlechter.

Das Einzige, was mir dabei half, nicht völlig den Verstand zu verlieren, war Rouven. Seine Nähe tat gerade unglaublich gut und ich schmiegte mich automatisch noch näher an ihn, als er sich auf der freien Landstraße in eine Kurve legte und der Vierkanthof von Gittis Vater in Sicht kam. Doch mit dem kurzen Gefühl des Friedens war es sofort wieder vorbei, als ich die dicken Rauchwolken sah, die von dem Gut aufstiegen.

„Oh nein", schrie ich gegen den Fahrtwind und krallte mich automatisch in Rouvens T-Shirt fest. „Was ist da passiert?"

„Keine Ahnung", rief er zurück und beschleunigte seine Maschine, bis wir in einem Wahnsinnstempo auf den Bauernhof zu jagten. Tausend Gedanken ratterten durch mein Gehirn und ich betete, dass es sich bei dem Feuer um keinen richtigen Brand handelte, sondern um eine kontrollierte Angelegenheit wie ein Lagerfeuer oder etwas

Ähnliches. Doch je näher wir kamen, desto klarer wurde mir, dass es nicht so war.

„Wir müssen die Feuerwehr rufen!", schrie ich, als Rouven auf den breiten Hof fuhr und sein Motorrad schlitternd neben einem roten Smart zum Stehen brachte. Ein hölzerner Schuppen neben dem Haupthaus brannte lichterloh und von der nahe gelegenen Koppel war das panische Wiehern von Pferden zu hören.

„Papa, was machst du denn?!", hörte ich Gitti kreischen und erst jetzt entdeckte ich sie und den alten Bauern, der mit einer brennenden Fackel in der Hand hinter dem Schuppen hervorkam und sich mit glasigem Blick auf das nächstgelegene Wirtschaftsgebäude zubewegte. Gitti versuchte ihn aufzuhalten und zerrte an seiner Schulter, doch der alte Mann war kräftiger, als er aussah.

„Bleib hier!", rief Rouven und rannte zu Gittis Vater. Nach einem kurzen Gerangel schaffte er es, ihm die Fackel abzunehmen. Ich zog in der Zwischenzeit mit fliegenden Fingern mein Handy aus der Tasche und tippte die Nummer der Feuerwehr, um so schnell wie möglich Hilfe zu holen.

„Rouven, Gott sei Dank, hilf mir!", brüllte Gitti unter Tränen, während sie noch immer versuchte, ihren Vater aufzuhalten. Ihr Gesicht war rußverschmiert und ihre braunen Locken klebten ihr völlig verschwitzt im Nacken.

Gittis Hilferuf vermischte sich mit dem Schreien der Kühe auf der Weide und der beißende Qualm des Feuers stank so bestialisch, dass ich das Gefühl hatte, keine Luft mehr zu bekommen. Hustend drehte ich mich zur Seite und gab der Feuerwehr rasch den Ort des Brandes durch, bevor ich zu Rouven lief, um ihm zu helfen.

Gittis Vater stand nun teilnahmslos neben dem brennenden Schuppen, während Rouven die Flammen auf dem Boden austrat.

Ich rannte zu der völlig aufgelösten Gitti und zog sie von dem Feuer weg. „Sind noch Tiere in dem Gebäude?", schrie ich gegen das Fauchen der Flammen an, aber sie schüttelte nur den Kopf.

„Keine Tiere, aber unser verdammtes Familienerbstück, das alte Fass!“, keuchte sie und Tränen rannen ihr über die schmutzigen Wangen. „Wieso hat er das getan? Papa, was ist nur in dich gefahren?!“

In diesem Moment hörte ich aus der Ferne leises Sirenengeheul und betete, dass die Feuerwehr schnell genug hier sein würde, um den Brand einzudämmen, bevor er möglicherweise noch auf andere Gebäude übergriff. Rouven hatte inzwischen den Bauern an den Schultern gepackt und ebenfalls von dem Schuppen weggezogen, von dem eine solche Hitze ausging, dass meine Wangen brannten.

„Oh nein … Was ist passiert?“, rief Gittis Vater plötzlich mit überschnappender Stimme und Gitti schüttelte nur den Kopf, sodass ihre dunklen Locken hin und her flogen.

„Ich weiß es nicht, Papa. Ich wollte dir nur deine Medikamente bringen und da hast du begonnen, alles abzufackeln.“

Ich blickte über die Weide und hatte den Eindruck, eine dunkle Gestalt hinter den Bäumen davonhuschen zu sehen. Trotz der infernalischen Hitze, die von dem brennenden Haus ausging, wurde mir innerlich kalt und ich wusste, dass dies kein Zufall gewesen war. Mit schnellen Schritten rannte ich in die Richtung.

„Lizzy, was machst du?“, hörte ich Rouven hinter mir rufen, doch ich hatte keine Zeit zu verlieren. Mein Herz schlug kräftig gegen meine Brust und ich preschte über die Weide, so schnell ich konnte. Wenn ich nur eine Chance hatte, den Gedankenleser zu sehen, einen Blick auf ihn zu erhaschen – dann musste ich diese Chance nutzen. Vielleicht hatte ich jetzt die Möglichkeit, dem allen hier ein Ende zu bereiten. Mir war es egal, ob er mächtig war, mir war es egal, ob er sich für den König hielt – ich wollte endlich dem Mann gegenübertreten, der meine Mutter auf dem Gewissen hatte.

Der mein Leben auf den Kopf gestellt und meinen Vater dazu gezwungen hatte, unterzutauchen und Alexa und mich allein zu lassen.

Der Schweiß rann mir über das Gesicht und mein Atem ging stoßweise, als ich endlich die Baumgrenze erreichte. Schnaufend sah ich mich zwischen den Bäumen um, aber von der Person war weit und breit nichts zu sehen.

„Lizzy, was ist denn los?!", rief Rouven, der mir offenbar nachgelaufen war.

„Ich habe jemanden gesehen", erklärte ich und rang nach Luft. „Er war hier."

„Bist du sicher, dass er es war?"

Ich nickte. „Ja, das bin ich."

„Das war eine Botschaft", erklärte mein Vater, als Rouven und ich uns zwei Stunden später mit ihm auf einer abgelegenen Wiese trafen. Nach dem Chaos und dem Gestank der meterhohen schwarzen Rauchwolke auf dem Gruber-Hof war die abendliche Idylle, die von der hügeligen Landschaft ringsum ausging, beinahe schon unwirklich.

Rouven und ich waren noch so lange auf dem Vierkanthof geblieben, bis die Feuerwehr den Brand gelöscht und ein Übergreifen auf die anderen Gebäude verhindert hatte. Ungefähr genauso lange hatte es gedauert, bis Gitti dem alten Gruber klargemacht hatte, dass er es selbst gewesen war, der das Feuer gelegt hatte. Danach hatte Gitti schnell wieder ihre alte Fassung zurückerlangt und sich bei Rouven und mir mehrmals bedankt.

„Ich sehe das genau wie du", sagte Rouven zu meinem Vater und verschränkte die Arme vor der Brust. „Der Gedankenleser möchte nicht, dass wir die Prophezeiung kennen."

„Also könnte uns die Prophezeiung helfen", warf ich ein und strich mir erschöpft eine klebrige Haarsträhne aus dem Gesicht. Es ärgerte mich, dass ich den Gedankenleser nicht früher entdeckt hatte, und ich spürte noch immer den Rauch in meiner Kehle brennen. Zum Glück hatte sich keiner von uns eine Rauchvergiftung eingefangen. Um sicherzustellen, dass es uns gut ging, waren Rouven und ich vor unserer Abfahrt auch noch von einem Arzt durchgecheckt worden.

„Verdammt, er war uns schon wieder einen Schritt voraus“, murmelte mein Vater und tigerte auf der sattgrünen Wiese auf und ab. Seitdem er die abgelegene Fischerhütte als Rückzugsort aufgegeben hatte, hatte er sich ein kleines Zimmer in einer schäbigen Pension gemietet. Um der Besitzerin nicht aufzufallen, hatte er jedoch entschieden, uns hier draußen zu treffen.

„Selbst wenn er uns einen Schritt voraus ist, hat er eine Sache vielleicht nicht bedacht“, bemerkte Rouven düster und fuhr sich durch die Haare.

„Und was?“, wollte ich wissen und fühlte eine gewisse Nervosität in mir aufsteigen. „Dass wir Gitti nach dem Spruch fragen könnten?“ Der Gedanke war mir kurz gekommen, aber in der ganzen Aufregung war es mir nicht richtig erschienen – weil ich auch nicht wusste, ob der Gedankenleser Gittis Gedanken vielleicht auch irgendwie beeinflusst hatte.

Rouven blickte mich intensiv an. „Nein, das meinte ich nicht. Der Gedankenleser hat nicht bedacht, dass *du* das Fass bereits gesehen hast.“

Ich schluckte und das Gesicht meines Vaters hellte sich augenblicklich auf. „Das ist es, Rouven, das ist es!“

„Oh mein Gott“, sagte ich und wurde von dem aufgeregten Funkeln in Rouvens Augen angesteckt. „Wieso ist mir das nicht gleich eingefallen? Wir können uns die Inschrift in meiner Vergangenheit ansehen und hätten gar nicht zum echten Weinfass fahren müssen.“

„So ist es“, bestätigte Rouven und ich lachte befreit auf, obwohl ich ihn in diesem Moment am liebsten geküsst hätte.

„Das ist eine großartige Idee“, murmelte mein Vater und ich hatte zum ersten Mal an diesem Tag das Gefühl, dass sich die tiefen Sorgenfalten auf seiner Stirn ein wenig glätteten. „Versucht es gleich."

Ich schloss die Augen und legte meine Hand auf mein Herz. Dabei versuchte ich, meinen hämmernden Herzschlag zu beruhigen und meine Gedanken auf die Zukunft zu richten, während der Wind über meine Haut strich. Im nächsten Augenblick fühlte ich, wie sich meine Gabe zuverlässig entfaltete.

Erleichtert trat ich aus meinem Körper heraus und lächelte Rouven an, der seine rote Lichtgestalt ebenfalls aus seinem erstarrten Ich löste.

„Wir sollten keine Zeit verlieren", sagte Rouven und griff entschlossen nach meiner Hand, bevor er mit mir durch die rote Tür in den Zeitenraum ging.

„Und?", fragte mein Vater, kaum dass wir wieder in der Gegenwart gelandet waren. „Habt ihr es geschafft?"

Ich blinzelte in die Sonne und brauchte einen Augenblick, um mich wieder im Hier und Jetzt zurechtzufinden, doch die Worte der Inschrift auf dem Weinfass hatten sich unweigerlich in meinen Geist gebrannt.

„*Und beide Ströme der Zeit, verbunden durch die größte Kraft, vereinen ihre Gaben*", sagten Rouven und ich gleichzeitig. Da sich das Weinfest erst vor wenigen Wochen zugetragen hatte, war es Rouven nicht schwergefallen, den Zeitenraum an die richtige Stelle zu drehen – vor allem da ich mich noch genau an den Moment erinnern konnte, als ich das alte Weinfass zum ersten Mal gesehen hatte. Es war damals sogar von einem rosafarbenen Spot angeleuchtet worden, weshalb es ein Kinderspiel gewesen war, die Inschrift in meiner Vergangenheitsszene zu entziffern.

„Fantastisch. Das heißt, wir haben inzwischen drei Verse von Nostradamus' Vorhersagen", murmelte mein Vater erregt und ich ging die drei Zeilen im Geiste noch einmal durch.

Das heilige Tor erhebt sich vor dem großen König, lässt alle erzittern vor seiner dunklen Macht.

Die Drei werden sich gegenübertreten, um ihr Schicksal zu vollenden, wo alles begann, wo der König seine Kraft bezieht.

Und beide Ströme der Zeit, verbunden durch die größte Kraft, vereinen ihre Gaben.

„Beide Ströme der Zeit", wiederholte ich nachdenklich. „Denkst du, damit sind wir gemeint?"

„Ich kann es mir gut vorstellen", erwiderte Rouven. „Wobei mir nicht ganz klar ist, was der Rest bedeutet. Heißt es, dass wir unsere Gaben beim Eintritt der Prophezeiung vereinen müssen?"

„Vielleicht", murmelte mein Vater, während mir die restliche Formulierung durch den Kopf ging.

Verbunden durch die größte Kraft – ging es hier vielleicht um unsere Gefühle? Der Gedanke war mir vor meinem Vater irgendwie unangenehm. Oder war damit doch unsere Zeitenöffner-Fähigkeit gemeint? Und war es das, was der Gedankenleser wollte – dass wir unsere Gaben vereinten?

„Ich kann mir noch keinen Reim darauf machen", gab mein Vater zu. „Wahrscheinlich erklärt die vierte Zeile den ganzen Vers."

Ich atmete tief durch und blickte in den wolkenlosen Himmel. Es frustrierte mich, dass wir trotz der drei gefundenen Prophezeiungszeilen noch immer nicht verstanden, was der Gedankenleser von uns wollte. Ging es um das heilige Tor? Wollte er das erschaffen? Aber wozu? Und was konnte es? Und warum brauchte er die verdammte Eiche dafür?

Rouven fuhr sich über sein abgekämpftes Gesicht. „Es ist echt beschissen, dass wir den Mistkerl heute nicht erwischt haben."

Plötzlich fühlte ich, wie mich eine gewisse Aufregung

erfasste. „Aber was ist, wenn wir ihn doch erwischen können?“, fragte ich und spürte, wie mein Herz immer schneller schlug. Ich hatte keine Ahnung, warum wir bislang nicht auf diese Idee gekommen waren. „Wenn wir ihn uns nicht heute, sondern *im Gestern* ansehen?“

„Du willst in die Vergangenheit gehen? Und wohin?“, meinte Rouven und beugte sich etwas nach vorn. Dabei fiel ihm eine schwarze Haarsträhne in die Stirn.

Ich wandte mich meinem Vater zu. „Du hast doch gesagt, dass die Kraft des Gedankenlesers nur 113 Schritte weit reicht.“

Mein Vater nickte. „Ja, schon. Aber 113 Schritte sind eine ganz schöne Reichweite, wenn man sich zu verstecken weiß.“

„Wie wäre es denn bei Mamas Unfall gewesen?“, murmelte ich. „Ich meine, hätte es gereicht, wenn der Gedankenleser Mama, bevor sie losgefahren ist, den Gedanken eingeimpft hätte, später auf der Landstraße einen Unfall zu bauen? Reicht seine Kraft so weit?“

Mein Vater zögerte und es fiel ihm sichtlich noch immer schwer, über den Unfall zu reden. „Ich hatte immer die These, dass er ihr mit dem Auto nachgefahren ist, um eine passende Stelle zu finden, die seinen Mord nach einem normalen Unfall aussehen lässt – um nicht zu viel Aufsehen zu erregen.“ Er atmete tief ein. „Ihr müsstet also durch Unmengen von Zeitenräumen jedes Mal dreizehn Jahre in die Vergangenheit reisen, um die ganze Bevölkerung Kirchbruchs zu überprüfen, ob irgendjemand am Tod deiner Mutter schuld ist. Das ist erstens schlimmer, als die Nadel im Heuhaufen zu finden – und zweitens furchtbar anstrengend, da es sich um eine so weite Strecke handelt. Wenn ihr das zwei- oder dreimal am Tag macht, seid ihr wahrscheinlich so fertig, dass ihr eure Gabe eventuell für ein paar Stunden gar nicht mehr hervorrufen könnt.“

Rouven runzelte die Stirn. „Und was ist, wenn wir gar nicht so weit in die Vergangenheit reisen müssen? Was ist denn mit heute Nachmittag?“

„Wie meinst du das?“

„Nun ja, wir könnten doch die Bewohner Kirchbruchs überprüfen, um zu sehen, wer sich heute Nachmittag bei den Bäumen bei dem Hof aufgehalten hat.“

Mein Vater rieb sich über die Stirn. „Das ist grundsätzlich kein schlechter Einfall – aber was macht ihr, wenn es nur irgendein Passant war, der gar nichts mit der Sache zu tun hatte?“

„Das glaube ich nicht“, widersprach ich. „Ich meine, der Gedankenleser muss doch irgendwo in der Nähe gewesen sein. Ich habe gespürt, dass er es war.“ Ich stockte. „Du glaubst doch nicht etwa, dass Gitti dahintersteckt und uns nur etwas vorgespielt hat?“

„Der Gedankenleser ist zu allem fähig, vergiss das nicht.“

Mir kam eine Idee. „Okay – aber was ist, wenn wir uns einfach den Nachmittag ansehen, als der Gedankenleser direkt mit dir Kontakt aufgenommen hat? Er muss damals irgendwo an einem Laptop oder Smartphone gesessen und seine Worte eingetippt haben.“

Rouven nickte. „Das ist genial, Lizzy.“

Das Gesicht meines Vaters hellte sich auf. „Das könnte echt klappen! Es ist natürlich eine Mörderarbeit, alle Bürger von Kirchbruch zu überprüfen, aber es ist nicht unmöglich.“

„Und es ist es wert“, sagte ich, da mich die Aussicht, endlich die Identität des Gedankenlesers aufdecken zu können, beflügelte.

„Die morgige Bürgermeisterwahl bietet sich perfekt an“, erklärte Rouven. „Immerhin können wir dort unauffällig viele Leute treffen.“

Kapitel 19

Als ich mich am Abend unserer Zimmertür näherte, hörte ich dahinter seltsam erstickte Geräusche und fühlte, wie mein Herz einen schmerzhaften Satz machte. Die Geräusche klangen nach Alexa und meine Angst um sie schnürte mir den Brustkorb zusammen. Hastig drückte ich die Klinke hinunter und stolperte in das Zimmer hinein, das vollständig im Dunkeln lag.

„Alexa?“, presste ich hervor und merkte selbst, dass meine Stimme schrill vor Angst klang. Dabei schlug ich auf den Lichtschalter und sah, wie sich meine Schwester erschrocken im Bett aufsetzte, bevor sie mit rot geränderten Augen in die ungewohnte Helligkeit blinzelte.

„Oh Gott, bitte dreh das Licht ab, das ist ja megapeinlich“, schniefte sie, während sie sich die Decke über den Kopf zog und mich eine seltsame Mischung aus Erleichterung und Verständnislosigkeit erfüllte.

„Was ist denn los? Wieso weinst du?“, fragte ich, drehte aber gehorsam das Licht wieder ab. Dabei war ich unendlich froh, dass es offenbar nichts Schlimmes war.

„Ich weine nicht“, flüsterte Alexa und ich ließ meine Tasche auf den Boden gleiten, bevor ich mit ein paar schnellen Schritten bei ihr war und mich neben sie aufs Bett setzte, das unter meinem Gewicht ganz furchtbar quietschte.

„Okay. Und wieso liegst du dann so unglaublich glücklich im Bett, dass dir die Freudentränen über die Wangen laufen?“, fragte ich und strich ihr sanft eine feuchte Haarsträhne aus dem Gesicht.

Sie verdrehte die Augen und musste gleichzeitig lachen und schluchzen, was sich ziemlich schräg anhörte. „Du stinkst total nach Rauch.“

„Und du lenkst ab.“

„Hast du etwa angefangen, zu rauchen? Damit du auf

deinen Grabstein schreiben kannst: *Sie war eine ganz Nette, doch sie zog zu oft an der Zigarette*?"

Ich atmete tief ein. „Was ist los, Alexa?"

„Dennis ist fort", nuschelte sie nach einem Moment und vergrub das Gesicht in den Händen. „Oh Gott, ich fasse es nicht, dass ich deswegen heule. Du darfst das nie, nie, nie jemandem erzählen."

„Was meinst du mit fort?", fragte ich vorsichtig. „Habt ihr euch …?"

„Nein – natürlich nicht", entgegnete Alexa sofort. „Er ist nur auf Tour. Ich hab gedacht, dass mir das nichts ausmacht, aber ich vermisse ihn jetzt schon so sehr, dass ich mich den ganzen Abend im Bett verkrochen habe."

Da ich nicht wusste, was ich darauf sagen sollte, beschränkte ich mich darauf, ihre Hand zu nehmen.

„Morgens gab er ihr seine Nummer, abends kam sie um vor Kummer", murmelte sie kopfschüttelnd.

„Sie unterschätzte wohl die Schmerzen von ihrem stark gebroch'nen Herzen", konterte ich und zog ein Taschentuch aus meiner Jeans, mit dem sich Alexa lautstark die Nase putzte.

„Nein, Lizzy, ehrlich – so bin ich doch nicht", meinte sie kopfschüttelnd.

„Ich denke, dass du dir eingestehen solltest, dass du bei Dennis schon *so* bist", erwiderte ich sanft. „Was wäre denn so schlimm daran?"

„Dass ich heule, nur weil er mit seiner Band auf Tour geht?" Sie schnaubte. „Das ist lächerlich. Nein, es ist schlimmer als lächerlich. Es ist erbärmlich."

„Ich finde es weder erbärmlich noch lächerlich."

„Würdest du … Was würdest du sagen …" Alexa machte eine Pause und atmete tief ein. „Wenn ich ihm hinterherfahren würde? Ich meine, ich könnte eine Woche oder so mit ihm mitreisen und dann meine ganzen Arbeiten hier noch erledigen, oder? Oder findest du das total blöd?"

Ihre Stimme klang viel unsicherer als sonst und ich überlegte einen Moment, bevor ich langsam den Kopf schüttelte. „Nein, Alexa, das würde ich überhaupt nicht blöd finden."

„Ehrlich nicht?"

„Ehrlich nicht", erwiderte ich und fühlte mein Herz schneller klopfen. Wenn Rouven und ich vielleicht morgen – oder auch die Tage danach – dem Gedankenleser auf die Spur kamen, war es besser, wenn Alexa sich nicht in der Gefahrenzone befand. „Wenn du mich fragst, solltest du auf dein Herz hören und Dennis folgen. Und das am besten so schnell wie möglich."

Am nächsten Morgen begleitete ich Alexa zum Busbahnhof, bevor ich mich mit Rouven traf. Da meine Schwester volljährig war, hatte Dieter widerstrebend eingewilligt, sie Dennis hinterherreisen zu lassen. Dabei war er jedoch nicht müde geworden, zu erwähnen, dass der alte Wolf ein Halunke war, der seine verdorbenen Gene wahrscheinlich an Dennis weitervererbt hatte.

„Es ist besser so", sagte ich zu Rouven.

„Das habe ich dir bereits beim ersten Mal geglaubt", meinte er und legte seinen Arm um meine Schultern, als wir auf dem Weg zum Gemeindesaal waren. Abgesehen von uns war gefühlt noch halb Kirchbruch unterwegs. Die Leute steuerten in kleinen Gruppen auf das einzige Wahllokal der Stadt zu und unterhielten sich dabei ausgelassen. Trotz des Feuers auf dem Hof ihres Vaters hatte Gitti darauf bestanden, die Wahl abzuhalten. Sie rechtfertigte ihre Entscheidung damit, dass es nun notwendiger wäre denn je, eine Bürgermeisterin zu haben, die sich auch um die alten Leute kümmerte und den Kampf gegen die Demenz antrat.

„Es wird Alexa schon gut gehen", flüsterte Rouven mir ins Ohr und ich nickte.

Die Sonne stand hoch am wolkenlosen Himmel und es

war wieder einmal ein wunderschöner Sommertag, auch wenn es sich nicht danach anfühlte.

„Zumindest kann ihr bei Dennis nichts passieren." Bei der Vorstellung, dem Gedankenleser heute einen Schritt näher zu kommen, begann mein Herz schneller zu schlagen. Dabei fragte ich mich, wie es sein würde, ihm zu begegnen.

Wer war er? Kannten wir ihn überhaupt? War es ein Mann oder eine Frau? Und wie würde er oder sie reagieren, wenn wir ihn oder sie durch unsere Methode tatsächlich aufspüren würden?

„Hallo, Lizzy", begrüßte Franzi mich, die gerade aus dem Wahllokal kam und dabei ihre Augen beschattete. „Ein herrliches Wetter, oder? Das perfekte Wetter für die richtige Wahl und eine sonnige Entscheidung." Gittis hübsche Freundin mit den kinnlangen weißen Haaren lächelte uns an. „Ihr kommt später sicher zum Bürgermeisterfest, oder? Dann können wir auf Gittis Wahlerfolg anstoßen, die hat ja den Schock von gestern zum Glück gut verdaut. Ihr wart auch dort, habe ich gehört?"

Wir nickten und Franzi strich sich über ihr knielanges Kleid mit den weißen und roten Punkten, das wirklich hübsch an ihr aussah. „Um Gitti aufzumuntern, habe ich mir fürs heutige Bürgermeisterfest ein paar besondere Butterkreationen überlegt. Ihr werdet Augen machen."

„Wow, das hört sich vielversprechend an." Ich warf Rouven einen kurzen Seitenblick zu, bevor ich mich bückte und so tat, als würde ich etwas aufheben. „Ist das dein Schlüssel, Franzi?", fragte ich und streckte ihr meine Hand mit meinem eigenen Schlüssel entgegen. In dem Moment zuckte auch Rouvens Arm nach vorn und wir schafften es, Franzi im selben Moment zu berühren. Ein enormer Ruck zog uns aus der Gegenwart und ich fühlte die elektrische Energie am ganzen Körper, als ich nur einen Sekundenbruchteil später in der Stille landete.

Rouven und ich lösten uns aus unseren erstarrten Körpern.

„Bist du dir sicher, dass du genau den Moment ansteuern kannst, in dem der Gedankenleser mit uns kommuniziert hat? Immerhin waren es nicht mehr als ein paar Minuten“, bemerkte ich nervös.

Rouvens dunkelrot schimmernde Lichtgestalt nickte entschlossen. „Klar, mir ist es ja letztens auch gelungen.“ Dabei legte sich ein ernster Ausdruck über seine Züge und ich griff nach seiner Hand, als mir bewusst wurde, dass er damit Gittis Erinnerung an seinen toten Vater am See meinte. Ich bewunderte Rouven dafür, wie gefasst er mit der Situation umging, auch wenn es ihn offensichtlich nach wie vor beschäftigte. Aber aktuell hatte die Suche nach dem Gedankenleser eindeutig Priorität.

„Also – wollen wir?“, fragte er angespannt.

„Klar“, antwortete ich, woraufhin wir gemeinsam durch Franzis rote Tür ins Zeitenfoyer schritten.

„Alles okay?“, fragte Rouven, als sich die Kammer rings um uns zu drehen begann.

„Ja, eigentlich schon.“

Er runzelte die Stirn. „Warum nur eigentlich?“

Ich atmete tief ein. „Was ist, wenn Franzi tatsächlich die Gedankenleserin ist? Wenn sie letztens nicht zufällig in der Kirche war und uns bei ihren Kaffeekränzchen mit Gitti und Elli immer ausgekundschaftet hat? Möglicherweise ist es aber auch Gitti und kein Zufall, dass ihre Familie im Besitz des alten Weinfasses war? Ich weiß, das alles klingt irgendwie absurd – aber genauso absurd klingt es doch bei jedem anderen in der Stadt, den wir kennen.“

„Ich weiß, was du meinst. Leider müssen wir davon ausgehen, dass wir den Gedankenleser kennen, immerhin hat er uns immer im Auge behalten.“

Ich nickte. „Okay, lass uns herausfinden, wer er ist.“ Und wer er nicht ist, *fügte ich innerlich hinzu, als Rouven sich auf die richtige Zeit konzentrierte und wir ein paar Augenblicke später durch die rote Tür in die Vergangenheit traten.*

Franzi stand gerade hinter der Theke und wandte sich dem

einzigen Gast in der kleinen Bäckerei zu. „Was willst du?"

„Na, wie immer", murrte Joseph.

„Ah, und du bist auch so freundlich wie immer", erwiderte sie lächelnd. „Schön, dass es dir wieder besser geht. Du hast ja wirklich Glück im Unglück gehabt."

„Glück?", murmelte der Alte und grunzte. „Ich musste tagelang den Krankenhausfraß über mich ergehen lassen. Das ist kein Glück."

„Na, immerhin lebst du noch", sagte Franzi und holte mit einem silbernen Kuchenheber zwei Stück Erdbeertorte aus der Vitrine. „Weißt du denn schon, was mit dem Pascal passiert?"

„Seine verdiente Strafe soll der Rotzbengel bekommen. Ich hätte auch sterben können."

„Zum Glück bist du das ja nicht."

„Jaja, das Glück", seufzte Joseph. „Mein Anwalt sagt, dass ich Schmerzensgeld bekomme."

„Hast du denn Schmerzen?"

„Ich möchte gar nicht mehr über die Straße gehen, Franzi. Nicht, dass mich der nächste Depp wirklich ins Grab bringt", murmelte der Alte und im nächsten Augenblick fühlte ich den Sog, der Rouven und mich wieder in die Gegenwart brachte.

„Das ist meiner, danke", sagte Rouven schnell und nahm mir meinen Schlüssel ab, bevor wir uns von Franzi verabschiedeten und die Tür zum Gemeindesaal aufdrückten.

Drinnen herrschte schon reges Treiben und ich ließ meinen Blick durch den holzvertäfelten Saal gleiten. Einige Leute standen für die Wahl an, andere hatten bereits in einer der vielen Sitzreihen Platz genommen und unterhielten sich angeregt. Auf der Bühne waren drei einfache weiße Wahlkabinen aufgebaut worden, in denen jeder Wähler ungestört sein Kreuz machen konnte. Direkt davor saßen Eva und Betty hinter einem langen Tisch. Offenbar verteilten sie die Wahlzettel, die dann später neben dem Treppenabgang der Bühne in den Schlitz einer großen grünen Box geschmissen wurden.

„Warum wundert es mich nicht, dass schon wieder ein Buffet aufgebaut ist?“, flüsterte ich Rouven lächelnd zu und betrachtete die reichlich gedeckten Tische, die an den Seiten standen. Diverse Brötchen, Aufstriche und Getränke wurden hier angeboten und an der rechten Wand, genau über der Wurstplatte, hing ein beeindruckendes Plakat von Gitti mit dem Spruch: *Heute geht es um die Wurst*. Auf der linken Seite war hingegen ein riesiges Banner von Bürgermeister Neumayer mit dem Slogan *Die richtige Wahl für Kirchbruch* zu sehen.

Rouven räusperte sich. „Da haben sich die Kandidaten offenbar nicht lumpen lassen. Zumindest erklärt es, warum hier noch so viele Leute herumlungern.“

Ich band mir meine Haare zu einem Knoten zusammen und versicherte mich, dass niemand in Hörweite war. „Gut für uns. Dann können wir möglichst viele von ihnen überprüfen.“

Rouven nickte. „Franzi und Joseph scheiden schon mal aus“, bemerkte er leise, als wir uns in die kurze Warteschlange vor der Bühne einreihten. Vor uns stand mein Kollege Kurt, der mir kurz zunickte, als er mich sah. Obwohl ich ihm nicht zutraute, dass es sich bei dem älteren Mann mit Halbglatze um den Gedankenleser handelte, nutzten Rouven und ich den Moment, um ihn gleichzeitig sachte anzurempeln. *Wenig später stolperten wir in eine Szene, in der Kurt sich im Büro der Stadtzeitung befand. Er war ganz allein und telefonierte an seinem Schreibtisch. „Irgendetwas stimmt hier nicht“, sagte er etwas lauter, als es vielleicht nötig gewesen wäre. „Ich erreiche Jürgen nicht. Der ist doch nicht nach Florida gegangen, Hans.“*

Er wartete einen Moment. Offenbar sprach nun Hans am anderen Ende, und das auch ziemlich laut, obwohl ich nicht mehr als ein undeutliches Gemurmel verstand.

Kurt schnaubte. „Auch wenn er von einem Tag auf den anderen sein Bistro verkauft hat, er hätte doch die Bienen nicht im Stich gelassen … Genau. Ich weiß … Ja, es beschäftigt mich seit Wochen ...“ Eine Pause entstand. „Ja, habe ich. Seine Mutter weiß auch nicht, wo er ist. Er hat sich auch nie bei ihr gemeldet. Hast du ihn in der Zeit davor mal gesehen? ... Aha.“ Kurt legte die Stirn in Falten. „Mit diesem Konstantin? Der ist auch komisch. Liegt noch immer im Koma ... Nein, der täuscht das nicht vor. Du siehst zu viele Krimiserien.“ Kurt lachte dröhnend und im nächsten Moment wurden wir wieder ins Hier und Jetzt katapultiert. Offenbar hatte Rouven beschlossen, dass wir genug gesehen hatten.

„Entschuldigung“, sagte ich etwas lauter, als Kurt sich zu uns umdrehte.

„Nix passiert“, kommentierte Kurt unseren Rempler und ging weiter.

Es dauerte nicht lange, bis wir zu Eva und Betty aufrückten. Bettys Augen begannen zu leuchten, als sie uns sah. Dabei blieb ihr Blick etwas länger an Rouven hängen. „Ach wie schön, Lizzy! Aber darfst du denn überhaupt schon wählen?“

Ich schüttelte den Kopf. „Ich begleite nur Rouven.“

„Hast du das denn nicht in den Sternen gesehen, Betty?“, fragte Eva und zwinkerte uns zu. „Betty hat mir vorhin schon aus der Hand gelesen.“

„Und was hat sie dir gesagt?“, wollte Rouven wissen.

„Dass mir eine aufregende Zukunft bevorsteht. Das hört man doch immer gern, nicht wahr?“, erklärte Eva lächelnd und händigte Rouven den Wahlzettel aus. In dem Moment schnellte auch meine Hand nach vorn und wenige Sekunden später befanden wir uns in Evas Vergangenheitsszene und beobachteten sie dabei, wie sie im Bistro freundlich ein älteres Pärchen bediente. Nach kurzer Zeit landeten wir wieder im Saal der Gemeinde.

„Bei der nächsten Bürgermeisterwahl kannst du dann auch dein Kreuzchen machen“, erklärte Eva, die meinen Griff nach dem Wahlzettel offenbar als intensiven Wahlwunsch interpretiert hatte.

„Ich wollte nur einen kurzen Blick darauf werfen“, log ich

und zog meine Hand schnell zurück.

„Hier kommt noch ein zweiter Zettel, es geht um die Abstimmung bezüglich der Sicherheitsmaßnahmen.“ Eva erklärte Rouven kurz das Wahlprozedere, bevor er in die weiße Wahlkabine ging.

Ich unterhielt mich derweilen mit Betty und als Rouven zurückkam, nutzten wir die Frage nach einem Kugelschreiber, um uns in Bettys Vergangenheit umzusehen.

Betty saß in ihrer Wohnung auf der Couch und streichelte gedankenverloren ihre weiß-grau getigerte Katze, während ein trauriges Lied aus dem Radio drang. Dabei seufzte sie schwer. „Die Liebe ist eigenartig, kleiner Fuchur. Manchmal trifft man sie einfach nicht, manchmal ist man wie bei einem Zug einfach zu spät dran. Die Männer, die jetzt noch leben und Singles sind, haben einen verdammt guten Grund, warum das so ist.“ Sie kraulte die schnurrende Katze hinter den Ohren und gab ihr einen Kuss auf das kleine Köpfchen. Dabei wirkte Betty ungemein einsam und ich hätte nicht gedacht, dass diese lebenslustige, hübsche Frau derart allein war. „Zumindest habe ich dich, aber ich werde dir keinen Liebesbrief schreiben“, murmelte sie lächelnd und schloss für einen Moment die Augen. Kurze Zeit später kehrten Rouven und ich wieder in die Gegenwart zurück.

„Ich habe noch einen Stift. Nicht, dass ihr euch um den prügeln müsst“, lachte Betty und ich schüttelte schnell den Kopf.

„Danke, der wird reichen“, sagte ich und nahm ihn entgegen. „Musst du noch lange hier arbeiten?“

„Ach, das ist schon okay“, meinte Betty. „Ich bin kurzfristig für Harri eingesprungen, der musste spontan weg. Aber schließlich geht es hier um das Wohl Kirchbruchs. Wir machen gegen sechs Uhr Schluss, dann müssen die Stimmen gezählt werden und dann wird gleich bekanntgegeben, wer die Wahl gewonnen hat.“ Sie klatschte in die Hände. „Sehen wir uns danach beim Fest am Stadtplatz?“

„Natürlich", sagte Rouven und Betty lächelte mich an. Es war ihr anzusehen, dass sie sich über meine gut aussehende Begleitung freute, auch wenn sie selbst wohl sehr einsam zu sein schien.

Die nächsten Stunden verbrachten Rouven und ich damit, so viele Leute wie möglich gleichzeitig zu berühren. Dabei fanden wir heraus, dass der Priester, die Sekretärin des Bürgermeisters und ein paar Gäste aus dem Bistro nicht als Gedankenleser infrage kamen.

„Das ist ganz schön anstrengend", flüsterte ich Rouven zu, als wir uns eine kleine Pause gönnten. Wir hatten in einer der hinteren Sitzreihen des Gemeindesaals Platz genommen und uns einen Snack vom Buffet geholt.

„Das ist es", pflichtete Rouven mir bei und trank einen Schluck aus seinem Pappbecher. „Wir sind mit der Zeit auch langsamer geworden."

Ich biss von meinem Käsebrötchen ab und nickte. Es war tatsächlich so, dass uns die vielen Aufenthalte Energie kosteten.

„Hoffentlich laden sich unsere Reserven wieder auf", sagte Rouven, als eine WhatsApp-Nachricht von Alexa einging.

Hallo, Lizzy. Ich bin gut angekommen. Alexa.

„Was ist?", fragte Rouven, dem mein kurzes Stirnrunzeln aufgefallen war.

„Ach nichts", murmelte ich. „Alexa ist gut bei Dennis angekommen. Sie unterschreibt ihre Nachrichten normalerweise nur nicht mit ihrem Namen."

In dem Moment ertönte das Eingangssignal einer weiteren WhatsApp-Nachricht, aber diesmal kam der Ton von Rouvens Handy. Er zog sein Telefon aus seiner Hosentasche und runzelte die Stirn. „Mein Onkel hat mir getextet, er braucht Hilfe wegen dem Bürgermeisterfest. Ich soll kurz nach Hause kommen."

„Jetzt?"

Er nickte. „Offenbar hat er versprochen, das Bürgermeisterfest mit ein paar edlen Weinflaschen zu bestücken, und kann jetzt doch nicht selbst fahren. Es wird sicher nicht lange dauern – willst du solange hier warten?"

Ich schüttelte den Kopf und schob den Gedanken zur Seite, dass Alexas Nachricht irgendwie komisch war. „Nein", sagte ich und ein leichtes Lächeln stahl sich auf mein Gesicht. „Natürlich komme ich mit. Dann können wir schließlich deinen Onkel auch noch als Verdächtigen ausschließen."

Kapitel 20

„Super, dass du so schnell kommen konntest. Tristan ist irgendwo beim Joggen und ich hab keine Zeit, die Flaschen in die Stadt zu bringen“, empfing uns Herr Wellinger, als wir wenig später auf dem breiten Kiesparkplatz vor seinem Haus standen. Rouven hatte sein Motorrad neben dem roten Jeep geparkt, dessen Kofferraumtür weit offen stand. Einige Holzkisten befanden sich bereits darin.

Herr Wellingers Blick wanderte zu mir. „Hallo, Frau Bergmann.“

„Guten Tag, Herr Wellinger.“

Rouvens Onkel, der heute ein aufgekrempeltes hellblaues Hemd zu einer hellen Stoffhose trug und aussah, als würde er gleich zum Strand spazieren, lächelte. „Wir können uns ruhig duzen, Lizzy – immerhin bist du mit meinem Sohn und meinem Neffen befreundet.“

So wie er es sagte, wusste ich nicht, ob es etwas Gutes war, doch ich ließ mir nichts davon anmerken. „Gern.“

„Schön.“ Herr Wellinger machte einen Schritt auf uns zu und warf Rouven seinen Autoschlüssel zu, den dieser mit einer Hand fing. „Gitti betreibt schon die ganze Zeit Telefonterror. Sie will, dass ihr Fest perfekt wird, und schiebt Panik, dass nicht alles rechtzeitig vor Ort ist.“ Er schüttelte den Kopf und schob sich seine Sonnenbrille in seine kurz geschorenen dunkelblonden Haare. Mit seinen blauen Augen erinnerte er mich einmal mehr an Tristan. „Dabei denke ich nicht, dass sie die Wahl gewinnen wird. Auch wenn dein Portrait von ihr sehr schmeichelhaft war.“

„Haben Sie denn schon gewählt?“

Er sah mich an. „Du, oder?“

„Okay – hast du denn schon gewählt“, korrigierte ich mich.

Er schüttelte den Kopf. „Noch nicht. Aber auch ohne meine

Stimme denke ich, dass es zur Wiederwahl von Bürgermeister Neumayer kommen wird." Automatisch dachte ich an die Zukunftsszenen, die ich im Büro des Bürgermeisters gesehen hatte. „Es sind noch zwei Kisten im Keller – hilfst du mir, sie raufzubringen? Du hast auch was gut bei mir." Frederick Wellinger sah seinen Neffen auffordernd an.

„Klar", erklärte Rouven und setzte sich in Bewegung. Ich witterte unsere Chance und schloss schnell zu ihm auf. Gerade als Herr Wellinger vor uns die Diele betrat, tat ich so, als würde ich über die Türschwelle stolpern und streifte seine Hand – genau in dem Moment, in dem Rouven ihn von der anderen Seite am Ellbogen berührte. Einen Sekundenbruchteil später landeten wir in der erstarrten Welt von Frederick Wellinger und *von dort aus direkt in seinem Zeitenfoyer.*

Rouven grinste schief. „Okay, unauffällig geht anders."

Ich lächelte zurück und musste zugeben, dass ich mit meinem vorgetäuschten Stolpern keinen Oscar gewinnen würde. „Zumindest haben wir keine Zeit vergeudet."

„Nein, das kann man uns nicht vorwerfen", erwiderte er und drückte sanft meine Hand, als sich die Wände rings um uns zu drehen begannen. „Bist du so weit?"

Ich nickte und atmete tief ein. „Ja – auf ein Neues."

Rouven holte ebenfalls tief Luft und konzentrierte sich erneut auf den präzisen Zeitpunkt in der Vergangenheit, bis das Zeitenfoyer stoppte und wir bei Frederick Wellinger im Büro landeten. Er saß hinter seinem Edelstahltisch und tippte angestrengt etwas in seinen Laptop, während das Licht der Glasvitrine hinter ihm sanft pulsierte und die schwebenden Weinflaschen in unterschiedlichen Farben beleuchtete.

Mein Herz setzte für einen Moment aus und ich betrachtete Rouven, der seinen Onkel anstarrte. „Glaubst du, dass er es wirklich ist?", fragte ich vorsichtig. Es war das erste Mal, das wir jemandem mit einem Laptop sahen, jemanden, der Zugang zu unendlichen Ressourcen hatte.

Rouven fuhr sich durch seine dunklen Haare. „Es gibt nur einen Weg, das herauszufinden."

Mit wenigen Schritten traten wir gemeinsam hinter den Schreibtisch seines Onkels, um auf den Bildschirm des Laptops zu sehen. Erleichtert atmete ich aus, als ich erkannte, dass Herr Wellinger nicht mit meinem Vater kommunizierte und ihm gerade drohte, sondern sich mit irgendwelchen Excel-Tabellen beschäftigte. Offenbar handelte es sich um Budgetdateien, die ein rotes Minus in Millionenhöhe aufzeigten.

In dem Moment wurde die Tür geöffnet und Frau Wellinger betrat das Büro.

„Jetzt nicht, Helen", schnauzte Herr Wellinger und es war ungewohnt, ihn so angespannt zu sehen.

Frau Wellinger schloss die Tür und funkelte ihren Ehemann an. „Und wann ist der richtige Zeitpunkt? Den gibt es doch nie."

„Jetzt komm mir bitte nicht wieder mit irgendwelchen Theorien. Wir haben größere Sorgen."

Sie verengte die Augen. „Und zwar?"

„Wir sind pleite. Nein, das stimmt nicht. Wir sitzen auf einem riesigen Schuldenberg." Mit Wucht klappte er seinen Laptop zu und fuhr sich mit beiden Händen über die Augen.

„Aber wenn Ikarus ein Erfolg wird …"

„Ja, wenn", seufzte Herr Wellinger und lehnte sich in seinem Schreibtischstuhl nach hinten. „Wenn die anderen Investoren nicht abspringen und ich Paul endlich überreden kann, den letzten starrköpfigen Grundstücksbesitzer zum Verkauf zu bewegen."

Frau Wellinger trat an den Schreibtisch ihres Mannes heran. Ihre dunklen Harre fielen ihr sanft über die Schulter und auf ihrer Stirn zeichnete sich eine Sorgenfalte ab. „Und wenn nicht? Was machen wir dann?"

„Dann müssen wir Konkurs anmelden."

„Aber wie kann das sein? Die Geschäfte laufen doch gut!"

„Ja, die Geschäfte laufen gut. Die Arbeiten am Flagshipstore in Heiligbrunn verschlingen eine Unmenge an Geld. Wir *haben einfach zu viel Kapital in zu viele Projekte investiert, die noch keine Früchte tragen. Wir werden Leute entlassen müssen, Helen."*

„Wie konnte das nur passieren?!", fuhr sie ihren Mann an. „Ich habe dir immer gesagt, dass du vorsichtiger kalkulieren musst, Frederick! Das kann doch nicht sein!"

Herr Wellinger schnaubte abfällig und ich hatte das Gefühl, dass die Temperatur in dem Büro augenblicklich um ein paar Grad sank. Er starrte seine Frau aus seinen blauen Augen an, die plötzlich eiskalt wirkten. „Aber es ist so, und diesmal stecken wir so tief drinnen, dass wir nicht mit einer kleinen Bestechung davonkommen." Er atmete tief ein und lachte, aber es war kein schönes Lachen. „Zumindest musst du dir jetzt keine Sorgen mehr machen, dass Rouven sein Erbe reklamiert und er das nachholt, was seine Mutter versäumt hat. Sie hat sich damals nur mit einem Bruchteil zufriedengegeben, aber heute würde Rouven genau gar nichts *bekommen." Ein resignierter Ausdruck legte sich über sein Gesicht. „Ich habe meinen Bruder also umsonst ermordet."*

„Du hast ihn nicht ermordet, Frederick", sagte Frau Wellinger und eilte zu ihrem Mann, während Rouvens ganzer Körper sich neben mir versteifte.

Herr Wellinger senkte den Kopf und schluchzte. „Ich bin an seinem Tod schuld. Ich habe ihn auf dem Gewissen."

Frau Wellinger zog ihren Mann an sich und ich spürte, wie Rouven meine Hand immer fester drückte, bis es beinahe schon wehtat. „Es war ein Unfall, mein Schatz. Es war ein Unfall", flüsterte sie ihrem Mann in einer Art Mantra zu. Er schlang die Arme um ihre Taille und vergrub sein tränennasses Gesicht in ihrem Kleid. Und von einem Moment auf den anderen war der große, einflussreiche Herr Wellinger ein gebrochener Mann.

„Rouven, ich weiß nicht, was ich sagen soll."

Rouvens Gesicht war wie eingefroren und ich wollte mir nicht vorstellen, wie er sich gerade fühlen musste. „Du musst nichts sagen. Du musst mich nur begleiten", antwortete er tonlos. „Ich will es sehen."

„Willst du das wirklich?"

„Ja, ich will es", erklärte er und drehte sich ruckartig um. Gemeinsam gingen wir in die weiße Kammer zurück, um das Zeitenrad erneut zu drehen. Dabei machte jede seiner Bewegungen deutlich, dass er keine Minute verschwenden wollte. Rouven wurde von dem Bedürfnis angetrieben, endlich die ganze Wahrheit zu erfahren.

„Willst du es wirklich?", fragte ich noch einmal, als sich die Wände rings um uns bereits in einem Wahnsinnstempo drehten und die roten Blitze nur noch als verschwommene Linien zu sehen waren.

„Ja, Lizzy. Ich will es sehen. Unbedingt."

Rouven zog mich durch die rote Vergangenheitstür und wir landeten in einem Gang. Eine jüngere Version von Frederick Wellinger war offenbar gerade dabei, durch einen offenen Türspalt zu linsen. Rouven und ich stellten uns neben seinen etwa fünfundzwanzigjährigen Onkel in Jeans und Pullover, um einen Blick in ein Büro zu werfen, das ich noch nie gesehen hatte.

Es war ein Zimmer mit dunkler Einrichtung und einem wuchtigen Schreibtisch, der am Fenster stand. Ich erkannte Andreas Wellinger, wie er gerade den massiven Schreibtisch untersuchte. Auch wenn Rouvens Vater dunkelblond war, hatte er doch die gleichen kantigen Gesichtszüge und die gerade Nase wie sein Sohn und offenbar auch einen ähnlichen Kleidungsstil, denn er war ganz in Schwarz gekleidet. Er rüttelte gerade an einer der Schubladen und ich sah, wie eine Schublade auf der anderen Seite des Tisches hervorsprang. Offenbar handelte es sich dabei um eine Art Geheimversteck, aus dem Rouvens Vater eine Pistole und ein Dokument zog. Er legte die Pistole auf die Tischplatte und studierte sorgfältig das Dokument.

Neben uns verengte der junge Frederick Wellinger die Augen, bevor er tief einatmete und das Büro betrat. „Andi, was machst du hier?", fragte er skeptisch.

„Ich hab es gefunden, Freddy, ich habe endlich das Testament gefunden. Ich war mir doch sicher, dass er eines geschrieben hat."

Frederick Wellinger machte ein paar Schritte auf seinen Bruder zu. „Und was soll die Pistole?" Er nahm die Schusswaffe in die Hand und betrachtete sie kritisch. „Warum sollte unser alter Herr eine Pistole verstecken?"

„Er wird sie zur Sicherheit verwahrt haben. Aber siehst du, ich hatte recht! Er hat ein Testament geschrieben, er hat seinen letzten Willen festgehalten."

Der junge Frederick zuckte mit den Schultern. „Okay ... Aber was ändert das schon? Wir erben sowieso alles."

„Eben nicht", erklärte Rouvens Vater. „Er wollte, dass wir die Hälfte der Gewinne an eine gemeinnützige Stiftung übertragen, die sich offenbar der Behandlung von Depressionen widmet. Er schreibt in seinem Testament, wie leid es ihm tut, dass er für Mama nicht mehr tun konnte und er nun zumindest das Leid von anderen schmälern möchte – er möchte endlich seinen Beitrag leisten und das tun, was er so lange versäumt hat."

Der junge Frederick Wellinger schnaubte und spielte mit der Pistole in seiner Hand. „Andi, er war doch nicht mehr ganz bei Sinnen, als er das geschrieben hat. Ich meine, die Hälfte der Erlöse. Das treibt doch den ganzen Betrieb in den Ruin."

Rouvens Vater senkte das Schriftstück in seiner Hand und ich erkannte, dass es auf dem gleichen Papier verfasst worden war wie der Abschiedsbrief.

Andreas Wellinger betrachtete seinen Bruder irritiert. „Es war sein letzter Wille."

Frederick schüttelte nur leicht den Kopf. „Komm, gib mir das Testament und wir vergessen die Sache. Außer uns kennt es doch keiner. Hätte ich das Testament vor dir gefunden, wäre es schon längst verbrannt."

„Das kannst du doch nicht machen, es war sein letzter Wille! Selbstverständlich werden wir tun, was er verlangt hat."

„Aber damit treibst du uns in den Ruin."

Rouvens Vater schüttelte den Kopf. „Nein, wir werden schon eine Lösung finden."

„Und wie? Wir müssen Modernisierungsmaßnahmen finanzieren. Wie wollen wir das tun, wenn wir unseren Gewinn zur Hälfte spenden? Das funktioniert nicht, Andi. Gib mir das Testament. Und zwar sofort."

Frederick Wellingers Stimme hatte einen ernsten Tonfall angenommen und es war offensichtlich, dass er nicht vorhatte, sein Erbe mit irgendjemandem zu teilen.

„Nein, Freddy. Wir machen das, was richtig ist", hielt sein Bruder dagegen. „Oder willst du mir jetzt etwa mit der Pistole drohen?"

Rouvens Onkel lächelte und fuchtelte mit der Waffe herum. „Keine schlechte Idee", spaßte er. „Komm, gib mir das verdammte Testament und mach jetzt nicht länger so einen Aufstand deswegen."

Er hechtete nach vorn und wollte nach dem Dokument greifen, doch sein Bruder machte einen blitzschnellen Schritt nach hinten. Frederick Wellinger stürzte seinem Bruder hinterher und es kam zu einem kurzen Gerangel, das durch einen lauten Schuss jäh unterbrochen wurde.

Ich konnte sehen, wie Andreas Wellinger zusammensackte und sein Bruder entsetzt die Waffe fallen ließ. Hektisch sank er neben Rouvens Vater auf die Knie und packte ihn an den Schultern.

„Andi, steh auf! Komm, steh auf!", schrie er und die Tränen schossen ihm in die Augen, als er das Blut sah, das aus der Schläfe seines Bruders auf den Teppich sickerte. „Komm, wir machen es, wie du es willst, aber bitte steh wieder auf! Steh wieder auf!" Er rüttelte an den Schultern seines Bruders, dessen Augen blicklos ins Nichts starrten.

Rouven stolperte neben mir einen Schritt zurück und ich spürte, wie uns der Sog zurück in die Diele des Wellinger-Hauses katapultierte.

„Du!", schrie Rouven seinen Onkel an, als wir einen Sekundenbruchteil später in der Gegenwart landeten. „Du hast meinen Vater auf dem Gewissen!"

Herr Wellinger drehte sich zu seinem Neffen um und blickte ihn bestürzt an. „Was? Wovon sprichst du?“, flüsterte er und wurde augenblicklich kreidebleich.

„Du hast ihn erschossen und es dann nach einem Selbstmord aussehen lassen“, presste Rouven hervor. Jeder Muskel seines Körpers schien dem Zerreißen nahe.

Frederick Wellinger schüttelte den Kopf und der Schreck war ihm ins Gesicht geschrieben. „Woher willst du das wissen?“, stammelte er.

„Ich weiß es einfach!“

„Hey, was ist hier los?“, hörte ich eine Stimme hinter uns und sah Tristan, wie er gerade die Kiesauffahrt heraufgejoggt kam. „Warum schreist du meinen Vater an?“, fragte er und kam zu uns ins Haus.

Rouvens Brustkorb hob und senkte sich schwer. „Weil dein verdammter Vater meinen ermordet hat!“

Tristan wischte sich mit dem Unterarm den Schweiß von seiner Stirn. „Hey, jetzt hör mit dem Scheiß auf. Du drehst jetzt schon vollkommen durch. Reicht es nicht, dass du mir Lizzy wegnimmst? Musst du jetzt noch meinen Vater beschuldigen? Nur weil dein Vater sich umgebracht hat, kannst du meinem nicht die Schuld dafür in die Schuhe schieben“, zischte er.

Rouven drehte sich wieder zu seinem Onkel um und machte einen bedrohlichen Schritt auf ihn zu. „Du wolltest die Hälfte der Einkünfte nicht spenden, du wolltest das Testament deines Vaters nicht anerkennen, deswegen musste mein Vater sterben. Deswegen!“ Er spie ihm die Worte ins Gesicht und all die Wut, die sich über die Jahre bei ihm angestaut hatte, brach nun auf einen Schlag heraus. „Du bist schuld, dass meine Mutter von hier wegging, du bist schuld, dass sie in ihrem ganzen Leben nicht mehr glücklich werden konnte!“

„Lass gut sein, Rouven“, fauchte Tristan und schnappte seinen Cousin an der Schulter, als könnte er ihn damit zum

Schweigen bringen. Doch Rouven hatte nicht vor, es gut sein zu lassen. In einer schnellen Bewegung drehte er sich um und stieß Tristan mit beiden Händen zurück.

„Halt dich da raus, Tristan!“

Tristan stolperte ein paar Schritte nach hinten, bevor er sich fing. „Nein, das werde ich nicht. Du kannst nicht herkommen und dir alles erlauben, was du willst!“

Rouven lachte bitter. „Ich kann mir nicht alles erlauben, was ich will? Seid es nicht ihr, die sich alles erlauben? Die nicht einmal vor einem Mord zurückschrecken?“

„Hör auf, so einen Bullshit zu verbreiten“, verlangte Tristan wütend und machte einen Schritt auf Rouven zu, der Tristan erneut zurückstieß. Im nächsten Moment landeten die beiden auf dem glatten Holzboden und begannen, aufeinander einzuprügeln.

„Tun Sie doch was!“, herrschte ich Herrn Wellinger an, der wie erstarrt danebenstand. „Oder wollen Sie, dass sich die Geschichte noch einmal wiederholt? Wollen Sie das?!“

Meine Worte schienen etwas zu bewirken, denn Frederick Wellinger löste sich augenblicklich aus seiner Starre und schritt in den Kampf ein. Er zerrte Rouven und Tristan auseinander. „Stopp!“, brüllte er.

„Wieso? Er kann doch nicht so mit dir reden! Der Arsch bekommt jetzt endlich, was er verdient“, fauchte Tristan und wischte sich mit dem Handrücken das Blut von der Nase.

Frederick Wellinger holte tief Luft. „Aber er hat recht. Er hat mit allem recht, was er gesagt hat. Es war ein Unfall …“ Er wandte sich Rouven zu. „Ich wollte das nicht, Rouven, ich wollte das wirklich nicht.“

Rouven schnaubte. Etwas Blut sickerte von seiner Stirn, Tristan musste ihn dort getroffen haben. „Und weswegen bist du nicht zur Polizei gegangen? Wieso hast du uns all die Jahre in dem Glauben gelassen, dass mein Vater sich umgebracht hat?!“

Frederick Wellinger wandte den Blick ab und strich sich

mit zitternden Händen durch die Haare, während Tristan ihn fassungslos ansah. „Ich war schwach, Rouven. Ich kann es dir nicht anders erklären. Ich steckte all meine Energie in das Unternehmen und wollte etwas Großes aus dem Weingut machen. Ich wollte es so wiedergutmachen.“ Seine Stimme wurde leiser. „Aber es vergeht kein Tag, an dem ich nicht an deinen Vater denke. Ich habe ihn geliebt, Rouven.“

Rouven starrte seinen Onkel unversöhnlich an. „Dann beweise es und gib endlich zu, was du getan hast. Du hast vierundzwanzig Stunden, um zur Polizei zu gehen.“ Er machte eine Pause. „Und wenn du es nicht tust, mache ich es für dich.“

Kapitel 21

Ein leiser Donner erklang in der Ferne, als Rouven mit großen Schritten das Haus der Wellingers verließ. Auf dem Weg hinaus hatte er meine Hand genommen und ich drückte stumm seine Finger, um ihm zu zeigen, dass ich an seiner Seite war. Obwohl sein Gesicht keine Regung zeigte, spürte ich doch die Gefühle, die unter seiner beherrschten Fassade brodelten.

Als wir sein Motorrad erreichten, fielen gerade die ersten Regentropfen vom Himmel.

„Wohin fahren wir?“, fragte ich, als er mir entschlossen meinen Helm in die Hand drückte, bevor er sich selbst seinen eigenen aufsetzte.

„Nur weg von hier“, erwiderte er knapp und stieg aufs Motorrad. Ich kletterte hinter ihm auf den Sattel und einen Augenblick später gab Rouven auch schon Gas. Die Maschine schoss nach vorn und ich rutschte automatisch ganz nah an ihn heran, als der Kies hinter uns in die Höhe spritzte. Ein weiterer Donner war zu hören, der schon etwas näher klang, als Rouven sein Motorrad hinunter zur Straße lenkte und dort beschleunigte. Immer mehr Regentropfen fielen auf uns hinunter und ich schloss meine Arme eng um seinen Körper, als wir uns vom Anwesen der Wellingers entfernten. Seine Muskeln waren so angespannt, dass sie sich wie Zement anfühlten, und ich konnte mir vorstellen, wie sehr es ihn getroffen haben musste, den Tod seines Vaters mit anzusehen.

Und zu erfahren, dass es sein eigener Onkel war, der die Verantwortung dafür trug.

Rouven warf einen Blick in den Himmel und fluchte leise, bevor er bei der nächsten Möglichkeit nach links abbog und auf ein düsteres Waldstück zusteuerte, das bei dem schlechten Wetter nicht sehr einladend aussah.

„Wohin fährst du?“, rief ich, als Rouven sein Bike auf eine Forststraße lenkte, die vom Regen bereits so aufgeweicht war, dass der Matsch rechts und links neben uns in die Höhe spritzte.

„Zu einem geschützteren Ort“, erwiderte Rouven über die Schulter und drosselte sein Tempo etwas, als die Straße schmaler wurde. Die Bäume standen hier so dicht nebeneinander, dass nur wenig Licht durch ihr Blätterdach drang, und ich fröstelte vor Kälte, als Rouven mit mir noch tiefer in den Wald hineinfuhr.

Als er irgendwann langsamer wurde, blickte ich über seine Schulter nach vorn. Dabei entdeckte ich eine massive Blockhütte mit einem windschiefen Schuppen daneben, in dem er sein Motorrad abstellte. Ich rutschte von dem Ledersattel herunter und schlang die Arme um meinen Oberkörper. Der Wolkenbruch hatte mein T-Shirt komplett durchweicht, sodass es nun kalt und nass an meiner Haut klebte. Für einen Sommertag war es wirklich extrem ungemütlich geworden und ich blickte mich in dem düsteren Wald um. Er wirkte völlig ausgestorben und bis auf das Rauschen des Wassers, das auf das Holzdach des Schuppens prasselte oder von den Blättern auf den Boden tropfte, war kein Laut zu hören.

„Komm mit“, sagte Rouven und griff nach meiner Hand. Gemeinsam rannten wir durch den Regen und an einigen tiefen Pfützen vorbei zum Eingang der Holzhütte, deren Tür zum Glück nicht verschlossen war. Erleichtert trat ich mit Rouven ein. Drinnen war es diesig und fast noch kühler als draußen, aber ich versuchte, mir nicht anmerken zu lassen, wie sehr ich fror. Stattdessen sah ich mich neugierig um. Die wenigen Möbel wirkten sehr massiv, genau wie die ganze Hütte, und ich bemerkte einen leichten Geruch nach kalter Asche in der Luft.

„Du frierst“, bemerkte Rouven, dem mein leichtes Zittern aufgefallen war.

„Es geht schon“, erwiderte ich schnell und rieb mir über die nackten Arme. „Wo sind wir hier?“

Rouven drehte sich um und ging zu einem steinernen Kamin, neben dem ein Stapel Holzscheite aufgeschichtet war. „Ich weiß selbst nicht, wem die Hütte gehört“, antwortete er über die Schulter. „Als ich nach Kirchbruch gekommen bin, hab ich die Gegend ein wenig erkundet und sie auf einem meiner Streifzüge entdeckt. Sie scheint nur für eine kurzfristige Einkehr gedacht zu sein, denn es gibt weder eine Toilette noch fließendes Wasser oder eine Kochmöglichkeit.“

„Dafür aber eine Möglichkeit zum Schlafen“, sagte ich und blickte zu dem massiven Holzbett an der gegenüberliegenden Wand, auf dem eine braune Decke lag. „Es sieht sogar ziemlich bequem aus.“

Rouven antwortete nicht sofort und ich bemerkte erst jetzt, dass es sich womöglich so angehört hatte, als wollte ich mit ihm Gebrauch von dem Bett machen. Der Gedanke ließ mein Herz schneller schlagen und ich schielte hastig zu Rouven, der kurz in seiner Bewegung innegehalten hatte, bevor er in die Hocke ging und mit geübten Handgriffen begann, die Holzscheite im Kamin aufzuschichten. Dann entzündete er mit einem Streichholz ein paar trockene Äste darunter und setzte das Feuer damit in Gang. Als er sich schließlich wieder zu mir umdrehte, fiel mir auf, dass keiner von uns mehr ein Wort gesagt hatte.

„Ich wollte damit nicht andeuten, dass wir … also, dass wir diese Möglichkeit nutzen sollen“, sagte ich nervös, als er einen Schritt auf mich zu machte und mich eindringlich ansah. Das Wasser tropfte aus seinen dunklen Haaren und lief ihm über das Gesicht.

„Wolltest du das nicht?“, fragte er und der raue Klang seiner Stimme kratzte wie ein Reibeisen über meine Haut.

Da ich meiner eigenen Stimme nicht traute, schüttelte ich nur den Kopf und fühlte, wie mich ein Schauer durchlief.

„Dir ist kalt“, sagte Rouven und kam noch näher, sodass

ich hochblicken musste, um ihm in die Augen zu sehen. Der nasse Stoff seines schwarzen T-Shirts klebte an seiner Haut und ich konnte jeden seiner Muskeln erkennen.

„Ist nicht so schlimm", flüsterte ich.

„Ich kann dich wärmen, Lizzy. Wenn du das möchtest."

Meine Haut prickelte bei seinen Worten und in diesem Moment ertönte der Eingangston einer WhatsApp-Nachricht. Rasch zog ich mein Handy aus meiner klammen Jeans. Es war eine Nachricht von Alexa, die mir schrieb, dass schon bald das erste Konzert beginnen würde und bei ihr alles bestens war.

„Gute Nachrichten?", fragte Rouven.

„Alexa schwärmt, wie gut es ihr geht", erwiderte ich nickend.

„Das ist schön", sagte Rouven und strich mir sanft über die Wange. Die Berührung bewirkte, dass knisternde violette Funken zwischen uns in die Höhe stoben und Alexa augenblicklich in weite Ferne rückte. Atemlos ließ ich mein Telefon sinken, während ich Rouven anstarrte.

In diesem Moment trudelte eine weitere Nachricht ein. Diesmal hatte Alexa einen Kuss-Smiley geschickt und ich schaltete mein Handy auf stumm, als Rouven es mir auch schon aus der Hand nahm und auf einer schmalen Kommode neben uns ablegte.

„Was tust du da?", flüsterte ich, obwohl ich genau wusste, was er da tat.

„Ich habe es so satt, zu warten", erwiderte er leise und sah mich ernst an. Hinter ihm knackte ein Holzscheit im Kamin und ich spürte, wie sich die knisternde Wärme langsam in der Hütte auszubreiten begann. Rouven atmete tief aus. „Das, was wir heute in der Vergangenheit gesehen haben, hat mir gezeigt, dass das Leben schneller vorbei sein kann, als man denkt." Er schüttelte den Kopf und strich mir durch meine langen feuchten Haare. „Und ich will nicht, dass mein Leben möglicherweise vorbeigeht, ohne dich zumindest noch einmal geküsst zu haben, Lizzy Bergmann."

Seine Worte jagten einen süßen Schauer über meine Haut und ich machte noch einen Schritt auf ihn zu, bis sich unsere Körper beinahe berührten. „Und das ist alles?", wisperte ich dann und sah herausfordernd zu ihm nach oben. „Nur ein Kuss?"

Bei meinen Worten weiteten sich seine Pupillen, bis seine Augen komplett schwarz wirkten, und ich keuchte leise auf, als er mich unvermittelt an sich zog und meine Frage auf diese Weise beantwortete.

„Ich dachte, wir fangen erst mal mit einem Kuss an", murmelte er dann knapp vor meinen Lippen und ich seufzte leise, als er mit seinem Mund federleicht über meinen strich. Seine Nähe und seine Wärme waren das Beste, was ich mir in diesem Moment vorstellen konnte, und ich schloss die Augen, während Rouven fortfuhr, mich zu necken. Seine Hände strichen über meine nackten Arme nach oben und landeten in meinem Nacken, während seine Zunge sanft zwischen meine Lippen stieß und mir ein leises Stöhnen entlockte, das von einem Funkenschauer begleitet wurde. Hungrig fuhr ich mit beiden Händen über seine breite Brust, die noch immer in dem klammen T-Shirt steckte.

„Zieh das aus", flüsterte ich zwischen unseren Küssen und Rouven zögerte keine Sekunde, bevor er sein nasses Shirt über den Kopf zog und in der Nähe des Kamins auf den Boden warf. Der Anblick seiner straffen Muskeln ließ meinen Atem stocken und ich verschlang ihn geradezu mit den Augen, bis mir das schiefe Lächeln in seinem Gesicht auffiel.

„Was?", fragte ich, obwohl mir sehr wohl bewusst war, wieso er so dämlich grinste.

Rouvens Lächeln vertiefte sich. „Dir gefällt, was du siehst."

„Du bist … ganz passabel", erwiderte ich und spürte mein Herz flattern, als er seinen Kopf in Richtung meines Halses senkte.

„Nur passabel?" Sein Atem strich sanft über meine Haut,

als er mich näher an sich zog, um mich an der empfindlichen Stelle oberhalb meines Schlüsselbeins zu küssen.

„Sagen wir so: Ich kann damit leben", hauchte ich, während ein angenehmer Schauer über meine Haut lief.

„Du zitterst, Lizzy. Vielleicht solltest du das nasse T-Shirt ebenfalls ausziehen."

Seine Finger glitten bei diesen Worten unter den Saum des feuchten Stoffes und bewegten sich über meinen Bauch ein Stück nach oben. Als seine Fingerspitzen dabei für einen Moment über die Unterseite meines BHs strichen, fuhr ein Hitzestrahl durch meinen Körper und ich klammerte mich unbewusst an seinen Schultern fest.

„Ist das ein Ja?", flüsterte Rouven und ich konnte nur nicken, woraufhin er mir mein T-Shirt sanft über den Kopf zog und es hinter mir zu Boden fallen ließ. Dann starrte er mich an und der Ausdruck in seinen Augen ließ meine Knie weich werden.

„Sag bloß, dir gefällt, was du siehst", hauchte ich und versuchte, einen neckischen Tonfall in meine Stimme zu legen, was mir jedoch kläglich misslang. Es klang eher atemlos und auch Rouven schien nicht mehr der Sinn nach Spielchen zu stehen.

„Du machst mich noch wahnsinnig, Lizzy", antwortete er. Die Ehrfurcht in seinen Worten ließ mich erschauern und ich machte einen Schritt nach vorn, um den Abstand zwischen uns zu schließen. Mein ganzer Körper stand unter Strom und ich sehnte mich so sehr nach ihm, dass ich keine Sekunde länger warten wollte. Rouvens frischer und gleichzeitig dunkler Duft hüllte mich ein und ich wollte endlich seine nackte Haut auf meiner spüren, wollte *ihn* endlich auf mir spüren und mich in seinen Berührungen verlieren. Alles in mir verlangte danach, ihm endlich nah zu sein, und ich keuchte auf, als er seine Hände unter meinen Po schob und mich mühelos hochhob. Unsere Lippen trafen aufeinander und ich schlang meine Beine um seine Hüften, während wir uns leidenschaftlich küssten und ein ganzes Feuerwerk an violetten Blitzen rings um uns in die Höhe schoss. Wie in Trance bekam ich mit, dass er mich zum Bett trug und dort auf die Matratze sinken ließ. Gemeinsam kippten wir nach hinten und ich stöhnte leise, als Rouven sein Gewicht auf mich senkte. Es fühlte sich so gut an, dass ich noch mehr davon haben wollte, viel mehr. Unruhig bewegte ich die Hüften unter Rouven und hörte ihn scharf einatmen, bevor er sich von meinem Hals abwärts über meine Haut küsste. Jede seiner Berührungen wurde von einem Funkenschauer begleitet und setzte mich so sehr in Flammen, bis ich das Gefühl hatte, es keine Sekunde länger auszuhalten. Meine Finger glitten fahrig zum Bund seiner Jeans und nestelten dort an dem Verschluss herum, bis er sein Gewicht schließlich von mir nahm und mich keuchend ansah.

„Bist du sicher, Lizzy?"

Das zuckende Licht vom Kaminfeuer beleuchtete sein wunderschönes Gesicht von der Seite und ich konnte nur nicken, während mein ganzer Körper vor Lust erbebte. „Absolut sicher", flüsterte ich heiser und sah zu, wie er aus seiner Hose schlüpfte, bevor seine Hände zum Bund meiner Jeans glitten. Bei der Berührung seiner warmen Finger stockte mir der Atem und ich hob ihm meine Hüften entgegen, als er mir half, mich meiner eigenen Jeans zu entledigen. Seine Hände glitten quälend langsam über meine Beine, von den Unterschenkeln über meine Knie bis hinauf zu meinen Oberschenkeln und von dort noch weiter zu dem dünnen Stück Stoff, das uns noch voneinander trennte. Ich spürte meinen Atem immer schneller werden, als er mir meinen Slip sachte hinunterzog und sanft von meinen Füßen löste. Dann küsste er die Innenseite meines Knöchels und arbeitete sich genauso langsam wie zuvor weiter nach oben. Seine Zunge glitt immer wieder spielerisch über meine Haut und reizte mich so lange, bis die ganze Hütte vom Leuchten der violetten Blitzlichter erfüllt wurde. Doch das war nichts im

Vergleich zu dem inneren Feuer, das sich in jeden Winkel meines Körpers ausbreitete und mir das Gefühl gab, mich komplett zu verzehren.

„Rouven“, wisperte ich atemlos und begegnete seinem brennenden Blick. Das Verlangen darin spiegelte auch meine eigenen Gefühle wider und ich warf den Kopf in den Nacken und biss mir auf die Lippen, um nicht laut zu stöhnen, als er immer weiter nach oben kam.

„Autsch“, murmelte er grinsend, als ich meine Nägel etwas zu fest in seine Schultern grub. Als er den Kopf hob, fiel ihm eine Strähne seines dunklen Haars in die Stirn und verdeckte halb die kleine Wunde, die er bei dem Kampf mit Tristan davongetragen hatte.

„Nicht aufhören“, keuchte ich und fuhr ihm mit den Fingern durch sein dichtes Haar, das sich kühl und seidig anfühlte.

Er lächelte absolut unwiderstehlich und senkte seinen Mund erneut auf meine Haut. „Niemals“, flüsterte er dann und machte knapp oberhalb meines Bauchnabels weiter, ohne den Augenkontakt zu unterbrechen. Der warme Feuerschein tauchte seinen Körper in ein goldenes Licht und ich krallte mich mit den Fingern in die braune Wolldecke, als Rouvens warmer Atem über meine Brüste strich und seine Lippen einen Moment später folgten.

Überwältigt schloss ich die Augen und bäumte mich ihm entgegen. Die Blitzlichter zischten inzwischen so schnell um uns herum, dass die ganze Luft von einer knisternden Spannung erfüllt war, die ich kaum noch ertragen konnte.

„In meiner Tasche sind Kondome“, wisperte ich und sah, wie ein kurzes Lächeln über sein Gesicht huschte.

„In meiner auch.“ Er hob sein Gewicht kurz von mir herunter und ich spürte, wie sein ganzer Körper erschauerte, als er wieder zurückkehrte und ich meine Beine um seine Hüften schlang. Meine Hände glitten fieberhaft über seinen Rücken abwärts und erkundeten seine straffen

Muskeln, während unsere Bewegungen immer drängender wurden. Rouvens tiefes Stöhnen fegte jeden vernünftigen Gedanken aus meinem Kopf und ich klammerte mich an ihm fest, während ich das Gefühl hatte, als ob die Zeit ihre Bedeutung verlieren würde. Alles, was noch zählte, waren Rouven und die unglaublichen Empfindungen, die er bei mir auslöste. Gleichzeitig stoben zahllose funkelnde Blitze in die Höhe und erhellten die Hütte mit ihrem violetten Glanz. Die energetische Spannung wurde immer stärker, bis es sich anfühlte, als ob wir uns direkt im Auge eines heftigen Gewittersturms befänden. Eines Gewittersturms, der unaufhaltsam auf seinen Höhepunkt zusteuerte. Rouven versenkte seine Finger in meinen langen Haaren und zog mein Gesicht zu seinem, um mich zu küssen. Sein Blick war dabei von einer solchen Intensität, dass ich mich in seinen Tiefen verlor. In diesem Moment gab es nur noch uns beide sowie unsere keuchenden Atemzüge, die immer schneller wurden, bis ich schließlich von meinen Gefühlen dermaßen überrollt wurde, dass ich nur noch im Hier und Jetzt existierte und mich vollkommen in der Gegenwart auflöste.

„Wow“, murmelte Rouven schließlich, als sich unser Atem wieder beruhigt hatte und wir eng umschlungen auf dem Bett lagen. „Das war eine ziemlich gute Entscheidung, herzukommen.“

Ich lächelte und streichelte über seine glatte Brust. „Findest du?“

Das Knacken eines Holzscheits vermischte sich mit dem Prasseln des Regens draußen und ich konnte mich nicht erinnern, wann ich mich das letzte Mal so glücklich und geborgen gefühlt hatte.

Er fuhr mit seinem Finger sanft den Schwung meiner Taille nach. „Du etwa nicht?“

„Doch … es war schon ganz okay“, erwiderte ich schmunzelnd.

Er lächelte schief. „Schon gut, Lizzy. Du musst dich nicht so überschwänglich bedanken."

Ich musste lachen und versetzte ihm einen Klaps auf die Brust. „Das hatte ich auch nicht vor. Schließlich hab ich auch etwas zu dem Endergebnis beigetragen."

Er packte mich grinsend und rollte sich mit mir in seinen Armen auf den Rücken, sodass ich halb auf ihm lag. „Das stimmt", murmelte er dann rau und der Klang seiner Stimme jagte mehrere Stromstöße durch meinen Körper, während ich das Gefühl hatte, in seinen braunen Augen versinken zu können. „Und ich bin dir auch ausgesprochen dankbar für deine Mithilfe."

„Wie dankbar?", hauchte ich.

„Sehr, sehr dankbar." Er küsste mich sanft auf den Mund und ich schloss die Augen, während die vertrauten Schmetterlinge in meinem Bauch hochflatterten und sich das sanfte Kribbeln überall in meinem Körper ausbreitete.

„Ich mag es, wenn du dankbar bist."

„Und ich mag es, wenn du nackt auf mir liegst."

Ich sah lächelnd zur Seite und Rouven betrachtete mich amüsiert.

„Bist du gerade rot geworden, Lizzy Bergmann?"

„Kann es sein, dass du zu viel redest, Rouven Wellinger?"

Er lachte leise und ich zog die Luft ein, weil sich dabei seine Bauchmuskeln zusammenzogen, was sich ziemlich gut anfühlte. Neben einigen anderen Dingen, die sich ebenfalls fantastisch anfühlten.

„Diesen Vorwurf hat mir vor dir noch nie jemand gemacht, Lizzy."

„Irgendwann ist immer das erste Mal."

„Ja, das ist wahr." Er schmunzelte noch immer und strich mir mit dem Daumen sanft über die Wange, während er mich intensiv betrachtete. In seinem Blick lag so viel Zuneigung, dass mir für einen Moment der Atem stockte. Ich hatte mir meine Gefühle vielleicht nicht sofort eingestanden, aber in Wahrheit hatte ich mich spätestens bei unserem funkenschlagenden Kuss im Kino unwiderruflich und ohne Zweifel in ihn verliebt.

„Was ist?“, fragte Rouven und ich presste die Lippen aufeinander.

„Nichts.“

„Du bist noch immer eine lausige Lügnerin.“

Ich zwang mich zu einem Lächeln. „Wenn du das sagst.“

Er strich mir meine zerzausten Haare hinters Ohr und folgte dann mit den Fingerspitzen den Konturen meines Halses. Dabei wirkte er plötzlich viel nachdenklicher als zuvor und ich musste wieder an das denken, was vor unserem Ausflug in die Hütte passiert war.

Und was Rouven hatte sehen müssen.

Unsere Leidenschaft hatte den Tod seines Vaters in den Hintergrund treten lassen, aber ich hatte das Gefühl, als ob das Wissen um die Wahrheit jetzt nach und nach wieder an Gewicht gewinnen würde.

„Denkst du an das, was wir gesehen haben?“

Rouven atmete tief ein und nickte schließlich. „Ich hätte nie damit gerechnet, dass es mein Onkel war“, murmelte er dann. „Im ersten Moment hat es mir total den Boden unter den Füßen weggerissen.“

Ich nickte verständnisvoll und rutschte ein wenig von Rouven herunter, bis wir Seite an Seite nebeneinanderlagen und uns ansehen konnten. „Das kann ich mir vorstellen. Ich habe es auch überhaupt nicht kommen gesehen.“

Er richtete seinen Blick gedankenversunken auf die Armbanduhr an seinem Handgelenk, dessen Lederarmband schon ein wenig abgenutzt wirkte. „Das war seine“, murmelte er dann leise.

„Die Uhr deines Vaters?“

Er nickte. „Es ist das Einzige, was mir von ihm geblieben ist. Das und ein paar Erzählungen von meiner Mutter.“

Ich strich ihm federleicht über die Schulter und nickte.

„Ich weiß, was du meinst."

Rouven betrachtete immer noch die Armbanduhr seines Vaters. Sie hatte ein helles Ziffernblatt mit goldenen Zeigern und ein braunes Lederband, das zu der Farbe seiner Augen passte. „All die Jahre habe ich mich gefragt, wieso er mich einfach zurückgelassen hat", murmelte er stockend. „Ich dachte …" Er brach ab und atmete tief ein. „Ich dachte, wenn er mich wirklich geliebt hätte, dann hätte er es nicht getan." Seine Augen suchten die meinen. „Ich dachte, wenn ich die Wahrheit kenne, würde es sich irgendwie … besser anfühlen."

Mein erster Impuls war, zu sagen, dass sich der Tod niemals besser anfühlte, egal, wie viel man über ihn wusste, doch ich biss mir noch rechtzeitig auf die Zunge. „Gib dir ein wenig Zeit", sagte ich stattdessen. „Schließlich war es ein Schock, zu erfahren, dass dein Onkel dafür verantwortlich ist."

Rouven schnaubte leise. „Das ist wahr. Ich hätte es sogar noch eher Helen zugetraut", meinte er dann kopfschüttelnd und zog die Decke ein wenig über mich, damit ich nicht fror.

„Sie hat sich ja auch verdächtig benommen."

„Und dabei hat sie die ganze Zeit nur ihren Mann decken wollen."

„Irgendwie kann ich sie sogar verstehen", sagte ich vorsichtig und hoffte, dass ich damit keine Grenze übertrat. „Ich denke, dass Menschen aus Liebe vieles tun, selbst wenn es falsch ist."

Rouven erwiderte einen Moment lang nichts, bevor er schließlich nickte. „Das denke ich auch." Er atmete tief ein und fuhr sich mit der Hand über das Gesicht. „Wahrscheinlich hat sie sich darauf konzentriert, dass er es nicht mit Absicht getan hat. Trotzdem muss er endlich die Verantwortung übernehmen, nachdem er jahrelang ungestraft davongekommen ist."

„Natürlich muss er das", pflichtete ich Rouven bei. „Und ich glaube auch, dass er jetzt zur Polizei gehen wird."

Rouven nickte. „Weil ich den Ablauf des Unfalls kannte, denkt er wahrscheinlich, dass ich ihn abgehört und irgendwelche Beweise in der Hand habe. *Hoffentlich* denkt er das."

Nachdenklich legte ich meine Wange an Rouvens Brust und kuschelte mich noch näher an ihn. „Vielleicht ist es ihm auch egal, ob du Beweise hast oder nicht. Auf mich hat dein Onkel den Eindruck gemacht, dass er unter dem Tod deines Vaters sehr leidet. Vielleicht ist er sogar froh, dass die Wahrheit nun endlich ans Licht kommt."

Rouven zog mich an sich und küsste mich auf die Stirn. „Ich glaube, du hast recht, Lizzy. Und auch ich fühle mich irgendwie erleichtert. Nach all den Jahren habe ich nun endlich Klarheit." Er stockte kurz. „Auch wenn es keine schöne Klarheit ist."

Kapitel 22

„Oh mein Gott, wie spät ist es?", keuchte ich und fuhr neben Rouven in die Höhe. Der Wind heulte um die Hütte und ich registrierte erschrocken, dass das Feuer schon komplett heruntergebrannt war und nur noch einige glühende Kohlen übrig waren.

„Keine Ahnung", murmelte Rouven schlaftrunken und zog seinen Arm unter dem Kissen hervor. Dann warf er einen Blick auf die Uhr seines Vaters. „Dreizehn Minuten vor zehn", meinte er schließlich.

„Shit", flüsterte ich und sprang aus dem Bett, um mich eilig anzuziehen. „Dieter wird mir die Hölle heiß machen. Und das Bürgermeisterfest haben wir auch verpasst – dabei wollten wir dort doch weiter nach dem Gedankenleser suchen."

„Wahrscheinlich wurde es wegen des Gewitters ohnehin abgesagt", versuchte Rouven mich zu beruhigen. „Und was Dieter anbelangt, können wir ja versuchen, mit ihm zu reden." Er schlüpfte ebenfalls in seine Jeans. „Vielleicht ist er bereit, den Zapfenstreich ein wenig nach hinten zu verlegen. Schließlich bist du in ein paar Monaten achtzehn."

Ich zog mir mein T-Shirt über den Kopf, das in der Nähe des Kamins auf dem Boden gelegen hatte und von dem Feuer wieder angenehm warm und trocken war. „Ich glaube nicht, dass das so eine gute Idee ist, wenn *du* dieses Gespräch mit ihm führst", erwiderte ich ernst und zupfte eilig die Bettdecke zurecht, während Rouven nach einem verbeulten Eimer mit Wasser neben dem Kamin griff und es schmunzelnd über die Glut kippte, die daraufhin leise zischte.

„Vielleicht hast du recht", meinte Rouven, als ich rasch mein Handy von der Kommode einsteckte, bevor ich mich im Kreis drehte. Die Hütte sah wieder genauso aus, wie wir sie vorgefunden hatten, auch wenn sich zwischen Rouven und mir in den letzten Stunden einiges verändert hatte.

Rouven entriegelte die Tür, streckte mir die Hand entgegen und lief dann mit mir durch den Regen zu seinem Motorrad, das er in dem windschiefen Schuppen untergestellt hatte.

„Was denkst du eigentlich, wer Bürgermeister geworden ist?“, fragte er, während er mir seinen Helm gab, den ich mir rasch über den Kopf stülpte.

„Keine Ahnung“, murmelte ich und kletterte hinter ihm auf die schwarze Maschine. „Doch egal, wer das Rennen gemacht hat, ich hoffe, Dieter ist mit dem Ergebnis zufrieden und dadurch in versöhnlicher Stimmung.“

„Weißt du eigentlich, wie spät es ist?“, fragte Dieter mich barsch, kaum dass ich mit Rouven über die Schwelle getreten war. An seiner Kleidung hingen Sägespäne und er sah so aus, als hätte er gerade noch im Keller herumgewerkt.

„Seien Sie nicht auf Lizzy sauer. Es war meine Schuld“, versuchte Rouven, die Verantwortung auf sich zu nehmen, und schien es damit nicht unbedingt besser zu machen.

Dieter zog die buschigen Augenbrauen zusammen und fixierte Rouven verärgert. „Glaub mir, Junge, das hab ich mir schon gedacht, dass du daran schuld bist.“

„Es tut mir leid“, sagte ich schnell und drückte Rouvens Hand, um ihm zu verstehen zu geben, dass er das Reden jetzt besser mir überließ. „Uns hat unterwegs das Gewitter überrascht und wir wollten den schlimmsten Regenguss abwarten. Leider ist der Plan nicht so ganz aufgegangen.“ Ich deutete auf unsere Kleidung, die nach der Rückfahrt patschnass an unserer Haut klebte.

„Aha. Und *wo* wolltet ihr den schlimmsten Regenguss abwarten?“, hakte Dieter nach und verschränkte die Arme vor der Brust. Ein Blick in sein faltiges Gesicht sagte mir, dass er die Lücken in meiner Geschichte durchaus erkannt hatte und nicht vorhatte, sich von mir für dumm verkaufen zu lassen.

Ich spürte, wie ich errötete, und blickte Hilfe suchend zu Rouven, als jemand hinter uns heftig gegen die Eingangstür pochte.

„Herrgott, wer ist denn das jetzt?", murrte Dieter, als das Klopfen nicht aufhörte. Grummelnd schlurfte er an Rouven und mir vorbei zur Tür, während mein Puls so schnell in die Höhe schoss, dass es beinahe wehtat. Alexa war bei Dennis, Tristan und der Rest vom Wellinger-Clan waren jetzt sicher mit sich selbst beschäftigt und es war schon halb elf. Wer konnte um diese Uhrzeit zu Dieter wollen – und wieso?

Auch Rouven schien der unerwartete Besucher in Alarm zu versetzen, denn ich spürte, wie er sich anspannte und mich mit einer knappen Bewegung hinter sich schob.

„Ganz schön spät für einen Höflichkeitsbesuch", murrte Dieter und öffnete die Tür, um im nächsten Moment komplett zu erstarren. Ich sah, wie jegliche Farbe aus seinem Gesicht wich, während er fassungslos auf den Besucher starrte.

„Nein, das kann nicht sein", flüsterte er schließlich und bewegte sich noch immer keinen Millimeter von der Stelle.

Tausend Gedanken jagten durch meinen Kopf und ich versuchte, an den Schultern von Rouven und Dieter vorbei die Gestalt zu erkennen, die draußen in der Dunkelheit stand. Es schien sich um einen Mann zu handeln, der seinen Mantelkragen hochgeschlagen hatte. Ansonsten konnte ich kaum etwas erkennen, da das Gesicht des Besuchers im Schatten lag.

„Hallo, Dieter", sagte er in diesem Moment und ich fühlte eine wüste Mischung aus Erleichterung und Angst, als ich die Stimme meines Vaters erkannte. Erleichterung, weil es sich nicht um den Gedankenleser handelte, der spontan beschlossen hatte, bei uns aufzukreuzen – und Angst, weil mir kein guter Grund einfiel, warum mein Vater seine Deckung plötzlich aufgegeben hatte.

Was machte er hier? Wieso zeigte er sich Dieter?

„Das ist … unmöglich“, stammelte Dieter und klammerte sich am Türrahmen fest. „Du bist tot. Ich habe …“ Seine Stimme drohte zu brechen. „Ich habe dich beerdigt. Ich habe an deinem Grab gestanden.“

„Es tut mir leid“, sagte mein Vater leise. „Ich werde versuchen, alles zu erklären. Aber jetzt ist dafür keine Zeit. Kann ich reinkommen?“ Seine Worte klangen enorm gepresst und mir gefiel die unterschwellige Panik darin nicht.

„Was ist los?“, fragte Rouven alarmiert, als Dieter fassungslos nach hinten zurückwich. Noch immer konnte er seine Augen nicht von meinem Vater nehmen, der in diesem Moment in die Diele trat. Regenwasser tropfte von seinem Mantel auf den alten Holzboden und sammelte sich dort in mehreren kleinen Pfützen, als er sich gehetzt umblickte und dabei rasch die Tür hinter sich schloss.

„Alexa ist in Gefahr“, erklärte er dann knapp und ich griff Halt suchend nach Rouvens Arm, da ich plötzlich das Gefühl hatte, als ob sich das ganze Haus zu drehen anfing.

„Nein … Wieso?“, stieß ich hervor und schüttelte den Kopf. „Alexa ist doch bei Dennis. Sie hat mir vorhin noch geschrieben, dass sie sich auf das Konzert freut.“

„Ich weiß nicht, *wo* Alexa ist, aber sie ist mit Sicherheit nicht bei Dennis“, entgegnete mein Vater düster und machte ein paar unruhige Schritte durch die Diele. „Und ich bin mir auch sicher, dass nicht sie es war, die dir geschrieben hat.“

Sein schmales Gesicht wirkte noch ausgezehrter als sonst und in seinen Augen flackerte eine Angst, die meine Sorge ins Unendliche steigen ließ, bis ich das Gefühl hatte, keine Luft mehr zu bekommen. Alexas Nachrichten … deshalb hatten sie so seltsam geklungen.

„Du bist es wirklich“, flüsterte Dieter, der den Schock über das Wiedersehen mit meinem Vater offenbar noch nicht verdaut hatte. Seine Hände zitterten und er schien die Neuigkeit mit Alexa bisher noch gar nicht richtig realisiert zu haben. „Ich dachte wirklich, du bist tot.“

Ein kurzer Ausdruck von Schmerz huschte über das Gesicht meines Vaters und vermischte sich mit seiner Angst um Alexa. „Ich weiß“, erwiderte er tonlos und atmete tief ein. „Es tut mir wirklich leid, dass ich es dir nicht sagen konnte. Julia wurde ermordet und ich bin untergetaucht, um den Mörder zu jagen. Aber wie es aussieht, habe ich versagt, denn nun hat er Alexa in seiner Gewalt.“

Bei seinen Worten hatte ich das Gefühl, innerlich in zwei Teile gerissen zu werden. „Woher weißt du das?“, flüsterte ich und machte einen Schritt auf meinen Vater zu. „Hat der Gedankenleser mit dir Kontakt aufgenommen?“

„Er hat mich vor einer knappen Stunde angerufen.“

„Er hat dich angerufen?“, wiederholte ich, während die Gedanken durch meinen Kopf schossen. Woher kannte der Gedankenleser die Telefonnummer von meinem Vater? Hatte er sie etwa von meinem Handy?

Mein Vater nickte. „Er hat einen Stimmenverzerrer benutzt und ich weiß nach wie vor nicht, ob es sich um einen Mann oder eine Frau handelt. Aber er hat mit mir gesprochen.“

„Aber woher hatte er deine Nummer?“, wollte Rouven wissen, dessen ruhige Ausstrahlung mir gerade half, nicht komplett durchzudrehen.

„Ich weiß es nicht“, entgegnete mein Vater. „Auf alle Fälle hat er uns ein Ultimatum gesetzt.“

„Was für ein Ultimatum?“, hauchte ich, während vor meinem inneren Auge Bilder vorbeizogen, die meine tote Schwester zeigten. Ich sah sie erschossen wie Rouvens Vater, zusammengeschlagen wie Konstantin und im See ertränkt wie Dieters Liebe Veronika. Am Ende sah ich ihre Leiche in einem ausgebrannten Wrack vor mir, genauso wie unsere Mutter gestorben war.

„Das Ultimatum besagt, dass du und Rouven euch um Mitternacht bei der alten Eiche am Stadtplatz einfinden müsst“, erklärte mein Vater, während draußen ein Donnergrollen zu hören war. „Allein“, fügte er hinzu. „Und er hat mir gesagt, dass Alexa die Nacht nicht überleben wird, falls wir uns nicht haargenau an seine Anweisungen halten."

„Wie viel Zeit haben wir noch?", fragte ich, als wir uns kurz darauf in Dieters Küche zusammengefunden hatten. Dieter stand ganz offensichtlich noch immer unter Schock – dennoch hatte er darauf bestanden, uns allen einen kräftigen Kaffee zu machen. Obwohl mein Magen schon allein bei dem Gedanken daran rebellierte, wusste ich, dass es sein Versuch war, irgendwie zu helfen – wobei er vielleicht auch einfach nur eine Beschäftigung brauchte, um besser mit den Neuigkeiten fertigzuwerden.

„Noch eine Stunde und siebzehn Minuten", erwiderte Rouven nach einem kurzen Blick auf seine Uhr. Ich legte mein Telefon auf den Tisch, auf dem sich eine ganze Reihe an verpassten Anrufen und Nachrichten von meinem Vater befanden. Da ich mein Handy in der Hütte lautlos gestellt hatte, hatte ich nichts davon gemerkt, was ich nun bitterlich bereute.

„Wir brauchen einen Plan", sagte mein Vater und stützte sich mit beiden Händen auf der Tischplatte ab. „Der Gedankenleser hat uns absichtlich unter Zeitdruck gesetzt, damit wir die Nerven verlieren, aber wir müssen in Ruhe nachdenken, wie wir am besten mit der Situation umgehen."

„Die Drei werden sich gegenübertreten, um das Schicksal zu vollenden, wo alles begann, wo der König seine Kraft bezieht", sagte Rouven, während draußen ein Blitz über den Himmel zuckte und die Küche hell erleuchtete. Dabei sah ich aus dem Augenwinkel etwas Goldenes bei der Spüle aufblitzen, aber als ich meinen Blick dorthin wandte, schlurfte Dieter gerade zum Abwasch und versperrte mir die Sicht. „Anscheinend wird sich das Schicksal heute vollenden."

„Ich habe an dasselbe gedacht", erwiderte mein Vater leise. „Schließlich will er euch unter der alten Eiche treffen – dort, wo alles begann und wo der Gedankenleser seine

Kraft bezieht. Ich denke, heute ist die Nacht, in der sich die Prophezeiung erfüllt."

„Und sein Wissen über den vierten Vers gibt ihm hier anscheinend den entscheidenden Vorteil", fügte Rouven hinzu, während Dieter die Spüle mit einem Küchentuch reinigte, als ob er seine Hände unbedingt beschäftigen müsste.

„Wenn das wahr ist, sind wir ihm gnadenlos unterlegen", stellte ich mit stockender Stimme fest. „Wenn wir nur einen Blick auf unsere Zukunft werfen könnten, hätten wir vielleicht einmal einen Vorteil ihm gegenüber …"

„Nein, Lizzy", sagte mein Vater entschieden. „Das Thema hatten wir schon. Du wirst dein eigenes Zeitenfoyer nicht betreten, um dir deine Zukunft anzusehen. Das ist zu gefährlich."

Im selben Moment ließ Dieter eine volle Kaffeetasse fallen und ich zuckte zusammen, als sie mit einem lauten Scheppern auf dem Boden zersprang und die Küchenschränke ringsum mit einem feinen Netz schwarzer Spritzer überzog.

„Tut mir leid", stotterte Dieter und griff fahrig nach einer Küchenrolle, um die Bescherung zu beseitigen.

„Warten Sie, ich helfe Ihnen", sagte Rouven und nahm Dieter die Küchenrolle aus den zitternden Händen, der sich daraufhin an der Küchenzeile abstützte und offenbar Mühe hatte, die Fassung zu bewahren.

„Habt ihr gerade ernsthaft darüber geredet, in die Zukunft zu sehen?" In seinen weit aufgerissenen Augen spiegelte sich eine Mischung aus Ungläubigkeit und Angst, die ich nur allzu gut nachvollziehen konnte. Gerade erst hatte er erfahren, dass mein Vater noch lebte – und jetzt sprachen wir davon, einen Blick in die Zukunft zu werfen, als ob es das Normalste auf der Welt wäre.

„Was zum Teufel geht hier eigentlich vor?", fuhr Dieter erregt fort. „Gerade war ich noch im Keller und hab an einem Ast rumgeschnitzt, und jetzt wollt ihr mir ernsthaft weismachen, dass einer von euch in die Zukunft sehen kann?“

Mein Vater atmete tief durch. „Das ist … kompliziert“, erwiderte er gepresst. „Aber die Antwort ist: Ja. Lizzy und ich können verschiedene Möglichkeiten der Zukunft sehen, wobei es zu gefährlich wäre, Lizzys Zukunft – genau wie die von Rouven – anzusehen, selbst wenn sie nicht verschlossen wäre.“

Dieter öffnete fassungslos den Mund und wusste darauf anscheinend nichts zu sagen.

Ich ließ mir die Worte meines Vaters noch mal durch den Kopf gehen. „Aber vielleicht ist es das. Vielleicht ist genau das die Lösung“, murmelte ich nachdenklich, während Rouven die zerbrochene Tasse vom Boden aufhob und in den Mülleimer warf. Ich blickte meinen Vater eindringlich an. „*Unsere* Türen sind vielleicht gefährlich und verschlossen, aber deine nicht. Was ist, wenn wir uns einfach deine Zukunftsvarianten heute Nacht ansehen?“

Mein Vater strich sich durch seine kurz geschorenen Haare. „Das geht nicht.“

„Wieso nicht?“

„Es geht nicht, *weil ich es schon versucht habe*“, erwiderte er heftig. „Ich habe vorhin schon ein Dutzend Mal versucht, herauszufinden, was heute Nacht passieren wird. Aber ich kann es nicht sehen. Ich kann *dich* in meiner Zukunft nicht sehen, Lizzy. Dich nicht und auch Rouven nicht.“

„Vielleicht liegt das an der Prophezeiung“, meinte Rouven. „Vielleicht verhindert sie irgendwie, dass wir schon im Vorfeld etwas erfahren.“

„Aber wozu haben wir unsere Gaben dann überhaupt?“, fuhr ich ihn an. Einen Augenblick später, senkte ich verzweifelt den Kopf. „Es tut mir leid. Es ist nur …“

„Ich weiß“, erwiderte er leise und drückte meine Hand. „Du hast Angst um sie.“

„Eine Prophezeiung gibt es auch noch?“, fragte Dieter und stützte sich schwer auf einer Stuhllehne ab. „Und was steht da drin?“

„Das heilige Tor erhebt sich vor dem großen König, lässt alle erzittern vor seiner dunklen Macht.

Die Drei werden sich gegenübertreten, um ihr Schicksal zu vollenden, wo alles begann, wo der König seine Kraft bezieht.

Und beide Ströme der Zeit, verbunden durch die größte Kraft, vereinen ihre Gaben“, rezitierte mein Vater.

„Und wer sind diese Ströme der Zeit?“, fragte Dieter mit zusammengezogenen Augenbrauen.

„Das sind wir“, sagte Rouven. „Lizzy und ich. Sie kann in die Zukunft sehen und ich in die Vergangenheit.“

Dieters Gesicht wurde bleich. „Ich glaube, ich brauche jetzt etwas Stärkeres als Kaffee“, murmelte er und strich sich über seinen grauen Bart, bevor er die Küche verließ und wenig später mit einer Flasche Schnaps zurückkam. „Noch jemand?“, fragte er in die Runde und wir schüttelten alle drei den Kopf.

Dieter schenkte sich ein Glas ein und räusperte sich nach dem ersten Schluck. Offenbar half ihm der Schnaps dabei, die ganzen Informationen besser zu verkraften. „Ihr beiden seid also durch die größte Kraft verbunden. Und seit wann geht das schon? Doch nicht etwa in meinem Haus, als du ihm dein Zimmer gezeigt hast, oder?“

Ich wechselte einen schnellen Blick mit Rouven und spürte, wie ich rot wurde. War die Prophezeiung etwa so gemeint? Ging es um Liebe? Oder vielleicht tatsächlich um Sex?

Auch Rouven schien sich darüber Gedanken zu machen, denn er zog die Augenbrauen zusammen und nahm den Blick nicht von mir. Hatten wir uns heute miteinander verbunden, so wie es die Prophezeiung von uns erwartete? Die Bilder von heute Nachmittag tauchten automatisch vor mir auf und ich fühlte wieder, wie nah Rouven und ich uns gewesen waren.

Rouven räusperte sich und ich fühlte, dass wir es tun mussten. „Wir sollten noch einmal versuchen, meine Zukunftstür zu öffnen. Vielleicht hat sich in der Zwischenzeit etwas verändert und sie ist gar nicht so gefährlich, wie wir denken."

„Lizzy, nein", sagte mein Vater augenblicklich.

„Aber was sollen wir sonst tun? Sollen wir hier rumsitzen und Alexa einfach sterben lassen? Dazu bin ich nicht bereit." Voller Entschlossenheit blickte ich ihm direkt in die Augen. Er konnte sagen, was er wollte, ich würde versuchen, Alexa zu retten – unabhängig davon, ob ich mich damit in Gefahr brachte.

„Aber selbst wenn es nicht gefährlich wäre, warum sollte es jetzt auf einmal funktionieren?", fragte mein Vater verständnislos. Als er dem Blick von Rouven und mir begegnete, runzelte er die Stirn.

„Na bravo", murrte Dieter und kippte auch das zweite Glas hinunter. „So viel also zu meinen Regeln."

Mein Vater atmete tief durch und schien nicht genau zu wissen, was er sagen sollte.

„Ich finde, wir sollten es versuchen", stimmte Rouven mir zu. „Oder hast du eine bessere Idee?"

Einen Moment lang herrschte Stille. „In Ordnung", meinte mein Vater schließlich. Dabei war ihm anzusehen, wie schwer es ihm fiel, sich zu dieser Antwort durchzuringen. „Versucht es. Aber seid vorsichtig. Achtet immer auf eure Energie – und wenn irgendwo eine Todestür auftaucht, dreht ihr sofort um und kommt zurück."

Kapitel 23

„Und was genau wird das jetzt?“

Dieters Stimme klang ein wenig ruppig, aber ich konnte die Sorge in seinen grauen Augen sehen, als er mich und Rouven dabei beobachtete, wie wir voreinander Aufstellung bezogen.

„Zuerst erzählst du was von irgendwelchen Todestüren – und jetzt möchtest du sie wirklich in ihre Zukunft sehen lassen?“

Dafür, dass Dieter innerhalb weniger Minuten erfahren hatte, dass mein Vater noch lebte, meine Mutter ermordet und Alexa entführt worden war, schlug er sich wirklich tapfer. Vor allem, da wir mit der Erwähnung der Todestüren ziemlich abgedreht auf ihn wirken mussten und er vielleicht insgeheim annahm, dass wir alle drei an derselben Wahnvorstellung litten.

„Mir fällt momentan nichts Besseres ein, sonst würde ich sie auch sofort davon abhalten“, erwiderte mein Vater und stand auf. Dabei vermied er den Blick zu seinem Patenonkel und mir war klar, dass die Situation auch für ihn nicht einfach war. Die Angst um Alexa hing wie eine schwarze Wolke über unseren Köpfen und ließ alles andere in den Hintergrund treten – doch ich war mir sicher, dass mein Vater sich ein Wiedersehen mit Dieter auch ganz anders gewünscht hätte.

„Falls du es schaffst, tatsächlich in deine Zukunft zu sehen, vergiss nicht, dass es auch ganz anders kommen kann“, erinnerte mein Vater mich gepresst und ich nickte ihm zu. Die Anspannung im Raum war beinahe mit den Händen greifbar und ich versuchte, sie auszublenden, während ich meine Finger auf mein Herz legte und die Augen schloss. Dabei dachte ich an das, was noch vor uns lag, und versuchte, die Angst um meine Schwester einen Moment lang zur Seite zu schieben.

Als der erwartete Stromschlag ausblieb, wallte eine hässliche Panik in mir auf. Das Ticken der Küchenuhr führte mir deutlich vor Augen, dass wir kaum noch Zeit hatten, und schnürte mir den Brustkorb zusammen.

„Atme“, hörte ich Rouven beruhigend sagen und spürte, wie er mit seinen warmen Fingern meine linke Hand drückte. „Und denk dabei an die Zukunft.“

„Ich habe Angst vor der Zukunft“, hauchte ich, während mir meine Vorstellungskraft wieder die schrecklichsten Szenarien durch den Kopf schmiss.

Rouven nickte. „Ich weiß. Aber was immer geschehen soll, wird geschehen, Lizzy. Die Zukunft lässt sich nicht aufhalten.“

„Die Zukunft lässt sich nicht aufhalten“, flüsterte ich erstickt und fühlte, wie mir eine Träne unter den geschlossenen Lidern hervorquoll und über meine Wange lief. Die Vorstellung, dass Alexa etwas zustieß, tat so unglaublich weh, dass ich mich nicht richtig konzentrieren konnte.

„Atme“, befahl Rouven mir erneut mit tiefer Stimme und ich versuchte, meine Gefühle nicht die Kontrolle übernehmen zu lassen, als mich ein elektrischer Schlag durchfuhr und unsere Umgebung im nächsten Moment in völliger Lautlosigkeit versank.

Erleichtert schlug ich die Augen auf und blickte mich um. Dieters erstarrte Küche vermittelte mir einen trostlosen Eindruck – aber zumindest hatte die Uhr aufgehört, unaufhaltsam weiter zu ticken. Angespannt trat ich aus meinem bewegungslosen Körper heraus und richtete den Blick auf meine dunkelblaue Tür, die sich direkt neben Rouvens Vergangenheitstür an der Wand befand. Einen Augenblick später löste sich Rouvens schimmernde Gestalt aus seinem eingefrorenen Ich und griff nach meiner Hand. Ein Schauer an violetten Funken begleitete die Berührung und ich war unendlich erleichtert, nicht allein den Zeitenraum betreten zu müssen, der mir noch nie so viel Angst eingejagt hatte wie heute. Dennoch versuchte ich, nicht zu lange darüber nachzudenken, ob die schreckliche Kälte und die schwarzen Blitze wieder auftauchen würden. Wenn es so war, konnte ich es ohnehin nicht ändern.

„Bereit?", fragte Rouven und drückte meine Finger.

„Das bin ich", bestätigte ich und trat gemeinsam mit ihm vor die Tür, bevor ich entschieden nach dem silbernen Knauf griff.

Kaum hatten Rouven und ich die weiße Kammer betreten, setzte sich das Zeitenrad auch schon in Bewegung. Ich konnte fühlen, wie uns jede Umdrehung weiter in die Zukunft brachte, und merkte, wie ein unkontrolliertes Zittern meinen Körper erfasste. Die hellblauen Blitze an den Wänden wirkten ebenfalls unberechenbarer als sonst und ich hatte den Eindruck, dass sie meine Gefühlslage widerspiegelten. Gerade noch hatte ich angenommen, dass Alexa sich mit Dennis auf einem Konzert vergnügte, und nun war plötzlich ihr Leben in Gefahr. Angespannt fixierte ich die Verästelungen an den Wänden. Immerhin hatten sie sich bisher nicht dunkel verfärbt – und auch die Kälte, die ich bei meinen letzten Besuchen in meinem Zeitenfoyer empfunden hatte, war noch nicht aufgetreten.

„Wo sind wir?", fragte Rouven, der im Gegensatz zu mir nicht spüren konnte, in welcher Zeit wir uns befanden.

„Etwa eine halbe Stunde in der Zukunft", flüsterte ich, während die Energie des Zeitenraumes durch mich hindurchfloss und die Schwingungen mich von Kopf bis Fuß erfüllten.

„Okay. Dann versuch, das Rad kurz nach Mitternacht anzuhalten", rief Rouven über das elektrische Summen hinweg.

Ich nickte und richtete meinen ganzen Willen auf die unmittelbare Zukunft, wobei ich mich besonders stark auf Mitternacht konzentrierte. Ich musste wissen, welche Möglichkeiten uns dort erwarteten – darin legte ich all meine Liebe für meine Schwester und all meine Entschlossenheit, ihr zu helfen. Schließlich spürte ich, dass sich das Zeitenfoyer dem gewählten Zeitpunkt in einem wahnsinnig schnellen Tempo näherte, und bekam Panik, das Rad nicht rechtzeitig stoppen zu können.

„Du kannst das", hörte ich Rouven neben mir sagen, der meine Angst spüren musste.

Hastig nickte ich und fokussierte mich ganz und gar auf den Wunsch, das Zeitenfoyer exakt eine Minute nach Mitternacht anzuhalten. Ich fühlte die Zeit an mir vorbeirasen, spürte die gewaltige Kraft des Stromes, die immer schneller zu werden drohte, und stemmte mich mit meinem ganzen Willen gegen den Sog. Rouven hielt die ganze Zeit über meine Hand und ich fühlte meine Kräfte schwinden, als endlich das charakteristische Zischen ertönte und das Zeitenrad langsamer wurde. Die hellblauen Blitze verästelten sich ein letztes Mal knisternd bis an die Decke, als die Kammer schließlich zum Stillstand kam und einen Moment später meine Zukunftstür mit der Wucht eines Blitzes in die Höhe schoss. Goldene Funken stoben uns entgegen und ich presste die Lippen aufeinander, während ich die Tür anstarrte. Sie kam mir noch größer als beim letzten Mal vor und ich wünschte mir so sehr, dass sie sich öffnen ließ, dass es beinahe wehtat.

„Sie ist zumindest schon mal nicht schwarz", sagte Rouven, der ganz offensichtlich etwas Positives beitragen wollte.

„Das stimmt. Trotzdem habe ich Angst, dass es nicht funktioniert." Meine Stimme war nicht mehr als ein Flüstern, doch Rouven verstand mich trotzdem.

„Es wird funktionieren." Er wandte sich mir zu und zwang mich, ihn anzusehen. Nervös ließ ich meinen Blick über seine rot schimmernde Gestalt nach oben wandern und landete schließlich in seinem Gesicht. „Seit dem Tod meiner Mutter fühlt es sich an, als wäre mein Leben ein Chaos", gestand er mir leise. „Und es ist ein Chaos. Es ist das absolute Chaos, aber mit dir habe ich das Gefühl, alles zu schaffen …" Rouven holte tief Luft und schüttelte dabei leicht den Kopf. „Schon vom ersten Moment an wusste ich, dass du etwas Besonderes bist, Lizzy."

In seiner Stimme lag so viel Gefühl, dass ich nicht wusste, was ich darauf erwidern sollte.

„Lass es uns zusammen ausprobieren", sagte Rouven und zog mich sanft zu meiner Zukunftstür. Nickend legte ich mit ihm meine Finger um den goldenen Knauf und ließ die Liebe, die ich für ihn empfand, durch mich hindurchfließen. Dann schloss ich die Augen und dachte an Alexa, bevor wir den Türgriff gemeinsam so weit nach rechts drehten, bis ein leises Klicken erklang.

„Oh mein Gott! Es hat geklappt", flüsterte ich, als die blaue Tür mit den goldenen Ornamenten lautlos vor mir aufschwang. Die Szene dahinter war jedoch so dunkel, dass ich im ersten Moment kaum etwas erkennen konnte. Vorsichtig trat ich über die Schwelle und sah mich um.

„Irgendetwas stimmt hier nicht", murmelte ich. Abgesehen von der auffälligen Dunkelheit flimmerte das Bild auch noch leicht, als ob es sich nicht richtig scharf stellen ließe.

„Was ist hier los?", fragte Rouven und drehte sich mit mir im Kreis. „Sind die Zukunftsvarianten, in denen du normalerweise bist, auch so finster?"

Ich schüttelte den Kopf. „Nein, überhaupt nicht. Vielleicht sind das noch Begleiterscheinungen der Sperre, die uns bisher daran gehindert hat, in unsere eigene Zukunft zu gehen."

Nur verschwommen konnte ich unsere zukünftigen Ichs neben der alten Eiche auf dem Stadtplatz wahrnehmen. Der Regen prasselte auf uns nieder und ich fuhr erschrocken zusammen, als in dieser Zukunft ein greller Blitz über den Himmel zuckte und knisternd in den Baum einschlug. Der Blitz spaltete einen dicken Ast direkt über den Köpfen unserer zukünftigen Ichs, der mit einem lauten Krachen herunterbrach.

„Nein!", brüllte die zukünftige Lizzy, als Rouven sie zur Seite stieß und der abgebrochene Ast sie knapp verfehlte, dafür aber Rouven traf. Er schrie gequält auf, als der schwere Ast sein Bein zertrümmerte.

„Oh nein", stöhnte ich und schlug mir die Hand vor den Mund.

„Okay, das geht ja wohl nicht so gut für mich aus“, murmelte Rouven und sah sich intensiv um. „Kannst du irgendwo den Gedankenleser erkennen?“

Ich entfernte mich ein paar Schritte von Rouvens verletztem Zukunfts-Ich und sah mich angespannt um. Die ganze Welt schien von schwarzen Nebelschlieren durchdrungen zu sein und erlaubte es mir nicht, mehr Details unserer Umgebung wahrzunehmen. „Ich kann ihn nirgendwo finden.“

„Dann sollten wir umkehren“, bemerkte Rouven entschlossen und zog mich an der Hand zurück in den Zeitenraum. „Schließlich hat uns dein Vater extra darauf hingewiesen, dass wir unsere Energie gut einteilen sollen.“

Ich nickte und folgte ihm ins Zeitenfoyer. „Immerhin wissen wir jetzt, dass wir nicht so knapp unter der Eiche stehen dürfen, wenn der Blitz einschlägt.“

Kaum hatte ich das gesagt, dehnte sich das Zeitenfoyer aus und ein halbes Dutzend neue Türen poppten darin auf, deren goldene Verzierungen wunderschön glänzten.

„Was passiert hier?“, fragte Rouven.

„Ich weiß es nicht“, antwortete ich und betrachtete geschockt die neuen Türen. „Offenbar haben sich gerade neue Möglichkeiten für uns ergeben.“ Nervös wandte ich mich zu ihm um. „Es muss an unserem Wissen über die Zukunft liegen. Das Zeitenfoyer zeigt mir neue Entscheidungsmöglichkeiten, weil wir uns jetzt mit größerer Wahrscheinlichkeit nicht mehr unter den Ast stellen würden, der bei dem Blitzeinschlag vom Baum abbricht.“

Rouven nickte. „Wahrscheinlich hast du recht“, sagte er dann und sah sich in dem ausgedehnten Entscheidungsraum um. Knapp zehn Türen waren darin dicht an dicht im Halbkreis angeordnet und ich überlegte kurz, ob jede neue Information zu noch mehr Entscheidungsmöglichkeiten – und Türen – führen würde. „Lizzy, wir müssen vorsichtig sein und uns unsere Kräfte gut einteilen. Wenn wir uns jetzt alle Türen ansehen, fehlt uns dann die Kraft für später …“

„Ich weiß. Aber wir sollten dennoch versuchen, so viele wie

möglich zu sehen, um unsere Optionen zu kennen", erwiderte ich und zog Rouven zu einer der neuen Türen.

In dieser Zukunft herrschte dichter Nebel und ich blickte mich irritiert um. Durch die hellgrauen Nebelschwaden konnte ich kaum etwas erkennen, doch trotz allem war ich mir sicher, mich diesmal nicht draußen aufzuhalten, sondern in einer Art Raum gelandet zu sein. Was überhaupt keinen Sinn ergab, da ich über meinem Kopf die weit verzweigten Äste eines Laubbaumes erkennen konnte, der bis in einen dichten Wolkenhimmel hinaufreichte. In diesem Moment zuckte ein violetter Blitz aus der Wolkendecke in die Baumkrone. Seine Kraft war so gewaltig, dass ich instinktiv zurückwich, während Rouven nach meiner Hand griff.

„Was passiert hier?"

„Ich weiß es nicht", erwiderte ich irritiert. „Lass uns von hier verschwinden und die nächste Tür ausprobieren."

Gemeinsam traten wir zurück in das Zeitenfoyer.

„Was, glaubst du, war das?", fragte ich nervös. Dabei hatte ich das Gefühl, die Energie des Blitzes noch immer auf meiner Haut zu fühlen, während ich gleichzeitig auch die Anstrengung spürte, mir hintereinander so viele verschiedene Zukunftsvarianten anzusehen.

Rouven schüttelte den Kopf. „Ich weiß es nicht. Aber was auch immer es war, es hat sich nicht besonders gut angefühlt."

In diesem Moment dehnte sich das Zeitenfoyer erneut aus und ich zuckte zusammen, als ein eisiger Hauch durch den Raum wehte.

„Oh nein", flüsterte ich und umklammerte Rouvens Hand automatisch fester. „Es passiert schon wieder." Im selben Moment tauchten an die zehn neuen Türen neben den anderen im kreisrunden Zeitenfoyer auf. Fröstelnd starrte ich auf die neuen Möglichkeiten meiner Zukunft, als ich sah, wie sich die Hälfte der Türen von innen schwarz zu färben begannen.

Rouven griff fluchend nach meinem Arm und zog mich instinktiv zurück, während ich mit hämmerndem Herzen *auf die schwarzen Türen starrte. Sie befanden sich relativ nah beisammen und erschienen mir gar nicht mehr so gefährlich. Ihr mattschwarzes Türblatt hatte sogar etwas Verlockendes und ich hätte am liebsten einen Schritt in ihre Richtung gemacht, obwohl mein Verstand mich davor warnte, ihnen zu nahe zu kommen.*

„Das war's. Wir verschwinden", erklärte Rouven und zog mich noch weiter zurück.

„Nein!", widersprach ich heftig und machte mich los. „Wir haben doch noch so gut wie gar nichts gesehen! Das reicht nicht, um Alexa zu retten!"

„Aber hier sind gerade fünf verdammte Todestüren aufgetaucht!", schrie er mich an und ich konnte die Angst in seinen Augen sehen. „Du weißt, was dein Vater gesagt hat. Wir müssen hier auf der Stelle raus."

Störrisch schüttelte ich den Kopf. „Ich kann ihnen widerstehen. Ich weiß es, Rouven." Noch während ich das sagte, fühlte ich die Anziehung der schwarzen Türen in meinem Rücken, doch ich wollte mich nicht von der Angst leiten lassen. „Du bist bei mir. Wir sehen uns nur noch ein paar Varianten an. Vielleicht ist eine dabei, die uns dabei hilft, die Identität des Gedankenlesers endlich aufzudecken. Vielleicht können wir so endlich einen Vorteil erringen."

„Das ist total verrückt."

„Bitte", flüsterte ich und deutete auf eine hellblaue Tür ganz links. „Lass es uns dort probieren. Du bist doch bei mir, um auf mich achtzugeben."

Rouven zögerte. Ich fühlte den festen Druck seiner Hand und nickte ihm so zuversichtlich wie möglich zu, während ich gleichzeitig spürte, wie die Dunkelheit der Todestüren immer fester an mir zog.

„Okay. Aber nur, weil sie am weitesten von den Todestüren entfernt ist. Und danach verschwinden wir von hier."

Ich nickte sofort und trat mit ihm durch die Tür ganz links.

Diesmal landeten wir wieder unter der alten Eiche, deren Äste sich unter dem heulenden Sturm bogen. Die durchdringende Dunkelheit ließ uns kaum etwas erkennen, aber ich konnte zumindest sehen, dass sowohl Rouven als auch ich nicht direkt unter dem Baum standen, um von einem Ast erschlagen zu werden.

„Nein“, stieß der zukünftige Rouven ungläubig hervor, als eine schwarz gekleidete Gestalt hinter dem Stamm hervortrat. Offenbar handelte es sich dabei um den Gedankenleser, aber es war zu dunkel, um das Gesicht der Person zu erkennen. Im nächsten Moment fiel plötzlich ein Schuss durch die Nacht und die Gestalt sackte lautlos zusammen. Mit einem erschrockenen Schrei fuhr die zukünftige Lizzy herum und ich spähte ebenfalls angespannt durch die sturmgepeitschte Nacht.

„Kannst du sehen, wer das war?“, fragte ich Rouven drängend, der mich instinktiv an sich gezogen hatte.

„Oh nein“, murmelte Rouven und starrte in Richtung einer Person, die mit einem Gewehr im Anschlag zwischen den Bäumen auf uns zukam. Dabei hatte ich das Gefühl, kurz ohnmächtig zu werden, als ich die vertrauten Züge auf dem schmalen Gesicht entdeckte – denn derjenige, der geschossen hatte, war niemand anderer als mein Vater.

„Mein Vater kann den Gedankenleser erschießen“, flüsterte ich, als wir zurück in meinem Zeitenfoyer waren. Kaum hatten die Worte meinen Mund verlassen, lief eine Erschütterung durch den Raum und das Zeitenfoyer begann sich in einem wahnsinnig schnellen Tempo auszudehnen, bis es etwa den zehnfachen Umfang hatte als zuvor. Eine Welle der Kälte flutete über uns hinweg und ich klammerte mich an Rouven fest, als an die fünfzig neuen Türen in die Höhe schossen. Ihre knisternde Energie ließ die Luft vor lauter Spannung vibrieren und ich merkte, wie sich die Härchen auf meinen Armen aufstellten, als ich bemerkte, dass gut die Hälfte der Türen vor meinen Augen pechschwarz wurden.

Ihre Dunkelheit strahlte mir entgegen wie ein düsteres Feuer und ich fühlte, wie der Wunsch, ihnen näher zu kommen, immer *stärker wurde, je mehr von ihnen vor mir auftauchten.*

„Nein!", brüllte Rouven und zog mich heftig zurück, als ich aus dem Zentrum des Raumes einen Schritt in Richtung einer ganzen Ansammlung von Todestüren machen wollte. Sie schienen mich zu rufen und ich fühlte eine unbändige Sehnsucht, ihnen näher zu kommen. Verlangend streckte ich die Hände in ihre Richtung, während Rouven beide Arme um meine Taille schlang und mich zurückzerrte.

„Hör auf!", rief ich und versuchte, Rouvens Griff abzuschütteln. Das tiefe Schwarz der Türblätter versprach mir nichts als Ruhe und ich spürte Tränen über meine Wangen laufen, da ich mich so sehr danach sehnte, endlich loszulassen. Mein Leben einfach abzustreifen und keine Angst mehr zu haben.

„Lizzy! Sieh mich an!", schrie Rouven. Sein Griff war so fest, dass ich mich nicht daraus befreien konnte, während mein Wunsch, eine der Türen zu öffnen, immer stärker wurde.

„Lass mich los!", kreischte ich und versuchte, seine Umklammerung abzuschütteln, während ich meine ganze Kraft darin legte, eine der schwarzen Türen zu erreichen.

„Lizzy, nein!", brüllte Rouven und stemmte sich verzweifelt gegen den Sog, der immer stärker und stärker wurde.

„Lass mich gehen!", wimmerte ich. „Ich ertrage es nicht, sie auch noch zu verlieren." Tränen liefen mir über die Wangen, als ich an Alexa dachte, und ich fühlte mich so erschöpft, als ob ich tagelang nicht geschlafen hätte. Alles, was ich wollte, war, endlich die Augen zu schließen. Und ich spürte, dass die Türen dazu in der Lage waren, mir die erhoffte Ruhe zu geben.

„Nein, du kriegst sie nicht!", fauchte Rouven und zerrte mich Schritt für Schritt zu der weißen Tür hinter uns, die zurück in die Gegenwart führte. Ich versuchte verzweifelt, seine Hände abzustreifen, aber Rouven packte mich nur noch fester um die Taille und schleppte mich rückwärts aus dem Zeitenfoyer, bis der Sog plötzlich nachließ und mich eine tröstliche Dunkelheit umfing.

Kapitel 24

„Lizzy? Geht es dir gut?“

Die Stimme meines Vaters drang wie durch einen Wattefilter zu mir durch und ich schlug die Augen auf.

„Was ist passiert?“ Mein ganzer Körper fühlte sich wie erschlagen an und ich registrierte, dass ich auf Dieters Küchenboden auf dem Rücken lag.

„Du bist kurz ohnmächtig gewesen“, sagte mein Vater. Sein ausgezehrtes Gesicht war voller Sorge und die Falten neben seinen Mundwinkeln noch ausgeprägter als sonst. Sofort musste ich an Alexa denken.

„Wie lange?“, keuchte ich und setzte mich auf.

„Nicht lange“, erwiderte Dieter beruhigend und drückte Rouven ein Glas Wasser in die Hand, der ebenfalls auf dem Boden saß und so fertig aussah, als hätte er drei Tage nicht geschlafen. Und auch ich fühlte mich so, als hätte man mich einmal durch den Fleischwolf gedreht.

„Alles okay?“, fragte ich Rouven und warf gleichzeitig einen Blick auf die Küchenuhr. Es war schon nach elf.

„Mir geht's gut“, erwiderte er erschöpft. „Ich war mir nur nicht sicher, ob wir es da raus schaffen.“

„Wieso? Was ist passiert?“, fragte mein Vater alarmiert.

Rouven warf mir einen kurzen Blick zu und fuhr sich dann über die Augen. „Todestüren“, erklärte er knapp. „Es waren unzählige. Und Lizzy wollte unbedingt dort hin.“

„Verdammt“, hauchte mein Vater und ließ sich auf den nächstbesten Stuhl sinken. „Wie viele waren es?“

Ich schluckte. „Ungefähr die Hälfte. Ich würde sagen, meine Chancen stehen fünfzig zu fünfzig.“

„Fünfzig zu fünfzig, was?“, mischte sich Dieter ruppig ein.

„Fünfzig zu fünfzig, dass ich die Nacht überlebe“, erwiderte ich leise. Dabei dachte ich wieder an das Gefühl, als die Türen mich angezogen hatten. In diesem Moment hatte ich jedoch keine Angst gespürt.

„Bevor die ganzen Todestüren aufgetaucht sind, haben wir etwas gesehen“, erklärte Rouven nun in die betroffene Stille hinein. „Es gibt eine Möglichkeit, den Gedankenleser zu besiegen.“

„Welche Möglichkeit?“, fragte mein Vater scharf.

„Wir haben den Gedankenleser sterben gesehen“, sagte ich.

Dieter räusperte sich. „Habt ihr denn gesehen, wer dieser … dieser Gedankenleser ist?“

„Nein. Die Szenen waren alle ziemlich dunkel“, gab ich zu und sah, wie Dieter sich ein weiteres Glas Schnaps einschenkte und es hinunterstürzte, bevor er sich an den Küchentisch setzte.

„Ich kann das alles noch immer nicht glauben“, murrte er kopfschüttelnd.

„Und wie ist der Gedankenleser gestorben?“, hakte mein Vater angespannt nach.

„Er wurde erschossen.“

„Von wem?“, fragte mein Vater tonlos.

Ich zögerte kurz. „Von dir.“

Daraufhin herrschte einen Moment lang Stille, bevor mein Vater begann, unruhig in der Küche hin und her zu laufen. „Und wie könnt ihr euch sicher sein, dass ich den Gedankenleser erschossen habe?“

„Du würdest doch sich nicht einfach so auf irgendwelche Leute schießen“, sagte ich und wünschte, er würde aufhören, durch die Küche zu tigern. „Und wer sollte es sonst gewesen sein, außer der Gedankenleser? Es würden doch nicht irgendwelche Spaziergänger gerade zufällig um Mitternacht hinter der Eiche hervorkommen?“

Mein Vater seufzte. „Wir wissen noch immer zu wenig. Deshalb sollten wir uns die nächsten Schritte gut überlegen.“

Ich atmete tief durch und nickte. Dann setzte ich mich an den Tisch, da ich mich noch immer etwas wackelig fühlte.

„Ich weiß gerade echt nicht, was ich denken soll", gab ich schließlich zu. „Auf der einen Seite wird mir schon allein bei dem Gedanken übel, dass du jemanden erschießen könntest – selbst wenn es der Gedankenleser ist, der schon so viel Leid über unsere Familie gebracht hat. Doch dann denke ich an Alexa und mir wird klar, *dass ich wirklich alles tun würde*, um sie zu retten."

„Ich auch, Lizzy", flüsterte mein Vater. „Das musst du mir glauben."

„Nun, im Keller steht noch immer mein altes Jagdgewehr", sagte Dieter in die Stille hinein und ich dachte daran, dass er Dennis und Rouven schon damit gedroht hatte. „Wenn dieses Zukunftsding tatsächlich funktioniert, hat Lizzy vielleicht das gesehen."

Mein Vater atmete tief ein und fuhr sich durch seine kurz geschorenen braunen Haare, bevor er ebenfalls einen Blick auf die Küchenuhr warf. Ihr Zeiger rückte unerbittlich weiter und mir wurde bewusst, dass wir nicht mehr viel Zeit hatten. Wenn wir nicht um Mitternacht bei der alten Eiche waren, würde der Gedankenleser Alexa töten. Doch was passierte, wenn mein Vater ihn erschoss? Würde Alexa dann ebenfalls sterben?

„Okay, ich sehe es mir mal an", sagte mein Vater in dem Moment.

Seine Worte führten dazu, dass mein Herz in einen wilden Galopp verfiel. Plötzlich war ich mir nicht mehr sicher, ob der Versuch, den Gedankenleser zu erschießen, wirklich so eine gute Idee war. Was, wenn Alexa genau deshalb sterben würde?

„Wir müssen es jetzt noch nicht entscheiden", sagte mein Vater zu mir und ich nickte, als Dieter sich von seinem Stuhl in die Höhe stemmte und zum offenen Küchenausgang schlurfte.

„Komm mit, Junge", warf er meinem Vater zu und blickte kurz aus dem Fenster. Dabei kniff er für einen Moment die

Augen zusammen, als plötzlich ein gleißender Blitz die Nacht erhellte. Dann wandte er sich ab und ich sah den beiden zu, wie sie den Raum verließen und in den Flur traten, wo sich der Zugang zur Kellertreppe befand.

„Hey. Alles okay?", fragte Rouven, der vor mir in die Hocke ging und nach meinen Händen griff. In seinen tiefbraunen Augen lag so viel Zärtlichkeit, dass ich unwillkürlich schluckte.

„Ich habe Angst", sagte ich leise. „Angst, dass wir einen Fehler machen." Unruhig senkte ich den Blick. „Vielleicht haben wir die falschen Türen gewählt, vielleicht hätten wir uns andere Möglichkeiten der Zukunft ansehen müssen."

„Selbst wenn, können wir es jetzt nicht mehr ändern."

Die Ruhe in seiner Stimme führte dazu, dass ich mich ein bisschen besser fühlte. Aber nicht viel.

„Vielleicht ist unsere Zukunft vorbestimmt, Lizzy, und wir können nichts dagegen tun. Vielleicht tritt sie genau so ein, wie Nostradamus sie in seiner Prophezeiung vorhergesehen hat. Und wenn das so ist, können wir nichts anderes tun, als unser Bestes zu geben", sagte Rouven und strich mir eine Haarsträhne aus dem Gesicht, als aus dem Keller ein kurzes Rumpeln zu hören war.

Ich wandte den Kopf zur Kellertreppe und war mir nicht sicher, ob ich hoffen sollte, dass Dieter das alte Gewehr fand oder dass er es nicht fand.

„Fakt ist, all deine Zweifel führen zu nichts", fuhr Rouven fort. „Sie kosten dich nur Kraft. Es bringt nichts, wenn du die Vergangenheit hinterfragst, weil sie schon vergangen ist. Und es bringt genauso wenig, die Zukunft zu fürchten, weil wir sie ohnehin nicht verhindern können. Das Einzige, was wir tun können, ist, in der Gegenwart aktiv zu sein."

„Schön gesagt", erklang Dieters Stimme in dem Moment hinter uns und mich durchfuhr es eiskalt, weil er so anders klang als sonst.

Innerhalb eines Sekundenbruchteils fuhr Rouven in die

Höhe und schob sich schützend vor mich, während Dieter auf der letzten Kellerstufe stehen blieb. Sein Gesicht lag im Schatten der Tür, doch dafür hatte ich einen ausgezeichneten Blick auf das alte Jagdgewehr, das er nun neben sich abstellte.

„Wo ist Christoph?“, fragte Rouven.

„Oh, Christoph macht ein kleines Nickerchen auf der Kellertreppe“, erwiderte Dieter und verschränkte entspannt die Arme vor der Brust. Dabei wirkte er so selbstsicher, als ob ihm nichts und niemand etwas anhaben könnte. „Und ihr beiden müsst bald aufbrechen, nicht wahr?“ Er nickte mit dem Kinn in Richtung der Küchenuhr, deren Zeiger unbarmherzig voranrückte. „Um Mitternacht bei der alten Eiche, war der Deal.“ Seine Stimme wurde kälter. „Du willst doch schließlich nicht, dass deiner großen Schwester etwas zustößt, oder, Lizzy?“

Seine Worte fühlten sich an, als hätte mir jemand ein Messer in die Brust gestoßen.

„Nein“, stieß ich krächzend hervor. „Das kann nicht sein. *Du* bist der Gedankenleser?“ Die Vorstellung war so ungeheuerlich und grausam zugleich, dass ich in der engen Küche zurückwich, bis ich mit dem Rücken gegen die Spüle stieß. Der Schock und die Wut über Dieters Verrat schossen durch meinen Körper und ich klammerte mich an der Kante der Arbeitsfläche hinter mir fest, während Rouven sich vor mich stellte, um mich vor Dieter abzuschirmen.

„Was genau wollen Sie eigentlich von uns?“, fragte er hart, während vor meinen Augen das Bild von meinem blutüberströmten Vater auf einer dunklen Treppe aufblitzte.

Oh mein Gott. Ich hatte seine Zukunft bereits gesehen und sie war tatsächlich eingetreten.

„Ganz einfach: Ihr sollt mir helfen, die Prophezeiung zu erfüllen“, antwortete Dieter. Seine Stimme klang noch immer so fremd, dass es mir den Magen umdrehte, und ich tastete unauffällig über die Arbeitsfläche hinter mir. Vielleicht fand ich ja ein Messer, um ihm wenigstens irgendetwas entgegensetzen zu können.

„Was sind Sie nur für ein Arsch“, knurrte Rouven und ich fühlte mein Herz in meinem Brustkorb rasen. Noch immer weigerte sich ein Teil von mir, zu glauben, dass Dieter uns die ganze Zeit etwas vorgespielt hatte, obwohl ich nur den unbarmherzigen Klang seiner Stimme hören musste, um zu wissen, dass es so war.

„Nun, zum Glück ist unsere gemeinsame Zeit begrenzt“, antwortete Dieter kalt, als ich mit den Fingerspitzen gegen etwas Hartes auf der Arbeitsplatte stieß, das unter einem Küchentuch lag. Rasch schloss ich meine Hand darum, obwohl ich nicht wusste, was es war. Das Material schien aus Metall zu sein, aber es hatte eine seltsame Form, wie eine Rolle. Dieter griff nach dem Gewehr und richtete es auf uns. Noch immer stand er im Schatten der Kellertreppe, da er uns offenbar keinen Angriffspunkt bieten wollte. „Und jetzt genug geredet. Macht euch auf den Weg zur Eiche“, befahl er und ich spürte, wie Rouven nach meiner Hand griff und mich durch den Flur in Richtung der Diele zog. Stumm folgte ich ihm, obwohl ich Dieter am liebsten meinen ganzen Zorn ins Gesicht geschrien hätte. Noch immer konnte ich es nicht fassen, mich so in dem alten Mann getäuscht zu haben.

„Was ist mit meinem Vater?“, fragte ich, als wir an Dieter vorbeigingen. Dabei versuchte ich, das runde Stück Metall so zu halten, dass er es nicht sehen konnte. Es schienen irgendwelche Buchstaben darin eingestanzt zu sein und ich spürte mein Herz bis zum Hals pochen, als mir einfiel, dass Dieter den heruntergebrochenen Ast der alten Eiche zum Schnitzen verwendet hatte. Konnte es sein, dass er darin diese Metallrolle gefunden hatte? War es eventuell sogar möglich, dass sich darauf die letzte Zeile der Prophezeiung befand?

„Er lebt noch“, antwortete Dieter ohne erkennbare Emotion. Dabei stand er noch immer auf dem letzten Absatz der Kellertreppe, sodass wir nicht an ihm vorbei hinuntersehen konnten. „Allerdings kann sich das ändern.“

„Das wird nicht notwendig sein“, sagte Rouven beherrscht und drückte meine Hand. „Wir tun, was Sie sagen.“

„Gut“, sagte Dieter und wies mit dem Gewehrlauf zur Eingangstür des Hauses. „Ich werde euch durch verschiedene Augen beobachten lassen. Manche meiner Marionetten werdet ihr sehen, andere nicht. Doch falls ihr auf die Idee kommt, irgendeinen Blödsinn zu machen, wird Christoph sterben. Und jetzt los.“

„Komm“, raunte Rouven mir zu und zog mich weiter. „Lass uns tun, was er sagt.“

Mein Herz hämmerte wie wild, als ich an Dieter vorbeiging. Dabei durchströmte mich ein solch bodenloser Hass auf den Gedankenleser, dass ich mich ihm am liebsten widersetzt hätte. Nur der Gedanke an Alexa und meinen Vater hielt mich davon ab.

„Hat es dir Spaß gemacht?“, fragte ich dennoch, als wir die Diele erreicht hatten. „Hat es dir Spaß gemacht, uns die ganzen Wochen vorzuspielen, dass dir etwas an uns liegt? Dass du anfängst, uns zu mögen? Dass du tatsächlich etwas für uns empfindest?“

„Oh, glaub mir, ich empfinde etwas für dich“, sagte Dieter, der uns durch den Flur gefolgt war. „Ich empfinde sogar jede Menge für dich. Denn du und Rouven werdet mir dabei helfen, mein Ziel zu erreichen. Und das, Lizzy, erfüllt mich mit der allergrößten Freude.“

Seine Stimme klang dermaßen kalt, dass der Zorn wieder in mir zu brodeln begann. Wütend funkelte ich ihn an und stockte im nächsten Moment. Denn der Ausdruck in seinen Augen passte nicht zu dem, was er sagte. Während Dieters Stimme vor Herablassung triefte, war sein Blick so glasig, als ob er unter Drogen stünde. Unwillkürlich drückte ich Rouvens Hand und spürte, wie mein Herz einen Satz machte, als ich es verstand.

Dieter war gar nicht der Gedankenleser.

Er wurde nur von ihm gelenkt.

Die Erkenntnis erfüllte mich mit einer Woge der Erleichterung, in die sich jedoch auch Angst mischte. Denn obwohl ich unglaublich froh war, dass es sich bei dem Gedankenleser nicht um Dieter handelte, hatte ich nicht damit gerechnet, wie viel Macht er tatsächlich besaß.

Neben mir erstarrte Rouven und ich sah an seinem Gesichtsausdruck, dass ihm der glasige Blick von Dieter ebenfalls aufgefallen war.

„Jetzt macht euch endlich auf den Weg", knurrte Dieter. „Sonst werde ich dem alten Kauz hier die Überzeugung einpflanzen, sein prähistorisches Jagdgewehr dafür zu verwenden, deinen Vater zu erschießen, Lizzy. Und glaub mir: Meinen Überzeugungen widersetzt sich niemand."

Wie paralysiert ließ ich mich von Rouven aus dem Haus auf die Straße ziehen. Die Angst um Alexa lähmte mich und ich wusste tief im Inneren, dass ich nichts anderes tun konnte, als den Anweisungen des Gedankenlesers zu folgen.

„Wir müssen tun, was er von uns verlangt", flüsterte Rouven mir zu, als wir gemeinsam in den Regen hinaustraten.

Während der kurzen Zeit bei Dieter war das Gewitter noch schlimmer geworden. Der Wind pfiff heulend um die Häuser und rüttelte an den Bäumen, während in einiger Entfernung immer wieder Blitze über den Himmel zuckten. Genauso stellte ich mir das Ende der Welt vor und ich spürte, wie mein ganzer Körper zu zittern anfing, als Rouven den Arm um mich schlang.

„Komm", sagte er und ich warf einen Blick zurück über die Schulter. Dieter stand in der hell erleuchteten Küche und blickte uns mit einem kalten Blick hinterher, um zu überprüfen, ob wir uns auch tatsächlich auf den Weg zur alten Eiche machten.

War es so geschehen? Hatte der Gedankenleser auf diese Weise Kontakt mit ihm aufgenommen, als Dieter ein paar Minuten zuvor aus dem Fenster gesehen hatte?

Gemeinsam liefen wir über die Straße an einem parkenden Auto vorbei und ich zuckte zusammen, als ich zwischen den Bäumen plötzlich eine Gestalt im Regen stehen sah. Unwillkürlich drückte Rouven mich fester an sich und ich hätte beinahe aufgeschrien, als ich Gitti erkannte. Sie trug einen vollkommen durchnässten dunklen Mantel und schien uns zu beobachten.

War sie es? Konnte Gitti die Gedankenleserin sein? Oder war sie wie Dieter bloß eine Marionette?

Mit heftig klopfendem Herzen versuchte ich, trotz des dichten Regens und der Dunkelheit den Ausdruck in ihrem Gesicht zu erkennen. Als wir uns ihr näherten, sah ich, dass sie nur einen Morgenmantel trug und total desorientiert wirkte, bevor plötzlich ein Ruck durch sie hindurchging und sie sich wie auf ein unsichtbares Kommando in unsere Richtung wandte. Dabei änderte sich ihr Gesichtsausdruck und aus der Verwirrung wurde derselbe glasige Blick, mit dem uns auch der gelenkte Dieter betrachtet hatte.

„Er beobachtet uns", flüsterte Rouven in mein Ohr und ich nickte voller Grauen. Die kontrollierte Gitti zu sehen, war fast genauso erschreckend wie zuvor bei Dieter und ich schluckte, als uns die rundliche Blumenverkäuferin auf dem Weg zur alten Eiche wie ein Schatten folgte. Trotzdem war ich froh, dass auch sie nicht die Gedankenleserin war.

„Pass auf, dass wir uns nicht zu nah unter den Baum stellen", wisperte ich Rouven zu, da ich zumindest verhindern wollte, dass wir von dem herabstürzenden Ast erschlagen wurden, wenn schon alles andere furchtbar schiefging.

Rouven nickte und warf einen Blick über die Schulter. Gitti war nicht mehr zu sehen, aber nach dem, was der Gedankenleser gesagt hatte, zweifelte ich nicht daran, dass wir weiterhin beobachtet wurden.

Wir kamen der sturmgebeutelten Eiche nun immer näher und meine Angst um Alexa vermischte sich mit der Angst um meinen Vater und um uns selbst, als eine dunkel gekleidete

Gestalt unter dem Baum hervortrat.

„Endlich“, ertönte eine tiefe Stimme, die mir nur allzu bekannt vorkam. „Ihr könnt euch nicht vorstellen, wie lange ich schon auf diesen Moment warte.“

„Oh Gott“, hauchte ich und wünschte mir verzweifelt, dass der Mann, der uns entgegentrat, auch nur gelenkt wurde. Aber während ich noch in sein vertrautes Gesicht blickte, spürte ich bereits instinktiv, dass es nicht so war. Auch wenn sich alles in mir gegen diese Erkenntnis wehrte.

„Nein“, ächzte Rouven und drückte mich noch fester an sich. In seiner Stimme schwangen das gleiche Entsetzen und die Abscheu mit, die auch ich verspürte. „Nicht du.“

Der Gedankenleser verzog keine Miene und ich sah die Regentropfen von seiner Kappe bis in seinen dichten Bart tropfen. „Ihr wirkt überrascht.“

„Wieso tust du das?“, flüsterte ich und konnte es nicht fassen, dass Bruno uns die ganze Zeit so überzeugend hinters Licht geführt hatte. All die positiven Gefühle, die ich dem Bistro-Besitzer entgegengebracht hatte, gerieten mit einem Schlag ins Wanken und es fühlte sich an, als könnte ich überhaupt niemandem mehr vertrauen.

In diesem Moment piepste die Armbanduhr, die Bruno um das Handgelenk trug, und er stellte den Ton beiläufig ab. „Es ist genau Mitternacht“, erklärte er uns dann. „Und da ihr pünktlich wart, bleibt deine Schwester vorerst am Leben.“

Die Emotionslosigkeit in seinen Worten traf mich und ich registrierte, dass er nicht zögern würde, Alexa tatsächlich zu töten. Genauso wie er meine Mutter getötet hatte.

„Wieso sind wir hier?“, fragte Rouven nun und drängte mich mit der Schulter leicht nach rechts. Ich spürte, wie er versuchte, mich einen Schritt zur Seite zu dirigieren, und schielte unauffällig nach oben in das Geäst der Eiche. Der dicke Ast, in den kurz nach Mitternacht ein Blitz einschlagen würde, hing bedrohlich über unseren Köpfen und ich vermutete, dass Rouven versuchte, Bruno direkt darunter zu locken.

„Wir sind hier, weil sich heute Nacht endlich die Prophezeiung erfüllt“, erklärte Bruno, ohne seine Position zu verändern, und blickte mich direkt an. „Du hast in Dieters Küche dazu ja schon etwas gefunden, nicht wahr, Lizzy?“

Die Kälte in seinen Augen bohrte sich in mich und ich umklammerte die Metallrolle in meiner Hand etwas fester.

In diesem Moment zuckte ein gleißend heller Blitz über den Himmel und fuhr knisternd in die alte Eiche ein. Rouven riss mich instinktiv zurück und ich keuchte auf, als die elektrische Spannung über meine Haut jagte. Bruno hechtete mit einem Schmerzensschrei zurück, als der dicke Ast abbrach und genau zwischen uns zu Boden donnerte. Rauch stieg von dem verbrannten Holz auf und verhinderte für kurze Zeit unsere Sicht auf den Gedankenleser. Hastig hob ich die Metallrolle in die Höhe und versuchte, die eingestanzten Buchstaben darin zu entziffern. Doch in dem Regen und der Dunkelheit war es trotz des schwachen Scheins der Straßenlaternen gar nicht so einfach. Hustend hielt ich das Ding so nah wie möglich an meine Augen und fühlte mein Herz bis in den Hals klopfen, als es mir gelang, die ersten Wörter zu entschlüsseln: *Bis die letzte Entscheidung nach 613 Jahren fällt …*

Weiter kam ich nicht. Stattdessen nahm ich plötzlich eine Bewegung neben mir wahr und spürte, wie mir die Metallrolle aus der Hand genommen wurde.

„Was für ein Pech, dass der alte Depp die Rolle nicht schon früher in dem Ast gefunden hat. Aber Pech scheint ja zu dir zu gehören, nicht wahr, Lizzy?“, sagte Bruno zynisch und hielt seinen Arm in einem seltsamen Winkel, als ob er Schmerzen hätte. Offenbar hatte der Ast ihn beim Herunterbrechen gestreift.

„Was steht da? Wie lautet die letzte Zeile der Prophezeiung?“, wollte ich wissen, während mir siedend heiß bewusst wurde, dass vor genau 613 Jahre wahrscheinlich der Blitz in die

Eiche eingeschlagen hatte.

Bruno warf die Metallrolle mit einer knappen Bewegung in die Dunkelheit. „Das erfahrt ihr, wenn ihr mit mir mitkommt."

„Mitkommen wohin?", fragte Rouven gepresst und versuchte sich zwischen Bruno und mich zu schieben.

„Du stellst zu viele Fragen", erwiderte der Gedankenleser kalt und streckte uns seine behaarte Hand entgegen. In diesem Moment tauchte eine Frau mit einem Regenschirm zwischen den Bäumen auf, die sich suchend umblickte. Als ich erkannte, dass es sich dabei um Betty handelte, wurde mir eiskalt.

„Hallo? Lizzy?", rief sie und kam immer näher. Ihrer Körpersprache nach zu urteilen, wurde sie nicht von Bruno gelenkt und ich machte mir große Sorgen, was er mit ihr tun würde, wenn sie ihn jetzt störte.

„Habt ihr vielleicht Gitti gesehen?", rief Betty gegen den Regen an und ich wechselte einen blitzschnellen Blick mit Rouven, dem der Ernst der Lage ebenso bewusst war wie mir.

„Nein, wieso?", fragte ich so normal wie möglich, während Betty mit großen Augen zwischen Bruno, Rouven und mir hin und her sah. Offenbar konnte sie sich keinen Reim darauf machen, warum wir uns bei diesem Wetter zu Mitternacht hier getroffen hatten.

„Weil ich sie vorhin von meinem Fenster aus gesehen habe", antwortete Betty besorgt. „Sie trug nur einen Morgenmantel und wirkte total seltsam."

„Es geht ihr sicher gut", versuchte ich, Betty zu beruhigen und dazu zu bringen, nach Hause zu gehen.

„Wir sollten uns jetzt auch auf den Weg machen", sagte Bruno. „Bevor noch irgendjemandem etwas passiert", fügte er mit Nachdruck hinzu und blickte Betty dabei direkt in die Augen.

Ich spürte, wie mir ganz kalt wurde. „Gute Nacht, Betty!", rief ich rasch, um sie dazu zu bringen, endlich von hier zu verschwinden. Ein paar hässliche Sekunden lang hatte ich das Gefühl, als ob sich ihr Blick getrübt hätte, bis sie schließlich den Gruß erwiderte und sich auf den Weg zurück machte.

„Na endlich", sagte der Gedankenleser kalt. „Folgt mir nun. Und denkt nicht daran, mich zu betrügen." Er sah mir direkt in die Augen. „Denn falls doch, wird keiner, der euch etwas bedeutet, diese Nacht überleben."

Kapitel 25

Bruno streckte uns die Hand entgegen und ich wusste, dass wir keine andere Wahl hatten, als zu tun, was er von uns verlangte. Dass er der Gedankenleser war, schockierte mich noch immer, doch meine Angst um Alexa sowie meinen Vater – und nun auch Betty – war so groß, dass sie alle anderen Gefühle in den Hintergrund treten ließ.

„Was genau sollen wir tun?“, fragte Rouven, während uns der pfeifende Wind ins Gesicht schnitt.

„Das sage ich euch, sobald wir in meinem Gedankenraum sind“, antwortete Bruno. Obwohl er genauso aussah wie der freundliche Bistro-Besitzer, den ich in den vergangenen Wochen kennengelernt hatte, schien es sich um einen völlig anderen Menschen zu handeln. Dabei war mir klar, dass es das erste Mal war, dass ich den echten Bruno zu Gesicht bekam.

Doch was würde er von uns verlangen, sobald wir uns erst einmal in seinem Gedankenraum befanden?

„Mit jeder Sekunde, die verstreicht, wird der Tod deiner Schwester unausweichlicher“, sagte Bruno ernst und ich glaubte ihm jedes Wort.

„Okay“, sagte ich schnell und streckte die Finger nach seiner Hand aus, obwohl es mich meine gesamte Überwindung kostete, ihn anzufassen. „Wir tun es.“

„Natürlich tut ihr es“, sagte Bruno und ich spürte einen kurzen elektrischen Schlag, bevor blaue und rote Blitze durch die Nacht zischten und sich einen Moment später auch schon eine Glocke der Lautlosigkeit über uns senkte.

Da wir schon so oft in der erstarrten Welt anderer Menschen gewesen waren, hatte ich erwartet, dass es bei Bruno ähnlich sein würde. Doch statt in der Stille, wie ich sie gewohnt war, fanden wir uns in einem großen weißen

Raum wieder. Er war völlig rund und mindestens drei Mal so groß wie unser Zeitenfoyer. Dichter Nebel waberte über die Wände und sammelte sich auf dem weißen Boden, wo er sich zu einem blickdichten hellgrauen Dunst verband. Eine watteartige Stille lag über diesem Ort, den ich mir irgendwie ganz anders vorgestellt hatte.

Fassungslos blickte ich mich um. Offenbar befand sich hier keine einzige Tür, doch das war noch nicht das Besondere. Das Besondere war die riesige Eiche, die genau im Zentrum stand und ihre grünen Zweige bis zu einer hohen weißen Wolkendecke erstreckte. Ein leises, energetisches Summen schien von ihr auszugehen und ich konnte regelrecht die Magie spüren, die durch ihre Wurzeln und den dicken Baumstamm bis in die weit verzweigten Äste floss und alles hier mit ihrer Energie durchdrang. Offenbar hatten wir recht gehabt und der Gedankenleser bezog seine Kraft tatsächlich aus der Eiche, in die der magische Blitz eingeschlagen war. Stand sie deshalb hier in seinem Gedankenraum? War ihre Verbindung dermaßen stark?

„Willkommen“, sagte Bruno. „Seht euch in Ruhe um. Ich habe mir sagen lassen, dass eure Zeitenfoyers deutlich kleiner sind als mein Gedankenraum.“

Mit diesen Worten marschierte er durch den wabernden Nebel auf die riesige Eiche zu, die der echten draußen in dem Unwetter täuschend ähnlich sah. Offenbar schien er hier keine Schmerzen mehr zu haben und ich sah angespannt zu, wie Bruno seine Hand auf den Stamm des Baumes legte und dabei kurz die Augen schloss. Im nächsten Moment begannen die Blätter zu rascheln, als ob ein heftiger Wind hindurchgefahren wäre, und ich konnte den Fluss der Magie wie ein Prickeln auf meiner Haut spüren.

„Was denkst du, Betty?“, fragte Bruno hart und ich keuchte auf, als Bettys Stimme plötzlich hörbar von den weißen Wänden widerhallte.

Was machen Rouven und Lizzy mitten in der Nacht bei

diesem Unwetter unter der alten Eiche? Und wieso hat mich dieser Bistro-Besitzer so seltsam angesehen? Irgendetwas stimmt hier nicht. Zuerst Gitti und dann das. Vielleicht sollte ich die Polizei einschalten.

Bettys Gedanken schwebten wie Nebelfetzen durch den Raum und ich spürte, wie mir ein Schauer über die Haut lief, als ich die Grausamkeit in den Augen des Gedankenlesers aufblitzen sah.

„Interessant. Betty überlegt also, die Polizei einzuschalten", bemerkte er kalt und legte erneut seine Hand auf den Stamm. „Betty!", rief er dann mit dröhnender Stimme, die wie eine gewaltige Woge durch den weißen Raum brandete.

Ja?, hörte ich Bettys gewisperte Antwort und hatte das Gefühl, als ob mir jemand den Magen umdrehen würde. Die Ergebenheit in ihrer Stimme war so groß, dass sie wahrscheinlich alles getan hätte, was er verlangte.

„Betty, geh nach Hause und zünde deine Wohnung an", befahl Bruno.

„Nein!", schrie ich und schlug mir die Hand vor den Mund.

„Sobald du das getan hast, verriegelst du deine Fenster und Türen." Seine Anweisungen kamen wie Peitschenhiebe und ich merkte, wie mir schlecht wurde, als er eine kurze Pause machte. „Hast du das verstanden?"

Einen Moment lang herrschte Stille und ich begann zu hoffen, dass seine Macht nicht dermaßen groß war.

Ja, erklang in diesem Augenblick Bettys Stimme. *Ich gehe nach Hause und zünde meine Wohnung an. Danach verriegele ich alle Fenster und Türen.*

Bruno ließ die Hand auf dem Baumstamm. „Und danach verbrennst du, Betty."

Und danach verbrenne ich, erklang ihre ergebene Stimme in dem Gedankenraum.

„Nein", hauchte ich und starrte fassungslos auf den riesigen Baum, der Bruno solch eine Macht gab. „Das kannst du nicht tun."

„Ich bitte dich", erwiderte der Gedankenleser völlig ruhig. „Das ist noch gar nichts. Du hast doch selbst gesehen, wie leicht es für mich war, diesen alten Idioten in seinem Haus zu lenken."

Die Erinnerung an die Grausamkeit in Dieters Stimme, als er von Bruno gesteuert wurde, ließ mich nicht daran zweifeln, dass das stimmte.

„Was willst du?", fragte Rouven und packte meine Hand fester.

Brunos Augen begannen zu funkeln. „Ich will endlich eine Tür", stieß er dann hervor. „Eine Tür, die es mir erlaubt, in den Kopf jedes einzelnen Menschen einzudringen. Ganz ohne Blickkontakt, einfach nur mithilfe *eines einzigen Gedankens.*"

Während er sprach, wallte der hellgraue Nebel rund um uns immer schneller im Kreis und ich fühlte, wie die Energie in dem Gedankenraum erwartungsvoll anstieg. In Brunos Augen lag ein fanatischer Glanz und die ehemals gutmütigen Züge des bärenhaften Bistro-Besitzers strahlten eine solche Gier aus, dass ich am liebsten den Blick abgewendet hätte.

„Das ist es also, was die Prophezeiung bedeutet", wisperte ich, während sich Stück für Stück alles zusammenfügte. Wir waren die Drei, die sich hier gegenübertraten, um ein Tor zu erschaffen. Ein Tor, dessen Macht offenbar darin bestand, auch ohne Blickkontakt einen Menschen zu manipulieren.

„Ihr habt keine Vorstellung davon, was ich alles unternommen habe, damit ihr euch ineinander verliebt", erklärte der Gedankenleser. „Der Bänderriss meiner Kellnerin, Tristans Verspätung bei eurem Kinoabend, seine Idee, ausgerechnet Rouven anzurufen und an seiner Stelle zu schicken – da ist jede Menge Arbeit hineingeflossen."

Rouvens Kiefer spannte sich an und ich schluckte trocken. „Das heißt, es war auch Absicht, dass ich Rouven in den Wald folgen sollte, um den Kellerschlüssel für das Bistro zu holen?"

Bruno hob eine Augenbraue. „Natürlich. Wobei das und

diese kleine Eifersuchtsszene auf Tristans Party noch harmlos war im Vergleich zu dem Aufwand, diese sture Frau vom Jugendamt dazu zu bringen, euch Dieter anzuvertrauen, obwohl ihr nicht mit ihm verwandt seid."

Ich fühlte, wie mir seine Worte den Boden unter den Füßen wegrissen.

Alles war geplant gewesen.

Nicht nur die Ausrottung meiner Familie, um mich nach Kirchbruch zu locken – selbst meine Gefühle für Rouven. Unsicher blickte ich zu Rouven hoch und sah, wie er leicht den Kopf schüttelte. In seinen dunklen Augen war eine Wärme, die mich tief berührte, und ich drückte seine Hand, um ihm zu zeigen, dass ich genauso empfand. Selbst wenn Bruno den Weg bereitet hatte, damit wir uns ineinander verliebten, änderte das nichts an meinen Gefühlen für ihn.

„Rührend", kommentierte Bruno unseren Blickkontakt und betrachtete unsere verschränkten Hände. „Deine Schwester zu lenken, damit sie Rouven bei der Party ihre Zunge in den Mund schiebt, war offenbar der richtige Schachzug. Denn jetzt seid ihr endlich da, wo ich euch haben will."

Seine Stimme hatte einen bedrohlichen Klang angenommen und ich zuckte zusammen, als ich mir vorstellte, wie Bruno in Alexas Kopf eingedrungen war.

„Wieso?", fragte Rouven angespannt. „Was willst du von uns?"

„Nichts Schlimmes", erwiderte Bruno. „Nichts, was ihr nicht schon getan hättet. Ihr sollt einander einfach nur küssen."

Irritiert runzelte ich die Stirn. „Was genau hast du davon?"

Bruno nahm die Hand vom Stamm des magischen Baumes und machte ein paar Schritte auf uns zu. „Du solltest dich eher fragen, was du davon hast. Küss Rouven und deine Schwester lebt. Weigere dich und sie stirbt." Er hob auffordernd die buschigen Augenbrauen. „Und nun legt eure Hände auf den

Baumstamm der Eiche“, befahl er dann.

Mein Herz hämmerte wie wild in meiner Brust, als ich auf den riesigen Baum blickte. Noch immer summte der Gedankenraum von seiner Energie und ich spürte, wie die Angst um meine Schwester auf der einen Seite an mir zog, während ich gleichzeitig das fürchtete, was Bruno vorhatte.

„Na wird's bald“, sagte Bruno und machte eine beiläufige Bewegung mit der Hand. Im nächsten Moment bewegte sich einer der ausladenden Äste der Eiche und gab uns beiden einen so festen Stoß in den Rücken, dass Rouven und ich gemeinsam nach vorn stolperten.

„Fällt es euch leichter, wenn ich vorher noch Dieter dazu bringe, Lizzys Vater zu erschießen?“, fragte Bruno, als wir vor der Eiche stehen blieben.

Zögernd legte ich meine Hand auf den Stamm des Baumes und sah, wie Rouven dasselbe tat. Sofort fühlte ich den Energiestrom durch meinen Körper rauschen und blickte Rouven an. Seine Lippen waren fest aufeinandergepresst, dennoch half es mir, in sein vertrautes Gesicht zu sehen, während die Gedanken auf mich einprasselten. Was würde passieren, wenn Rouven und ich Brunos Wunsch erfüllten und tatsächlich ein Tor für ihn erschufen? War es womöglich selbstsüchtig von mir, das Leben meiner Familie über das aller anderen zu stellen?

„Jetzt küsst euch endlich“, verlangte Bruno ungeduldig, woraufhin der Nebel rings um uns aggressiv in die Höhe wallte.

„Es wird alles gut“, sagte Rouven in diesem Moment und blickte mir tief in die Augen. Obwohl eine Menge Kampfgeist in seinem Blick flackerte, hatte ich dennoch das Gefühl, dass er nicht die Wahrheit sagte.

„Das Leben von Betty und deiner Schwester nähert sich seinem Ende“, hörte ich Bruno sagen. „Betty wird verbrennen, Alexa wird ertrinken. Beides kein schöner Tod, wie ich gehört habe. Ich an eurer Stelle würde mich ein bisschen mehr beeilen."

In einem Anfall von Panik machte ich einen Schritt auf Rouven zu und bat ihn und alle anderen Menschen auf der Welt stumm um Verzeihung, als ich meine Lippen auf seine legte. Ein elektrisches Knistern begleitete die Berührung und ich hatte das Gefühl, Rouvens Herzschlag zu spüren, als er eine Hand auf meine Wange legte und mich zurückküsste. All meine Gefühle für ihn und Alexa fluteten über mich hinweg und ich spürte, wie die Kraft unseres Kusses irgendetwas in Gang setzte, das eindeutig größer war als wir beide zusammen. Eine immer stärkere Spannung baute sich rings um uns auf, während jede Menge violetter Funken von uns absprangen, die von Sekunde zu Sekunde stärker wurden. Gleichzeitig nahm das elektrische Summen zu und ich registrierte, dass aus den Funken kleine violette Blitze wurden, die rings um uns in die Höhe zuckten. Das Knistern wurde lauter und die Blitze zuckten immer schneller um uns herum, während Rouven und ich uns in ihrem Mittelpunkt befanden. Die Energie brachte meinen ganzen Körper zum Vibrieren und ich spürte, wie sich diese Vibrationen auch auf Brunos Gedankenraum übertrugen. In den Wolkenteppich über den Ästen der riesigen Eiche kam Bewegung und ich sah, wie sich die Wolken wüst zusammenballten und immer dunkler wurden. Ein krachender Donner erklang und ich hatte das Gefühl, im Auge eines Gewittersturms zu stehen, als plötzlich ein gewaltiger violetter Blitzstrahl zwischen Rouven und mir in die Höhe schoss. Er zuckte in die düstere Wolkendecke, die daraufhin heftig zu knistern anfing. Kleine violette Blitzlichter sprangen über den dunkelgrauen Wolkenhimmel, der so aussah, als ob er komplett unter Strom stünde. Die Energie schien sich dabei immer stärker im Zentrum zu sammeln und schlug dann mit einem lauten Krachen direkt in die riesige Eiche ein, woraufhin Rouven und ich erschrocken auseinanderstoben.

„Ja!", stieß Bruno heiser hervor und starrte mit glänzenden

Augen auf den Blitz, dessen knisternde Energie sich aus der dunklen Wolkendecke in den Stamm der Eiche entlud. Die Erschütterungen, die durch den Gedankenraum liefen, wurden immer heftiger und ich griff nach Rouvens Hand, als sich eine strahlende violette Tür im Stamm zu bilden begann. Sie war nicht sehr breit, dafür aber immens hoch, und erinnerte mich an das Tor zu einem Palast. Schimmernde goldene Verzierungen traten reliefartig aus dem Türblatt hervor, während der violette Blitz seine gewaltige Energie weiterhin kraftvoll in die Eiche entlud. Noch immer summte unsere Umgebung vor lauter Spannung und ich presste die Lippen aufeinander, da es sich so anfühlte, als hätten wir dem Teufel höchstpersönlich geholfen, sein eigenes Tor zu erschaffen.

„Weiter", keuchte Bruno und betrachtete ergriffen das violette Tor, das unter der Macht des Blitzes immer strahlender und größer wurde.

Rouven drückte so fest meine Hand, dass es wehtat, und ich konnte nur fassungslos auf die knisternde violette Tür im Stamm starren, die immer weiter wuchs.

Was hatten wir getan?

Der Blitz brach noch immer mit unverminderter Gewalt aus der Wolkendecke und der Nebel zu unseren Füßen wogte wie bei einem aufgewühlten Meer. Brunos Blick war jedoch ausschließlich auf den Stamm der Eiche gerichtet,

„Endlich", hauchte der Gedankenleser und bewegte sich ehrfürchtig auf die knisternde violette Tür zu. „*Das heilige Tor erhebt sich vor dem großen König, lässt alle erzittern vor seiner dunklen Macht*", flüsterte er. Kleine Lichtblitze huschten über die goldenen Verzierungen des violetten Türblattes. „So lange habe ich darauf gewartet, auch eine Tür zu besitzen. Eine Tür, die mir nun alle Möglichkeiten gibt."

Ich versuchte, mein schlechtes Gewissen für den Moment zur Seite zu schieben, und reckte mein Kinn in die Höhe. „Wir haben getan, was du von uns verlangt hast. Jetzt gib

Betty und Alexa frei – und lass uns gehen."

„Nein. Erst wenn das Tor fertig ist", erwiderte Bruno, ohne den violetten Blitz aus den Augen zu lassen, der sich noch immer in die mächtige alte Eiche entlud. „Wobei …" Er drehte sich langsam zu uns um und bei dem Ausdruck in seinem Gesicht spürte ich, wie etwas in mir erstarb. „Wenn ich es mir recht überlege, werde ich euch doch lieber hierbehalten."

In diesem Moment kam Leben in die magische Eiche und die Äste bogen sich zu uns herunter, um sich einmal um Rouven und mich zu schlingen.

„Nein", keuchte ich und wehrte mich wütend gegen die Kraft des Baumes. „Das ist gegen unsere Abmachung!"

„Ich halte nicht viel davon, meine Feinde am Leben zu lassen", sagte Bruno und betrachtete mich kalt. „Und schon gar nicht die Familienangehörigen meiner Feinde."

„Du verdammter Mistkerl!", brüllte Rouven und warf sich gegen die hölzernen Fesseln, die ihn daraufhin nur noch fester umschlangen. „Lass uns sofort hier raus!"

„Dieser Ort hat keine Türen", erwiderte Bruno emotionslos. „Nur ich kann ihn nach Belieben betreten und verlassen. Ihr werdet so lange hierbleiben, bis das mächtige Gedankentor fertig ist. Laut dem vierten Vers der Prophezeiung wird das auch nicht mehr lange dauern."

„Und wie lautet die ganze Prophezeiung?", knurrte Rouven.

Bruno verschränkte die Hände hinter dem Rücken.

„Das heilige Tor erhebt sich vor dem großen König, lässt alle erzittern vor seiner dunklen Macht.

Die Drei werden sich gegenübertreten, um das Schicksal zu vollenden, wo alles begann, wo der König seine Kraft bezieht.

Und beide Ströme der Zeit, verbunden durch die größte Kraft, vereinen ihre Gaben.

Bis die letzte Entscheidung nach 613 Jahren fällt in der 13. Minute des 13. Tages, wenn der Tod endlich siegen wird.“

Bruno machte eine kurze Pause. „Und der Tod wird siegen, das könnt ihr mir glauben.“

„Nein!“, schrie ich und begann mich wie eine Wahnsinnige gegen die Eiche zu wehren. „Du hast versprochen, Alexa freizulassen! Sie hat nichts damit zu tun – sie weiß nicht einmal, dass du existierst!“

„Aber ich weiß, dass sie existiert“, erwiderte Bruno und blickte auf die funkensprühende violette Tür, auf deren linker Seite sich inzwischen ein glänzender goldener Knauf gebildet hatte. „Ein paar Minuten noch, dann ist es endlich stabil genug, um auch ohne euch zu existieren“, murmelte er. „Und dann reicht ein einfacher Gedanke, um in den Kopf jedes Menschen zu gelangen.“

„Aller Menschen?“, flüsterte ich und spürte das Grauen wie eine von Brunos Nebelschwaden über mich kommen. Es kroch mir unter die Haut und breitete sich in mir aus, während ich langsam wirklich verstand, was wir getan hatten.

„Natürlich aller Menschen“, erwiderte Bruno geringschätzig. „Denkst du, ich hätte sonst solch einen Aufwand betrieben? Hätte ich sonst diesen Jürgen dazu gebracht, mir sein Bistro zu verkaufen und sich nach Florida abzusetzen? Ich hätte mich nicht monatelang als mittelloser Gastwirt getarnt, wenn ich nicht gewusst hätte, welcher Preis mich für all das erwartet! In Zukunft reicht ein einziger *Gedanke*, um die Welt durch die Augen eines beliebigen Menschen zu sehen. Und nur ein weiterer, um in den nächsten Kopf zu gelangen. Das ist wahre Macht. Das ist grenzenlose Macht.“

„Du hast uns ein Versprechen gegeben“, stieß Rouven hervor, während sich ein langer Zweig der magischen Eiche immer fester um seinen Bauch schlang und uns nebeneinander gefangen hielt. „Hast du nicht einmal genug Anstand, um dich daran zu halten?"

„Anstand?", wiederholte Bruno beinahe amüsiert. „Nein, Rouven, da muss ich dich enttäuschen. Ich orientiere mich nicht an solchen Begriffen – das musste auch mein Vater auf die schmerzhafte Art lernen." Bruno machte einen Schritt auf uns zu. „Alles, was ich immer wollte, war Macht. Und sobald ihr mir diese Macht verliehen habt, seid ihr beide absolut wertlos für mich."

„Du verdammtes Arschloch", zischte Rouven und kämpfte gegen die Umklammerung des Baumes, die immer stärker wurde.

Bruno rieb sich über seinen dichten Bart. „Du solltest besser anfangen, dich von Lizzy zu verabschieden. Das Gedankentor ist beinahe fertig. Vielleicht tröstet es euch, dass auf diese Weise zumindest ein Teil von euch bestehen bleibt." Er sagte es ganz ruhig und die Gelassenheit in seiner Stimme machte mir bewusst, dass es nichts mehr gab, was wir noch tun konnten. Wir würden sterben.

Genau wie Alexa. Und Papa. Und Betty.

Die Vorstellung trieb mir Tränen in die Augen und ich wehrte mich verzweifelt gegen die Umklammerung des Baumes, während ich gleichzeitig wusste, dass wir nichts mehr tun konnten. Wir hatten verloren.

Der Gedankenleser hatte uns besiegt.

„Lizzy", hauchte Rouven. „Wir kommen hier irgendwie raus." Seine Stimme bebte und ich wusste, dass er es nur sagte, weil er der Wahrheit nicht ins Auge sehen wollte.

Hoffnungslos blickte ich zu dem violetten Blitz, der noch immer aus der grauen Wolkendecke zuckte. „Nein, tun wir nicht."

„Doch, das werden wir."

Die Entschlossenheit in seiner Stimme verstärkte den Schmerz in mir, weil ich genau wusste, dass es nichts mehr gab, was wir tun konnten.

„Ich liebe dich“, flüsterte ich. Es war das Einzige, was ich ihm in diesem Moment sagen wollte – einfach, weil ich nicht sterben wollte, ohne dass er die Wahrheit kannte.

Rouven atmete tief ein und schüttelte den Kopf. „Tu das nicht. Verabschiede dich nicht von mir.“

Ich spürte, wie mir eine Träne über die Wange lief, und lehnte mich so weit wie möglich zu ihm, bis unsere Gesichter nur noch Zentimeter voneinander entfernt waren. Wenn ich schon sterben musste, wollte ich ihm wenigstens nah sein. „Ich wollte es mir nicht sofort eingestehen“, hauchte ich. „Dabei ist es doch in Wahrheit das Einzige auf der Welt, das wirklich zählt.“

„Wir kommen hier raus“, widersprach Rouven heftig und ich sah die vielen widerstreitenden Gefühle in seinen Augen, sah seine Angst um mich, den Wunsch, zu kämpfen, und gleichzeitig die Hoffnungslosigkeit darin.

„Ich wünschte, du hättest recht“, sagte ich, als der Nebel rund um uns immer dichter wurde. Die Angst, zu sterben, vermischte sich mit meiner Panik, Rouven oder Alexa zu verlieren. Schon allein der Gedanke daran tat so unbeschreiblich weh, dass ich kaum atmen konnte. Mein einziger Anker war Rouven, der mich auf eine Weise ansah, dass es seine Worte gar nicht mehr gebraucht hätte.

„Ich liebe dich auch“, hauchte er und ich schluchzte leise auf, als sich unsere Lippen trafen. Seine Berührung war so zart und vorsichtig, als könnte ich jeden Moment zerbrechen, und tatsächlich fühlte es sich so an, als würde mein ganzer Körper unter der Gewalt meiner Gefühle zerbersten. Angst, Schmerz und Liebe tobten in meinem Inneren und ich klammerte mich an Rouven fest, während unser Kuss intensiver wurde und violette Blitzlichter rings um uns in die Höhe zischten. Ein elektrisches Summen erfüllte die Luft und ich spürte, wie es rings um uns immer kälter wurde, als sich unter die violetten Blitze auch einige schwarze mischten, die wild um uns herumzuckten.

„Was macht ihr da?“, fragte Bruno alarmiert, als die schwarzen Funken auf die Äste der magischen Eiche trafen und das Holz an diesen Stellen dunkel färbten. Ich spürte, wie die Umklammerung der Zweige nachließ, bis der Baum uns plötzlich freiließ und seine Äste so schnell zurückzog, als ob er sich verbrannt hätte.

Fassungslos starrte ich Rouven an, der sofort nach meiner Hand griff. „Wir müssen hier raus“, presste er hervor und sah sich gehetzt in dem nebeligen Gedankenraum um. Dabei blieb sein Blick an dem violetten Tor im Stamm der Eiche hängen. Im nächsten Moment sprintete er los und zog mich hinter sich her.

„Nein!“, brüllte Bruno und hob wütend die Arme. Sofort kam Bewegung in die Eiche. Ihre Äste begannen wild zu peitschen und wanden sich abermals in unsere Richtung, um Rouven und mich erneut zu umschlingen. Ich duckte mich unter einem heransausenden Ast hinweg und fühlte mein Herz bis zum Hals klopfen. Der Stamm der Eiche befand sich schon direkt vor uns und wir hatten das violette Tor beinahe erreicht.

Als wir näher kamen, leuchteten die reliefartigen goldenen Verzierungen auf dem Türblatt hell auf, als würden sie uns willkommen heißen, und ich sah, wie die Tür von allein aufschwang. Dahinter strahlte ein violettes Licht, das mich an die Funken zwischen Rouven und mir erinnerte.

Hoffnung sprudelte in mir hoch, als ich Bruno voller Wut brüllen hörte und das violette Leuchten immer näher kam. Im nächsten Moment spürte ich, wie plötzlich ein Ruck durch Rouven ging und er meine Hand losließ. Der Schwung trieb mich gegen meinen Willen weiter und ich sah mich erschrocken nach ihm um. Ein Ast der Eiche hatte sich um seinen Bauch geschlungen und brutal zurückgerissen, während Brunos Nebel wütend um seine Beine wallte.

„Bleib nicht stehen, Lizzy!“, brüllte Rouven noch, als ich über die Schwelle der Tür stolperte. Der besorgte Ausdruck in seinem Gesicht zerriss mir das Herz und ich wollte sofort wieder zu ihm zurück, als das violette Licht ringsum hell aufblitzte und ich fühlte, wie ich aus Brunos Gedankenraum fortgerissen wurde.

Kapitel 26

Für einen Moment hatte ich das Gefühl, von einem Blitz getroffen worden zu sein. Überall um mich herum leuchtete es grellviolett, während ein immenser Strom von Energie durch mich hindurchschoss. Noch immer sah ich Rouvens Gesicht vor mir und wünschte mir verzweifelt, ihm irgendwie helfen zu können. Doch es war, als würde ich gegen eine Schranke stoßen, die mich davon abhielt, zu ihm zurückzukehren. Dann dachte ich an Alexa, die ebenfalls meine Hilfe brauchte, und spürte einen Ruck, *der mich in einen engen, stickigen Raum beförderte. Ächzend reckte ich den Hals. Es war so dunkel, dass ich im ersten Moment nichts erkennen konnte – doch dann blinzelte ich und spürte einen Knebel zwischen meinen Lippen. Mein Mund war wie ausgetrocknet und meine am Rücken gefesselten Arme schmerzten von der unbequemen Position. Stöhnend versuchte ich, mich zu orientieren. Ich lag mit angezogenen Beinen seitlich auf einer dünnen Decke. Ein leises Wimmern drang aus meinem Mund und ich hatte das Gefühl, als würde mein Herz stehen bleiben, als ich die Stimme erkannte.*

Alexa. *Offenbar war ich durch meinen Gedanken an sie direkt in ihrem Kopf gelandet und konnte die Welt nun aus ihren Augen wahrnehmen.*

Eine Erschütterung lief durch den Boden unter mir und ich knallte mit der Stirn gegen die Seitenwand meines Gefängnisses, als es sich plötzlich ruckartig in eine Richtung bewegte und dann wieder zurückschlingerte. Kurz darauf ertönte ein lang gezogenes Hupen und ich spürte, wie Alexa erschrocken mit den Füßen gegen eine Wand trat, als plötzlich das Lied „Schwarzer Tag" von NEBEN zu mir drang. Es klang, als hätte jemand die Lautstärke eines Radios höher gedreht, und ich keuchte auf, als ich an das letzte Mal denken musste, als ich das Lied gehört hatte.

Das war Evas Zukunftsvision gewesen, als sie in einer regnerischen Nacht über die Landstraße gefahren war und von einem Blitz derart erschreckt worden war, dass sie kurz das Lenkrad verriss. Woraufhin sie von einem silbernen Sportwagen angehupt wurde und das Radio lauter drehte, weil aus dem Kofferraum ein seltsames Geräusch zu hören gewesen war. Ein Geräusch, das Alexa gerade verursacht hatte, indem sie mit ihren Füßen gegen eine der Wände getreten hatte.

Die Erkenntnis traf mich wie ein Blitz und ich hatte das Gefühl, mich jeden Moment übergeben zu müssen, als mir die Zusammenhänge klar wurden. Eva hatte Alexa in ihren Kofferraum gesperrt, da sie meine Schwester offenbar ermorden sollte. Und nach dem, was Bruno in seinem Gedankenraum gesagt hatte, würde sie Alexa im See ertränken.

Meine Schwester wimmerte wieder und ich spürte heiße Tränen über ihre Wangen laufen, während ich plötzlich ihre Gedanken wahrnehmen konnte, die sich für mich anfühlten, als ob ein panischer Vogel gegen die Gitterstäbe seines Käfigs flatterte.

„Oh Gott, wie bin ich hierhergekommen? Wo bin ich? Hilfe! Wieso hört mich denn keiner? Ich will noch nicht sterben! Irgendjemand muss mir etwas in den Drink geschüttet haben. Wo ist Dennis? Wo bin ich?“

Eine Welle der Angst begleitete jeden einzelnen Gedanken und ich hatte das Gefühl, in Alexas Panik zu ertrinken, bevor ich mich zusammenriss. Wenn Bruno jemanden beeinflussen konnte, indem er einfach nur den Kontakt zu dem Baum herstellte, musste ich doch auch jemanden beeinflussen können, da ich mich quasi in dem verdammten Baum befand.

Verzweifelt konzentrierte ich mich auf Eva und bekam einen mörderischen Schreck, als ich mich nur einen Sekundenbruchteil später auf dem Fahrersitz des Wagens vorfand. Eva blickte einige Male wachsam in den Rückspiegel und betrachtete die roten Rücklichter des silbernen Sportwagens, bevor sie sich wieder auf die Straße vor sich konzentrierte.

„Ich muss besser aufpassen. Ein Unfall mit dem verdammten Wagen von vorhin hätte mich den ganzen Spaß mit dir gekostet“, sagte sie in Richtung Kofferraum. Als Alexas Schluchzen zu hören war, huschte ein bösartiges Lächeln über Evas Gesicht. Erschrocken starrte ich auf ihr Bild in dem Spiegel. Jegliche Sanftheit war aus Evas Zügen verschwunden und mir wurde schlecht, als ich verstand, dass sie das hier genoss. Eva wurde offenbar nicht gelenkt. Sie wollte Alexa töten.

Hektisch überlegte ich, wie ich das verhindern konnte. Bruno hatte behauptet, ein Teil von Rouven und mir würde in dem violetten Tor stecken. Möglicherweise gelang es mir ja auch, seine Kraft zu nutzen?

Lass Alexa frei, *befahl ich Eva in Gedanken und wartete atemlos darauf, wie sie reagieren würde. Eva runzelte kurz die Stirn, doch sonst geschah nichts.*

Verzweifelt versuchte ich es noch einmal.

Halte an und lass Alexa frei!, *wiederholte ich meine Anweisung und hoffte, dass es diesmal funktionieren würde. Doch Eva kramte nur kurz in ihrer Handtasche und zündete sich dann eine Zigarette an.*

„Er wollte ja, dass ich dich einfach erschieße“, erklärte sie in Richtung Kofferraum, bevor sie einen Schwall Rauch ausatmete. „Aber ich habe zu ihm gesagt: Wo bleibt denn da der Spaß? Wenn wir schon jemanden töten, sollte der doch auch etwas davon zu spüren bekommen, nicht wahr?“

Ihre Stimme klang, als würde sie sich über das Wetter unterhalten, und ich registrierte entsetzt, dass sie überhaupt nicht auf mich reagierte.

Lag das daran, dass ich hier keine Macht über andere Menschen hatte? Oder war Evas Wunsch, Alexa zu töten, so stark, dass ich einfach nicht dagegen ankam? Verzweifelt überlegte ich, was ich sonst noch tun könnte, als mir der silberne Sportwagen wieder einfiel. Das war Pascals Wagen gewesen, doch nach dem Unfall mit Joseph hatte die Polizei ihm den Führerschein entzogen. Konnte es sein, dass er trotzdem fuhr? Oder saß vielleicht sein

Vater im Auto? Hektisch dachte ich an den Neumayer und blinzelte überrascht, als ich einen Sekundenbruchteil später in einem neuen Auto saß. Es fuhr mit hoher Geschwindigkeit über die regennasse Straße und der Fahrer hatte im Gegensatz zu Eva das Radio ausgeschaltet. Als er einen kurzen Blick in den Rückspiegel warf, erkannte ich, dass es sich tatsächlich um den kahlen Bürgermeister handelte.

Sie müssen umkehren und sich den Kofferraum des anderen Wagens ansehen, *beschwor ich ihn voller Angst und hoffte, dass ich das hier richtig machte.*

Der Neumayer blickte ein weiteres Mal in den Rückspiegel und runzelte kurz die Stirn, drückte dann aber den Knopf für den CD-Player und machte keine Anstalten, meine Anweisung zu befolgen.

Kehr um!, *schrie ich ihn gedanklich an, woraufhin er tatsächlich kurz den Fuß vom Gas nahm. In dem Augenblick bekam er einen Anruf und ging ran.*

„Hallo, Toni. Wie geht's, wie steht's?"

Kehr sofort um!, *schrie ich erneut, während der Anrufer einen Scherz machte und der Neumayer lachte.*

„Mir? Mir geht's fantastisch."

„Hab schon gehört, dass du die Wahl gewonnen hast", sagte der Anrufer am Telefon. „War's denn knapp?"

„Es ging", antwortete der Neumayer mit einem Seufzen. „Gitti hat sich gut geschlagen. Der Tag war eine echte Achterbahnfahrt."

„Viele Emotionen, hm?"

„Ja, viele Emotionen. Starke Emotionen", sagte der Neumayer und ich hatte das Gefühl, als hätte etwas tief in mir klick gemacht.

KEHR SOFORT UM UND SIEH DIR DEN KOFFERRAUM DES WAGENS AN!, *befahl ich dem Neumayer und legte all meine Angst um Alexa sowie meinen tiefen Hass auf Bruno und Eva in den Satz.*

DU WARST MAL POLIZIST, IRGENDETWAS STIMMT DA NICHT!, *fuhr ich mit der ganzen Kraft meiner*

Emotionen fort. DU MUSST DIR DEN KOFFERRAUM ANSEHEN. SIEH DIR DEN KOFFERRAUM AN!

„Tut mir leid, Toni, ich muss auflegen", sagte der Neumayer in dem Moment und ich erhaschte im Rückspiegel einen Blick auf seine glasigen Augen. „Irgendwas stimmt da mit einem Wagen nicht." Er beendete das Telefonat und sah kurz in den Rückspiegel, bevor er mitten auf der Straße wendete und dann das Gaspedal durchtrat, um Eva hinterherzurasen.

Danach fühlte ich mich von der Anstrengung so erschöpft, dass ich kurz befürchtete, ohnmächtig zu werden. Eine bleierne Müdigkeit zog an mir und ich fühlte, wie ich den Kontakt zum Neumayer verlor, als ich plötzlich wieder ein violettes Leuchten sah und im nächsten Moment zurück in Brunos Gedankenraum stolperte.

Keuchend fiel ich dort auf die Knie. Der Ausflug durch das violette Tor hatte mich unglaublich viel Kraft gekostet und ich konnte vor Erschöpfung kaum die Augen offen halten. Im nächsten Moment fiel mein Blick auf Rouven, der ein paar Meter von mir entfernt von einem langen Ast des magischen Baumes festgehalten wurde. Das Holz hatte sich mehrfach um seinen Brustkorb geschlungen und ihn in dem wogenden Nebel in die Knie gezwungen. Sofort spürte ich, wie meine Lebensgeister zurückkehrten. Hastig versuchte ich, auf die Beine zu kommen, wobei ich meinen Blick durch den großen nebelverhangenen Raum schweifen ließ. Wo war Bruno? War er ebenfalls durch das Gedankentor gegangen? Konnten sich überhaupt zwei Personen gleichzeitig darin aufhalten?

„Nein, Lizzy! Dreh dich um und verschwinde!", stöhnte Rouven, als er mich entdeckte.

„Zu spät", erklang Brunos tiefe Stimme in diesem Moment knapp neben mir. „Es ist vorbei."

Im selben Moment schlang sich ein langer Eichenast um meinen Körper und zog sich erbarmungslos fest. Wütend versuchte ich, mich gegen die Kraft des Baumes zu wehren, doch auf ein Zeichen von Bruno hin schleifte der Ast mich neben Rouven und hielt mich dort fest.

„Lizzy“, keuchte er, als ich von dem Baum zu ihm gezerrt wurde.

„Halt den Mund“, schnappte Bruno und nickte kurz mit dem Kinn. Im nächsten Moment peitschte ein Zweig von der Eiche so brutal gegen Rouvens Gesicht, dass er augenblicklich das Bewusstsein verlor.

„Rouven!“, schrie ich, doch er reagierte nicht mehr auf mich. Stattdessen sank sein Kopf herab, während die hölzernen Fesseln ihn noch immer an Ort und Stelle festhielten.

„Du hast beinahe mein Tor zerstört“, sagte Bruno gefährlich leise und der Hass in seiner Stimme katapultierte einen Klumpen Angst in meinen Magen. Der große bärtige Mann griff nach meinem Kinn und zwang mich, auf das violette Gedankentor im Stamm der Eiche zu blicken. Es schien während meiner Abwesenheit ein wenig blasser geworden zu sein. Allerdings wurde das Knistern des violetten Blitzes, den Rouven und ich mit unserem Kuss erzeugt hatten, nun wieder lauter. Offenbar brauchte es tatsächlich die Anwesenheit von uns dreien, damit das Tor entstehen konnte.

„Hast du eine Ahnung, wie viele Jahre ich auf diesen Moment gewartet habe?“, brüllte Bruno mir ins Gesicht. Seine Wangen zitterten vor Wut und in seinen Augen loderte ein solcher Hass, dass ich mir plötzlich vorstellen konnte, dass er sogar seinen eigenen Vater ermordet hatte.

„MEIN TOR, IN MEINEM RAUM!“, tobte er, während der Nebel in dem weißen Raum kraftvoll in die Höhe wallte und sich wie ein königlicher Umhang um seinen Nacken legte, bis die langen Dunstschwaden eine lange Schleppe formten. „Das heilige Tor erhebt sich vor dem großen König, lässt alle erzittern vor seiner dunklen Macht! ICH bin dieser König und du hast mich um den Moment gebracht, von der Schönheit und der reinen Kraft unserer Schöpfung als Erster zu kosten!“

Fassungslos starrte ich ihn an. Der fanatische Glanz in

Brunos Augen passte zu der Beschreibung eines Wahnsinnigen, der sich selbst als gottgleiches Wesen sah, und ich spürte eine Mischung aus Angst und Abscheu in mir hochsteigen.

„Du hast mein Tor entweiht. Nur weil ihr es erschaffen habt, stand es dir noch lange nicht zu, hindurchzugehen“, fuhr Bruno hasserfüllt fort.

„Dir steht es genauso wenig zu, hindurchzugehen“, presste ich hervor. Ich wusste, dass es vermutlich nicht klug war, ihn herauszufordern, aber ich konnte in diesem Moment nicht anders.

Bruno zog die buschigen Augenbrauen zusammen. „Ich hatte ursprünglich einen schnellen Tod für euch vorgesehen“, sagte er dann langsam. „Allerdings war das, bevor du mein Tor entweiht hast. Schon damals, als dein verdammter Freund die Axt in meinen Baum getrieben hat, hätte ich wissen müssen, dass euch wirklich nicht zu trauen ist.“

Er spie mir die Worte entgegen und der Eichenast, der mich gefangen hielt, zog sich noch enger um meinen Körper zusammen. Keuchend versuchte ich, mich gegen die Kraft des magischen Baumes zu wehren, während mein Blick gleichzeitig auf Brunos Handrücken fiel, auf dem er noch immer ein Pflaster trug.

„Du hast den Schnitt gespürt“, wisperte ich dann. „Der Baum und du … ihr seid verbunden.“

In diesem Moment fiel es mir wie Schuppen von den Augen. An dem Tag des Unwetters, als mich der Ast der großen Eiche beinahe erschlagen hätte, hatte Bruno über Schulterschmerzen geklagt. Und vorhin, als der Blitz in den Baum eingeschlagen war, hatte er den Arm so seltsam gehalten. Offenbar war er nicht von dem Ast gestreift worden, sondern hatte den Blitzeinschlag selbst gespürt. Ungläubig starrte ich ihn an.

„Ja, Lizzy. Wir sind verbunden.“ Bruno betrachtete mich grausam. „Und du bist auch verbunden – wenn auch nur mit all den Menschen, die du liebst oder jemals geliebt hast.“ Er warf einen Blick nach oben auf den violetten Blitz, der noch immer das Gedankentor nährte. „Ja. Ich denke, wir haben noch ein bisschen Zeit, um uns zu vergnügen."

Mit diesen Worten schnippte er mit den Fingern und ich prallte erschrocken zurück, als sich die Nebelschwaden vor dem Gedankentor verdichteten und zu einem gekrümmten Klumpen erhoben.

„Erkennst du sie schon?", fragte Bruno und verschränkte die Hände hinter dem Rücken. Von seinen aufrechten Schultern floss noch immer ein langer schwerer Nebelumhang bis zum Boden und ließ ihn wirklich wie einen sadistischen König aussehen.

Unwillig richtete ich meinen Blick wieder auf den grauen Dunst vor dem Gedankentor, der sich immer mehr verdichtete und zu einer Gestalt erhob. Einer Gestalt, die mir immer bekannter vorkam, bis der Nebel schließlich das exakte Abbild von Tante Margret formte. Ihr ausgezehrter Körper war vom Krebs gezeichnet und ihre Haut und ihre Haare waren ebenso grau wie die Dunstschwaden, aus denen Bruno sie geschaffen hatte. Mühevoll machte sie einige Schritte auf mich zu, bevor sie stöhnend niedersank und auf dem Boden vor mir liegen blieb. Der Schmerz in ihrem Gesicht war so real, dass mich die Erinnerungen an ihre letzten Tage und ihren Tod wieder einholten. Hastig wandte ich das Gesicht ab und spürte im nächsten Moment wieder Brunos Finger auf meinem Kinn, die mich zwangen, hinzusehen. Denn aus dem wogenden Nebel vor dem Gedankentor quälten sich noch mehr graue Menschen, die ich gekannt hatte und die gestorben waren, um nun durch den Nebel wiederzukehren.

„Mama?", flüsterte ich und zuckte zusammen, als ich in das Gesicht meiner Mutter blickte. Sie war noch so jung wie damals, doch statt des Lächelns, an das ich mich erinnerte, hatte sie den Mund vor Entsetzen weit aufgerissen. Im nächsten Moment begann sie zu schreien und versuchte, den wabernden Dunstschwaden zu entkommen, die rings um sie auf sie übergriffen.

„Nein“, flüsterte ich und wollte nicht hinsehen, aber ich konnte nicht anders.

„Ich verbrenne, Lizzy!“, schrie meine Mutter gellend und ich schrie ebenfalls, als weiße Nebelflammen an ihr hochzüngelten und sie vor Schmerz auf die Knie fiel, während das Feuer sie verzehrte und zu einem unförmigen Klumpen verbrannte.

„Aufhören!“, schrie ich. „Hör endlich auf!“

Bruno schnaubte. „Ich habe noch gar nicht richtig angefangen.“

Im nächsten Moment schälten sich Dieter und mein Vater nebeneinander aus dem Nebel und marschierten durch die Dunstschwaden auf mich zu. Dieter trug ein Gewehr bei sich und ich beobachtete entsetzt, wie er zuerst meinen Vater damit erschoss, bevor er es gegen sich selbst richtete und sich den Lauf in den Mund schob.

„Nein“, keuchte ich, als der dumpfe Knall ertönte und Dieter neben meinem Vater am Fuße der Eiche zusammenbrach.

Als Nächstes kam meine Schwester. Alexa hatte die Hände auf dem Rücken gefesselt und weinte hysterisch, bevor eine wabernde Welle aus grauem Dunst heranwogte und sie unter sich begrub, sodass ihre Schreie in einem Gurgeln endeten.

„Hör endlich auf!“, schluchzte ich, als sich vor mir eine weitere Gestalt aus dem wogenden Nebel schälte.

Es war Rouven. Er kam langsam auf mich zu und lächelte mich genauso schief an wie der echte Rouven in der Hütte, kurz bevor wir uns geliebt hatten. Sein Anblick war wie ein Stich ins Herz und ich konnte den Gedanken nicht ertragen, dass er meinetwegen ebenfalls sterben würde. Genau wie Tante Gerda, Onkel Richard und all die Flugzeugpassagiere meinetwegen gestorben waren. Genauso wie Betty wegen mir sterben würde.

„So viele Tode, Lizzy“, sagte der Gedankenleser kalt. „Die

Prophezeiung hatte recht. Der Tod siegt tatsächlich immer. Und du bist einfach nur naiv, wenn du dachtest, dich gegen mich, den letzten Besonderen, stellen zu können.“

Seine Worte berührten etwas tief in mir und ich starrte blinzelnd auf die vielen Menschen, die tot oder sterbend rund um den magischen Baum lagen. Der Tod hatte Alexa und mich tatsächlich unser Leben lang begleitet. Manchmal hatte ich das Gefühl gehabt, als hätte er versucht, alles um uns herum auszulöschen und nichts zurückzulassen außer Schmerz und Dunkelheit.

Mit Tränen in den Augen spürte ich wieder den Schmerz aller Abschiede in mir, spürte die Verzweiflung und die Angst, die ich durchlitten hatte. Es war, als würde sich ein tiefes dunkles Loch in mir auftun, ein gewaltiger Strudel aus den Schmerzen und Qualen, die der Tod mir schon bereitet hatte. Überall, wo ich hinsah, konnte ich nur den Tod sehen. Er verfolgte mich, er pflasterte mein Leben mit Leichen, er zerstörte mich. Der Tod war überall, er begleitete jeden einzelnen Atemzug, und als ich Bruno anblickte, erinnerte ich mich wieder an die Zeile aus Louis' Tagebuch.

Tiefe Dunkelheit und Schmerz speisen die Kraft des Besonderen, der das Ende bringen wird.

Tiefe Dunkelheit und Schmerz. Ich schluckte. Genau so hatte ich mich mein Leben lang gefühlt. Immer wieder waren mir die Menschen genommen worden, die mir am meisten bedeuteten. Ein Kälteschauer lief durch meinen Körper. Immer wieder hatte ich Abschied nehmen müssen von jenen, die mir am meisten bedeuteten.

Ich richtete meinen Blick auf Rouven. Er kam langsam wieder zu sich und sein Brustkorb hob und senkte sich schwer. Bei der Vorstellung, auch ihn zu verlieren, wurde mir so kalt, dass mein ganzer Körper fröstelte. Es erinnerte mich an den Moment in meinem Zeitenfoyer, als die Blitze an den Wänden immer dunkler geworden waren, bis selbst meine Tür von der Schwärze eingenommen wurde.

„Wieso ist es hier so kalt?“, fragte Bruno in dem Moment und blickte sich um. „Bist du das?“ Er starrte mich misstrauisch an und blickte dann zu dem Gedankentor. Es schien fast fertig zu sein, denn der Einschlag des violetten Blitzes wurde immer schwächer. „Zeit, euch endlich umzubringen“, sagte Bruno dann und ging mit langen Schritten zu Rouven, der gerade schwerfällig den Kopf hob. „Ich werde dir eigenhändig dein verdammtes Genick brechen.“

„Neeein!“, schrie ich und spürte, wie etwas in mir zerbrach. Die Angst, Rouven zu verlieren, flutete durch mich hindurch und füllte mich mit einer Kälte, wie ich sie noch nie gespürt hatte. Ich fühlte sie in jeder Zelle meines Körpers und spürte, dass sie zu mir gehörte. Ich spürte, dass sie ein Teil von mir war, ein ganz *besonderer* Teil.

Und in diesem Moment verstand ich es.

Tiefe Dunkelheit und Schmerz speisen die Kraft des Besonderen, der das Ende bringen wird.

Nicht Bruno war der dritte Besondere.

Ich war es.

Ich war von tiefer Dunkelheit erfüllt.

Mich begleitete der Schmerz schon mein ganzes Leben lang.

Ich atmete zitternd ein. Um Rouven zu retten, würde ich auch den Tod über Bruno bringen.

In diesem Moment streckte der bärtige Mann seine Hände nach Rouvens Kopf aus. Ich sah, wie er seine fleischigen Finger auf Rouvens Wangen legte, und ließ die tiefe Dunkelheit in mir mit einem Schlag frei. Die ganze Schwärze und all der Schmerz in meinem Inneren brachen gleichzeitig aus mir heraus. Augenblicklich verfinsterte sich der Himmel des Gedankenraumes zu einer pechschwarzen Wolkendecke. Bruno blickte irritiert nach oben, während eine eisige Welle der Kälte durch den Raum fegte. Ich richtete meinen Blick auf den Gedankenleser und fühlte den Tod jedes einzelnen Menschen, den er verursacht hatte. Ich fühlte all das Leid, das er verursacht hatte. Aber das war nun zu Ende.

Der Tod würde auch ihn holen kommen.

Der Tod machte vor niemandem halt.

Kaum hatte ich das gedacht, zuckte ein knisternder pechschwarzer Blitz aus dem finsteren Wolkenhimmel über unseren Köpfen und schlug krachend in den magischen Baum mit der violetten Tür ein.

„Nein!“, schrie Bruno entsetzt, als ein heftiges Beben die Eiche erschütterte, deren Blätter sich unter der Gewalt des Blitzschlags schwarz färbten. „Was machst du da? Hör sofort auf damit!“, brüllte der Gedankenleser und es war das erste Mal, dass ich Angst in seinen Augen aufflackern sah.

„Nein“, erwiderte ich, als ein zweiter schwarzer Blitz in den Baum einschlug.

„Hör auf!“, brüllte Bruno erneut und starrte geschockt auf die violette Tür, die mit jeder Sekunde immer dunkler und dunkler wurde.

Wieder zuckte ein schwarzer Blitz in den Baum. Und noch einer. Und noch einer.

„Was tust du da?“, stieß er hervor, als die Tür von den Rändern ausgehend nach innen komplett schwarz wurde.

„Ich sorge dafür, dass du nie wieder jemandem ein Leid zufügst“, sagte ich, als der 13. Blitz in den Baum einschlug und die Tür vollständig schwarz färbte.

„Nein“, flüsterte Bruno, als die pechschwarze Tür plötzlich aufschwang und den Blick auf tiefste Dunkelheit freigab. „Nein!“, schrie er, als die Schwärze begann, den ganzen Nebel aus dem Gedankenraum in sich hineinzusaugen.

Ich fühlte, wie sich der Ast um meinen Brustkorb löste und ich endlich wieder frei atmen konnte. Gleichzeitig sah ich, wie die Eiche auch Rouven losließ, der völlig entkräftet zu Boden fiel, während Bruno hektisch zurückstolperte.

„Was hast du getan?!“, brüllte Bruno erneut, als ihn die Anziehungskraft seiner eigenen Todestür erfasste. Ich taumelte ein paar Schritte zu Rouven, während Bruno schreiend versuchte, sich an irgendetwas festzuhalten, dabei aber nichts als Nebelschwaden zu fassen bekam.

„Oh mein Gott, Lizzy“, stöhnte Rouven, als ich ihn erreichte und die Arme um seinen Nacken schlang. „Ist das eine Todestür?“

„Ja“, flüsterte ich und rutschte mit Rouven auf dem weißen Boden zurück, während die magische Eiche wie wild mit den Zweigen um sich zu peitschen begann. „Aber es ist nicht unsere.“

Gleichzeitig wurden Brunos Schreie immer panischer, da die schwarze Tür ihn weiterhin gnadenlos anzog. Ich sah, wie er versuchte, sich mit den Fingern an den Kanten festzuhalten, und verzweifelt gegen den Sog stemmte – doch der Kraft des Todes hatte er nichts entgegenzusetzen. Das Letzte, was wir von Bruno hörten, war ein schriller Schrei, als der Gedankenleser mitsamt seinen Nebelschwaden in den pechschwarzen Tiefen seiner Todestür verschwand.

Kapitel 27

In dem Moment, als Bruno durch die schwarze Tür gezogen wurde, verschwand der Gedankenraum. Innerhalb eines Herzschlags stand ich wieder mitten in der Nacht unter der mächtigen Eiche. Der Regen prasselte auf mich herunter und der Donner rollte grollend über mich hinweg. Eine hässliche Sekunde lang fühlte ich mich schrecklich desorientiert, bis ich plötzlich Rouvens Arm spürte, der sich um mich legte und mich fest an seine Brust zog. Instinktiv klammerte ich mich an ihm fest und vergrub mein Gesicht in seiner regennassen Lederjacke. Mein Herz hämmerte so schnell, als wäre ich die letzten Minuten gerannt, und ich war mir noch immer nicht sicher, ob ich das alles wirklich erlebt hatte oder ob es lediglich ein böser Traum gewesen war.

„Du hast es geschafft. Du hast uns gerettet", flüsterte Rouven in diesem Moment und ich fuhr hektisch herum, als ich seine Worte hörte. Bruno lag hinter uns auf dem Boden, direkt neben dem heruntergebrochenen Zweig der alten Eiche. Ein heller Blitz beleuchtete sein Gesicht und ich schluckte, als ich in seine offenen Augen starrte.

„Anscheinend hatte er einen Herzinfarkt", murmelte Rouven und zog mich behutsam am Arm zur Seite, bevor er neben dem triefnassen Bruno in die Knie ging und ihn kurz untersuchte. Das Wasser tropfte aus seinem Bart auf seinen schwarzen Pullover und ich konnte immer noch nicht fassen, was in den letzten Minuten alles passiert war. Wir hätten beinahe ein Tor erschaffen, mit dem Bruno in der Lage gewesen wäre, jeden einzelnen Menschen auf der ganzen Welt zu steuern. Doch stattdessen hatten sich das ganze Leid und die Dunkelheit in mir so sehr verdichtet, dass ich aus dem violetten Tor eine Todestür gemacht hatte.

Ein heiliges Tor.

Offenbar hatten wir die Prophezeiung falsch interpretiert,

die den Sieg des Todes vorausgesagt und damit recht behalten hatte.

„Ich bin kein Arzt, aber ich denke, er ist tot", sagte Rouven, nachdem er Brunos Puls gefühlt hatte, und stemmte sich neben mir wieder in die Höhe.

„Wir müssen einen Krankenwagen rufen", sagte ich und schlang fröstelnd die Arme um meinen Körper. Im nächsten Moment spürte ich, wie mein Herz einen Satz machte, als ich an Betty und Alexa dachte. „Und die Polizei – wir müssen Betty anrufen und sichergehen, dass Bruno keine Macht mehr über sie hat. Und wir müssen der Polizei sagen, dass Alexa entführt wurde!"

Rouven nickte. „Weißt du, wo Alexa ist?"

„In einem Kofferraum eingesperrt. Eva hat sie entführt. Ich hab den Neumayer geschickt, um ihr nachzufahren, aber ich weiß nicht, wie gut ich ihn lenken konnte. Sie war auf dem Weg zum See."

Rouven hatte bereits eine Nummer gewählt und legte mir seine andere Hand auf die Schulter. Dabei sah er mich beruhigend an. „Atme. Wir werden sie finden."

Ich atmete zitternd ein und hatte das Gefühl, als ob ein Schraubstock meine Brust umklammern würde. Dabei nickte ich, obwohl tausend Szenarien durch meinen Kopf tobten, in denen es Eva irgendwie geschafft hatte, Brunos letzten Auftrag zu erfüllen. Mit klammen Fingern zog ich mein Telefon aus der Tasche und wählte rasch Bettys Nummer, während ich die Sorge um meinen Vater und Alexa nicht zu nah an mich rankommen lassen wollte, obwohl es mich schier von innen zerriss.

Die nächste halbe Stunde war die längste meines Lebens. Betty hatte zum Glück nicht mehr unter Brunos Einfluss gestanden, sodass sie nichts angezündet hatte. Und nachdem die Sanitäter Papa ins Krankenhaus gebracht und für Bruno einen Leichenwagen bestellt hatten, fuhr ich mit Rouven gemeinsam zur Polizeiwache, um dort eine Aussage zu machen. Wir stiegen gerade von Rouvens Motorrad, als ein Streifenwagen mit Blaulicht neben uns hielt und mir ein trockener Schluchzer entfuhr, weil ich die roten Haare meiner Schwester auf der Rückbank entdeckte.

„Alexa“, presste ich hervor und spürte Rouven neben mir, dessen Nähe mir Halt gab, als die Polizisten Alexa aus dem Wagen halfen.

Alexa trug eine dunkle Decke um die Schultern gewickelt und sah sich mit riesigen Augen vor der Wache um. Als sie mich entdeckte, entfuhr ihr ein erstickter Aufschrei und wir fielen einander in die Arme. Weinend hielt ich sie und drückte sie so fest an mich, dass es ihr wahrscheinlich wehtat.

„Oh Gott, ich hab mir solche Sorgen um dich gemacht“, flüsterte ich unter Tränen und spürte, dass sie am ganzen Körper zitterte.

„Ich hab mir auch große Sorgen um mich gemacht“, gab sie schniefend zurück und ich wusste nicht, ob ich lachen oder weinen sollte, da sie noch immer in der Lage war, Scherze zu machen.

„Nicht lustig“, hauchte ich und drückte sie noch fester an mich.

„Ein bisschen schon“, flüsterte sie zurück und lächelte schwach, während sie sich langsam von mir löste. Dann fixierte sie mich mit ihren schönen grünen Augen und schluckte. „Eva hat vorhin bei der Verhaftung irgendwas von unserem Vater gesagt. Ich habe ihr nicht geglaubt, aber inzwischen weiß ich selbst nicht mehr, was ich glauben soll. Das kann doch nicht sein, oder, Lizzy?“

Ich zögerte und in dieser Sekunde wusste sie Bescheid.

„Nein“, flüsterte Alexa und schlug sich die Hand vor den Mund. „Sag bloß …“

„Ich erklär dir alles, sobald ich kann“, erwiderte ich und warf einen raschen Blick zu der jungen Polizistin, die ein paar Meter neben uns stand und geduldig darauf wartete, dass wir reingingen.

Alexas Augen füllten sich erneut mit Tränen und sie schüttelte den Kopf. „Aber wie …?“

„Das ist eine lange Geschichte“, sagte ich und wusste selbst nicht, wo ich damit anfangen sollte. „Aber ich verspreche dir, ich erkläre dir alles, sobald wir wieder zu Hause sind.“

***

„Du hast dir diese … Blitze also doch nicht eingebildet“, sagte Alexa, als wir einige Stunden später gemeinsam in Dieters Wohnzimmer saßen und heiße Schokolade tranken. Alexa hatte sich in eine warme Decke eingekuschelt und nippte an ihrer Tasse. Obwohl sie nach allem, was passiert war, eigentlich total k. o. hätte sein müssen, hatte sie es sich nicht nehmen lassen, Rouven und mich gründlich auszuquetschen.

„Nein, ich habe mir die Blitze nicht eingebildet“, erwiderte ich und dachte an Bruno, der die Nacht der Prophezeiung nicht überlebt hatte, obwohl er so sehr davon überzeugt gewesen war, dass ihm das heilige Tor die Welt zu Füßen legen würde.

„Und du kannst echt in die Vergangenheit sehen? Das ist total krass“, sagte Alexa und nahm noch einen Schluck von ihrer heißen Schokolade.

Rouven zog mich an sich und ich kuschelte mich an seine breite Brust. Nach den ganzen Strapazen der letzten Wochen spürte ich nun eine angenehme Müdigkeit in meinen Gliedern und hatte das Gefühl, dass ich heute Nacht das erste Mal seit Langem wieder richtig beruhigt schlafen gehen konnte.

„Ich finde es auch ziemlich cool“, sagte Rouven und gab mir einen Kuss auf den Scheitel. „Aber lange nicht so cool wie deine Schwester, die einfach mal schnell eine Todestür erschaffen hat, um uns alle zu retten.“

Alexa schnaubte leise und zog die Beine unter ihre karierte Wolldecke, während sie den Kopf schüttelte. „Okay, so eine Todestür hätte ich ihr schon eher zugetraut. Bei all den Toden, die wir schon erlebt haben."

Ihre Worte brachten die Erinnerung an den Moment in Brunos Gedankenraum wieder zu mir zurück und ich senkte für einen Moment den Blick. Es war nicht schön gewesen, all diesen Schmerz noch einmal zu fühlen, doch es hatte sich gut angefühlt, Rouven zu retten.

Rouven strich sanft mit seinen Fingern über mein Schlüsselbein und ich sah verliebt zu ihm auf.

„Und du sagst, unsere Familien kämpfen schon seit Jahrhunderten gegen diese Gedankenleser?", fuhr Alexa zögernd fort und ich wusste, warum sie sich diesem Thema erneut näherte.

„Ja. Das tun wir – oder besser gesagt: Das haben wir getan", erwiderte ich.

„Und aus diesem Grund hat Papa all die Jahre so getan, als wäre er nicht mehr am Leben … um uns … um uns zu beschützen?"

Alexas Stimme brach und ich beugte mich auf dem Sofa hinüber und griff nach ihrer Hand. Ich wusste, warum sie diese Frage heute Abend bereits zum dritten Mal stellte, und ich war bereit, sie ihr auch noch dreitausend Mal zu beantworten.

„So ist es", sagte ich und blickte ihr direkt in die Augen. „Es tut mir leid, dass ich es dir nicht sagen durfte", fuhr ich fort. „Glaub mir, es war eines der schwersten Dinge, die ich in letzter Zeit tun musste."

„Schlimmer, als gegen den verrückten Bruno zu kämpfen?", hauchte sie unter Tränen und ich lächelte.

„Nicht ganz so schlimm, aber fast. Du musst bedenken, dass ich die ganze Nacht furchtbare Angst um dich hatte. Das hat mir den Abend ziemlich vermiest."

Alexa musste lachen und ich genoss es, dieses Geräusch zu

hören, obwohl ich wusste, dass sie noch immer unter Schock stehen musste. Schließlich hatte Eva sie betäubt und in ihrem Kofferraum eingesperrt – das war eine Erfahrung, die man nicht so schnell vergaß.

„Ich muss mich bei dem Neumayer noch bedanken", sagte sie in diesem Moment. „Wenn er Eva nicht zum Anhalten gezwungen und die Polizei gerufen hätte …"

„Denk nicht daran, was gewesen wäre, wenn …", sagte Rouven bestimmt und Alexa nickte, bevor sie noch einen Schluck von ihrer heißen Schokolade nahm.

„Was ist jetzt mit Papa?", fragte sie dann leise. „Wann kann ich ihn sehen?"

„Die Ärzte sagen, er hat eine Gehirnerschütterung und braucht jetzt Ruhe", erwiderte ich. Dabei konnte ich mir vorstellen, wie schwierig es für Alexa sein musste, ihn noch nicht sehen zu dürfen, obwohl sie endlich wusste, dass er noch lebte.

Sie nickte ungeduldig. „Und wann kann ich zu ihm?"

Ich blickte Hilfe suchend zu Rouven, der sich mit einem Seufzer durch die dunklen Haare fuhr. „Die Polizistin meinte, du sollst versuchen, zu schlafen", setzte er an, doch meine Schwester schüttelte sofort den Kopf.

„Ich kann doch jetzt nicht schlafen", erwiderte sie aufgebracht und ich warf einen Blick auf die Wanduhr. Es war inzwischen schon nach vier und damit eigentlich spät genug, um ins Bett zu gehen.

„Versuch es doch einfach mal", sagte ich sanft, als plötzlich das Geräusch des Schlüssels von der Eingangstür zu hören war.

Automatisch erstarrten wir alle drei. Rouven stand als Erster auf und ich spürte mein Herz bis zum Hals klopfen, als ich Dieter leise schimpfen hörte.

„Du bist noch sturer als ein Esel", grummelte er und warf die Schlüssel auf die Ablage. „Die Ärzte haben gesagt, du sollst heute Nacht in dem verdammten Krankenhaus bleiben."

„Und ich habe gesagt, dass ich alt genug bin, um mich selbst zu entlassen“, erklang die angespannte Stimme meines Vaters und ich sah, wie Alexa die Tasse aus der Hand glitt. Mit Tränen in den Augen schlug sie die Hand vor den Mund und ich spürte, wie mir ebenfalls die Tränen kamen, als sie unsicher aufstand und offenbar nicht wusste, was sie als Nächstes tun sollte.

„Da brennt noch Licht“, sagte Dieter nun und ich hörte, wie sich seine schlurfenden Schritte dem Wohnzimmer näherten. „Wahrscheinlich haben sie vergessen, es abzu-“

In diesem Moment erschien seine leicht gebeugte Gestalt im Türrahmen und er atmete scharf ein, als er Rouven, Alexa und mich im Zimmer vorfand. Einen Moment lang hatte ich das Gefühl, als ob ihn seine Gefühle bei unserem Anblick überwältigen würden, doch dann presste er nur die Lippen zusammen und schüttelte den Kopf.

„Reichlich spät für einen Mitternachtsumtrunk, oder? Vor allem, wenn ihr ihn ohnehin nur verschüttet.“ Dabei blickte er vielsagend zur Tasse auf dem Boden und ich musste einfach nur grinsen.

„Ich mach das gleich weg“, sagte ich und war unendlich froh, dass Dieter wieder er selbst war und nicht mehr die gruselige Variante, die von dem Gedankenleser gelenkt wurde.

„Ist Lizzy etwa noch wach?“, hörte ich unseren Vater in diesem Moment fragen, der offenbar noch etwas länger gebraucht hatte, um seine Schuhe auszuziehen. Im nächsten Moment tauchte sein bandagierter Kopf hinter Dieter auf und ich bemerkte, wie er mitten in der Bewegung erstarrte, als er Alexa im Raum stehen sah.

Einen Moment lang war es still und ich sah, wie seine Augen verdächtig zu schimmern begannen, als er auf meine Schwester blickte.

„Lexi“, flüsterte er leise und ich musste sehr mit meinen Gefühlen kämpfen, als ich ihn den Kosenamen sagen hörte, den sonst niemand für Alexa verwendete.

„Papa", hauchte sie und dann flog sie auf ihn zu und schlang die Arme so fest um seinen Hals, als ob sie ihn nie wieder loslassen würde. Rouven stellte sich neben mich und ich spürte seine sanfte Berührung, bevor mein Vater mit Alexa im Arm zwei Schritte auf mich zu machte und mich auch noch an sich zog und ich zum ersten Mal seit dreizehn Jahren wieder das Gefühl hatte, dass einfach alles gut war.

Zwei Wochen später

Lizzy, wo bleibst du denn?, textete Alexa mich an, als ich gerade über die Straße zum Stadtplatz lief, auf dem bereits ein buntes Treiben herrschte. Heute sollte die alte Eiche gefällt werden, da die Untersuchung eines Experten-Teams nach dem letzten Unwetter ergeben hatte, dass der Baum tatsächlich eine Gefahr für die Bevölkerung darstellte. Und wie es aussah, hatte sich halb Kirchbruch versammelt, um dem Spektakel beizuwohnen.

Bin gleich da, schrieb ich zurück und blieb dann kurz stehen, als ich den Stadtplatz erreichte. Die Sonne leuchtete zwischen den Blättern der Bäume hindurch auf die Gehwege und die beschwingte Musik der Live-Band vermischte sich mit dem Lachen von ein paar Kindern, die miteinander Fangen spielten. Ich spürte den warmen Sommerwind durch meine offenen Haare streichen und hielt für einen Moment inne, während ich den mächtigen alten Baum in der Mitte des Platzes betrachtete. Erst vor zwei Wochen waren Rouven und ich an dieser Stelle Gitti im strömenden Regen begegnet, die unter dem Einfluss des Gedankenlesers gestanden hatte. Die Erinnerung an Bruno und die Angst, die ich in dieser Nacht empfunden hatte, folgten mir manchmal noch immer wie ein Schatten, aber ein Gefühl sagte mir, dass es besser werden würde, sobald Brunos Eiche aus Kirchbruch verschwunden war.

Ich straffte die Schultern und wollte gerade weitergehen, als mich ein Videoanruf von Konstantin erreichte. Lächelnd drückte ich auf die grüne Annahmetaste. Konstantin war vor wenigen Tagen aus dem Koma aufgewacht und ich fühlte jedes Mal eine Woge der Dankbarkeit, wenn ich an den Moment dachte, als wir ihn zum ersten Mal besuchen durften.

„Hey“, sagte ich zu Konstantin und ging ein paar Schritte in den Schatten einiger Bäume, um ungestört mit ihm reden zu können. „Wie fühlst du dich?“

„Besser“, erwiderte Konstantin, der mich aus seinem

Krankenhausbett angerufen hatte. Das Video zeigte, dass seine grauen Locken von dem langen Liegen ganz platt gedrückt waren. „Allerdings wollen die Ärzte mich noch nicht rauslassen, damit ich mir die Fällung der magischen Eiche live ansehen kann."

„Seltsam", erwiderte ich grinsend. „Nur weil du wochenlang im Koma gelegen hast und fast gestorben wärst?"

Konstantin hob seufzend die Schultern. „Vielleicht hätte ich nicht sagen sollen, dass ich die Legende zu dieser Eiche für wahr halte. Wahrscheinlich lassen sie mich jetzt *nie wieder* raus."

„Das bezweifle ich", sagte ich und blieb unter den verzweigten Ästen einer Kastanie stehen. „Ich bin sicher, du schaffst es, sie dermaßen in den Wahnsinn zu treiben, dass sie dich sogar frühzeitig entlassen, wenn du es darauf anlegst."

Konstantin lachte glucksend. „Anscheinend beginnst du, mich zu durchschauen, Lizzy."

„So weit ist es noch nicht", entgegnete ich sofort. „Was wirst du tun, wenn du aus dem Krankenhaus entlassen wirst?", fragte ich dann leise. „Wirst du dich weiter mit dem Syndikat beschäftigen?"

Konstantin zögerte merklich. „Wahrscheinlich schon, aber zuerst kann ich mir noch eine kleine Auszeit gönnen", meinte er dann. „Immerhin hat das Syndikat mit Bruno seinen Anführer verloren. Ohne einen Gedankenleser in ihren Reihen sind sie auch nichts weiter als Menschen. Machthungrige und skrupellose Menschen zwar – aber zumindest ohne magische Kräfte."

Ich nickte und war unendlich froh, dass es nicht mehr von der Sorte wie Bruno gab.

„Kannst du dich eigentlich erinnern, was passiert ist, in der Nacht, als du … als du angegriffen wurdest?"

Konstantins schmales Gesicht verdüsterte sich. „Ja, unglücklicherweise kann ich das."

„War es wirklich Mike?", fragte ich, obwohl ich es innerlich ohnehin wusste.

Konstantin nickte. „Ja. Aber er war nicht er selbst, als er mich attackierte. Deshalb werde ich bei der Polizei aussagen, dass er nicht der Angreifer war. Der Junge soll nicht für Brunos Taten büßen müssen.“ Er schloss für einen Moment erschöpft die Augen. „Ich bin froh, dass die Sache mit den dunklen Erben vorbei ist. Da Bruno keine Kinder hatte und er selbst seinen Vater umgebracht hat, ist die Welt für immer von den Gedankenlesern befreit.“

„Darüber bin ich auch froh“, stimmte ich ihm inbrünstig zu. „Du bist müde“, stellte ich dann fest. „Ruh dich aus, ich mache für dich ein Video, wenn die Eiche fällt.“

„In Ordnung“, seufzte Konstantin, den das lange Reden offenbar ziemlich angestrengt hatte. „Danke, Lizzy.“

„Bis später“, sagte ich und unterbrach die Verbindung. Dann ließ ich das Handy sinken und machte mich auf den Weg zu den anderen.

Alexa saß gemeinsam mit Dennis auf einem der langen blumengeschmückten Holztische, die in sicherer Entfernung von der Eiche aufgestellt worden waren. Die Feuerwehr hatte sich darum gekümmert, den Bereich großzügig abzusperren. Der Duft von Grillwürstchen wehte mir in die Nase und ich blickte zu dem weißen Pavillon, der sich neben der Bühne befand. Mit einer riesigen Wurst- und Käseplatte beladen, marschierte Elli gerade an mir vorbei und winkte mir zu. Hinter ihr drängte sich Franzi durch die Menge. Sie trug eine etwas kleinere Platte und jammerte die ganze Zeit nur vor sich hin, weil die Hitze des heutigen Tages ihre kunstvollen Butterkreationen schmelzen ließ.

„Hey. Wo sind denn alle?“, fragte ich, als ich mich neben Alexa auf die Holzbank setzte. Aktuell war der Tisch noch ziemlich leer. Alexa und Dennis hatten beide einen Pappteller mit Grillwürstchen vor sich stehen und er flüsterte ihr gerade was ins Ohr, das sie herzlich zum Lachen brachte.

„Keine Ahnung. Tristan und Rouven sind vorhin verschwunden, um irgendwas Geschäftliches zu besprechen, und Papa wurde von einer Meute interessierter Kirchbrucherinnen belagert, die alles über seine“, sie stockte kurz, „über seine *Amnesie* wissen wollten.“

„Verstehe.“ Ich nickte und schenkte mir ein Glas Apfelsaft ein. Die Amnesie-Story hatten wir uns gemeinsam überlegt, um Papas Verschwinden während der letzten 13 Jahre erklären zu können, ohne die Worte „Gedankenleser“ und „Mordkomplott“ in den Mund nehmen zu müssen. Dabei hatten wir aus einem verlorenen Pass, einem verpassten Flug sowie einem schweren Motorradunfall von Papa eine geschickte Geschichte gewoben, die sich tatsächlich so hätte abspielen können. Darin war Mama bereits auf dem Weg nach Kirchbruch gewesen, als Papa so schwer verunglückte, dass er nach dem Aufwachen im Krankenhaus nicht mehr wusste, wer er war. Und da er keinen Ausweis bei sich trug und ihn auch niemand als vermisst gemeldet hatte, lebte er die letzten 13 Jahre ohne einen Funken Erinnerung an sein früheres Leben.

„Willst du auch ein Würstchen?“, fragte Dennis mich, der links neben meiner Schwester saß. „Pascal hat welche gemacht, die sind echt lecker.“

„Nein danke“, erwiderte ich. „Ich hab keinen Hunger.“

Dennis biss von seiner Wurst ab. „Echt nicht? Du lässt dir was entgehen.“

„Ich schätze, Lizzy mag aktuell nur Rouvens Würstchen“, bemerkte Alexa schelmisch und ich verdrehte die Augen.

„Hör auf damit. Du bist peinlich.“

Sie lachte. „Das ist viel weniger schlimm, als euch beide ständig beim Fummeln zu erwischen“, erwiderte sie und schob sich ihre Sonnenbrille in die Haare.

„Wir fummeln doch nicht in der Öffentlichkeit“, widersprach ich schnaubend und spürte plötzlich, wie mir jemand von hinten die Haare zurückstrich und mich sanft auf den Hals küsste.

„Hey“, flüsterte Rouven im nächsten Moment und streifte dabei mit den Lippen leicht über meine Haut. Sofort spürte ich ein Prickeln über meinen ganzen Körper rauschen.

„Ja, Lizzy? Was wolltest du sagen?“, fragte Alexa grinsend, als ich atemlos über die Schulter zu Rouven sah, der heute zufällig dasselbe graue T-Shirt und die abgewetzte Jeans trug wie an dem Tag, als wir uns kennengelernt hatten. Nur dass er mich heute anlächelte, während er damals von dem Spiegel-Unfall ziemlich genervt gewesen war.

„Was?“, murmelte ich abgelenkt, als Rouven sich hinunterbeugte, um mich zu küssen, während Alexa vielsagend nickte.

„Siehst du? Genau das meinte ich. Auf deinem Grabstein werde ich eingravieren lassen: *Bleib stehen und gucke: Sie ertrank an seiner Spucke.*“

Ich musste lachen. „Du bist eklig.“

„Ich fürchte, sie sagt die Wahrheit“, erklang in dem Moment die vertraute Stimme meines Vaters hinter uns. „Wobei ihr beide“, er betrachtete Alexa und Dennis einen Moment lang, „auch nicht viel besser seid.“ Mit diesen Worten ließ er sich gegenüber von uns nieder, während Rouven schmunzelnd auf den Platz neben mir rutschte.

„Hallo, Christoph“, begrüßte Rouven meinen Vater.

„Guten Tag, Herr Bergmann“, sagte auch Dennis schnell und wischte sich die fettigen Finger an seiner Hose ab.

„Hallo, Rouven. Hallo, Kevin“, begrüßte mein Vater die beiden staubtrocken, obwohl er genau wusste, wie Dennis hieß.

Alexa verdrehte die Augen. „Okay, jetzt ist zumindest offiziell geklärt, von wem Lizzy diese blöden Scherze geerbt hat.“

Dennis grinste. „Schon gut. Sie können mich auch Kevin nennen, wenn ich dafür weiter mit Ihrer Tochter ausgehen darf.“

Mein Vater tat so, als müsse er überlegen, woraufhin Alexa ungläubig schnaubte.

„Hey, Dennis hat sogar die Tour mit seiner Band abgebrochen, nachdem er von meiner Entführung erfahren hat. Da könntest du ruhig ein bisschen netter zu ihm sein."

„Ich finde, dein Dad ist nett genug zu Dennis", mischte sich Rouven trocken ein, woraufhin unser Vater schmunzelte und Alexa Rouven mit ihrer Serviette bewarf.

„Hey, habt ihr vielleicht Dieter gesehen?", fragte Papa dann Alexa und mich.

Wir schüttelten gleichzeitig die Köpfe. „Hätten wir ihn denn sehen sollen?", fragte meine Schwester und verflocht ihre Finger mit denen von Dennis.

„Ich weiß nicht, er war heute irgendwie anders als sonst", erwiderte mein Vater, der seit zwei Wochen mit uns bei Dieter wohnte. Da das Haus nicht gerade riesig war, gestaltete sich das Zusammenleben zwar etwas eng, aber ich genoss die Nähe unserer kleinen Familie zu sehr, um daran etwas ändern zu wollen. Und solange Alexa noch nicht zur Uni ging, hatten wir beschlossen, diesen Status erst mal aufrechtzuerhalten. Wie es dann weiterging, wusste ich selbst noch nicht. Papa hatte davon gesprochen, sich in Kirchbruch nach einem Job umzusehen, zumindest so lange, bis ich das letzte Schuljahr beendet hatte. Und Konstantin hatte angedeutet, sich eventuell eine neue Bleibe zu suchen, falls Papa das Haus seiner Eltern zurückkaufen wollte. Bisher war dazu noch keine Entscheidung gefallen, aber ich hatte das Gefühl, dass Papa die Idee gefiel.

In diesem Moment spielte die Live-Band plötzlich einen Tusch und der Neumayer ging zu dem hölzernen Podest. Offenbar hatte er eine Rede für diesen Anlass vorbereitet.

Im selben Moment entdeckte ich Gitti, die sich durch die Menge zu unserem Tisch durchdrängte und dabei beschwingt winkte.

„Huhu, was macht ihr denn alle hier?", rief sie schon von

Weitem und setzte ein strahlendes Lächeln auf, als sie meinen Vater entdeckte. Seit er offiziell von den Toten auferstanden war, war er das Tratschthema Nummer eins in der Stadt und Gitti wurde nicht müde, sich die dramatische Geschichte von seinem Motorradunfall und den vielen unglücklichen Verstrickungen immer wieder von ihm schildern zu lassen.

„Wisst ihr denn nicht, dass das Buffet bereits eröffnet wurde?“, fuhr Gitti fort, wobei sie sich alle Mühe gab, den Neumayer zu ignorieren, der in der Zwischenzeit gegen das Mikrofon klopfte und die Kirchbrucher Bevölkerung begrüßte, die zusammengekommen war, um der Fällung der alten Eiche beizuwohnen.

„Danke, aber ich hab mir schon was geholt“, erwiderte Dennis und stopfte sich noch ein halbes Würstchen in den Mund.

Gitti atmete so tief ein, dass ich kurz Sorge hatte, ihr grünes Dirndl würde ihren üppigen Busen nicht mehr halten können. „Sind das etwa die Würstel vom Sohn des Bürgermeisters? Typisch, dass der Junge mit einer Geldstrafe und etwas Sozialdienst davongekommen ist“, sagte sie dann und rümpfte die Nase. „Aber ihr müsst zu mir in den Laden kommen, da gibt es dann ein richtiges Essen.“

„Und ein wundervolles neues Logo“, fügte ich hinzu, da Alexa direkt nach Brunos Ableben einen neuen Schriftzug für *Gittis Schmankerln* entworfen hatte.

„Das stimmt“, sagte Gitti und richtete ihre Locken, bevor sie sich an meinen Vater wandte. „Christoph, du musst jetzt auch endlich mal vorbeikommen. Ich geb dir sogar einen Kuchen aus.“ Sie stockte kurz. „Weißt du nach deinem Unfall eigentlich noch, welche Sorte Kuchen du magst?“

Mein Vater kniff kurz die Augen zusammen und lächelte dann so breit, dass Gitti dahinschmolz. „Ehrlich gesagt nicht. Ich fürchte, ich werde mich einfach durchkosten müssen.“

„Eine wunderbare Idee“, strahlte Gitti. Dann schüttelte sie den Kopf. „Ich kann mir gar nicht vorstellen, wie beängstigend das für dich gewesen sein muss, als du nach deinem Motorradunfall aufgewacht bist und keine Ahnung mehr hattest, wer du bist."

„Ja, das war ziemlich schlimm", antwortete mein Vater und blickte zu Boden. „Für uns alle", fügte er hinzu und sah zuerst Alexa und dann mich an.

Ich spürte, wie Rouven seinen Arm um mich legte, und lehnte meinen Kopf gegen seine Schulter. Obwohl die Leute uns die Geschichte mit der Amnesie tatsächlich abkauften, versetzte es mir immer noch einen Stich, wenn ich an all die Jahre dachte, in denen ich geglaubt hatte, dass unsere Eltern beide tot waren.

„Das kann ich mir vorstellen", murmelte Gitti seufzend. „Wobei ich es immer noch besser finde, sein Gedächtnis zu verlieren, als seinen Verstand, wie diese fürchterliche Eva."

Bei der Erwähnung von Brunos psychopathischer Frau, die aus reinem Sadismus bei seinen Machenschaften mitgemacht hatte, zuckte Alexa zusammen und Gitti warf ihr einen zerknirschten Blick zu.

„Tut mir leid, Schätzchen. Ich wollte dich nicht daran erinnern." Sie schüttelte den Kopf. „Es ist für mich nur absolut unvorstellbar, wie man auf die Idee kommen kann, ein junges Mädchen zu entführen, um von einem alten Kauz wie Dieter Lösegeld zu erpressen."

„Aber zumindest hast du das Bistro für einen wirklich guten Preis bekommen", bemerkte Dennis pragmatisch.

„Na ja, nur weil die Verrückte jetzt im Gefängnis sitzt und ihr Mann einen Herzinfarkt hatte, wurde mir das Bistro trotzdem nicht geschenkt", verteidigte sich Gitti und wurde dabei ein bisschen rot. „Außerdem musste ja irgendjemand den Laden übernehmen, wenn der Bruno einfach so mir nichts, dir nichts wegstirbt", fügte sie rasch hinzu.

Daraufhin sagte keiner was, denn obwohl Gitti immer so tat, als hätte sie sich nach der verlorenen Bürgermeisterwahl dafür geopfert, eine Verkäuferin für den Blumenladen einzustellen und das Bistro selbst weiterzuführen, konnte man ihr ansehen, dass sie die Arbeit dort von ganzem Herzen erfüllte. Außerdem tat es ihr sicherlich gut, etwas zu haben, das sie davon ablenkte, dass der Neumayer nach seiner Befreiung von Alexa wie ein Held gefeiert wurde.

„Dein Apfelstrudel ist jedenfalls um Welten besser als der Rhabarberkuchen, den es bei Bruno immer gegeben hat“, sagte Dennis versöhnlich, als ich in einiger Entfernung hinter Gitti Tristan entdeckte. Er stand im Halbschatten einiger Bäume und unterhielt sich lächelnd mit Jenny, die nach ihrer Bänder-Verletzung beim Weinfest wieder topfit war. Sie hatte inzwischen auch wieder ihre alte Stelle im Bistro angetreten, worüber ich sehr froh war, da ich nach den Ereignissen mit Bruno ohnehin nicht mehr dort arbeiten wollte.

„Na, so lange, wie der Neumayer quatscht, dauert das ja noch ewig, bis die endlich den Baum absägen“, schnaufte Gitti nun. Dabei kniff sie die Augen zusammen und stemmte die Hände in die Hüften. Ich schmunzelte in mich hinein, da ich mir nicht vorstellen konnte, dass die Beziehung zwischen ihr und dem Neumayer in diesem Leben noch besser werden würde.

„Wenn es ohnehin noch dauert, müssen wir ja nicht hierbleiben“, raunte Rouven mir zu. „Lass uns ein paar Schritte gehen.“

Ich nickte und wir entschuldigten uns von den anderen, bevor Rouven nach meiner Hand griff und mich von dem lärmenden Treiben wegführte. Wir schlugen einen sanft gewundenen Pfad ein, der unter einigen Bäumen entlangführte, und ich hob mein Gesicht den Sonnenstrahlen entgegen, die vereinzelt durch die Blätter fielen. Dabei hielt ich Rouvens Hand und genoss einfach nur das Gefühl tiefen Friedens, das mich in diesem Moment durchströmte.

Mein Vater war am Leben. Wir hatten den Gedankenleser besiegt. Alexa ging es gut. Konstantin war aus dem Koma erwacht. Ich hatte einen coolen Job bei den *Kirchbrucher*

Nachrichten. Und ich hatte Rouven. Rouven, der mein Herz jeden Tag aufs Neue dazu brachte, schneller zu schlagen. Manchmal, indem er mich einfach nur ansah.

„Wie war dein Gespräch mit Tristan?", fragte ich, als wir Hand in Hand über den Weg spazierten. „Alexa hat vorhin erwähnt, ihr hättet was Geschäftliches zu klären gehabt."

Rouven atmete tief ein und nickte. „Ja, es ging um den Termin bei der Bank. Der Neumayer hat seine Verbindungen spielen lassen, damit wir noch einen Zahlungsaufschub bekommen. Und der Architekt der Weinlounge hat sich auch gemeldet. Anscheinend kriegt er das mit dem Zeitplan nun doch noch hin. Es sieht also nicht ganz so übel aus, wie wir dachten."

„Das ist doch toll", erwiderte ich strahlend. „Das heißt, du und Tristan, ihr seid drauf und dran, das Wellinger-Imperium zu retten?"

Rouven atmete tief ein. „Sieht fürs Erste zumindest so aus." Er fuhr sich mit einer Hand durch seine dunklen Haare. „Mal sehen, wie das mit Tristan so laufen wird."

„Hey, kleine Schritte", sagte ich, da mir klar war, dass zwischen den Cousins ganz schön viel vorgefallen war. Nachdem Tristan auf dem Polizeirevier Gelegenheit gehabt hatte, mit seinem Vater in Ruhe über das zu sprechen, was vor 16 Jahren vorgefallen war, hatte er sich zumindest bei Rouven entschuldigt. Und ihm angeboten, den Weinbaubetrieb ihrer Väter gemeinsam weiterzuführen – schließlich stand Rouven als rechtmäßigem Erben von Andreas Wellinger ohnehin die Hälfte davon zu.

„Es tut gut, etwas zu tun zu haben", sagte Rouven nun. „Eine Aufgabe. Etwas, das ich nicht vor der Welt geheim halten muss."

„Das verstehe ich. Wie geht es dir mit Helen?", fragte ich dann. „Hat sie sich gemeldet?"

Rouven schüttelte den Kopf. „Nein, sie ist ausgezogen und hat eine Wohnung in Heiligbrunn gemietet. Tristan meinte, sie würde ihre ganze Energie in die Verteidigung seines Vaters stecken, wobei es ziemlich wahrscheinlich ist, dass sie selbst auch mit einer Anklage zu rechnen hat. Schließlich hat sie ihm all die Jahre geholfen, den Totschlag zu vertuschen."

„Ich fand, es hat mehr nach einem Unfall ausgesehen", sagte ich sanft.

Rouven zuckte mit den Schultern. „Das muss das Gericht entscheiden. Ich habe gehört, dass sie den Ex-Polizisten, bei dem wir die Akten gefunden haben, zu dem Fall befragen werden. Offenbar war das mit dem verschwundenen Abschiedsbrief jedoch nur ein blöder Zufall, irgendwer hat ihn einfach verschlampt."

„Aber doch nicht etwa der Neumayer?", fragte ich, da er mir bei seinem Interview erzählt hatte, dass ihm als Polizist die administrativen Aufgaben nicht so gelegen hatten.

Rouven blieb stehen und zog mich an sich. „Ganz ehrlich, Lizzy – das ist mir jetzt egal, genauso wie die Sache mit dieser Gabi, die etwas über die unlauteren Geschäftsmethoden beim Ikarus-Projekt herausgefunden hat und von meinem Onkel und dem Neumayer bestochen wurde." Er machte eine kurze Pause. „Der Neumayer hat Alexa gerettet, das rechne ich ihm hoch an. Und mein Onkel muss sich endlich für den Tod meines Vaters verantworten, das ist das Wichtigste."

Ich schlang meine Arme um Rouvens Nacken und nickte. Auch wenn der Bürgermeister in diese Bestechungsaffäre verwickelt war, glaubte ich doch, dass er ein guter Mensch war, dem die Belange von Kirchbruch wirklich am Herzen lagen.

Rouven zog mich noch näher an sich, bis ich seine Muskeln durch das dünne T-Shirt hindurch spüren konnte. „Es war entscheidend für mich, die Wahrheit zu kennen", fuhr er etwas leiser fort, „aber ich habe das Gefühl, ich muss sie jetzt auch loslassen können, um weiterzumachen. Verstehst du, was ich meine?"

Nickend sah ich ihm in die Augen. „Absolut."

Ich konnte Rouvens Wunsch, endlich ein wenig zur Ruhe zu kommen, extrem gut nachvollziehen. Die letzten beiden Wochen waren für uns alle eine Achterbahnfahrt der Gefühle gewesen. Alexa und ich gewöhnten uns gerade erst langsam wieder daran, unseren Vater in unserem Leben zu haben. Tristan versuchte, mit dem Scherbenhaufen, den sein Vater hinterlassen hatte, irgendwie fertigzuwerden und mit Rouven das Unternehmen zu retten.

„Hast du heute Abend eigentlich schon was vor?", fragte Rouven nun mit diesem rauen Unterton, der meine Knie ein bisschen weich werden ließ.

Ich zuckte gespielt gleichgültig mit den Schultern. „Ich dachte, ich weihe meinen neuen Laptop ein und arbeite noch ein wenig an meinem Artikel über den Verlust des Wahrzeichens von Kirchbruch. Schließlich haben wir bald keine Eiche mehr."

Rouven küsste mich sanft auf den Mundwinkel. „Langweilig", murmelte er.

„Das ist überhaupt nicht langweilig", widersprach ich atemlos, während die Schmetterlinge in meinem Bauch wüst durcheinanderflatterten.

„Dass meine Küsse nicht langweilig sind, weiß ich. Dein Plan ist langweilig."

Ich legte lachend den Kopf in den Nacken. „So toll sind deine Küsse auch wieder nicht." Dabei entfuhr mir ein leises Keuchen, als er mich plötzlich an sich zog und mich sanft in den Hals biss.

„Lügnerin", hauchte er dann.

„Was hast du denn heute noch vor?", fragte ich, um das Thema zu wechseln. „Musst du mit Tristan nicht irgendwelche Finanzen durchgehen?"

Rouven schüttelte den Kopf. „Zum Glück nicht. Tristan hat heute Abend nämlich ein Date."

„Mit Jenny?", fragte ich, da ich die beiden vorhin gesehen hatte.

„Nein, mit Teresa. Sie hat offenbar erkannt, dass sie in England nicht glücklich wird, und beschlossen, doch wieder herzuziehen."

„Wirklich?", fragte ich. Dabei musste ich an die Zukunftswahrscheinlichkeit denken, die ich in Heiligbrunn gesehen hatte. Offenbar war sie bei Teresa nicht eingetreten – was bedeutete, dass ihre Entscheidung, England den Rücken zu kehren, wahrscheinlich hinter der anderen Tür zu sehen gewesen wäre. „Ich mochte Teresa", sagte ich und freute mich für Tristan, dass sie wieder zu ihm zurückkehrte.

„Bei Tristan scheint es etwas mehr zu sein", meinte Rouven. „Seit sie ihm gesagt hat, dass ihr Herz noch immer für ihn schlägt, ist er beinahe wieder … umgänglich geworden." Dabei küsste er mich erneut und ich schloss kurz die Augen. „Was hältst du davon, wenn wir zusammen ins Kino gehen?"

„Mal sehen, ob du mich noch überreden kannst."

„Garantiert", erklärte Rouven, als sein Telefon klingelte. Er zog sein Handy aus der Jeans und warf einen Blick darauf. „Der Architekt der Weinlounge", murmelte er. „Sorry, aber da muss ich rangehen."

Ich nickte und als Rouven sich gerade ein paar Schritte zum Telefonieren entfernt hatte, hörte ich plötzlich Dieters brummige Stimme, die der Wind zu mir herüberwehte. Da Papa ihn vorher gesucht hatte, folgte ich dem Spazierweg zwischen zwei Bäumen hindurch, bis ich auf eine Bank stieß. Dieter und Betty saßen dicht nebeneinander mit dem Rücken zu mir und waren ganz in ihr Gespräch vertieft.

„Das Leben ist zu kurz für Vorwürfe, aber trotzdem nagt es an mir, dass ich es nicht verhindern konnte", sagte Dieter in diesem Moment und blickte zu Boden.

Betty seufzte und legte sanft ihre Hand auf seinen Arm. „Du hättest nichts machen können", erwiderte sie leise. „Glaub mir, ich weiß es – und ich habe mir dieselben Fragen auch jahrelang gestellt. Veronika war meine Freundin. In der Schule haben wir sogar nebeneinander gesessen. Als sie geheiratet hat, war ich ihre Trauzeugin. Sie hat immer irgendwie bereut, dass sie sich nicht für dich entschieden hat."

„Nicht nur sie", sagte Dieter mit Bitterkeit in der Stimme und ich wollte ihren gemeinsamen Moment nicht belauschen. Daher versuchte ich, mich lautlos zurückzuziehen, als ein Ast unter meinen Schuhsohlen knackte und beide gleichzeitig in meine Richtung sahen.

„Tut mir leid", stammelte ich. „Ich wollte euch nicht stören. Papa hat dich vorhin gesucht", sagte ich dann an Dieter gewandt. „Aber ich glaube nicht, dass es dringend war."

„Gut", sagte Dieter auf seine mürrische Art, die ich ihm nicht mehr ganz abkaufte. „Ich bin hier nämlich beschäftigt."

Bei seinen Worten begann Betty zu strahlen. „Das klingt, als hättest du noch etwas mit mir vor", sagte sie zu Dieter und lehnte sich mit einem schelmischen Grinsen näher zu ihm. „Sag bloß, es ist was Unanständiges."

„Äh … ich geh dann mal wieder", sagte ich schnell, da Betty offenbar schon wieder drauf und dran war, mehr Informationen mit mir zu teilen, als ich für richtig hielt.

„Ich dachte eher an ein gemeinsames Essen", bemerkte Dieter trocken und strich sich über seine karierte Krawatte. „Aber vielleicht macht man das heutzutage nicht mehr so."

Betty lachte. „Doch, natürlich gehe ich mit dir essen. Allerdings nur, wenn ich dich einladen darf. Immerhin hast du Fuchur eingefangen und meinen Transportkäfig repariert."

Dieter schnaubte. „Deswegen musst du aber noch lange nicht das Essen bezahlen."

„Meine Verabredung, meine Regeln", sagte Betty und ich zog mich lächelnd zurück. Offenbar war meine Zukunftsvision, in der Betty mit ihrem Kater zum Tierarzt gegangen war, tatsächlich Wirklichkeit geworden. Und es freute mich total, dass Dieter und sie offenbar zueinanderfanden.

„Da bist du ja", sagte Rouven mit seiner samtig tiefen

Stimme, als ich zwischen den Bäumen hervortrat. Er steckte sein Telefon wieder ein und griff nach meiner Hand. In diesem Moment verstummte das Stimmengewirr auf dem Stadtplatz. Ich spürte, wie eine nervöse Spannung von mir Besitz ergriff, und ging rasch mit Rouven zurück zu den anderen.

Halb Kirchbruch blickte geschlossen auf die paar Männer, die sich um die mächtige alte Eiche versammelt hatten. Einer von ihnen hatte eine Motorsäge in der Hand. Die Menschen auf dem Stadtplatz waren andächtig still geworden, selbst die Kinder schauten erwartungsvoll in die weit verzweigten Äste der alten Eiche, deren Blätter im Licht der untergehenden Sonne grün funkelten.

„Jetzt ist es also so weit", murmelte Rouven und schlang von hinten beide Arme um mich.

„Jetzt ist es so weit", hauchte ich und lehnte mich mit dem Rücken gegen seine Brust. Nachdem Dieter den abgebrochenen Ast aus dem Keller zu Brennholz verarbeitet hatte, war die Fällung der Eiche nun der letzte Schritt, um mit Brunos Taten abzuschließen. Rasch holte ich mein Handy aus der Tasche. „Ich hab Konstantin versprochen, ein Video davon zu machen."

„Wie ich dich küsse?", fragte Rouven belustigt, als ich das Handy hochhielt und dabei unabsichtlich die Kamera in den Selfie-Modus stellte.

„Was? Nein", erwiderte ich schnell und versuchte, sie wieder umzustellen. Stattdessen traf ich den Auslöser und schoss ein Foto von uns beiden. Rouven hatte sein Kinn auf meiner Schulter abgelegt und sah mit einem schiefen Grinsen in die Kamera hoch, während ihm zwei dunkle Haarsträhnen sexy über die Augen fielen. Ich hatte den Mund leicht geöffnet und wirkte total überrumpelt, was man an meinen aufgerissenen Augen gut erkennen konnte.

„Oh mein Gott, das ist schrecklich", meinte ich lachend und wollte das Foto wieder löschen, als Rouven mir das

Telefon blitzschnell aus der Hand nahm.

„Wage es ja nicht“, sagte er ernst und hielt das Handy so in die Höhe, dass ich es nicht erreichen konnte.

„Ich sehe schrecklich darauf aus.“

Rouven schüttelte den Kopf. „Es ist umwerfend.“ Er machte eine kurze Pause und sah mich intensiv an. „Du bist einfach immer umwerfend, Lizzy Bergmann.“

„Es war kein guter Moment“, widersprach ich, als einer der Männer vorn den Arm hob.

„Achtung, Baum fällt!“, rief er und setzte die Motorsäge an, um die alte Eiche zu fällen.

Rouven schaltete die Kamera ein und begann, die Baumentfernung für Konstantin zu dokumentieren.

„Denkst du auch, dass wir unsere Fähigkeiten behalten, selbst wenn die Eiche nicht mehr steht?“, fragte ich ihn leise, während das Licht der untergehenden Sonne die ganze Umgebung in einen rotgoldenen Schimmer tauchte.

„Ich bin mir nicht sicher“, antwortete Rouven, während sich die mächtigen Äste der alten Eiche immer weiter der Erde zuneigten, bevor der riesige alte Stamm schließlich krachend auf den Boden donnerte. Er schaltete das Video aus und drückte mich an sich. „Doch eigentlich ist es nicht so wichtig.“

„Es ist dir nicht so wichtig, ob wir weiterhin in die Vergangenheit und in die Zukunft gehen können?“, hauchte ich ungläubig, während die Menge ringsum in jubelnden Applaus ausbrach.

Rouven blickte mir zärtlich in die Augen, bevor er mir sanft über die Wange strich. „Ja, Lizzy. Wenn ich eins aus allem gelernt habe, dann ist es der Umstand, dass ich mit dir zusammen sein möchte. Und das am liebsten in der Gegenwart.“

Ich nickte und empfand nicht anders. Dabei dachte ich automatisch an die letzten Wochen und daran, was sie mir beigebracht hatten: die Umstände meines Lebens zu akzeptieren und die Gegenwart anzunehmen.

„Hättest du das vor ein paar Wochen auch schon gesagt? Dass du am liebsten mit mir zusammen wärst?", fragte ich und lächelte Rouven an. Bei seinem Anblick wurde mir wieder einmal klar, wie verrückt das Leben war. Niemals hätte ich gedacht, dass mir eine Kleinstadt wie Kirchbruch letztendlich so viel Glück bringen konnte.

Rouven schüttelte den Kopf. „Nein, da fand ich dich einfach nur furchtbar, schließlich bist du in mich hineingerannt, weil du Tristan angestarrt hast. Ständig hast du etwas kaputt gemacht."

„Das stimmt gar nicht. Außerdem hast du schon zugeben, dass ich vom ersten Augenblick an für dich besonders war."

Seine Augen funkelten. „Das war eine Lüge."

Ich schmunzelte. „Pass auf, was du sagst, schließlich kann ich Todestüren hervorrufen."

„Drohst du mir etwa?", fragte Rouven grinsend.

„Wenn es notwendig ist", erwiderte ich schulterzuckend und fühlte, wie Rouven mich näher an sich heranzog.

„Okay. Dann bin ich lieber mal ganz ehrlich." Er wartete kurz, bevor er weitersprach. „Schon als ich dich das erste Mal gesehen habe, war ich total überwältigt von dir", flüsterte er mir ins Ohr und ich konnte das Lächeln in seiner Stimme hören. „Es war fast so, als hätte der Blitz bei mir eingeschlagen."

Liebe Leserin und lieber Leser!

Wir hoffen, Dir hat das Happy End unserer funkensprühenden Sommer-Trilogie gefallen und Du bist nun ebenfalls der Meinung, dass die 13 eine absolute Glückszahl ist! Deshalb ist für uns auch klar, dass Lizzy und Rouven ihre magischen Fähigkeiten trotz der gefällten Eiche behalten – und wir drücken natürlich auch Konstantin fest die Daumen, dass er das führerlose Syndikat aufspüren und auflösen wird!

Wenn du noch am Überlegen bist, wie du den Sommer lesetechnisch verbringen wirst, haben wir auf den nächsten Seiten gleich ein paar Tipps für Dich. Ende August erscheint zum Beispiel der Auftakt unserer neuen Romantasy-Trilogie „Ein Augenblick für immer – Das erste Buch der Lügenwahrheit" als Hardcover bei Ravensburger. Auch wenn Alexa sich nicht nach Cornwall wagen möchte, weil sie genug von Mystik hat, haben wir uns auf Rechercheriese begeben und können Teresas Worte nur bestätigen! Cornwall ist voller magischer alter Orte und einer davon wird das Leben unserer neuen Hauptfigur June total verändern. Aber nicht nur Cornwall zeigt seine Auswirkungen, auch die attraktiven Brüder Blake und Preston sorgen für ein ganz besonderes Gefühlschaos ...

Wenn wir Dich jetzt neugierig gemacht haben, trage Dich gern in unseren Newsletter ein. Wir geben Bescheid, sobald das erste Buch der Lügenwahrheit das Licht der Welt erblickt – und schreiben wirklich nur, wenn es spannende Neuigkeiten gibt: www.rosesnow.de/newsletter

Außerdem würden wir uns total freuen, wenn Du Lust hast, uns auf Instagram zu besuchen! Wir sind dort unter dem Namen RoseSnow_AnnaPfeffer zu finden und posten regelmäßig neue Fotos und verrückte Snapchat-Videos aus unserem Leben. In Kürze findest Du auch Bilder und Hintergrundinformationen zu unserer Cornwall-Reise auf unserem Instagram-Account!

Zusätzlich haben wir die Facebook-Gruppe „Eine magische Welt der Gefühle" gegründet, in der sich eine entzückende Buch-Community zusammengefunden hat.

Wenn wir uns nicht gerade auf Instagram oder Facebook herumtreiben, schreiben wir natürlich ganz fleißig an neuen Herzensprojekten – aktuell am zweiten Band von „Ein Augenblick für immer". Auf den nächsten Seiten findest Du wie versprochen ein paar Lesetipps für den Sommer und eine Übersicht über unsere abgeschlossenen Romantasy-Reihen. Da viele unserer Bücher im selben Universum spielen, wirst Du beim Lesen immer wieder einige Querverbindungen zu anderen Geschichten feststellen können. Aber keine Sorge – jede Reihe kann ohne Vorkenntnisse und unabhängig von den anderen gelesen werden!

Nun wünschen wir Dir noch einen schönen Sommer – und bis zu unserem Wiederlesen eine großartige Zeit!

Alles Liebe,

Deine *Rose Snow*

Ein Augenblick für immer – Die Bücher der Lügenwahrheit

In einem einzigen Augenblick,
mit klopfendem Herzen gefunden –
sind die Blauen und die Grünen
in ewigem Fluche gebunden

June glaubt nicht an die alten Legenden des sagenumwobenen Cornwall, als sie beschließt, ihr Abschlussjahr bei ihrem Onkel in England zu verbringen. Allerdings stößt sie vor Ort nicht nur auf ein prächtiges Herrenhaus voller Geheimnisse, sondern auch auf die ungleichen Brüder Blake und Preston, die eine magische Anziehung auf sie ausüben. Doch die beiden scheinen ihr etwas zu verschweigen – und während Junes verbotene Gefühle für die Zwillinge immer stärker werden, ziehen rätselhafte Ereignisse sie unaufhaltsam in ihren Bann. Bis ein einziger Augenblick alles verändert und June merkt, dass eine uralte Gabe in ihr erwacht …

„Ein Augenblick für immer – Das erste Buch der Lügenwahrheit" erscheint Anfang September 2018 bei Ravensburger!

Was würdest du tun, wenn du plötzlich in fremde Erinnerungen sehen könntest?

Seit Jo denken kann, zieht sie mit ihrem Vater von Ort zu Ort, fast, als wären sie auf der Flucht. Als er ihr eröffnet, dass sie nun ausgerechnet im nasskalten Hamburg sesshaft werden sollen, hält sich ihre Begeisterung in Grenzen. Bis sie in ihrer neuen Schule zwei gutaussehenden Jungs begegnet, die unterschiedlicher nicht sein könnten: Adrian, der Jo bewusst auf Distanz hält, und Louis, der sich offensichtlich für sie interessiert. Die zwei Jungs verbindet eine geheimnisvolle Rivalität, die Jo nicht zu deuten weiß – aber noch weniger versteht sie, was gerade mit ihr selbst los ist. Was für Bilder tauchen plötzlich in ihrem Kopf auf? Hat sie Halluzinationen? Oder sind das tatsächlich fremde Erinnerungen, in die sie kurz vor ihrem 17. Geburtstag auf einmal blicken kann?

Die Taschenbücher von 17 haben bei Ravensburger ein Verlagszuhause gefunden und sind ab Herbst 2018 ebenfalls im Buchhandel zu finden!

„3 Lilien – Die Bücher des Blutadels"

Seit Monaten wartet die 17-jährige Lorelai darauf, dass die alte Gabe des Blutadels bei ihr erwacht – wobei sie nicht mal ihrer besten Freundin von ihrer magischen Abstammung erzählen darf. Denn die Gesetze des Blutadels sehen vor, das geheime Wissen unter keinen Umständen mit Außenstehenden zu teilen. Doch das erweist sich als äußerst schwierig, als Lorelai den verwegenen Vitus kennenlernt. Zwischen ihnen knistert es gewaltig - und während Lorelai noch mit ihren Gefühlen kämpft, haben die Probleme gerade erst angefangen ...

„Die 11 Gezeichneten - Die Bücher der Sterne"

Seit jeher lieb Stella die Sterne – ohne zu ahnen, wie tief ihre Verbindung zu ihnen tatsächlich ist. Das erkennt sie erst, als sie mit ihrem Zwillingsbruder Cas an eine geheimnisvolle Universität gelangt, auf die schon ihre Eltern gegangen sind. Kurz nach der Ankunft begegnet Stella dort dem selbstbewussten Cedric, der nicht nur der heißeste Typ der Uni ist, sondern Stella auch viel zu schnell viel zu nahe kommt ...

Über die Autorinnen

Hinter dem Pseudonym Rose Snow stecken wir, Carmen und Ulli. Zusammen sind wir 74 Jahre alt, haben 2 Männer, 6 Kinder und einen Hund. Wir können ewig reden, lieben Pizza und Schokolade und lachen unheimlich gerne, vor allem über uns selbst.

Seit dem Sommer 2014 schreiben wir als Rose Snow Romantasy, darunter die vierteilige Bestsellerreihe „17 – Die Bücher der Erinnerung“. Im Herbst 2016 ist mit „Für dich soll‘s tausend Tode regnen“ unter Anna Pfeffer unser erster Jugendroman bei cbj erschienen. Seitdem veröffentlichen wir regelmäßig neue Jugendbücher und Romantasy-Reihen.

Kühn nachgerechnet sind wir schon seit unfassbaren 22 Jahren befreundet. Wir kennen uns aus unserer Schulzeit und schreiben trotz der Distanz Wien – Hamburg miteinander. Bedeutet: Unzählige Stunden via Skype, schallendes Gelächter und das Teilen tiefster Geheimnisse, auch wenn sie noch so peinlich sind.

Wenn ihr informiert werden möchtet, sobald ein neues Buch von uns erscheint, dann meldet euch gerne bei unserem Newsletter an:
www.rosesnow.de/newsletter

Und wenn ihr einfach mal quatschen oder Hallo sagen wollt, besucht uns doch auf unserer Autorenseite, auf Instagram oder auf Facebook. Wir freuen uns immer sehr über das Feedback und den direkten Austausch mit unseren Lesern.
www.rosesnow.de

www.instagram.com/rosesnow_annapfeffer
www.facebook.com/rose.snow.was.sich.liebt
www.facebook.com/groups/RoseSnow

Übrigens: Eine extra Portion Romantik gibt es auch jeden Dienstag und Freitag bei unserem kostenlosen Blogroman von Eric & Esther, den menschlichen Ichs von Ben & Lee:
www.rosesnow.de/blogroman

Weitere Romantasy-Reihen von uns:

17 – Die Bücher der Erinnerung
Was würdest du tun, wenn du plötzlich in fremde Erinnerungen sehen könntest?
17 - Das erste Buch der Erinnerung
17 - Das zweite Buch der Erinnerung
17 - Das dritte Buch der Erinnerung
17 - Das vierte Buch der Erinnerung

Die 11 Gezeichneten – Die Bücher der Sterne
Ohne Dunkelheit könntest du keine Sterne sehen …
Die 11 Gezeichneten - Das erste Buch der Sterne
Die 11 Gezeichneten - Das zweite Buch der Sterne
Die 11 Gezeichneten - Das dritte Buch der Sterne

3 Lilien – Die Bücher des Blutadels
Ihn zu küssen hatte sich so richtig angefühlt, obwohl es so falsch gewesen war …
3 Lilien - Das erste Buch des Blutadels
3 Lilien - Das zweite Buch des Blutadels
3 Lilien - Das dritte Buch des Blutadels

PS: Wir werden immer wieder darauf angesprochen, dass wir in unseren Büchern Anspielungen auf andere Reihen machen und die Welten auf diese Weise miteinander vernetzen. In „17“ finden sich beispielsweise Verbindungen zu unserer Acht Sinne-Saga und den „11 Gezeichneten“, die auch mit den „3 Lilien“ und unserem Blogroman „Groupie wider Willen“ verknüpft sind. Dennoch kann jede Reihe unabhängig voneinander gelesen werden! Viel Spaß beim Knobeln!

11786380R00193

Printed in Germany
by Amazon Distribution
GmbH, Leipzig